LOVE
IN
CAMPUS

러브 인 캠퍼스

LOVE
IN
CAMPUS

러브 인 캠퍼스

정가온 지음

1

블라썸

차례

"쌤! 그 점퍼 좀 안 입으면 안 돼요?"

공학과 점퍼를 입은 나를 보고 여진은 인사하기도 전에 인상을 찡
그렸다.

"왜? 이게 얼마나 따뜻한데."

두툼한 과 점퍼는 입고 있으면 뜨끈한 온기를 간직했다. 레자로 만
들어진 소매는 바람 한 점 통하는 일이 없었다. 그렇기에 조금만 움직
여도 팔에 땀이 찼다. 푹신한 오리털 혹은 거위털 패딩이나 천연 가죽
으로 만든 고급 의류만큼 따뜻하지는 않겠지만, 이 정도면 가격 대비
훌륭한 품질이었다.

"따뜻이 문제가 아니잖아요! 쌤 여대생이야, 여대생! 시폰 원피스
까지는 아니더라도 좀 예쁜 코트 같은 거 입어요!"

중학교 3학년 여진은 여대생에 대한 환상이 가득했다. 헐렁한 청바

지에 운동화, 거기에 과 점퍼를 뒤집어쓴 내 모습은 여진의 환상을 깨는 암울한 존재이리라.

작년 여름에 청바지에 흰 운동화, 헐렁한 티셔츠 차림에 민얼굴로 질끈 동여맨 머리를 하고 체대 교양 수업을 들으러 갔다가 체대 신입생들에게 인사를 받았다. 이 이야기를 하면 여진은 당장 날 끌고 가서 백화점에 갖다 던질 것이다.

"얘는. 3월이 무슨 봄이냐? 아직 꽃샘추위가 한창인데. 멋 부리다 얼어 죽어."

"제발! 그런 아저씨, 아줌마들 같은 소리 마요. 누가 벗고 다니래? 예쁘고 따뜻하게 입으라고요!"

널찍한 거실을 지나 2층 여진의 방으로 오르는 내내 나는 환상 좀 깨지 말라는 여진의 꿍얼거림을 들어야 했다.

여진을 만난 지 벌써 6개월이 다 되어간다. 그간 대학에 대한 금빛 망상은 죄다 깨부수어 놓은 줄 알았는데, 여전히 이 아이는 여대생인 나의 패션에 대해 지나치게 예민했다.

"여진아, 너 숙제는 다 했니?"

나는 여진의 방 한가운데 마련된 과외용 테이블 위로 책을 올리며 의자에 앉았다. 화제를 돌리는 나를 보고, 여진은 이제 잔소리를 그만하라는 무언의 압박을 느꼈나 보다. 녀석은 입술을 삐죽이며 테이블 위에 있던 문제집을 내 쪽으로 밀었다.

"다 했어요."

처음에는 죽어라 말도 안 듣고 숙제도 안 하던 여진은 아무리 애를 써도 오르지 않던 수학 성적이 슬슬 오르자 수학에 재미를 붙이기 시작했다. 재미가 있으니 숙제도 즐거울 수밖에.

　동글동글한 글씨로 완벽하게 숙제를 마친 여진이 귀여워 나는 그녀의 머리를 쓰다듬었다.

　"쌤."

　한참 문제집에 코를 박고 문제만 풀던 녀석이 돌연 고개를 번쩍 들고 날 불렀다.

　"왜."

　나는 가사도우미 아주머니가 내려놓고 가신 간식 트레이에서 과자를 집어 아작거리며 목구멍으로 넘기고 있었다.

　"소개팅하실래요? 진짜 괜찮은 남자 있는데."

　나는 순간 풋, 헛웃음이 나왔다. 그 바람에 입 안에 있던 과자 가루가 입 밖으로 푸스스 날리자 맞은편에 앉아 있던 여진은 더럽다며 표정을 구기고 뒤쪽으로 상체를 뺐다.

　여진의 말에 나는 인간 서민유의 처지가 서글퍼졌다. 오죽 제 앞의 과외 선생이 못나 보였으면 이런 말을 할까. 중딩 따위가 대딩에게 소개팅을 해준다는 어처구니없고 귀엽고 깜찍한 헛소릴 내뱉다니. 진짜 괜찮은 남자? 보나 마나 고딩인 제 남친의 친구일 터. 아청법도 무시하고 짝을 지어보라는 여진의 살벌한 배려에 내 미간에 주름이 절로 찌푸려졌다.

　"걔한테 말 좀 전해줄래? 누나가 미친 듯이 돈 벌어서 통장에 기름칠해둘 테니, 너는 무사히 성인이나 되라고."

　내 말에 여진이 버럭거리며 답했다.

"아이씨! 그게 아녜요!"

"아이씨? 어머, 애 봐라. 너 지금 선생님 앞에서 욕했니?"

"아니, 아니. 그게 아니고!"

여진이 양손을 좌우로 거세게 흔들며 부정했다. 애가 예쁘니 얼굴을 발갛게 물들인 채 양손을 휘젓는 것도 예쁘다.

가끔 난 이렇게 여진을 넋 나간 듯 구경할 때가 있었다.

여자들이 몸매 좋고 예쁜 여자를 질투하고 시기한다는 것은 오류다. 이건 여자를 전혀 알지 못하는 누군가가 여자들 사이를 이간질하기 위해 만들어낸 말인지도 모른다. 예쁜 여잘 좋아하는 것은 비단 남자뿐만이 아니다. 여자도 예쁜 여자를 좋아한다.

"……하여튼 맘에 안 들어."

"응응."

"민유 쌤, 내 말 듣는 거 맞아요?"

멍한 내 표정에 여진은 좌우로 흔들던 양손으로 내 얼굴을 꼭 붙잡았다.

어머, 얘야. 이러지 마. 네 작은 얼굴이나 네 양손에 잡히지, 내 얼굴은 네가 잡기엔 너무도 광활하단다.

나는 고개를 흔들어 여진의 손을 얼굴에서 떼어냈다. 멍하니 여진을 구경하느라 잠시 정신이 나가 앞부분은 제대로 듣지 못했지만 뒷부분부터는 정확하게 들었다.

"나한테 그 여자가 그랬다니까!"

자신의 사촌 오빠에게 여자친구가 있는데, 그 여자는 본성을 숨기는 성질 더러운 불여우란다. 결국 여진의 요는 그 불여우가 자기는 마음에 안 들어 죽겠으니 나더러 그 불여우를 떼어내 달라 이 말이었다.

"공부나 해."

요즘 언니 동생 하면서 과외가 없는 날에도 종종 만나 시간을 보냈더니, 이 사달이 나네. 이 예쁜 계집애는 눈앞에 있는 사람이 자기 친언니라도 되는 양 굴고 있다. 하지만 아무리 우리가 친하다고 해도, 해도 될 부탁이 있고 하지 말아야 할 일이 있다. 단순히 아첨법으로 끌려가려는 것도 아니고 말이야. 고딩들의 애정 전선(?) 비스무리한 것에 날 끼워 넣다니. 안 되지. 안 될 일이다.

나의 거절에도 한창 그 여자 씹기에 바쁜 여진은 입술을 씰룩이며 그 여자가 얼마나 짜증 나는지를 계속 이야기했다. 사촌 오빠의 여자 친구는 여진의 말만 들으면 전형적인 여왕벌 과였다. 나는 또 멍하니 여자의 욕을 하는 중학생의 얼굴을 쳐다보았다. 언제 끝나나 하는 생각을 하며.

"아, 쌤!"

초점 없는 내 눈을 보고 여진이 소리를 질렀다. 여진의 목소리에 정신을 차린 나는 급히 눈에 생기를 살리고 물었다.

"그 여자애, 예쁘지?"

그런 여자는 우리 집안에 들일 수 없다며 무슨 재벌가 사모님이라도 된 듯 열변을 토하던 여진이었다. 그랬던 그녀가 나의 질문에 입을 조개처럼 다물었다. 아무리 성숙해 보여도, 성숙한 척해도 애는 애였다. 여진의 대답이 훤히 들리는 것 같다.

"예쁘니까 질투하는 거구만."

사촌 오빠 애인이 퍽이나 예쁜 모양이었다. 거짓으로라도 부정할 수 없을 만큼.

"질투 아니거든? 화장 안 한 민유 언니가 떡칠한 걔보다 열 배는 더 예뻐!"

"니에, 니에."

"진짜야! 민유 쌤 예쁘다니까!"

나 예쁘다는 소리를 저렇게 화를 내면서 하니 기분이 좋을 것도 안 좋아지기는 개뿔. 과외비 나오면 저 녀석 먹고 싶다던 스테이크나 같이 먹으러 갈까. 언니가 기분 좋게 쏘는 걸로!

"그러니까 이런 것 좀 입지 말고!"

여진은 의자 위에 가지런히 벗어둔 내 공대 점퍼를 당장에라도 쓰레기통에 박아 넣을 것처럼 거칠게 흔들며 말을 이었다.

"화장도 좀 하고, 날 풀리면 살랑살랑한 치마 같은 것도 좀 입고 그래요."

"니예니예."

"쌤 공부 잘하는 거 세상 사람이 다 아니까 굳이 학교 점퍼 안 입어도 돼!"

여진은 푸념 섞인 잔소리를 늘어놓았다. 중딩한테 또 한 소리 들었다. 이 아이는 날 어디까지 괴롭게 하려고 이러는가. 서비스 차원으로, 아니 잔소리 막음 차원으로라도 언젠가 한 번 제대로 화장을 하고 살랑거리는 치마를 입은 모습을 보여주어야 하나 진지하게 고민해보았다.

전공 수업 6개, 교양 수업 2개의 빡빡한 시간표.

학교, 도서관, 과외 해주는 학생들의 집, 우리 집.
이것이 내 3학년 1학기였다.
아니, 그렇게 되겠거니 생각했다.

1. 분홍분홍 인 캠퍼스?

경영대랑 공과대는 사이가 안 좋은 게 분명하다. 저번 학기 때 느꼈던 것이지만, 이번 학기도 여전히 안 좋다.

"이걸 어쩌지."

경영학과 수업은 컴퓨터공학 전공 수업과 겹치는 시간이 너무 많다. 시간표 책자를 보니 듣고 싶은 수업이 아니라 수강 가능한 시간대의 수업을 들어야 했다. 나는 끙끙 앓는 소리를 내며 이번 학기 들어야만 하는 수업, 들을 수 있는 수업에 형광펜으로 벅벅 줄을 그었다.

"이거, 괜찮을까."

저번 학기에 처음으로 1학년 경영 기초 수업을 들었던 게 내가 들은 경영학과 수업의 전분데, 꼼짝없이 4학년 전공 수업을 듣게 생겼다. 공학 강의를 양보하고 다른 걸 들어볼까 했지만, 앞으로 졸업까지 이수해야 할 학점을 생각하면……

"안 들을 수가 없잖아."

어쩔 수 없이 이 마(魔)의 수업은 들어야 할 것 같다. 걱정은 좀 되지만 괜찮을 거다. 죽어라 하면 어떻게든 되겠지. 죽도록 못하던 외국어 영역을 고1부터 수능 전까지 7등급에서 3등급까지 끌어올렸던 노력의 왕, 서민유다. 이번 학기 고생하면 다음 학기부턴 수월하겠지.

"아. 맞다. 공상철!"

그리고 절대 들어선 안 되는 수업에는 네임펜으로 새카맣게 벅벅 줄을 그었다.

고생고생해서 짠 시간표지만 내 시간표는 형편없었다. 일단 주 4일 수업은 실패. 화요일엔 밥 먹을 시간도 없이 1교시부터 마지막 시간까지 전공 수업으로만 가득했다. 수요일엔 오전에 두 시간 수업 들으면 끝. 목요일은 오전 수업 없이 오후에 마지막 시간 두 시간짜리 수업을 들으면 끝. 한 시간 걸려 학교를 통학하는 나에게 있어 처참하고 짜증나기 그지없는 시간표였다.

월요일과 금요일은 오전에 두 시간짜리 수업을 하나 듣고 나서 다음 수업까지 공강이 세 시간이나 됐다. 특히나 금요일 오전 교양 수업은 말이 두 시간 수업이지 교수는 학생들의 편의를 위한다는 핑계로 40분이나 일찍 수업을 끝냈다.

우리 학교 출신의 그 교수님은 학교에 대한 자부심이 어마어마했다. '프랑스 문화 산책'이라는 이름의 교양 강의. 첫날 강의 내용의

1/3은 자신이 프랑스 유학 시절 얼마나 한국과 우리 학교를 많이 알리고 왔는지에 대한 경험담이 주류였다. 시간표 정정 기간이 끝나기 전 이 교양 수업을 뺄까 말까 고민에 고민을 거듭했다. 그런데 교수님께서 첫 주는 수업이라기보다는 오리엔테이션이라고 했으니 다음부터 그렇지 않을 거란 생각에 그대로 두었다.

비교적 널널할 것 같은 프랑스 문화 산책 다음 시간이 바로 문제의 경영학과 수업, 4학년 전공 강의다. 공강을 채워볼까도 생각했지만 제대로 공부하지 않으면 장학금이 날아갈 게 분명했다. 차라리 중간에 낀 공강 시간을 이용해 미리 공부를 해두는 것이 좋다고 생각해서 그대로 두었다. 어차피 이거 말고는 딱히 들을 수업이 없기도 했다. 경영학과 전공 수업은 처음인 만큼 2학년 전공 기초부터 들으려 했었지만. 장렬히 실패다.

"뭐, 시간표가 내 마음대로만 짤 수 있더냐."

대학에 오면 본인이 듣고 싶은 수업만 들을 수 있다더니. 전부 거짓말이다.

비싼 등록금 내고도 듣고 싶은 수업을 못 듣기가 부지기수. 듣고 싶은 강의의 시간이 겹치면 둘 중 하나는 포기해야 했다. 또한 인기 강의는 인기 가수의 연말 콘서트 티켓 예매하듯이 '광클'해야 했다. 서버가 열리자마자 순식간에 매진이기 때문이다. 본인 컴퓨터 사양이 좋지 않은 사람들은 PC방이나 학교 컴퓨터실을 이용하기도 했다. 이런 시간표 전쟁은 대학 시절 2년 내내 겪었던 일이었다. 경험상 시간표에 대한 기대는 포기하는 게 편하다.

"어?"

아무도 없는 빈 강의실일 거라 생각하고 왔는데, 텅 빈 교실에 한 남자가 앉아 있었다.

'세 시간 뒤에나 시작할 강의인데…….'

벌써부터 와 있을 사람이라고는 나밖에 없을 거라 생각했기에 조금 놀랐다.

강의실 안에 있는 남자는 가까이 다가가지 않아도 제법 키가 크다는 것을 알 수 있었다. 책을 읽느라 고개를 숙이고 있어 얼굴이 잘 보이진 않았지만 절로 시선이 갔다. 갸름한 턱선 아래로 굳게 다물어진 입이 보였다. 단정한 베이지색 바지에 하얀 니트를 입고 있는 남자.

'옷이 하얀데도 인상은 검은 표범 같네.'

매끄럽게 책장을 넘기는 손 때문일지도 모르겠다. 60여 명을 수용하는 그리 크지 않은 강의실에 내가 앞문을 열고 들어왔는데도 남자는 흘끗이라도 이쪽에 시선을 두지 않았다. 집중력이 엄청난 듯했다.

"으억! 헉!"

나는 남자를 쳐다보며 걷다가 단상에 발이 걸렸다. 당황해서 아무거나 손에 잡히는 대로 잡았는데, 맨 앞줄에 있던 책상이었다. 쓰러지는 내 무게를 견디지 못한 책상은 나와 함께 요란한 소리를 내며 바닥을 나뒹굴었다.

우당탕탕!

"으……."

가슴부터 낙하한 탓에 온 충격이 그리로 쏠렸다. 수술이라도 했다면 실리콘이 터지지 않았을까 싶은 엄청난 통증이 몰려왔다.

"너무 아프다."

나는 양팔로 가슴을 감싸 안은 채 옆으로 누워서 눈물을 찔끔 흘렸다. 머리카락이 쭈뼛 설 정도로 정말 아팠다. 하지만 저기 앉아 있는 표범남이 이 꼴을 보고 있을 거란 부끄러움이 통증보다 더 컸다.

"괜찮으세요?"

남자가 가까이 다가와 물었다. 아파서 우느라, 창피해서 쥐구멍을 찾느라 한참을 누워 있는 내가 심각하게 다쳐 움직이지 못하는 걸로 여긴 모양이다. 나는 눈을 질끈 감고 고개를 맹렬히 끄덕이는 걸로 대답을 대신했다.

어, 잠깐. 고개 끄덕이니까 갈비가 아픈데?

"일어날 수 있어요?"

그냥 날 모른 척 내버려 둬주시면 안 될까요? 아니, 제발 모른 척하세요.

하나 친절한 표범남은 굳이 나에게 더 가까이 다가와 내 상태를 살피고 있다. 끄응. 나는 갈비를 문지르며 슬쩍 감았던 눈을 떴다.

'우와. 이 남자 뭐야.'

말간 남자의 얼굴은 그야말로 수려했다. 쌍꺼풀은 없지만 커다란 눈에는 선명한 검은 눈동자가 반짝이고, 매끄럽게 올라간 콧대에 결 좋아 보이는 피부까지 지녔다. 공대에서 킹카로 소문난 박동후도 잘생겼지만 이 남자만큼 분위기 있지는 않았다.

'배우 지망생인 예대 학생인가?'

남자의 외모는 순간 강의실 바닥에 나자빠져 있는 내 현실을 잊을 정도였다.

"괜찮, 으흑. 아요."

괜찮다고 조신하게 말하고 싶었지만 나도 모르게 저절로 신음이 섞여 나왔다. 말을 하니 가슴에 통증이 왔다. 정확히는 가슴의 포인트 부근이 욱신거렸다.

'아, 이거 왠지 좀 민망한 부원데.'

왜 하필 그 지점이 아프고 난리래.

"어딜 다친 거예요? 내가 좀 도와줘도 괜찮겠어요?"

남자는 양해를 구하려는 듯 조심스레 물었다. 드라마 같았으면 여자 주인공인 나는 빈혈로 어지럼증을 호소하며 가녀리게 쓰러졌겠지? 엄청 예쁘게 풀썩. 그런 나를 본 이 남자가 아니, 주인공 남자는 여자를 확 공주님 안기로 안아 의무실로 데려가면서 사랑이 싹텄을 텐데. 애석하게도 나는 단상에 발이 걸려 찌찌부터 낙하한 씩씩한 여자였다. 냉정하게, 아니 미지근하게 평가하더라도 시트콤 같은 장면이다. 즉, 지금 이 상황은 눈이 에베레스트 급일 것 같은 잘난 남자가 한눈에 반할 만한 것은 절대 아니란 말이었다. 에라이, 그래. 내가 무슨 CC고 로맨스냐. 상철이가 진상을 부린 새내기 때부터 애초에 포기한 단어다.

"……창피해서 그런데, 그냥 모른 척하시면 안 될까요."

나는 진지하게 말한 건데 남자는 손으로 입을 살짝 가리며 키득키득 웃음을 흘렸다. 세상에. 심지어 손도 예쁘다. 나는 잠시 아픔을 잊고 멍하니 남자의 손만 바라봤다.

"모른 척할게요."

남자가 말했다. 그리고 이내 그 손은 남자의 얼굴에서 떨어지더니 황송하게도 내 팔 위에 올려졌다.

"일어나는 것까지만 돕고."

남자의 팔에 힘이 들어가더니 모로 누워 있던 내 몸이 가볍게 일으켜졌다. 비틀거리며 남자의 손에 이끌려 일어난 나는 죄지은 사람처럼 고개를 푹 숙였다. 귀까지 달아오른 것이 느껴졌다. 아마 얼굴은 토마토 저리 가라 할 만큼 잘 익어 있을 것이다. 날 일으켜 세운 남자는 내가 불쾌하지 않을 선에서 내 옷을 자기 손으로 톡톡 쳐 먼지까지 털어주었다. 그리고 나자빠진 책상도 일으켜 제자리에 두었다.

"고맙습니다."

"별말씀……. 흠. 괜찮아요."

남자는 급히 대답을 하고 나에게 몸을 돌려 도망치듯 강의실 밖으로 나갔다. 그냥 못 본 척해 달라는 거였지 그렇게까지 바삐 나가달라고 했던 건 아니었는데. 이거 왠지 좀 섭섭하다.

"헉."

가슴이 아파서 나도 모르게 양손을 내 가슴 위로 조신하게 올려놓고 있었나 보다. 아니, 뭐 조금 움켜쥐듯 잡기는 했다. 내 가슴 내가 만지는 거지만 남이 보기엔 영 이상한 광경이다. 남자가 끝인사도 제대로 않고 도망치듯 강의실을 벗어날 만했다. 이런 이상한 여자와 한 강의실에서 단둘이 있자니 얼마나 무서웠겠는가.

"쌤! 막 캠퍼스 낭만 있잖아. CC 같은 거!"

초롱초롱한 눈동자로 여진이 대학의 낭만을 이야기하던 게 생각이 난다.

"꽃잎이 하늘하늘 날리는 캠퍼스에서 손 꼭 잡고, 꺄앗. 러브지!
러브!"

"러, 러브?"

"쌤, 여대생이잖아요! 이제 봄이고. 그러니까 러브 인 캠퍼스를
꿈꿔야죠!"

눈빛을 반짝이는 그녀에게 현실은 그렇지 않다는 말을 하려다 말았
다. 학점에 찌든 채 편안함만 추구하는 내 모습에서 이미 환상이 많이
깨진 아이였다. 더 깨지면 대학 안 간다고 할지도 몰라 말을 아꼈다.

"러브 인 캠퍼스? 흥. 웃겨."

지난 학기 과외 내내, 주야장천 '러브 인 캠퍼스'를 외치던 16세 중
학생 여진의 까랑까랑한 목소리가 귓가에 울리는 것 같다. 나는 그때
내뱉지 못한 코웃음을 지금 날렸다. 여진아, 현실은 이래.

나는 강의실 안을 대강 눈으로 훑으며 어느 자리에 앉아야 좋을지
를 고민했다. 다른 수업 같았으면 재고할 것도 없이 교단 바로 앞, 맨
앞자리에 앉았을 것이다. 그러나 경영학과의 4학년 전공 수업이었다.
이곳은 아직 내 장소가 아닌 것 같은 느낌이다. 섣불리 앞에 앉았다가
교수와 자꾸 눈이 마주치는 곤혹스러운 사태를 맞이할지도 모른다.
그때를 대비해 사람이 가장 평범해 보일 것 같은 강의실 한가운데 자
리를 내 자리로 낙점했다.

맨 앞자리를 선택하지 않은 것은 신의 한 수였다. 하마터면 교수님에게 내 얼빠진 표정을 적나라하게 보여줄 뻔했다. 담당 교수님은 40대 중반 정도로 보이는 깔끔한 도시 남자 타입이었다. 교수님은 첫 수업답게 앞으로의 수업 개요와 진행 방향, 이 수업에서 가르치고자 하는 바를 설명하며 한 시간의 오리엔테이션을 끝냈다. 그리고 예상대로 쉬는 시간이 되자마자 몇몇 사람들이 가방을 챙겨 강의실 밖으로 나가는 것이 보였다. 이 수업을 빼버리겠다는 뜻이었다.

나는 다급하게 가방에서 시간표 책자를 꺼내 들었다. 빨리 이거 말고 들을 수 있는 다른 수업을 찾아야 한다. 하지만 찾을 수 있을까. 이것도 겨우 짜 맞춘 시간표였는데. 이런저런 체크로 걸레짝처럼 너덜너덜해진 경영학과와 컴퓨터공학과의 시간표를 나는 눈으로 미친 듯이 훑어 내렸다.

'영어 원서로 수업을 한다니.'

오 마이 갓. 한국어로 친절히 읊어줘도 하나 알아들으면 다행일 4학년 경영 전공 수업을 원서로? 교수님의 말에 뒤늦게 살펴본 강의계획서에는 수업의 주 교재 이름이 길게 영어로 나열되어 있었다. 이런 미친. 수학이 싫어 문과를 간 나의 친구 유연우가 있다면, 나는 영어가 싫어서 이과를 선택한 케이스였다.

"으으 뭘 들어야 하지."

계속해서 썰물 빠지듯 가방을 들고 빠져나가는 수업 포기자들을 나는 부러운 눈으로 흘끗거렸다.

"나도 나가고 싶다."

나는 시간표를 전반적으로 재구성해야 할지 말지에 대한 고민에 휩싸였다. 시간표 정정 기간은 앞으로 5일.

'웬만한 수업은 다 차서 들어가기도 힘들 텐데, 어쩌나.'

한숨을 푹푹 내쉬자 갈비뼈가 또 아려왔다. 손으로 갈비를 슥슥 문지르며 진짜 부러진 건 아닌지 병원에라도 가봐야 하나 생각하는 찰나 누군가가 뒤에서 내 어깨를 톡톡 두드렸다.

"네?"

뒤를 돌아보고 나는 흠칫 놀랐다. 그 표범남이었다.

"으헉."

전혀 예상치 못한 노크에 나는 의자가 덜컹할 정도로 움찔했다.

"아, 놀라게 해서 미안해요."

"아뇨, 아니에요. 제가 원래 그냥 좀 잘 놀라요."

손사래를 치는 날 보고 표범남이 활짝 미소를 지었다. 우와. 심장이 쿵. 좌심방 우심실을 노린 공격이 바로 이런 건가. 나는 벌어지려는 입을 꾹 다물었다. 그러고 보니 이 남자, 예대생이 아니었나 보다.

"이 수업 들으세요?"

경영학과 전공이냐고 물었어야 했다. 당연히 들었으니까 쉬는 시간에 여기 앉아 있는 거겠지.

"네. 그럴 생각이에요. ⋯⋯들으실 거예요?"

남자가 역으로 질문을 했다.

"지금 좀 고민 중이에요. 경영학 전공이세요?"

"네."

"잘됐다. 저 뭐 좀 물어봐도 돼요?"

"그럼요. 뭔데요?"

남자가 흔쾌히 대답했다.

"혹시 추천해주실 만한 수업 있으세요? 제가 경영학 수업은 처음이라 뭐가 좋은지 전혀 몰라서요."

"처음인데 이걸 들으셨어요?"

전공 기초도 아닌 4학년 수업을 듣다니, 너 미친 것 아니니 하는 비난의 말투는 아니었다. 그저 정말 궁금해서 묻는 것 같은 순순한 말투였다.

"저 컴공과거든요. 복수전공하는데, 공대 시간표랑 맞추다 보니 이렇게 됐네요."

"시간표 어떻게 짰어요? 내가 좀 봐도 될까요?"

"봐주시면 저야 좋죠!"

오예! 나 지금 표범남이랑 말 트고 있다!

상경대에 연고가 없어 수업에 관한 정보 하나 없이 그저 시간만 맞춰 짠 거였다. 어떤 교수가 좋고, 어떤 수업이 재미있는지. 또 어떤 수업은 반드시 피해야 하는지 알 길이 없었다. 남자는 내가 내민 시간표를 꼼꼼히 눈으로 훑었다.

"거기 분홍색 형광펜으로 칠한 게 수강 신청한 거예요."

"아, 이 수업. 이건 잘 들으셨어요."

"그래요? 다행이다."

"여기 강효일 교수님 수업, 조금 빡빡하긴 해도 재미있어요. 그리고 이 수업은……."

나는 남자가 하는 말을 듣다가 어느 순간 남자의 얼굴에 홀려버렸다.

'김 양식장 근처에서 자랐나? 잘생김. 가까이서 보니 미모가 더 장난 아니구나.'

멍하니 바라보는 내 시선이 느껴졌는지 남자가 나직한 목소리로 수업 설명을 하다가 말을 멈췄다.

"……저기."

"예? 어머나."

여진이가 말할 때 가끔 정신이 나가서 그 애 얼굴만 쳐다보는 것처럼, 나도 모르게 남자의 얼굴만 보고 있었나 보다.

"죄송해요. 기껏 설명하시는 중에. 그런데 진짜 잘생기셨어요. 저도 모르게 눈이 가네요."

이런저런 변명을 하는 게 더 이상해 보일 것 같아 나는 솔직하게 말했다. 내 말에 남자는 약간 붉어진 얼굴로 시원스레 웃음을 터트렸다. 맙소사, 웃음소리도 잘생겼다.

"아차. 이거."

뭐가 그렇게 웃긴지 어깨까지 파르르 떨며 웃던 남자는 돌연 작은 종이봉투 하나를 내밀었다.

"저 주시는 거예요?"

혹시 나한테 반했나? 하는 약간 도끼병 같은 생각이 들었다. 처음 본 남자가 이렇게 뭘 주는 건 호감 표시 아닌가. 내 눈꼬리가 도도하게 보이자는 주인의 의지와 상관없이 둥글게 접히는 느낌이 들었다. 남자가 내민 봉투 안에서 500mL 생수와 약이 나왔다.

"이게 뭐예요?"

고백은 꽃 아닌가요. 설명해보라는 눈빛으로 그를 바라보니 남자가 손으로 입가를 살짝 쓸어내리고 말했다.

"아까, 좀 많이 아픈 것 같아서……. 의무실에 얘기해서 통증 완화하는 약을 좀 받아 왔어요."

맞다. 나 아까 이 남자 보는 데서 장렬히 나자빠졌지.

'아, 창피해.'

순식간에 얼굴이 달아올랐다. 그러고 보니 아까 강의실을 빠져나갔을 때, 그냥 도망간 게 아니라 약을 가지러 갔었나 보다. 예상치 못한 호의에 마음 어딘가가 사르르 녹는 기분이 들었다.

"고맙습니다."

하지만 녹는 기분과는 별도로 부끄러운 일이었다. 모른 척해 달라 했건만. 그는 참 명확히도 아까 일을 기억하고 있나 보다. 넘어지기만 했다면 그냥 그러려니 하는 일이 됐겠지만, 가슴까지 움켜쥔 터라 더더욱 민망했다. 나는 차마 남자의 얼굴을 볼 수가 없어 죄지은 사람처럼 고개를 푹 숙였다. 그리고 책상 위에 펼쳐진 시간표 책자에만 시선을 두었다.

"이제 정말로 모른 척할게요."

남자의 목소리에 다시금 시선이 그의 얼굴로 향했다.

"네?"

남자는 얼굴에 부드러운 미소를 띤 채로 내게 말했다.

"아니, 아예 머릿속에서 지워버릴게요."

정말로 머리에서 떨쳐내겠다는 듯 남자는 고개를 빠르게 살짝 좌우로 저었다. 마치 머리에 무언가 붙은 것을 털어내는 것처럼. 모른 척해 달라는 말을 기억하고 있던 모양이다.

"확실히 지워주세요. 다음번에 기억하고 계신 거 알면 제가 정말 기억상실로 만들어드릴 수도 있어요."

시답잖은 농담이지만 거기에 실린 내 진심이 느껴졌는지, 아니면 불끈 쥔 내 주먹이 제법 위협적이었는지 남자는 고개를 끄덕였다. 그리고 나에게 불쑥 손을 내밀었다.

"선우빈입니다."

그의 말에 나도 모르게 입이 활짝 벌어졌다. 이거 앞으로 알고 지내자는 제스처 맞지? 경영학과에 지인이 한 명 생기는 순간이었다. 나는 기쁜 마음으로 그의 손을 잡았다. 이건 뭐 악수라기보다는 커다란 손에 내 손이 감싸인 것 같았다.

"……서민유예요."

순간 내 이름이 떠오르지 않아 잠시 멈칫하다 입을 열었다. 고등학교 시절부터 계속 별명으로만 불렸더니 가끔 이렇게 내 본명이 빨리 떠오르지 않는다. 새내기 시절 수업 시간에 출석을 부를 때 내 이름이 아닌 줄 알고 대답을 안 한 적도 왕왕 있었다.

내 별명은 '흥선'이다. 정확히는 흥선대원군.

학창시절 내 성적표는 척화비였다. 다른 과목이 80~90점대일 때도 영어만은 반타작 근처를 맴돌았다. 모의고사는 더 처참했다. 고등학교 1학년 때 첫 모의고사에서 영어를 제외한 모든 과목 1등급이라는 기록에 영어는 최하위 9등급이 나왔다. 역사 담당이었던 담임선생님은 모의고사 성적표가 나오는 날, 조회 시간에 내 성적표를 손에 쥐고 흔들며 말했다.

'우리 반에 흥선대원군이 있다. 성적표를 줘야 하는데 이건 아무리 봐도 척화비다'라며 '양이침범 비전즉화 주화매국'을 외쳤다.

그 후로 나는 '흥선'으로 불렸다. 내가 죽어라 공부해 영어 3등급을 맞아도 나는 여전히 흥선대원군이었고, 고등학교를 졸업했어도 친구들에겐 여전히 흥선이었다.

"서민유?"

"네."

남자는, 아니 이름도 잘생긴 '빈'은 확인하듯 내 이름을 다시 한 번 물었다. 아, 왠지 느낌이 분홍분홍하다. 설마 이 남자 나한테 반했나? 꺄아, 난 몰라. 그런 것 같아! 어머, 어머. 이번 학기에 뭐가 있으려나 봐. 가슴이 요동을 쳤다. 하지만 이런 내 마음과 다르게 빈은 다시 시간표 이야기로 주제를 넘겼다.

결국 영어 원서 수업을 듣게 되고야 말았다. 이것을 뺀다면 남는 선택지는 시간이 맞는 공대 전공뿐이었다. 하지만 들리는 소식에 의하면 여영은 교수님 수업은 공상철이 수강하는 것이 100% 확실했다. 공상철을 피하기 위해 나는 울며 겨자 먹기로 원서 강의를 택했다. 최악을 피하기 위해 차악을 선택한 것이다. 그나마 다행인 것은 차악의 수업을 함께 듣는 사람이 있다는 것이다. 경영학과에 있는 유일한 나의 지인. 선우빈.

"선우빈이라."

그는 나보다 세 살이 더 많은 한 학년 위의 오빠였다. 생긴 것만큼이나 친절한 그는 영어 때문에 울상 짓는 나를 위해 멋진 제안을 했다.

"나도 이 수업 전에 공강인데, 앞으로 이 시간에 같이 예습할까요?"

이 강의실은 오전 수업이 없어 앞으로 쭉 빌 것 같다며 그가 미소 지었다. 나는 빈말인 걸 알면서도 기분은 좋았다. 그리고 한번 자리 잡은 분홍 망상이 뭉게뭉게 피어났다.

'아무래도 이 사람, 나에게 호감이 있는 것 같아!'

아, 분홍내 난다. 올해 벚꽃은 님과 함께 구경하겠구나! 그리 생각했건만, 역시나 현실은 그리 만만치 않다.

"오빠!"

수업이 끝나고 여자 세 명이 하이톤으로 빈을 부르며 다가왔다. 옆 강의실에서 다른 강의를 듣는 빈 선배의 경영학과 후배들이었다.

"여기서 수업 있다고 하셔서 왔어요."

바로 내 뒷자리에 앉아 있는 빈 선배를 만나기 위해 그녀들이 가까이 다가왔다.

"첫날인데도 이 교수님 수업 다 하시나 봐요?"

"다음 주에 개강총회 하는 거 아시죠? 오실 거죠?"

세 여자는 내 의자와 그의 책상 사이를 비집고 들어와 그를 둘러싸고 고주파를 쏟아냈다. 그녀들의 목소리에서는 왠지 모를 자부심 같은 것이 느껴졌다. 아마 빈과 아는 사이라는 것에서 오는 자부심일 것이다. 승은 입은 후궁들의 기세가 저러지 싶은 마음이 들었다.

실제로 남자건 여자건 이 수업을 듣는 사람들은 흘끗거리며 계속 빈을 쳐다보고 있었다. 그가 바로 내 뒤에 앉았기에 나는 흘끗거릴 수 없었다. 그러나 내가 다른 자리에 앉았더라면 나도 다른 이들처럼 계속 빈을 흘끗거렸을 것이다. 수업이 끝나 사람들이 강의실을 빠져나가고 있는데 여자 셋은 미동도 없이 계속 빈을 둘러싸고 수다를 떨고 있었다. 내 머리 바로 뒤에 여자 엉덩이가 있는 것도 좀 그렇고, 더 이상 이 강의실에 남아 있을 이유도 없다. 나는 가방을 챙겨 자리에서 일어섰다.

'그래도 통성명까지 했는데 인사라도 해야겠지?'

강의실을 나가려다, 빈 선배를 향해 뒤를 돌았다. 하지만 주변을 둘러싼 세 여자들 때문에 틈이 보이질 않았다. 굳이 여자들의 말을 자르고 인사하고 나가는 것도 이상한지라 나는 뒤만 몇 번 흘끔 쳐다보다가 그냥 강의실 밖으로 나왔다.

"선우빈?"

선미 언니는 내가 선우빈 선배와 같은 수업을 듣는다는 말에 놀라는 눈치였다. 남선미 언니는 나보다 한 학년 위인 같은 과 선배로, 유일한 나의 친구였다.

새내기 시절 학기 초부터 공상철은 나를 제 여자인 양 여겼다. 공상철은 나보다 네 살이 많은 복학생 선배였다. 그는 어떻게 알아내는지 내가 어딜 가든 쫓아왔다. 그리고 주변 사람들에게 행패 아닌 행패를 부렸다. 자기 허락도 없이 왜 서민유를 만나느냐는 어이없는 행패였다. 내가 하지 말라고 싫다고 아무리 말을 해도 그는 들은 척도 안 했다. 그렇게 내 주변 사람들 모두를 차단한 공상철 덕분에 나는 접근하는 남자는커녕 동성 친구도 없었다. 주변 사람에게 나는 제 여자니 건들지 말라고 윽박지르고 다녔다는 이야기는 나중에 선미 언니를 통해 들었다. 그 미친놈은 내가 없는 곳에서도 날 부끄럽게 만들고 있었다.

내가 새내기였을 때부터 날 마음에 들어한 선미 언니는 공상철에게 물린 것을 안타깝게 여겼다. 마초적인 기질이 다분한 공상철을 처음 입학했을 때부터 치를 떨게 싫어했다는 선미 언니다. 그녀는 우리 과에서 지랄 맞은 공상철에게 직언을 날릴 수 있는 유일한 적수, 스나이퍼였다. 언니의 화통한 성격과 빵빵한 집안이라는 배경 덕분이었다. 공상철은 사람을 밟아도 되는 사람, 저와 비슷한 사람, 건드리지 말아야 할 사람, 이렇게 등급을 매겼다. 그의 머릿속에 선미 언니는 자신보다 비슷하거나 그 위 계급 정도로 매겨져 있는 듯했다. 선미 언니에게 한 방 먹으면 시뻘게진 얼굴로 겨우 화를 억누르는 표정을 보이곤 했으니까.

하여튼 이런 공상철의 지랄 때문에 남자들은 아예 나에게 말도 안 걸었다. 여자들은 공상철과 어떠한 빌미로도 엮이기 싫어 나를 피했다. 이 정도는 괜찮았다. 어차피 학과 여자들과 멀어질 것을 예감했었으니까. 미묘하게 그들과 취향이 맞지 않았기 때문이다. 정말로 미치겠는 건 따로 있었다. 내가 대놓고 공상철을 불편해하는 티를 내고 그를 피하는 것을 알면서도 주위 사람들은 나와 공상철을 엮어서 보았다. 정말 내가 그의 여자친구라도 된 것인 양 굴어서 난감했던 적이 한두 번이 아니었다.

"공상철도 이 사실 아냐? 너 바람피워?"

내가 소개팅을 한다는 소문이 들리면 이런 식의 헛소리를 들어야
했다. 심지어 공상철은 그런 소문을 듣는 날이면 정말 바람난 마누라
라도 잡는 것처럼 나에게 심술 아닌 심술을 부렸다. 그런 끔찍한 새내
기 시절. 나는 경영학과 복수전공을 생각하고 있었다. 과연 경영학 수
업을 잘 해낼 수 있을까 고민하는데, 공상철이 전공 심화란다. 나는 뒤
도 돌아보지 않고 경영학과 복수전공을 선택했다. 조금이라도 그와
마주치기 싫었다. 내가 듣고 싶은 강의로 시간표를 짜는 것보다 어떻
게든 공상철을 피하려 발버둥 쳤다. 불행 중 다행인 건, 그가 이번 학
기에 졸업이라는 사실. 학점 관리를 나 몰라라 하던 그는, 아니 그 새
끼는 졸업과 취업을 앞두고 뒤늦게 발등에 불이 떨어진 상태였다. 그
덕에 나는 조금 수월히 학교를 다닐 수 있었다.

"박동후랑 컴공 수업 듣고, 선우빈이랑 경영 수업 듣고?"

내가 고개를 끄덕이자 선미 언니는 엄지를 치켜세웠다.

"철수 너 그 새끼한테 물린 게 하늘도 불쌍했나 보네."

선미 언니가 말하는 그 새끼는 공상철이었다. 그리고 '철수'는 나의
또 다른 별명이었다. 새내기 때 처음 간 MT에서 붙은 별명. MT에서
우스갯소리로 선미 언니한테 그럼 이제 내가 공대 아름이가 되는 거
냐고 물었더니, 언니는 코웃음을 쳤다.

"아름이 같은 소리 하네. 여자가 공대 온다고 공주 대접 받던 시기 끝난 지가 언젠데. 그냥 남자가 되는 거야 인마. 공대 아름이가 아니라 그냥 공대 철수다, 철수."

그때부터 나는 철수가 되었다. 컴공과는 새내기들이 빨리 선배들과 친해지라는 의미로 선배들이 별명을 지어주고 학기 초 3월 한 달간 이름 대신 그 별명으로 부르는 이상한 전통 같은 게 있다. 보통은 한 달이 다 지나기도 전에 본명으로 부르지만 나는 3학년이 되도록 여전히 철수였다. 본명보다 더 잘 어울린단다. 생긴 건 인형 갖고 놀게 생겨서 종합격투기를 본다는 게 이유였다. 하하. 그래도 흥선대원군보단 나은 것 같아. 어쭙잖게 나 자신을 위로했다. 적어도 철수는 어딘가 모자라서 붙은 별명은 아니니까.

"그런데 언니, 선우빈을 어떻게 알아요?"

"우리 학교에서 선우빈 모르는 사람도 있어?"

내 질문에 오히려 언니가 이상하다는 얼굴로 반문했다.

"전 몰랐는데요. 이번에 처음 알았어요."

"야아, 너 아무리 아싸라고 해도 학교 돌아가는 건 알아야 하는 거 아니냐?"

아웃사이더가 괜히 아웃사이더겠는가. 주변 소문에 둔한 나 같은 아싸는 내가 듣는 수업 외의 소식들은 잘, 아니 거의 모르는 경우가 많다. 선미 언니의 말에 의하면 선우빈, 이한수, 박동후는 과 차원이 아니라 학교 차원에서 알아주는 유명인이었다. 웬만한 연예인 저리 가라 할 인기를 구가하는 그들은 암암리에 팬클럽도 존재하고 있다고 했다. 선미 언니는 열변을 토하며 학교 킹카들에 대한 정보를 읊어댔다.

"철수 누나!"

침을 튀어대는 언니의 열변에 세수라도 할 수 있을 것 같은 때, 상후가 나타났다. 방긋거리며 웃는 얼굴이 꽤나 귀여운 상후는 내 옆에 앉았다. 요즘 공대에서 떠오르는 귀요미, 컴공과 킹카 상후가 선미 언니에게 꾸벅 인사를 했다.

"선배 오랜만에 보는 것 같아요."

상후의 말에 선미 언니가 어깨를 으쓱해 보였다.

"너 나가려던 거 아니야?"

상후의 손에 들려 있는 일회용 컵을 보며 내가 물었다.

"나가려고 하는데 저 앞에 여자애들 있어서."

상후가 슬쩍 카페 유리창 너머를 턱짓으로 가리켰다. 그쪽을 보니 상후를 흘끗거리는 여자애들 몇몇이 보였다.

"워후. 상후 인기 좋네."

선미 언니의 말에 상후가 잘난 척이 잔뜩 들어간 손동작으로 머리를 쓸어 넘겼다. 여자애들이 귀찮게 달라붙을 때면 상후는 으레 내 옆으로 왔다. 혹시라도 공상철의 입에 자신의 이름이 언급될까 내 옆으로 잘 안 오는 여자들의 심리를 상후는 너무도 잘 알았다. 아, 알미워. 아싸를 이런 식으로 이용해 먹다니.

"그래그래, 머리카락 넘길 수 있을 때 많이 넘겨. 조만간 박박 밀려 군대 들어갈 테니까."

"아, 진짜 군대 얘기 하지 마!"

내가 상후를 공격할 거라곤 군대뿐이었다. 얘가 군대를 갔다 오면 뭐로 놀려먹어야 하나, 고민이 될 만큼 상후는 군대 이야기에 몸서리를 쳤다. 워낙 리액션이 좋다 보니 상후가 얄미울 때면 반사적으로 나는 군대라는 카드를 꺼내 들었다.

"안마, 자꾸 이렇게 얘기를 해야 면역이 돼서 진짜 군대 갔을 때 마음의 준비를 하지."

"어후! 어후, 서민유!"

말로는 어찌할 수가 없는지 상후는 제 가슴을 두드리다 아메리카노를 한 모금 마셨다. 선미 언니의 키득거리는 소리가 귓가에 울렸다. 화창한 날씨에 따뜻한 커피 한 잔과 달콤한 케이크. 밖은 아직 쌀쌀하지만 안은 훈훈한 카페. 내가 좋아하는 사람들과 함께하는 지금 이 순간이 행복하다. 아, 좋다. 매일매일이 지금처럼 평화롭다면 얼마나 좋을까.

선미 언니가 들으면 깜짝 놀랄 이야기가 또 하나 생겼다.

나는 화요일 오전에 이한수와 같은 경영학과 수업을 듣게 되었다. 3대 미남 중 하나인 선우빈은 배우처럼 잘생겼다. 그에 비해 이한수는 아이돌같이 예쁘장하고 화사하게 생긴 남자였다. 하얀 얼굴에 뭐라도 바른 것 같은 붉은 입술과 서글서글한 인상이 매력적이었다. 조용한 선우빈과는 달리 그는 활기찬 대형견을 보는 것 같은 기분이 들었다. 태생적으로 사람들에게 사랑받을 것 같은 이한수를 나는 잠시 멍한 상태로 보았다.

"겁나 예쁘다."

선미 언니의 언질이 없었다면 나는 저 남자가 우리 학교 3대 인물이라는 것도 몰랐을 거다.

스키니진을 입은 이한수의 다리는 매끈하게도 빠졌다. 나는 남자가 저렇게 날씬한 걸 멋있다고 여기는 편은 아니었다. 하지만 선미 언니가 그랬던 것처럼 엄지를 절로 치켜세우게 만드는 남자였다.

'너 이 자식. 서상후랑 같이 스키니진 입어도 되는 남자로 낙점.'

저번 첫 수업 때 존재하지 않았으니 아마도 정정 기간에 수강 신청한 듯 보였다. 하. 선우빈, 박동후, 이한수. 트리플 달성이다.

'내 시간표, 돈 좀 받고 팔아볼 걸 그랬나.'

괜한 아쉬움에 입맛을 다시며 책을 펼쳤다. 오늘은 가장 바쁜 화요일이다. 1교시부터 빡빡한 수업도 수업이지만 경영학 수업을 듣고 공대 수업을 듣고 다시 경영학 수업을 듣고 다시 공대 수업을 듣는다. 밥 먹을 시간은커녕 짧은 쉬는 시간을 이용해 두 건물을 부지런히 오가야 한다. 환상의 시간표다. 그나마 위로가 되는 건 첫 교시 경영 수업엔 이한수가, 마지막 공대 수업엔 박동후가 있다는 정도일까? 먹지 못하는 감이어도 구경 정도는 할 수 있는 그림이니 감상은 마음껏 해도 되겠지.

비바 경영. 비바 컴공. 아름다운 인생아.

배에서 천둥이 치는 것 같다. 점심 한 끼 못 먹으면 어떠랴 싶었는데 막상 굶고 보니 눈앞이 하얗게 보일 정도로 배가 고팠다.

"속 쓰려서 안 되겠어. 식당 가기 전에 쓰러져 죽겠다."

뭐라도 사 먹으면서 식당에 가야겠다고 결심한 나는 가까운 매점으로 비틀대며 걸었다.

"어? 저 사람……."

매점 입구 쪽에 낯익은 얼굴이 보였다. 선우빈이다. 무표정한, 아니 조금 귀찮아 보이는 표정으로 그는 여자들에게 둘러싸여 있었다. 지난번 그 여자 삼인방이다. 여전히 화려하고 예쁘게 차려입은 여자들은 반짝이는 눈으로 빈 선배를 바라보고 있었다.

"누나."

"꾸에엑!"

갑작스레 귓가에서 들린 목소리에 놀라 돼지 멱따는 소리가 빽 나왔다. 무릎에 힘까지 풀려 앞으로 자빠지려는 나를 상후가 급히 잡아 세웠다.

"서상후 야, 이 자식아! 깜짝 놀랐잖아! 뭐야?"

상후가 내 팔을 놓으며 씩 웃어 보인다.

"뭐긴? 왜 불러도 대답이 없어?"

"나 불렀어?"

"내가 몇 번이나 불렀는데. 누나 정상기 수업 듣지? 나도 그거 들어."

마지막 공대 수업은 상후도 듣는 모양이었다.

"어머, 그래? 아는 척 좀 하지."

앞자리를 선호하는 나와 달리 뒷자리를 선호하는 상후였기에 마주칠 일이 없었다. 게다가 앞자리에 앉아 앞만 보고 있으면 강의실 뒤쪽 상황은 전혀 알 수 없다. 더불어 정상기 교수님은 출석을 따로 부르지 않았다. 지정석을 정해주고, 그 자리에 앉은 학생들을 출석부에 체크하는 것으로 출결을 대신했다. 그 때문에 나는 상후의 존재를 지금까지 전혀 눈치채지 못했다.

"지금 하잖아. 나 빵 사줘."

"뭘 이렇게 당당히 요구해?"

"누난 부자잖아. 과외 부자. 가련한 후배를 위해 선배님이 좀 사주시죠?"

나는 물끄러미 상후에게 시선을 주었다. 이 자그마한 머리통을 나한테 맞아가며 과외 받던 게 엊그제 같은데. 이젠 같은 학교라니, 시간 참 빠르다.

"뭘 그렇게 봐? 역시. 내가 좀 잘생겼지?"

상후의 말에 피식하고 비웃음을 날려주며 내가 말했다.

"아니. 저쪽 보다가 널 보니까 웬 오징어 한 마리가 여기 있나 싶은데?"

"뭣이? 이렇게 잘생긴 오징어 봤어?"

내 말에 발끈하면서 상후는 내가 가리킨 '저쪽'을 쳐다보았다. 선우빈이 있는 쪽을. 마치 뚫릴 것처럼 선우빈에게 시선을 주는 상후를 보니 내가 다 민망하다. 그만 좀 보라고 하려는 찰나 상후가 입을 열었다.

"피곤하겠다."

"응?"

"저 사람. 피곤하겠다고."

"왜?"

"딱 보니 임금은 생각이 없어."

"무슨 소리야, 그게?"

"임금은 생각도 없고 귀찮아 죽겠는데, 후궁들이 승은 좀 입어보겠다고 주변에서 설치고 있잖아."

어머. 서상후. 얘 뭐야. '승은 입은 후궁'이라니. 표현까지 나랑 똑같아. 리얼이야. 소름 끼쳤어. 역시 오랜 시간을 허투루 알고 지낸 사이가 아니었다.

"으ㅎㅎㅎ"

상후의 기막힌 단어 선정에 웃음이 터졌다. 내가 실실거리자 상후가 인상을 구겼다.

"변태처럼 왜 그러고 웃어?"

"웃겨서. 나도 똑같은 생각을 했거든."

"본 적 있어?"

상후가 엄지로 후궁들을 가리키며 물었다.

"자기들 수업도 아닌데 강의실 찾아와서 임금님을 보고 가더라고."

"저 남자랑 같은 수업 들어?"

"응."

"앞으로 자주 보겠네."

"뭘?"

"저 여자들. 보아하니, 저 남자랑 친한 걸 어떻게든 드러내고 싶어 하는 부류야. 저 남자 가는 길마다 쫓아다닐걸."

여동생만 셋 있는 상후는 여자들의 세계에 빠삭했다. 어느 정도 본인이 눈치를 타고난 것도 있었지만, 자란 환경 덕분에 상후는 여자들의 내숭이나 속셈 같은 것을 귀신같이 간파하는 능력이 있었다. 학기 초 여자들 사이에선 '불여우', 남자들 사이에서 '여신' 같은 존재였던 소연이라는 새내기가 있었다. 그녀는 여자들 사이를 이간질하고 남자들 사이에선 성격 좋고 털털한 여자를 연출했다. 그리고 그 남자들 중 그 사실을 아는 사람은 아무도 없었다. 소연 때문에 남자들 사이에서 여린 소연을 괴롭히는 드센 동기가 된 여자 동기들은 이를 벅벅 갈고 있었다. 그런 소연의 속내를 상후는 단번에 간파했다. 그리고 소연의 입방정을 한 방에 제압했다고. 그 일로 여자 동기들에게 '속이 시원함'을 선사했다는 후문이 있었다.

이것도 선미 언니에게 들은 이야기였다. 나는 학과 사정을 전혀 몰랐다. 누가 후배인지도 사실 잘 모른다. 다시 한 번 말하지만 나는 컴공과의 마이 웨이, 아웃사이더인 아싸다. 친한 사람이라고는 남선미, 서상후가 전부다.

"어?"

우리의 시선을 느끼기라도 한 것일까. 빈 선배와 눈이 마주쳤다. 그의 시선에 살짝 고개를 숙여 눈인사를 했다. 내 인사를 받자마자 선우빈이 후궁들을 뒤로하고 성큼성큼 우리 쪽으로 걸어왔다.

"경영학과 수업은 잘 들었어요?"

다정한 목소리였다.

"네. 나쁘진 않았어요."

내 시간표를 다 알고 있는 선배였다. 그래서 오늘 수업을 잘 넘겼는지 신경 써주는 것 같았다. 내 대답을 들은 빈 선배는 옆에 있는 상후에게도 눈인사를 해 보였다. 상후도 살짝 고개를 숙여 그의 인사에 답했다. 상후와 키가 비슷할 거라고 생각했는데, 나란히 선 두 사람을 보니 빈 선배가 반 뼘 정도 더 컸다.

"흐음."

보기 좋은 광경이었다. 지난 시간 남자라곤 징글징글하게 들러붙는 공상철이 전부였던 나였다. 그런 내 주변에 이런 화사한 꽃들이 두 송이나 피어 있으니 방실방실 웃음이 나올 것 같다.

"마지막 수업은 공대?"

"네. 지금 막 끝났어요."

"상경대랑 공대 건물 왔다 갔다 하려면 힘들겠다."

두 건물은 제법 멀찍이 떨어져 있어 쉬는 시간에 뛰듯이 걸어가야 했다.

"다음부턴 아침 수업 시작 전에 미리 빵이라도 사다 놓고 먹으면서 움직이려고요."

"그 쉬는 시간도 못 참겠냐?"

상후가 놀리듯 물었다. 내 먹성을 잘 아는 상후다. 나는 식전에 빵 두 개에 우유 500mL 하나를 먹고도 비빔밥을 바닥까지 박박 긁어 먹는 여자였다. 하지만 그걸 굳이 선우빈에게 밝혀야 할 이유는 없다. 나도 이런 남자 앞에선 밥 조금 먹고 호호호 하고 웃는 조신한 여자이고 싶었다.

"밥 먹을 시간이 없어서 그런 거거든?"

나도 모르게 이를 좀 악물고 말을 한 거 같다. 아, 그러고 보니 나 빨리 밥 먹어야 하는데. 배고파 죽겠다.

"저녁 먹었어요? 안 먹었으면 같이 할래요?"

빈 선배의 제안이었다. 나는 혹여 저녁을 배가 터지게 먹었더라도 수락했을 거다.

그 제안 당연히 받아들이겠어요.

학생 식당으로 갈 줄 알았는데 선배가 데리고 간 곳은 학교 근처의 한정식집이었다. 말이 한정식이지 가격이나 메뉴 구성은 백반이나 다름없는 곳이다. 이 집은 2천 원을 더 내면 갈비찜이나 떡갈비 같은 그날의 특식 메뉴가 함께 나와 인기가 있었다. 오늘은 주꾸미 볶음이었는지 매콤한 냄새가 진동을 했다. 배고픈 속에 밥 냄새가 들어가자 배가 요동을 친다. 나는 혹여 꼬르륵하는 부끄러운 소리가 빈 선배에게 크게 들릴까 봐 잔뜩 긴장했다. 우선 물배라도 채워야겠다 싶었다.

"나 물 좀."

상후에게 말했는데 빈 선배가 물이 담긴 컵을 내 앞에 내밀어 주었다.

"고맙습니다."

나는 목마른 사슴이 우물을 찾은 것처럼 연거푸 물을 들이켰다.

"이게 오늘 시간표야?"

상후가 내가 들고 있던 노트를 펄럭여 맨 앞장에 적힌 시간표를 보고 경악한 얼굴을 했다.

"내가 말했잖아. 밥 먹을 시간이 없다고."

빈 선배가 상후가 들고 있는 노트에 시선을 주었다. 상후와 빈 선배가 나란히 머리를 맞대고 노트를 보고 있는 광경이 왜인지 익숙하게 느껴졌다. 이런 걸 낯설지 않게 느끼다니. 요상한 일이다. 나는 이제 막 선배와 인사를 나누는 정도였고, 선배와 상후는 초면이었다. 그런데 이렇게 셋이 앉아 밥을 먹고 있다니.

"그럼 여태 굶은 거예요?"

선배는 유독 빡빡한 오늘 일정을 보고 살짝 미간을 찌푸리며 말했다.

"형, 뭘 존대를 해요. 그냥 말 편하게 하세요."

상후가 훅 치고 들어왔다. 하여튼 넉살도 좋은 녀석이다. 하긴 저보다 다섯 살이나 많은 4학년 선배가 나에게 높임말을 쓰니 어색할 것이다. 군대도 안 간 스물한 살인 저는 나한테 반말을 하고 있는데 말이다. 상후의 말에 빈 선배가 그래도 되냐고 묻는 것처럼 내 눈을 바라보았다. 내가 허락하고 말고 할 사안은 아니지만 일단 고개를 끄덕였다. 나한테도 세 살이나 오빠다. 그리고 말을 트면 왠지 더 친해질 것 같은 느낌이 들기도 했다.

"어쩔 수 없었어요. 경영대 수업이랑 맞추려다 보니."

"바보냐? 이거 말고 여영은 교수 프로그래밍 수업……."

상후는 타박을 하려다 입을 다물었다. 공상철이 듣는 수업임을 상후도 잘 알고 있었다.

"무슨 일 있어?"

빈 선배의 질문에 답을 하려면 내가 아싸인 것과 그렇게 된 원흉까지 모조리 나불거려야 했다. 하지만 난 내가 아싸라는 걸 선배가 모르길 바랐다. 그저 남들처럼, 선배 옆에 있는 후궁들처럼 평범하고 원만한 사람이라고만 알리고 싶었다. 호감 있는 여자가 웬 이상한 남자한테 물려 아싸라는 걸 알고 좋아할 사람이 몇이나 있을까. 난 그렇게 속으로 김칫국을 후루룩 들이마시고 있었다.

"듣고 싶은 수업 들으려다 보니까 그렇게 된 거죠 뭐. 별일 아녜요."

괜히 목이 타서 물을 한 잔 더 마셨더니 밥을 먹기 전에 방광이 터질지도 모를 것 같은 느낌이 들었다. 나는 화장실에 다녀온다며 슬쩍 자리를 비켰다. 나가면서 상후에게 헛소리를 하면 가만 두지 않겠다는 무언의 압박을 담은 눈빛도 쏘아 보냈다.

화장실에 다녀온 사이 왠지 두 사람이 친해져 있는 것 같았다. 어색하던 공기가 엷게 흩어졌다. 같은 남자라서 그런지 잠깐 사이에도 서로에게 잘 적응한 모양이다. 밥을 먹는 내내 두 사람은 전부터 알던 사이인 양 어색함 없이 대화를 이어나갔다.

"더 안 먹어?"

말끔히 비워진 내 밥그릇을 보며 상후가 물었다.

"다 먹었어."

내 말에 상후가 심각한 얼굴을 했다.

"점심까지 굶은 누나가 할 말은 아닌데. 여기 밥 두 공기까지 공짜로 리필 돼. 더 먹어."

"내 위장을 왜 네가 걱정을 하니. 배불러. 다 먹었다니까."

"누나 엥겔계수가 보릿고개 수준인 걸 내가 다 아는데 무슨 소리야. 나중에 후회하지 말고."

상후의 말에 나는 빈 선배를 흘끗 쳐다보았다. 이 자식이 왜 자꾸 선배 앞에서 나의 본모습을 드러내려 하는 거지. 내가 잘 좀 해보겠다는 눈치를 주었거늘! 화장실에 다녀오겠다며 선배가 잠시 자리를 비운 틈을 타 나는 야무지게 상후의 발등을 내 발로 찍었다.

"아!"

"이 자식이 정말 미쳤니? 지금 누나 인생에 봄이 오려는데 왜 자꾸 초를 쳐?"

"아우, 누님. 그냥 본성대로 살아. 가녀린 척해 봤자 어차피 금방 들통나게 돼 있어!"

"시끄러. 그건 내가 알아서 해. 나 지금 썸 타기 직전이란 말이야."

상후는 비웃는 건지 그냥 웃는 건지 알 수 없는 묘한 표정으로 나를 바라보았다. 아마 '저런 킹카가 널?'이라고 말하고 싶은 걸 참는 건지도 모른다. 나의 김칫국 드링킹 발언에 상후가 다시 한 번 씨익 웃더니 반격을 하려는 듯 입을 열었다.

"후식으로 채우겠다는 거지? 형, 누나가 커피 산대요."

어느새 자리로 돌아온 빈 선배에게 상후는 다짐을 받아내듯 말을 하고 자리에서 일어났다.

"난 약속 있어서 먼저 간다. 형, 가볼게요."

선배에게 꾸벅 인사까지 하고 훌쩍 자리를 벗어나는 상후의 뒷모습은 얼마나 아름다운가. 마치 우리 둘만의 시간을 마련해주는 것 같은 저 배려를……. 어머, 저 자식 밥값 안 냈네. 나한테 자연스레 뒤집어씌운 거야? 아까 매점에서 빵 사달라고 들러붙을 때 알아봤어야 했는데.

"정말 더 안 먹어도 되겠어?"

"네. 다 먹었어요."

'사실 주꾸미 볶음에 딱 밥 반 공기만 더 먹으면 더할 나위 없이 좋겠지만.'

나는 이쯤에서 물러나기로 했다. 주꾸미 접시에 끈적하게 들러붙은 내 시선을 겨우 떼어내고, 빈 선배를 보며 괜찮다고 고개를 끄덕였다.

"오빠 좀 더 먹어야겠는데."

빈 선배는 공깃밥을 하나 더 주문했다.

'오빠'라는 소리가 빈 선배의 입에서 자연스럽게 나왔다. 느낌이 굉장히 신선했다. 보통 친오빠 외에 다른 남자가 '오빠'라는 소리를 입에 담으면 별로였다. 자신이 우위인 것을 인지시킴과 동시에 허세 부리는 것 같은 느낌이 들기 때문이었다. 하지만 빈 선배가 하는 오빠 소리는 굉장히 담백했다. '오빠'의 완성도 결국 얼굴인 것인가.

"응?"

선배는 밥 절반을 툭 덜어내더니 내 밥그릇에 담아주었다.

"조금만 더 먹어. 오늘 점심도 굶었잖아."

나도 모르게 만개하는 꽃처럼 해맑게 핀 내 얼굴을 제발 빈 선배가 못 봤기를 기도했다.

선배가 저녁을 계산했고 커피는 내가 대접하기로 했다.

"흐으으음."

고민이다. 치즈케이크랑 다크 초콜릿 가나슈랑 아, 저 타르트도 맛있겠다. 어머, 이 케이크 신제품이잖아?

"아직 결정 못 하셨어요?"

수산시장에서 도미 고르듯 진열대 앞에서 고심하는 나를 보며 직원이 물었다.

"죄송해요. 금방 고를게요."

그녀는 약간 짜증스러운 눈빛으로 날 쳐다보고 있었다. 직원의 따가운 시선을 모르는 것은 아니지만, 지금 나는 잔인한 미션을 수행 중이었다. 저 맛있는 아이들 중 단 두 개만을 골라야 하는 미션. 쉽게 결정을 내릴 수 없었다. 평소였다면 사람이 두 명이니 네 조각을 시키자고 하는 게 맞는 거였지만 오늘 나는 이미 밥 두 공기를 먹은 여자였다. 빈 선배 앞에서 더 많이 먹는 모습을 보이고 싶지 않았다.

제발 나도 러브 인 캠퍼스 좀!

"뭐가 그렇게 고민되는데?"

"으응. 저놈하고 요놈하고 다 먹고 싶은데 그중에 두 개만 골라……
어멋! 깜짝이야!"

자리에 앉아 있어야 할 선배가 어느새 내 곁으로 다가와 같이 케이크를 보고 있었다. 놀라서 바닥에 나뒹굴 뻔한 걸 빈 선배가 내 팔을 잡아줘서 겨우 면했다.

"고, 고맙습니다."

얼굴에 열이 확 올랐다.

빈 선배는 그런 나를 향해 예쁘게도 웃어 보였다. 그러고는 내가 콕콕 집었던 케이크들을 모두 주문하고 말릴 틈도 없이 계산을 마쳤다.

테이블 위에 놓인 케이크 네 조각의 아름다운 자태라니. 잠시 내 맞은편에 앉은 킹카를 잊을 정도로 황홀했다.

'어느 예쁜이부터 입에 넣어줘야 하나.'

나는 행복한 고민 끝에 새하얀 슈거파우더가 솔솔 뿌려진 치즈케이크를 포크로 푹 찔렀다. 평소 먹던 한입 크기로 케이크의 1/3 정도를 뚝 떼어낸 나는 맞은편에 빈 선배가 앉아 있다는 사실을 그제야 기억해냈다.

'아, 세상에. 먹을 거 앞에서 사랑을 버렸어.'

나는 슬쩍 포크를 움직여 마치 원래 잘라서 먹으려고 했었던 것처럼 잘린 조각을 다시 둘로 나눴다. 그리고 남은 치즈케이크 조각도 먹기 좋게 잘랐다.

'이러면 좀 여성스러워 보이려나?'

아우, 연애를 글로만 배웠더니 썸 타는 방법을 모르겠다.

어쩔 줄 모르는 내 눈동자와 손이 바쁘게 케이크를 오갔다.

"헉."

케이크 한 조각을 다 잘라놓고 보니 흉물스러웠다. 유치원생이 먹을 걸로 장난한 것 같아 보였다. 나도 모르게 흘끔 빈 선배의 표정을 살폈다.

"엄맛!"

선배와 눈이 딱 마주쳤다. 눈이 마주칠 거라고 전혀 예상하지 못해서 움찔하고 놀랐다.

나는 원래 잘 놀라는 편이다. 친구들의 말에 의하면 리액션이 쏠쏠해서 놀래주는 재미가 있다던가. 별거 아닌 일에도 혼자 놀랐고, 예상치 못한 상황이 벌어지면 남들보다 곱절로 놀랐다. 그래서 난 절대 공포 영화는 극장에서 보지 않았다. 남들 다 멀쩡히 보는 장면에서 혼자 지레 놀라 소리치는 일이 많았다. 거기서 더 많이 놀라면 온몸을 발작하듯 떨어대며 앞좌석을 발로 심하게 차기도 했다. 비단 공포 영화가 아닌 다른 장르에서도 긴장되는 장면이 나오면 귀를 막고 심하면 아예 눈도 감았다. 혹여나 놀라서 옆 사람을 치거나 앞좌석을 발로 차는 사태는 사전에 방지해야 했다.

"토끼 같네."

"예?"

아메리카노를 마시며 날 바라보는 선배는 여전히 그 근사한 미소를 걸치고 있었다.

"깜짝깜짝 놀라는 모습이 꼭 토끼 같아."

아흐흥. 뭐지 내가 토끼처럼 귀엽다는 건가? 미치겠다. 가슴이 막 설레.

"제가 좀 잘 놀라요. 전에 로맨틱 코미디 영화를 봤었는데……."

내 말에 선배는 몸을 내 쪽으로 살짝 기울이며 '응' 하고 맞장구를 쳤다.

"거기서 남자 주인공이 짠 하고 여자 주인공 뒤에서 나타나면서 살짝 놀래주는 장면이 있었거든요? 되게 사랑스러운 장면인데 저 그 장면에서 혼자 놀라서 팝콘까지 흘렸다니까요."

"그 정도야?"

"그 정도예요. 그래서 인기 있는 영화는 조조로 보거나 심야로 봐요. 아니면 아예 끝물에 보거나. 사람들이 좀 없을 때."

"보고 싶을 때 바로 못 보면 불편하지 않아?"

"괜찮아요. 아, 그건 좀 불편하다. 제가 볼 때까지 영화 스포일러 피하는 거요."

"아하."

"스포일러 살포하지 말라고 먼저 보고 온 친구들한테 엄포 놓고 그래요. 반대로 친구들은 스포 안 한다는 조건으로 저한테 밥 사라고 협박도 하고."

"친구들이 재미있네."

"재미요? 어휴. 저보고 간 키우라고, 입대해서 하극상 벌이라고 하는 애들인데요."

"입대해서 하극상? 하하. 과격하네."

친구들이 나더러 로또 1등이 되면 잰 써보기도 전에 놀라 쓰러질 거라고 했다는 등의 소소한 대화가 이어졌다. 별 내용이 아닌데도 빈 선배는 내 이야기를 아주 흥미진진한 얼굴로 들었다. 웃긴 대목에서 '하하하' 하고 소리 내어 웃기도 했다. 미남을 웃게 하는 내가 자랑스러워 나는 썸도 망각하고 고등학교 시절 나와 내 친구들의 찬란한 에피소드들을 줄줄 풀어내며 입담을 펼쳤다.

"노트 한 권에 어디서 들어본 적도 없는 욕이 가득했어요."

"아하하하!"

별명이 '욕쟁이 할머니'였던 고교 동창의 일화였다. 그 친구는 좋아하는 남자애 앞에 내숭을 떠느라 입에 달고 다니던 욕을 참았다. 욕을 못 해 답답해하던 그녀는 사람들 몰래 노트 한 권을 샀다. 그리고 그 안을 욕으로 채웠다. 야자 시간 우연히 발각된 그 노트는 가히 충격적이었다. 노트를 돌려보던 아이들은 '여치 똥구멍 같은 새끼'에 웃다 쓰러지고 말았다.

'이 스토리를 빈 선배에게까지 하게 될 줄이야.'

웃음이 가득한 얼굴로 빈 선배가 내 이야기에 집중하는 것이 느껴졌다.

'개그에 성공한 개그맨의 심정이 이런 걸까.'

선배의 반응에 신이 나, 결국 가을에 학교 뒷산에 있는 밤나무에서 밤 따던 이야기까지 나왔다. 야자 시간 내내 나와 친구들은 산에서 밤을 딴다며 설쳤다. 정열적인(?) 밤 따기 후 우리들은 온 얼굴에 모기가 물렸고, 한동안 역병 환자라는 별명이 생겼다. 여기까지 이야기하자 빈 선배는 아예 배를 잡고 키득거렸다. 선배가 겨우 호흡을 가다듬고 몸을 정리했다.

"하아. 배가 다 아프네. 이렇게 웃은 거 정말 오랜만이다."

"저도 오랜만에 추억 꺼내보니 재밌네요."

그렇게 대꾸하면서 나는 포크를 접시에 댔다. 케이크 느낌이 나야 하는데 '땅' 하고 포크와 접시가 부딪치는 소리가 난다.

"헉."

테이블 위는 메뚜기 떼라도 지나간 것처럼 말끔히 비워진 접시만 남아 있었다. 선배는 자신이 마시던 아메리카노도 채 다 마시지 못한 상태였다.

'아, 어쩐지 자꾸 배가 불러온다 했더니!'

만담하면서 내가 네 조각을 다 주워 먹었구나. 희미하게 부유하던 분홍 공기가 어느새 모두 사라진 것 같다.

"그런데, 왜 미미 시스터즈야?"

빈 선배의 질문에 나는 멈칫하고 말았다. 고등학교 시절 나와 절친인 내 친구 세 명, 우리 넷은 공부를 잘했다. 네 명 모두 우리나라 3대 대학이라는, 일명 3H 대학 중 두 군데에 들어가지 않는가. 민주와 연우는 한국대에, 나와 해준은 관화대에 입학했다.

농부가 꿈인 민주는 농생명과가 있는 한국대를 지원했다. 그리고 연우는 얄미운 지인에게 지지 않겠다는 다소 엉뚱한 이유로 한국대로 갔다. 해준은 학교 분위기가 더 자유로워 보이는 여기 이 관화대에. 나는 한국대와 관화대를 두고 치열하게 고민하다가 집에서 좀 더 가까운 이곳을 선택했다. 애석하게도 사학과인 해준과 전공이 달라 1학년 때 이후로는 거의 얼굴 보기도 힘들었다. 1학년 땐 해준이랑 공상철 씹는 걸로 1년을 보냈는데. 그 후로 나는 1년 간 휴학을 했고, 이번에는 해준이 휴학 중이다.

하여튼 이렇게 우리는 '성적'이라는 방패를 등에 업고 있었다. 그래서 선생님들은 우리를 어여삐 여겼다. 우리가 밤을 따러 나가서 수업에 늦는다거나, 초겨울에 수돗가에서 찬물로 머리를 감고 두통 때문에 타이레놀을 집어 삼키고, 야자를 빼달라는 정신 나간 모습을 보여도 크게 혼내지는 않았다. 미미 시스터즈는 성적은 예쁜데 하는 짓은 광년이 같다며 담임선생님이 친히 하사해주신 이름이었다. 하지만 선배에게 성적 예쁜(美) 미친년들이라 미미 시스터즈가 되었다고 차마 밝힐 순 없다.

"인형같이 예뻐서······?"

둘러댈 방도를 찾던 내가 손으로 꽃받침까지 만들어 보이며 샐쭉 웃었다.

"으하하하하하!"

선배는 역병 환자 때보다 더 크게 웃었다. 웃으라고 소박을 던지긴 했는데 중박도 아닌 대박이 터졌다. 이 상태로 나 정말 러브 인 캠퍼스 가능할까?

이런 의문이 들었지만 지금으로선 빈 선배를 웃겨주었다는 뿌듯함이 더 크다는 게 함정이었다.

오늘은 내 시간표 중 가장 널널한 수요일이었다. 오전에 경영 수업 두 시간만 들으면 끝이다. 그 후에 두 건의 과외를 가야 하지만, 일단 학교 수업이 하나라는 점에서 여유로운 기분이 들었다.

"너무 생각 없이 입었나."

상경대 건물에 들어서자 괜히 사람들의 시선이 쏠리는 것 같아 민망했다. 아무도 나에게 신경을 안 쓰고 있다는 건 알고 있다. 하지만 상경대 수업을 들으러 오면서 공대 점퍼를 입고 오려니 약간 민망한 느낌이 들었다. 별생각 없이 손에 잡히는 점퍼를 입었던 건데 습관이란 참 무섭다.

"아차."

오늘 여진이 과외 가는 날인데. 또 여대생 환상 운운하면서 쥐 잡듯 날 잡겠구나.

"과외 가기 전에 학교 앞 화장품 가게에서 립스틱이라도 바르고 가야겠다."

나는 문을 밀며 강의실에 들어섰다. 두 개의 책상이 짝지어 나란히 열 맞춰 단을 이루고 있는, 6개 분단 형태의 강의실이었다. 눈에 띄는 것을 좋아하지 않는 나는 공대 점퍼라는 특수 의상(?)을 고려해 복도

쪽에 있는 6분단 가운데에 자리를 잡고 앉았다. 벽 쪽으로 앉아서 옆 자리엔 가방을 놓아두고 강의실을 슬쩍 둘러보았다. 조금 이른 시간이지만 이미 몇몇 사람들이 들어와 있는 강의실은 그리 조용하진 않았다. 나는 수다 떨 상대도 없고 해서 예습이나 할 심산으로 가방에서 경영학 책을 꺼내 펼쳤다.

"상경대 사물함 좀 썼으면 좋겠다."

경영학과 수업을 듣게 되면서 사물함의 필요를 절실히 느꼈다. 들고 다니기에 전공책은 제법 무거웠다. 게다가 공대랑 상경대는 거리가 정말 너무 멀다. 공대 사물함에 책을 넣고 다니자니 제시간에 오기도 빠듯한 아침 시간에 거기 갔다 올 여유도 없었다. 그렇다고 이렇게 계속 들고 다니자니 무겁고.

'해준이만 있었다면……'

상경대랑 가까운 인문대 쪽에 그녀의 사물함을 쓸 수 있었을 텐데. 애석하게도 해준은 이번 학기 휴학이었다.

"……진짜? 꺄! 정말?"

"그래! 내가 확실히 봤다니까! 이거 들으시나 봐."

유독 튀는 고주파 목소리가 강의실을 울렸다. 화사하게 꾸민 여자 셋이었다. 낯이 익은 여자애들인데 누군지는 모르겠다.

'어디서 봤었지?'

고개를 돌려 다시 책으로 시선을 두는데 저치들이 누구인지 생각이 났다. 후궁들이었다. 예쁘장한 그들의 등장에 강의실의 시선이 그쪽에 쏠리는 것이 느껴졌다. 후궁들은 주변의 시선에 아랑곳 않고 자기들만의 세계에 빠져 수다에 열중했다. 딱히 그녀들의 이야기를 듣고 싶은 것도, 들으려는 것도 아니었다. 그러나 묘하게 사람이 집중하게 만드는 그녀들의 목소리가 절로 귀에 흘러 들어왔다. 이래서 행사 내레이터 언니들이 '솔' 톤으로 홍보를 한다 했던가. 나는 귀를 막을 생각으로 주섬주섬 이어폰을 찾아 MP3에 꽂았다. 귀에 막 이어폰을 꽂으려는 찰나 그녀들의 입에서 '선우빈' 소리가 나왔다. 나는 슬그머니 이어폰과 MP3를 다시 가방에 넣었다.

"걔 완전 어이없지 않냐?"

"그래서 내가 오빠 있는 데서 걔 좀 깠잖아."

그 말에 후궁 셋은 까르르 웃음을 터트렸다.

"오빠는 뭐래?"

"하지 말라고 하지. 그래도 오빠 속도 후련하셨을걸?"

그녀들이 꺼내 든 선우빈이라는 이름은 마치 남들에게 들으라는 것 같았다. 선우빈 소리가 나올 때마다 그녀들의 목소리는 자동으로 커졌고, 그 효과는 좋았다. 강의실 사람들이 안 그런 척 그녀들의 대화 속에 나오는 선우빈이란 소재에 귀를 기울이고 있는 게 느껴졌다. 마치 나처럼.

'선우빈이 유명하긴 한가 보다. 다들 연예인 이야기 듣는 듯하고 있네.'

하나 이야기를 듣다 보니 좀 인상이 찌푸려지는 내용이었다. 요는 선우빈에게 '감히' 접근하는 여자들이 있고 그런 여자들에게 무안을 잔뜩 줬다는 거다. 아니 지들이 뭔데 그런 일을 해? 정말 왕한테 승은 한 번 입겠다고 저러는 거라기엔 좀 지나친 것 같다.

'마치 빈 선배를 자신들만의 공공재로 여기고 있는 것 같잖아.'

이렇게 느끼는 게 나뿐만이 아니었는지 주변에서 속삭이듯 저 후궁들을 욕하는 소리가 들렸다.

"쟤넨 뭐 선우빈 친위대라도 된다냐?"

"선우빈이 좀 챙긴다고 엄청 나대네."

여기저기서 수군거리는 소리를 듣다 보니 둔한 나도 알 수 있었다. 아항. 이런 거구나. 경영학과의 분위기.

이한수는 만인의 연인이었다. 모두에게 친절하고 모두와 어울렸다. 상대의 격을 따지지 않는 그는 경영학과의 보석 같은 존재였다. 반면 선우빈은 사람들이 쉽게 다가갈 수 없는 존재. 절벽 위의 꽃 같은 사람이었나 보다. 자신들이 목숨 걸고 절벽 꽃을 관리한다고 여기는 관리인이 저 후궁 세 명이고, 그 밖의 사람들은 그저 보는 것만 허락된다.

만인의 보석 같은 이한수와 아예 접근 금지 테두리를 두른 선우빈. 참 극과 극인 킹카들이다. 제삼자로 구경하고 있자니 이거 꽤 재미있는……. 이게 아닌데. 나 그 선우빈하고 썸 타야 하는데. 제삼자가 아니지. 음. 아냐. 썸 탈 수 있을까? 어제 역병 환자 됐는데. 거기다 접시까지 씹어 먹을 것처럼 밥도 많이 먹었어.

어제 있었던 일을 미미 시스터즈와 휴대폰 채팅으로 토론했는데 빈 선배의 곁에 그냥 개그맨으로나 남아 있으라는 결론을 얻었다. 크흐. 이번 주 수업 때 분위기를 보고 썸 탈지 말지를 결정해야겠다. 분홍분홍인지 아닌지를 보고 앞으로 계획을 짜겠다고 별 엉뚱한 상상을 하는데 돌연 강의실이 소란스러워졌다. 갑작스레 달뜬 분위기에 나는 교수님이 오신 줄 알았다. 시계를 흘끔 봤는데 아직 수업 시작 10분

전이다.

'아, 교수님이 오면 조용해져야지 시끄러워지진 않겠구나.'

웅성거리는 백색 소음 중에서도 후궁들이 인사하는 소리는 선명히도 잘 들렸다. 반가움이 다섯 숟갈, 교태가 열 숟갈이 섞인 목소리다. 쟤들은 보컬 트레이닝 받고 가수 해도 될 것 같다. 성량이 참 좋다.

"어제 잘 들어갔어?"

"꺅."

바로 옆에서 들린 갑작스러운 목소리에 놀라 비명이 나왔다. 나는 칠판을 향하고 있던 고개를 순간적으로 소리가 난 쪽으로 돌렸다. 빈 선배였다.

"또 놀라네."

목을 너무 급히 휙 돌린 탓에 근육이 놀랐는지 살짝 저릿했다. 하지만 목 근육보다 내가 더 많이 놀랐다. 빈 선배의 미소에 심장이 쿵쿵거린다.

"어머! 안녕하세요."

예상 못한 그의 등장에 절로 목소리가 높아졌다. 그때 나는 문득 주변의 기운이 묘한 것을 느꼈다. 강의실 분위기가 한껏 어색해진 그런 느낌. 무슨 일이라도 난 건가 싶어 나는 미어캣처럼 목을 쭉 빼고 강의실 안을 훑어보았다. 강의실엔 아무 일도 없었으나, 훑어보는 동안 사람들과 눈이 계속 마주쳤다. 온갖 시선이 이쪽으로 쏠려 있었다.

'뭐지. 내 공학과 점퍼 때문인가.'

내 시선에 빈 선배도 같이 강의실 저편으로 고개를 돌렸다. 빈 선배의 행동에 이쪽으로 쏠렸던 눈들이 곧 다른 쪽으로 옮겨갔다. 하지만 선배와 나 사이를 궁금해하는 그런 분위기는 남아 있었다. 특히나 저 세 명의 후궁들에게서. 이런 시선들이 익숙한지 빈 선배의 표정은 그리 변화가 없었다. 상경대 연예인이니 어딜 가나 이렇게 관심을 받겠구나. 나도 대충 관심을 털어내고 다시 빈 선배에게 눈을 돌렸다.

"여긴 어쩐 일이세요?"

어딘가 멍한 내 질문에 빈 선배는 쿡 하고 웃으며 말했다.

"나 경영학과잖아."

"이 수업 들으시는 거예요?"

빈 선배가 고개를 끄덕해 보였다.

"이거 2학년 전공 수업인데요?"

4학년이 2학년 수업을? 의아한 얼굴로 물어보니 그가 입을 열었다.

"재수강."

선배 같은 사람도 재수강을 한다는 게 신기했다. 인간미가 넘친다.

"옆에 자리 있어?"

빈 선배가 내 옆자리를 가리키며 물었다. 나는 정신을 차리고 옆에 놓아뒀던 가방을 내 다리 위로 올려 자리를 마련했다. 가방을 치우자마자 빈 선배는 내 옆에 앉으며 자신의 가방을 풀었다.

"근데 빈이 선배. 이거 2학년 전공 수업인데, 3학년 때 재수강 안 하셨어요?"

내 질문에 선배는 잠시 내 눈을 빤히 바라보았다. 아. 설레. 빈 선배 아직도 분홍분홍인가? 나 썸 탈 수 있는 거야?

"작년에 놓쳤어."

하긴. 1학기 수업이니 작년에 못 들었음 올해 들을 수도 있겠다. 근데 뭔가 이상하다.

"어? 어제 수업에 안 계셨잖아요?"

한 시간, 두 시간으로 나뉜 총 세 시간짜리 강의였다. 어제 한 시간짜리 첫 수업이 진행됐고, 오늘은 그에 이은 두 시간짜리 수업이었다.

"방금 전에 수강 신청 성공했거든."

오늘까지가 시간표 정정 기간이었다. 이 기간엔 교수님께 통사정을 해야 겨우 수업에 들어갈 수 있다. 아니면 혹시나 누군가가 취소할 때를 기다려야 한다. 정정 기간은 끈질긴 시간표 '새로 고침'만이 계속되는 지옥 같은 시기다. 제법 인기 있는 수업이라고 지난번에 빈이 선배가 말해주었던 오늘 강의. 선배 말대로 마지막 순간까지 치열하게 수강 신청을 해야 됐었나 보다.

"제가 듣는 경영학과 수업 세 개 중에 우리 두 개나 같이 듣고 있네요. 빈이 선배가 있어서 다행이에요."

진심이었다. 그와 분홍분홍이든 아니든 낯선 경영학과에서 아는 사람 하나 있다는 게 참 든든했다.

"모르는 거 있으면 얼마든지 물어봐."

"엄청 든든하다."

내 대답에 빈 선배가 또 미소를 지었다. 크아. 녹는다. 녹아.

"맞다. 어제 저녁도 사고 커피까지 사주셨는데 오늘 점심은 어떠세요? 제가 대접할게요."

좋아. 자연스러웠어, 서민유.

"그래."

선배의 수락에 배시시 웃음이 절로 나왔다.

"흐흠. 강의 시간 동안 뭐 드시고 싶은지 생각해두세요."

"강의도 안 듣고 메뉴 고민하라고?"

장난기 가득한 목소리와 눈빛으로 선배가 물었다. 마음 같아선, 아니 원래의 나였다면.

'당연한 거 아닌가요. 원래 메뉴는 수업 때 정하는 거예요' 이렇게 말했을 것이다.

하지만 난 조용히 목구멍 너머로 그 말을 밀어 넣었다. 선배에게 공부할 때 메뉴 고민하는 여자가 될 순 없지. 나는 실제로 수업 시간에 잠이 올 것 같으면 뭘 먹을지를 생각했다. 메뉴를 고민하다 보면 신기하게도 잠이 깼다. 그래서 졸릴 때 요긴하게 써먹는 방법이기도 했다.

"그럼 쉬는 시간에 같이 생각해요."

내 대답에 빈 선배는 사람 홀리는 황홀한 미소로 고개를 끄덕였다.

"정말 학식으로 결정하신 거예요? 드시고 싶은 거 마음껏 드셔도 되는데."

내 권유에도 선배는 학생 식당을 선택했다. 나는 빈 선배에게 두 번이나 학식으로 괜찮으냐고 물었다.

"나 학식 좋아해."

선배의 대답은 의외였다. 사실 나도 우리 학교 학생 식당을 참 좋아한다. 그리고 아마 나 같은 사람이 꽤나 많을 것이다. 그런 사람 중에 빈 선배가 있다는 것이 놀라울 뿐. 고급 레스토랑을 연상시키는 남자가 소박한 학식을 좋아한다 하니 더 호감이었다.

아직 점심을 먹기에 이른 시간이라 그런지 식당엔 사람이 많지 않왔다. 우리 학교 학생 식당은 제법 유명했다. 전국에서 아마 학식으로는 독보적인 1위를 하고 있지 않을까 싶게 음식이 잘 나온다. 저렴한 가격도 가격이지만, 메뉴도 다양하고 보기도 좋게 깔끔하게 잘 담겨 나온다. 거기다 양도 많고 맛도 있다. 입학하면 새내기들은 매 끼니 학식을 사진으로 찍어 SNS에 바지런히 올리는 게 일상이었다. 작년에 '관대 학식'이라는 글이 인터넷 모 사이트에 메인으로 게재된 후 몇 달간 핫이슈가 되기도 했다. 그 글을 보고 민주와 연우가 우리 학교까지 찾아와서 몇 번 학식을 먹고 갔을 정도다.

"우리 학교 학생회는 학식에 모든 총력을 기울이는 것 같아요."

나는 소복하니 담긴 내 식판의 볶음밥을 행복하게 내려다보며 말했다. 볶음밥과 함께 나온 오리엔탈 소스 샐러드. 내가 가장 좋아하는 것이다.

"잘 먹어야 힘내서 공부도 잘하지."

"그래서 그런가. 우리 학교 축제는 더럽게 재미없잖아요."

'더럽게'라는 말을 불쑥 사용하고 나서 나는 속으로 움찔했다. 고상한 단어로 표현을 해야 했는데. 이래서 평소 습관이 무서운 거다. 서민유, 긴장 좀 하자. 긴장 좀.

"하하하. 맞아. 축제 참 더럽게 재미없지. 순 주점뿐이라."

빈 선배가 동조했다. 다행이다. 관대 축제는 중간이 없이 호불호가 분명했다. 나는 불호였고, 다행히 선배도 불호인 모양이다. 우리 학교는 평상시에 공부 잘하고 노는 것도 잘 노는 학생들이 모인 곳이었다. 그런데 이상하게 정작 축제 때는 뭉쳐서 으쌰으쌰 하는 재미가 덜했다. 모두가 하나로 단합해 축제를 즐긴다기보다는 각자의 노선으로 노는 분위기였다. 마치 학교 전체가 수십 개의 클럽이 모여 있는 것 같았다. 마음에 드는 분위기의 학과 주점에서, 진짜 클럽에서 노는 것처럼 놀았다. 그러다 보니 주점은 항시 만석이었고 축제가 끝나면 어느 과랑 어느 과가 시비 붙어 싸웠다는 일화가 비일비재했다.

반면에 축제 때 쓸 단합 에너지를 체육대회에 쏟아부었다. 10월에 하는 관대 올림픽. 학생들 사이에서 일명 '관림픽'이라 칭해지는 체육대회는 진짜 재미있었다. 각 종목별 1등부터 3등까지 트로피도 주었고, 상금 수여도 했다. 여기에 참여자 개개인별로 주는 상품도 꽤 많았다. 학교에서도 학생들이 축제보다 관림픽에 더 열광한다는 사실을 익히 알기에 체육대회에 많은 정성을 들였다.

"올해 관림픽 개회식 땐 가수도 부른다더라."

"정말요? 우와. 대박. 관림픽이 이제 축제 급이네요. 누구 온대요?"

"글쎄. 그것까지는 잘 모르겠네. 누구 좋아하는 가수 있어?"

"아뇨, 특별히 없어요. 빈 선배는요? 있어요?"

"음, 나도 딱히 없는 것 같아. 그냥 귀에 맞으면 다 들으니까."

들어본 적도 없는 뉴에이지나 재즈, 클래식 쪽을 언급할까 봐 약간 쪼(?)는 심정이었던 나는 안도감이 들었다.

"맞다. 이번에 한국대 축제 때 가현 오는 거 벌써 확정이래요."

민주에게 들은 소식이었다. 공부도 잘하지만 누는 것도 잘한다는 우리 학교와 달리 한국대는 참한 모범생 이미지가 지배적이었지만 축제만은 핫했다. 부르는 연예인도 빵빵해 거의 연말 콘서트나 다름없었다. 못 논다는 이미지를 축제 기간에 벗어던지기라도 하려는지 콘셉트가 확실한 갖가지 주점 외에도 온갖 행사와 먹거리 상점, 각종 이벤트로 가득했다. 특히 미인 많기로 소문난 학교답게 축제 마지막 날 대미는 연예인 공연이 아닌 '한대 킹카 선발 대회'가 장식했다. 워낙 유명한 축제다 보니 여기저기서 관심 가지는 사람이 많은 한대 축제. 그중에 가장 문제가 되는 건 어린 학생들이었다. 핫한 분위기 속에 좋아하는 연예인 보겠다고 학교 수업도 빼먹고, 교복 입고 와서 아침부터 죽치고 있었다. 이런 일들이 문제가 돼 한대는 축제 때만큼은 캠퍼스 출입을 엄히 통제했다. 초대권을 가진 사람만이 축제에 참여할 수 있었는데, 이 때문에 한대 축제 초대권은 암암리에 돈으로 거래되기도 했다. 이런 암시장 거래를 막기 위해 한대에선 작년부터 초대권에 바코드를 부여했다. 그 바코드를 찍으면 초대권을 받은 학생의 학번이 뜨는 방식이었다. 그 학번으로 해당 학생에게 초대받은 사람이 맞는지 확인했다.

어떻게 이렇게 자세히 아느냐고? 가봤으니까. 우리 학교 축제를 버리고 난 연우가 준 초대장으로 한대 축제에 참여했었다. 그리고 올해도 그럴 계획이다. 애교심만으로 즐기기엔 우리 축제는 너무도 재미가 없었고, 더불어 괜히 축제랍시고 학과 주점에 박혀 있으면 공상철과 마주칠 확률이 100%다. 그 시기엔 아예 학교에 없는 게 마음이 편했다.

"가현 좋아해?"

이번에 수위 높은 뮤직비디오와 엉덩이를 과하게 흔드는 안무를 내세운 가현이었다. 그 때문에 이래저래 욕을 많이 먹고 있지만, 나는 개인적으로 그녀의 퍼포먼스를 좋아했다. 같은 춤을 춰도 그녀가 추면 주변의 댄서보다 훨씬 맛깔났다.

"네. 좋아해요. 예쁘고, 춤도 맛깔나게 잘 추고."

"맛깔나? 하하하."

맛깔난다는 내 표현이 어디가 웃긴 건지 모르겠지만 빈 선배는 처음 듣는 재미난 신조어라도 되는 양 껄껄대며 웃었다.

"맨 앞자리에 앉아서 볼 거야."

나는 결의를 다짐하며 주먹까지 불끈 쥐었다. 기다려, 가현아. 언니가 간다.

"한대 축제 가려고?"

"네. 올해 갈 거예요. 초대권도 이미 확보해뒀어요."

"초대권?"

"한대 축제는 초대권 없으면 외부인은 못 들어가거든요."

"흐음. 그래?"

"선배 원하시면 제가 한 장 더 구해드릴 수도 있어요."

관대엔 친구가 없지만 내가 한대엔 친한 친구가 둘이나 있지. 아. 콧대 높아지는 것 같아.

"……그래 줄래?"

"아, 역시 선배도 가현이라니까 끌리시는 거죠? 그죠?"

내 말에 선배는 그저 웃기만 할 뿐 별말이 없었다.

"목마르지?"

선배가 물을 가지러 가려는 듯 자리에서 일어섰다.

"제가 갈게요!"

"앉아 있어."

빈 선배는 내 어깨를 손으로 살짝 눌러 다시 자리에 앉히고는 식수

대로 향했다.

"진짜 보기 좋구나."

훤칠하니 어깨도 떡 벌어진 남자가 걸어가자 몇 없던 식당 안 사람들의 시선이 죄 그리로 쏠렸다. 빈 선배랑 나랑 서로 얼굴 마주하며 수다에 집중하느라 주변을 신경 안 써서 다행이었다. 분명 밥 먹는 중에도 그랬을 텐데, 그런 시선 속에 밥을 먹는다면 체할지도 모른다.

선배 뒤태에 빠져 멍하니 있던 나는 어느 순간 선배가 시야에서 사라졌다는 것을 깨달았다. 화장실이라도 갔나 했는데, 잠시 후 돌아온 선배의 손에는 물이 담긴 컵 두 개와 샐러드가 가득 담긴 작은 볼이 들려 있었다.

"샐러드 좋아하지? 더 받아 왔으니까 좀 더 먹어."

빈이 선배, 나 많이 먹는 거 눈치챘나? 눈썰미도 좋은 모양인지 노란 옥수수가 소복하다. 마지막 옥수수 한 알까지도 소스에 꼭꼭 발라 열심히 먹던 내 모습을 다시 한 번 반성해야 하는 순간이다.

"잘 먹을게요."

"네 덕분에 내가 잘 먹었지."

빈 선배는 소스가 고루 묻도록 새 포크로 먹기 좋게 샐러드를 버무려 내 앞에 놔주었다. 나는 그걸 중간으로 슥 밀었다. 사람이 둘인데 어떻게 혼자 먹니.

"선배도 같이 먹어요."

이렇게 빈 선배와 샐러드까지 한 사발 더 먹고 나니 식당에 사람들이 많아지기 시작했다. 우리는 먹은 식기를 정리하고 후식을 먹기 위해 학교를 벗어났다. 점심 무렵의 교내 카페들은 북새통을 이뤘다. 그래서 그나마 조금 덜 번잡한 정문 근처 카페로 가기로 합의를 보았다.

"앞으로 이 시간에 점심 먹어야겠다."

내 혼잣말에 선배가 답했다.

"그러자. 한가하게 먹을 수 있고 좋네."

'그러게'가 아니라 '그러자'다.

"저보고 계속 점심 사라는 거죠?"

"오빠 사주게? 그럼 오빤 좋지."

농 같은 건 안 할 것 같은 사람이 농을 하니 어딘가 간질간질했다.

"어머, 빈 선배 그렇게 안 봤는데 물 흐르듯 후배한테 승차하시네요. 너무 자연스러워서 고개 끄덕일 뻔했어요."

"딸기 케이크 나왔다."

"어디요?"

학교 앞 카페 유리에 '신 메뉴 출시'라고 쓰인 딸기 케이크 포스터가 먹음직스럽게 붙어 있다.

"우와! 드디어 딸기가! 아차, 이게 아니라."

잠시 정신을 딸기로 돌린 나를 보며 빈 선배는 시원하게 웃음을 터트렸다.

"아히히히. 민유, 엄청 단순하네."

순간 '미뉴'가 누군가 했다. 그가 나의 이름을 불러주었을 때, 홍선대원군은 빈에게로 가서 '미뉴꽃'이 되었다. 선배가 부르자 내 이름이 참 달달하게도 들렸다. 고작 호칭 하나일 뿐인데 설렌다. 나는 지금 날 분홍분홍하게 만드는 남자랑 카페에 가고 있다.

잠깐! 보통은 이런 기류 타는 남자랑 여자랑 단둘이 카페 가는 거 데이트라고 하지 않나? 아닌가. 나 혼자 너무 앞서나가는 건가? 이거 김칫국이야?

나는 온갖 생각으로 두근거리고 있었다.

2. 하, 나란 여자

빈 선배는 웃음이 가득한 목소리로 날 챙기며 내 손을 이끌고 카페로 왔다. 그리고 새로 나온 딸기 케이크와 딸기 타르트를 사주었다. 점심 잘 얻어먹었으니 후식은 자기가 사겠다며 선배는 재빨리 계산을 마치고 안쪽 자리에 날 앉혔다.

"그러고 보니, 그걸 안 물어봤네. 오늘 수업은 어땠어? 경영 전공 수업."

"들을 만하던데요. 뒤처지진 않을 것 같아요. 금요일 4학년 원서 수업에 비하면 수월해요. 그 수업이 난이도가 좀 높아야죠."

"원서로 해서 그렇지 수업 내용 자체는 거의 기본 수준이니까 그 수업도 잘 따라올 거야. 그리고 민유 착실하게 예습할 거잖아."

"아유, 잘 따라오긴요. 울면서 하는 거지! 제가 왜 홍선인데요. 힙."

이놈의 주둥이가!

나는 당황해서 내 입을 손으로 턱 막았다. 하나 이미 늦은 모양이다. 빈 선배는 내 쪽으로 몸을 기울이고 흥미 가득한 표정으로 물었다.

"왜 흥선인데?"

말하고 싶지 않은데! 세상 누구에게나 다 아무렇지도 않게 밝힐 수 있는 내 별명이다. 이름보다 더 많이 불리는 그 별명이지만 선우빈에게만은 결코 말하고 싶지 않다.

"뭔데 그래?"

"……저란 여자가 이미지 관리 좀 할 수 있게 해주시면 안 될까요?"

웃지 마. 웃지 마요, 선우빈 씨. 그렇게 생글생글 화사하게 웃으면 툭 터놓고 다 불어버릴 것 같단 말이야.

"그렇게 안 좋은 뜻이야?"

고개를 좌우로 도리도리 저었다. 하지만 이렇게 밝히기 싫어하면 오히려 선배가 너무 이상한 쪽으로 생각하려나 싶은 불안이 스멀스멀 올라왔다.

"빈이 선배……. 국사 잘하세요?"

결국 불안감을 떨쳐낼 수 없어 약간의 언질을 주기로 했다.

"국사? 갑자기 국사는 왜……."

잠시 의아한 눈빛을 하던 빈 선배는 곰곰이 무언가를 떠올리려는 것처럼 살짝 인상을 썼다. 그리고 이내 생각난 듯 입을 열었다.

"흥선대원군?"

헉. 정답입니다. 뭐야, 이 남자. 무섭게 왜 이래.

당황한 내 동공이 지진이라도 난 것처럼 흔들렸다. 그런 내 모습에 빈 선배는 도전 골든벨 최종 라운드 정답자의 얼굴로 키득거렸다.

"왜 이렇게 놀란 표정이야? 흥선대원군 모르는 사람도 있어?"

선배가 그 예쁜, 커다란 손으로 내 볼을 살짝 쓰다듬었을 때 내 동공 지진이 멈췄다. 대신 심장이 발작 난 것처럼 뛰었다.

"아하. 그래서 겁먹었구나? 4학년 경영 수업이라서가 아니라."

코난인가. 이 남자 내 목에 마취 침 쏘는 거 아냐? 지금 차고 있는 시계에서 침이…….

"이 선배 장난 아니네? 어디 좀 봐요. 여기서 마취 침 나와서 나 쏠 거 같아."

나는 내 볼을 쓰다듬던 빈 선배의 왼손을 잡아 내려 손목에 있는 시계를 요리조리 살폈다. 내게 손목이 잡힌 채로 빈 선배는 계속 키득거리며 웃음을 멈추지 않았다.

"영어가 그렇게 싫어?"

"걔가 날 싫어하는 거겠죠."

나는 자포자기의 심정으로 입을 열었다.

"고등학교 1학년 때, 담임선생님이 제 모의고사 성적표 보고 '양이 침범 비전즉화 주화매국'이랬어요. 척화비 비문인데 아직도 이렇게 생생하게 기억한다니까요. 아후."

"어느 정도길래?"

"저 공부 잘해요!"

"알지. 공부 잘했으니까 여기 있는 거잖아."

별명만큼이나 영어 점수도 알리고 싶지 않았다. 하지만 빈 선배의 궁금해하는 눈빛에 나는 다시 입을 열었다.

"첫 모의고사 때, 전 과목 1등급에 영어만 9등급."

"9등급이면, 최하등급?"

고개를 끄덕이자 빈 선배의 눈이 휘둥그레졌다. 아마 못해봤자 4~5등급을 생각하고 있던 눈치였다.

"그래서 수능 때까지 영어 올리느라 울면서 학교 다녔어요."

"먹으면서가 아니고?"

장난기 가득한 미소가 빈 선배의 온 얼굴에 어렸다. 큰일이다. 이 오빠 날 너무 순식간에 파악했어. 나 정말 분홍분홍 괜찮을까? 아니면 선우빈이란 사람은 나 같은 소탈한 사람에게 끌린다거나……

"빈 선배 이따 절대로 내 뒤에서 걷지 마세요."

마취 침 맞으면 아플 테니까. 날 쏠 수 없게 나란히 걸어야겠어. 일단 선우빈 코난 설에 무게를 둬야겠다. 가방 뒤져볼까? 음성 변조되는 빨간 나비넥타이도 있을 것 같다. 만약 누군가가 선우빈에게 당신 누구냐고 물어보면 '내 이름은 빈, 탐정이죠' 이러려나? 어머, 그리고 보니 나 선배 손을 잡고 있잖아!

'이렇게 진도 불쑥 나가도 되는 건가? 상대방이 가만히 있는 걸 보면 괜찮은 것 같기도 하고.'

그런데 한번 인식이 되니 어색한 기분이 들었다. 나는 슬쩍 선배의 손목에서 손을 뗐다. 그때, 이런 말 같지도 않은 상상을 깨부수고 현실로 돌아오게 하는 목소리가 들려왔다.

"어머, 오빠!"

나긋하고 반갑게 오빠를 외침과 동시에 엄청나게 빠른 걸음으로 한 여자가 다가왔다. 후궁 중의 한 명이었다. 저들이 자꾸 눈에 익어간다.

언젠가 내 친구인 줄 알고 실수로 인사라도 하게 될까 두렵다.

"점심 같이 먹자고 하려고 연락했었는데, 여기 계셨네요."

후궁은 빈 선배 옆에 서서는 샐쭉한 눈빛으로 나를 쭉 훑었다. 마치 공항 검색대에서 엑스레이 스캔 당하는 것 같아 기분이 찝찝하다.

"전화 엄청 했는데. 오늘 휴대폰 안 가져오셨어요?"

여자는 레이저 광선을 내게서 물리곤 생긋 미소를 지으며 빈 선배를 쳐다보았다.

"가방 안에 뒀나 보네."

그렇게 말하면서도 빈 선배는 휴대폰을 꺼내볼 생각이 없는 듯 가방엔 손도 대지 않고 오히려 의자에 깊숙이 몸을 기댔다.

"아, 그러셨구나. 연락 안 돼서 혹시 무슨 일이라도 있으신가 했어요."

"고작 점심 때문에 그렇게 날 찾았어?"

'고작'이라는 단어에 약간 힘이 들어간 것처럼 느껴진다면 나의 착각인가.

"아, 아뇨. 그런 건 아니고 경영학과 MT 간다고 해서요. 알고 계신가 해서. 단합 MT라서 전 학년 다 꼭 참석해야 된대요."

그러면서 후궁은 다시 한 번 나에게 시선을 던졌다. 그 눈빛이 '너 외는 상관없는 이야기니까 이제 좀 꺼져줄래' 하고 말하는 것 같다. 괜히 불쾌하다. 끼어든 게 누군데 가라 마라 하는 눈빛인가. 지지 않고 후궁에게 '너나 가' 하는 시선을 보내주는데 빈 선배가 입을 열었다. 후궁의 시선은 다시 선배의 얼굴로 향했다.

"그게 지금 꼭 해야 할 만한 중요한 이야기는 아닌 것 같은데. 그렇지?"

꺼지라는 완곡한 말이었다. 속이 후련한 기분에 자동으로 내 입술이 호선을 그렸다.

"흠."

너무 웃으면 후궁에게 예의가 아닌지라 슥 올라간 입술을 감춰보고자 잔을 끌어당겨 빨대를 쭉쭉 빨았다. 그런데.

"응?"

얼음이 달그락거리는 소리와 빈 빨대를 빨아대는 소리만 요란하다. 이건 또 언제 다 마신 거야. 한 모금 정도는 남아 있다고 생각했는데.

"그 얘기는 나중에 하자."

"……네. 오빠. 그럼 내일 봬요."

후궁이 미적거리는 발걸음으로 카페를 벗어났다. 카페 문을 나서기 전 또 한 번, 나에게 그녀의 날카로운 시선이 잠시 닿았다.

"더 먹을래?"

빈 선배의 목소리에 나는 후궁에게서 시선을 거두고 맞은편의 남자를 보았다.

"아뇨. 충분해요."

"정말 충분해?"

믿을 수 없다는 선배의 목소리에 찔끔했다. 선우빈은 내 위장을 완벽하게 파악했음이 확인되었다.

"잠시 후에 또 먹을 예정이라 자제 좀 하려고요."

적게 먹는 요조숙녀의 위장(胃腸)을 위장(僞裝)하려 했던 내 수는 간파당했다.

"무슨 일 있어? 약속이라도?"

"과외 해요. 그런데 거기서 간식을 먹게 될 것 같아서."

내 위장을 일찍이 파악한 여진 덕에 과외를 갈 때마다 간식이 한 쟁반 가득 챙겨져 있었다. 물론 그것을 비우지 못한 날은 없었다. 과외 시작한 지 얼마 되지 않아 여진이 말했던 감상평이 생각난다.

"쌤은 참 얌전하게 많이 먹는다. 많이 먹는 것 같아 보이지 않는 것도 대단한 기술이네."

대단한 기술 아니야. 선우빈한테 금방 발각됐거든.

"영어 과외 받는 거야?"

빈 선배의 잔뜩 휘어진 눈꼬리와 장난기 가득한 목소리가 보기도 듣기도 좋다. 다만 이 목소리로 하는 농이 내가 좀 민망해하는 영역의 것이라는 것. 영어와 식성. 둘 다 선우빈과 분홍분홍을 위해 끝까지 숨겨야 할 부분이었다. 이미 들켜버린 것 같지만 그래도 쉽게 내려놓을 수는 없다.

"그건 앞으로 원서 수업 상황을 보고 결정할게요."

"필요하다면 오빠가 해줄게."

선배와 단둘이 과외라니. 아홍홍. 대박. 신나. 꺄아. ……하고 배꼽 인사를 하며 '감사합니다'를 외쳐야 했다. 하지만 빈 선배의 웃음 가득한 얼굴, 그 속에 어린 장난기를 나는 봐버렸다.

"과외비 얼마를 받고 싶어서 이러세요?"

"좀 비싸긴 한데."

"대체 몇만 원을 부르시려고……. 얼른 가격 까보시죠?"

빈 선배는 대답 대신 손을 뻗어 내 손을 잡았다. 무슨 장난을 하려고 이러나 하는 생각이 드는 것과 동시에 예상치 못한 터치로 심장이 쿵쾅거리며 뛰었다.

'아, 입으로 심장 토할 것 같다.'

내 심장 박동이 손을 타고 선배에게 느껴지지 않을까 걱정이 된다.

"응? 아힛. 간지러워."

선배는 왼손으로 내 손을 쥔 채, 오른손 검지로 내 손바닥에 무언가를 적었다.

「100」

"……하루에 이만큼?"

100원은 아닐 테고, 하루에 100만 원을 부르다니.

"응."

끄으. 여기서 귀엽게, 사랑스럽게, 깜찍하게 받아칠 수 있는 개그가 뭐가 있을까.

"어허이. 선수끼리 왜 이래요? 좋게 좋게 합시다. 누굴 빙다리 핫바지로 보시나."

그딴 개그, 나한테 있을 리가 없지.

있었다면 나는 벌써 이 남자와 샛분홍색을 태우고 있었을 것이다. 그렇지만 내뱉는 순간부터 이렇게 후회되는 드립은 처음이었다.

'아무리 유명한 영화 대사라고 해도 빙다리 핫바지가 뭐야!'

세도 너무 세다. 분명 빈 선배 당황했을 거야.

'거칠어! 너무 거칠어!'

나는 갈 곳 잃은 어린 양처럼 방황하는 눈동자로 천천히 선배의 표정을 살폈다. 선배는 여전히 웃음 가득한 얼굴로 내 손을 잡은 손에 조금 더 힘을 주며 말했다.

"천하의 홍선이가 왜 이렇게 혓바닥이 길어? 쫄리면…….."

허. 대박. 선배가 받아친 대사에 오히려 이쪽이 더 깜짝 놀랐다.

"선배 그런 애드리브도 하세요?"

"유명한 대사잖아. 왜? 오빠 이러면 안 돼?"

"아뇨. 아뇨. 안 되는 게 아니라……. 신기해서요."

선우빈도 이런 농을 치는 사람이었구나. 공감대가 형성돼서 그런 건지 어쩐 건지 웃음이 실실 나왔다. 아흥흥흥, 하고 웃는 나를 보며 선배도 웃음을 터트렸다.

"그래도 차마 그 뒷말까진 못하겠어서…….."

"뭐지시던가?"

빈 선배가 고개를 끄덕였다.

"……한테 어떻게 그런 말을 해."

쿵쿵쿵쿵.

'너'한테인지 '여자'한테인지 앞부분은 잘 안 들렸지만 이것만으로도 내 심장이 전력질주하게 만드는 데는 큰 무리가 없었다. 사라졌다고 생각한 분홍주의보가 다시금 내 주변으로 화사하게 피어났다. 진분홍 설렘에 잠시 빠져 있는데, 선배가 잡고 있던 내 손을 살짝 놓았다. 그런데도 여전히 나는 선배에게 손을 잡힌 것 같은 기분이 들었다.

'설렌다는 거, 정말 좋은 거구나.'

나는 선배가 잡았던 손 부분을 저도 모르게 다른 손으로 멍하니 더듬었다.

"어떤 과목을 가르치는데?"

빈 선배의 질문에 멍하던 정신이 조금 돌아왔다.

"수학이요."

"수학은 좋아해?"

"네. 답이 딱 떨어져 나오는 게 좋아요. 명확하잖아요."

"흐음."

"선배는 수학 잘하세요?"

"썩 잘하는 건 아니지만 아마 홍선이 척화비 점수보단 훨 잘할걸."

이 오빠, 건수 하나 제대로 잡았구나. 그래요. 마음껏 씹고 뜯고 맛보고 즐기소서. 그래도 돼. 선배니까. 아힝. 난 몰라. 오늘 그린라이트 맞지?

빈 선배랑 시시껄렁한 농담 따먹기를 하다 뒤늦게 과외 시간이 생각났다. 한 번도 지각한 적 없는 역사에 오점이 생길까 놀란 나는 벌떡 일어났다.

"으아, 늦었다! 저 먼저 가볼게요!"

선배에게 이 말만 던지고 꽁지에 불이 붙은 것처럼 카페를 뛰쳐나왔다. 선배가 뒤에서 뭐라 말하는 것 같았지만 들을 새도 없었다. 때마침 온 버스에 올라타고 나서야 제대로 인사도 못 하고 나왔다는 사실이 생각났다.

"죄송하다고. 허억. 헉. 문자라도. 헉. 보내야겠다."

숨을 고르며 휴대폰을 꺼내 들었는데 이럴 수가.

"선배 번호를 모르잖아!"

그 몇 시간을 함께 있었으면서 어떻게 전화번호 물어볼 생각도 못 했을까.

"어쩔 수 없지."

금요일 수업 때 만나서 너무 급히 나가 죄송했다고 말해야겠다.

버스에서 내리자마자 나는 늦을까 봐 숨 가쁘게 여진이네 집으로 달렸다. 장딴지가 터져라 뛰어왔더니 손까지 덜덜 떨렸다. 부들거리는 손으로 벨을 누르고 숨을 고르고 있자니 이내 문이 열렸다. 올 때마다 느끼는 거지만 참 좋은 집이다. 파란 잔디가 카펫처럼 정원에 깔려 있고 담벼락 안쪽으로 소나무가 쭉 심어져 있다. 커다란 3층 집은 으리으리했고, 2층 여진의 방으로 가기까지 우리 집만 한 거실을 가로질러야 했다.

"쌤, 아유. 숨소리 뭐야. 변태같이."

오늘도 여전히 인형같이 예쁘기 짝이 없는 얼굴로 나를 타박하는 여진이다.

"지각의 위기를 모면한 대가?"

"좀 늦어도 되는데, 울 쌤은 이런 데서 참 까까하셔."

"무지각, 무결점의 기록에 먹칠할 수는 없지. 내 프라이드야."

"패션은 결점이네. 한동안 안 입는 거 같더니 또 꺼내 입었어요?"

역시나 과 점퍼로 여진에게 한 소리 들을 줄 알았다.

'아차. 립스틱이라도 바르고 온다는 걸 깜빡했구나.'

나는 숨을 고른 후 여진의 눈치를 보며 그녀의 얼굴을 빤히 바라보았다. 화장을 안 해도 충분히 인형같이 예쁜 여진이건만, 중학생 신분에 풀메이크업을 얼굴에 얹은 상태였다.

"얀마, 이딴 거 바르지 마. 어른 되면 하기 싫어도 해야 하는데 뭘 벌써부터 고행 연습이냐."

내가 여진의 눈두덩을 엄지로 슥슥 문지르자 살구색 펄 아이섀도가 묻어 나왔다.

"얼씨구? 섀도까지?"

"아이참. 그냥 살짝 연습만 한 거예요."

여진의 꿈은 메이크업 아티스트였다. 그게 진심인지 아닌지는 모르겠으나, 여진은 제 꿈을 핑계로 종종 화장을 한 모습을 보여주곤 했다.

"너 화장 안 해도 예뻐. 진짜 예뻐. 그러니까 다음부터 하지 마."

왜 담배랑 화장을 청소년기에 하지 말라는 줄 아니? 아직 피부와 내장 기간이 완벽히 자라지 못했기 때문이야. 영글지도 않은 몸이 일찍부터 화장과 담배를 접하면 성인이 되어서 훅 간다. 이런 말은 어차피 잔소리로나 들릴 터였다.

"나도 나 예쁜 거 알아요."

"그래그래. 안다니 다행이다. 그러니까 하지 마. 나중에 후회해."

"꼭 어른들은 그런 말 하더라."

입술을 삐죽이는 여진에게 나는 설득 노선을 조금 바꿔 좀 더 현실적인 조언을 남겼다.

"너 당장 지금 화장한 상태로 졸업앨범 사진 찍었다고 생각해봐. 미래엔 어떤 화장법이 유행일지 모르잖아?"

여진이 조금 움찔하는 것이 보인다.

"지금 그렇게 꾸며놓고 사진 찍었다가 두고두고 후회한다. 어디 앨범 너만 보면 다행이게? 동창들이 다 갖고 있어."

그것은 우리 언니 얘기였다. 학창 시절 모범생이었던 언니는 졸업사진을 찍는 날, 반에서 화장 좀 한다는 친구에게 메이크업을 받았다. 그리고 누구보다 예쁘게 졸업사진을 찍었었다. 내 기억으로도 그날 집에 돌아온 언니는 정말 예뻤었다. 일곱 살 터울의 중학생인 언니가 무슨 사회인처럼 느껴졌더랬다. 그러나 그 후 언니는 두 번 다신 자신의 중학교 졸업앨범을 꺼내 보는 일이 없었다. 어쩌다 내가 꺼내려 하면 발작 비슷한 반응을 보였다. 할 수만 있다면 당시 동창들이 받아갔던 졸업앨범도 싹 수거해서 화형 시켜버리겠다고 이를 갈기도 했다. 언니가 졸업 후 3년 만에 처음으로 꺼내봤던 졸업앨범은 그렇게 언니에게 화장에 대한 약간의 트라우마를 던져주었다.

"아. 그런가."

내 말에 여진은 크게 깨달은 눈치였다.

"실제 경험담이니 선생님 말 들어."

여진이 고개를 위아래로 끄덕였다.

"졸업사진 찍을 땐 BB만 발라야겠다."

여진의 혼잣말이었지만 내 귀에 똑똑히 들렸다. 평소엔 계속 화장을 하고 다니겠단 소리였다.

"아서라. 너 평소에는 뭐 사진 안 찍니? 네 휴대폰, 친구들 휴대폰에 네 사진 몇백 장씩 있을 텐데?"

"이차. 그렇네."

하지만 여진은 끝내 포기할 생각이 없는 모양이다.

"그럼 색조 같은 거 하지 말고 티 안 나는 선에서 끝내야겠다."

여진은 해결책을 찾았다는 듯 고개를 끄덕였다. 그래. 부모님도 못 말린 것 같던데 내가 무슨 수로 이 아이를 말려. 그나마 BB까지만으로 끌어내린 게 어딘가.

"여진아. 둘 중에 하나 골라봐."

나는 책을 펼치며 여진에게 질문을 던졌다. 외모 가꾸기에 민감한 중학생 여진. 이런 여진이 화장과 의상, 무엇을 더 우선으로 삼을지 궁금해졌다.

"내가 과 점퍼 입고 화장한 것, BB도 안 바른 민얼굴에 원피스 입은 것. 어느 쪽이 더 좋을 것 같니?"

여진은 가볍게 질문한 내가 무안할 정도로 심각하게 고민을 했다.

여진의 과외가 끝나고 바로 다음 장소로 이동했다. 오늘은 낮에 중학생인 여진이 수업을, 저녁 때 고등학생인 수민과 윤찬의 과외를 한다. 원래 과외 학생은 올해 고3이 된 신애 하나였다. 신애의 수학 성적이 오른 비법이 내 과외였다는 걸 알게 된 수민의 모친이 올해 고2가 된 수민을 나에게 붙였다. 수민은 혼자 과외 하기 싫다며 친구인 윤찬을 끌어들였고, 그렇게 나는 신애 외에도 윤찬과 수민 둘의 그룹 과외를 맡게 되었다. 윤찬의 집은 여진의 집 근처였다. 두 아이의 모친은 이웃 주민으로 제법 친한 사이였다. 여진의 수학 성적을 걱정하던 여진의 모친은 윤찬의 모친에게 내 이야기를 들었고 얼마 지나지 않아 나에게 연락을 하셨다. 그 후로 나는 세 팀, 네 명의 학생을 가르치게 되었다. 마치 다단계 같은 과외 연결이었다. 그래도 이런 입소문 덕에 나는 제법 쏠쏠한 돈을 벌게 되었다. 부촌의 과외답게 페이가 지금껏 해왔던 과외와 수준이 달랐다. 기백, 기천을 받는 고액 족집게 과외 정도는 아니지만 이 돈만 몇 달 잘 모으면 유럽 여행도 갈 수 있을 정도는 됐다. 보통 이런 동네라면 유명한 족집게 과외나 강남에서 날고 긴다는 학원 강사를 과외 선생으로 삼을 법도 하건만 난 운이 좋은 편이었다.

"누나! 아니, 쌤. 이거 봐요!"

사내놈 둘이라 그런지 과외는 언제나 우렁차고 씩씩했다. 예쁜 여자 연예인들은 한 번도 대화 주제에 빠진 적이 없었다.

"이놈들이. 야야. 지금 숙제 다 했다고 과외까지 다 끝난 거 같냐? 정신 차려 짜식들아!"

내가 막 수민과 윤찬의 머리에 주먹을 콩 꽂아주려고 하는데 수민이 다급히 외쳤다.

"가현 뮤비 풀 버전! 오늘 공개됐어요!"

기존의 3분짜리 말고 7분 28초나 되는 풀 버전이었다. 맛깔나는 그녀의 춤사위를 보기 위해 나는 주먹을 내리고 수민이 내민 태블릿 PC 화면을 바라보았다.

"어우야. 한층 더 섹시히구나."

"그죠, 쌤? 대박."

그야말로 맛깔나게 섹시 댄스를 소화하는 가현의 몸짓이라니. 나는 내 맞은편에 앉은 사내 고딩들처럼 입을 쩍 벌렸다. 이걸 조만간 한대 축제에서 실제로 볼 수 있을 거라 생각하자 신이 났다.

"야, 근데 이거 19금이잖아."

가현의 현란한 엉덩이 돌리기를 보다가 뒤늦게 뮤직비디오 수위가 생각났다. 내 말에 두 사내놈은 '큼큼'거리며 말했다.

"에이, 어차피 우리도 알 거 다 알아요."

그러면서 윤찬이 슬쩍 태블릿을 바닥에 내려놓았다. 나의 가녀린 주먹은 제법 맵게 두 녀석의 머리에 내려앉았다. 덩치만 큰 비글 같은 녀석 둘은 아프다며 눈물을 글썽였다.

고딩 두 놈과 과외 후에도 연예인 얘기를 하다가 시간이 훌쩍 지나 버렸다. 과외가 안 끝나자 윤찬의 모친이 방에 들어와 보셔서 다행이 었다. 하마터면 윤찬이네 집에서 하룻밤 자고 가는 상황까지 올 뻔했 다. 아, 참고로 난 윤찬의 모친에게 사랑받는 과외 선생이었다. 내 과 외를 받은 후로 윤찬은 단박에 수학 점수를 20점이나 끌어올렸고, 나 를 상당히 좋아했다. 마치 친형이 생긴 것 같다며, 맘 같아선 나와 동 반 입대라도 하고 싶다고 웃어젖히며 말하곤 했다.

"늦었는데 조심히 가요."

"예, 다음에 뵙겠습니다."

대문까지 배웅해주신 윤찬의 모친을 뒤로하고 나는 종종걸음으로 골목을 빠져나왔다. 고요한 동네는 달빛까지 부유해 보였다. 앞으로 15분 뒤면 집 앞까지 바로 가는 버스가 끊긴다. 이 버스를 놓치면 번 거롭게 버스를 한 번 갈아타야 하니 서둘러 가야 했다. 맞은편에서 자 동차 불빛이 눈부시게 다가왔다. 나는 그 차를 피해 담에 바짝 붙어 서 발걸음 속도를 더 올렸다. 이 동네는 걸어서 빠져나가는 데만 10여분이 걸린다. 미친 듯이 빨리 가야 했다.

동네 어귀에 바로 버스 정류장이 있긴 했지만, 동네가 부촌이다 보니 버스를 타는 사람이 드물었다. 그래서 멀리서 다가올 때 정류장에 사람이 보이지 않으면 버스 기사 아저씨들은 그냥 지나치기 일쑤였다. 이곳에 사람이 서 있는 모습을 보여줘야 했다.

"왔다."

정류장에 도착하자 곧 버스가 왔다. 조금만 천천히 걸었어도 못 탈 뻔했다. 오늘은 버스 운이 있는 날인가 보다. 나는 가벼운 발걸음으로 버스에 올랐다. 내일은 오후에 교양 수업 하나만 있는 날이다. 그리고 그다음 날은 바로 빈 선배를 만난다.

"내일도 만날 수 있으면 좋으련만."

수업이 없으면 만날 수 없다니 슬픈 사실이다.

'다음에 선배를 만나면 제일 먼저 전화번호부터 물어볼 테다.'

굳게 다짐하며 나는 휴대폰을 꼭 쥐었다.

목요일 수업은 교양 원예, 이 수업 딱 하나였다. 오전 수업만 있던 이제와는 달리 제일 마지막 교시 수업이었다. 재미도 있고 학점도 비교적 잘 나온다고 입소문이 난, 130명의 수강생이 듣는 대형 강의였다. 본디 85명이 제한 정원이었는데, 수업을 요청하는 사람이 많았던지 정정 기간에 수를 부쩍 늘려주었다. 그 때문에 강의실도 큰 곳으로 바뀌었다. 마치 강연장 같은 홀 형태의 강의실이었다.

나는 앞에서 세 번째 줄 복도 쪽으로 앉았다. 그리고 가방을 옆자리에 올려두고 노트와 필기도구를 꺼냈다. 사람들은 뒤부터 앉기 시작했다. 하긴. 교양 수업에 사람 많고 큰 강의실이니 딴짓하기엔 더할 나위 없는 조건이다. 그래선지 저번 첫 수업, 오리엔테이션이었지만 조금 심하게 어수선하긴 했었다.

"인원이 늘어서 그런가."

오늘은 유독 더 정신 사납다.

"웅성거리는 게 두 배 정도 늘어난 느낌이네."

이쯤 되니 이 분위기를 정리하고 수업해야 할 교수님이 조금 안타깝게 느껴졌다. 깡패같이 생긴 아저씨였으면 좀 괜찮았을 텐데, 이 수업을 맡은 교수님은 뽀얗고 여린 여자분이셨다.

"홍선아."

귓가에 낯익은 목소리가 들리면서 어깨에 따뜻한 무언가가 살짝 닿았다 떨어졌다. 나는 자다가 절벽에서 떨어지는 꿈이라도 꾼 것처럼 크게 움찔했다. 놀라서 앞자리를 발로 찼지만, 아무도 없어 다행이었다. 그리고 또 다행인 건 소리는 안 질렀다는 점?

"아, 깜짝이야."

이 수업에서 누가 이름보다 친숙한 홍선을 부르며 나에게 접근할 거라곤 상상도 못 했다.

"정말 잘 놀라는구나. 일부러 발소리 내면서 다가갔는데."

"선배!"

빈 선배였다. 먼저 아는 척해 주는 그가 고마워 나는 방긋 웃음을 지었다. 그런데 뭔가 강의실 분위기가 이상했다. 어수선하고 시끄럽고 방방 떠 있고 정신없는 것 같던 공기가 한순간에 착 가라앉은 그런 기분. 이 느낌. 나 알아. 어제 경영학과 강의실에서 느꼈던 거야.

"이거 들으셨었어요?"

"응."

나는 옆자리에 올려뒀던 가방을 무릎 위로 올렸고, 선배는 대답을 하며 내 옆자리에 앉았다. 물 흐르듯 자연스러웠다.

"저번 수업 때, 사람이 많아서 못 봤었나 봐요."

"사람이 저번보다 더 늘어난 거 같네. 원래 80명 정도 아니었나?"

"맞아요. 이 수업 널널하다고 입소문 타서 엄청 듣나 봐요. 원예 일기 쓰는 게 과제라고 해서 많이 빠져나갈 줄 알았는데. 지금 보니 오히려 더 늘었어. 맞다, 빈 선배 화분은 사셨어요?"

원예 수업답게 과제가 식물 키우기였다. 씨를 심어 키워도 좋고, 꽃이 피는 식물도 좋고, 하여튼 시간의 흐름에 따라 변화가 보이는 식물을 선정해서 종강할 때까지 일주일에 두 번씩 사진을 첨부한 식물 관찰 일기를 써서 제출하는 것이었다.

"아니, 아직. 너는?"

"내일 수업 끝나면 사려고요."

우리 집은 어떤 식물이건 들어왔다 하면 죽어 나가는 마력이 있었다. 아빠의 작은 소원 중 하나가 취미로 식물 키우기였다. 그러나 이상하게 우리 집에서는 어떤 식물도 잘 자라지 못하고 단명했다. 시무룩한 아빠에게 회사 지인 중 한 분이 화분을 하나 선물하셨다.

"빛 잘 안 쐬어도 되고, 물도 일 년에 한두 번 생각날 때만 주시면 돼요."

다육으로 보이는 작은 화분이었다. 하지만 그 아이도 6개월을 넘기지 못했다. 아빠의 지극 정성 속에서도 말이다. 그 생각이 나자 절로 우리 집에 들어올 신입이 걱정된다.

"이번엔 제발 좀 잘 컸으면 좋으련만."

집 근처에 예쁜 플로리스트 언니가 하는 작은 꽃집이 있다. 악조건 속에서도, 설사 수맥이 흐른다 해도 예쁜 꽃이 피는, 독하고 강하고 끈질긴 녀석으로 추천해달라고 해야지.

"오빠랑 같이 가자. 화분 사러."

"네?"

"우리 내일 같은 수업 듣잖아. 끝나고 같이 사러 가자."

빈 선배의 권유에 나는 머릿속에 잠시 등장했던 예쁜 플로리스트 언니를 단박에 삭제했다. 그리고 고개를 있는 힘껏 끄덕였다.

"좋아요."

"자."

내 대답을 들은 빈 선배는 불쑥 내 앞으로 자신의 휴대폰을 내밀었다.

"번호, 알려줘."

어머나! 세상에! 꺄아! 보라, 이것을! 나 지금 선우빈한테 번호 따이고 있다아!

어깨춤을 덩실덩실 추며 노래라도 한 소절 부른 뒤 앞구르기까지 하고 싶은 심정이다. 주인을 닮아 매끄럽고 검은 휴대폰에 정성스레 내 번호를 입력. 그리고 통화 버튼을 꾹 눌렀다. 이제 나도 선우빈 선배의 번호를 얻었다!

"……으음?"

하지만 아무리 기다려도 책상 위에 있는 내 휴대폰은 도통 울릴 기미가 보이질 않았다.

"제대로 전화가 걸리고 있는 건가?"

선배 휴대폰을 귀에 가져간 순간.

[여보세요.]

전화 저편에서 웬 남자가 전화를 받았다.

'뭐지. 내 휴대폰은 아무 반응도 없이 책상 위에 얌전히 있는데?'

아무 말 없는 나를 향해 전화 저편의 남자가 다시 한 번 '여보세요'를 외쳤다. 나도 덩달아 답을 했다.

"여, 여보세요?"

[네. 말씀하세요.]

이런, 잘못 눌렀다.

자기 번호도 모르는 여자라니. 백치미가 철철 넘치는 나는 서둘러 상대방에게 사과를 했다.

"죄송합니다. 전화를 잘못……."

[서민유, 또 네 번호 대신 내 거 찍었냐?]

'헉, 누군데 날 알고 있는 거지?'

놀란 나는 급히 휴대폰을 귀에서 떼고 화면을 보았다. 내 번호는 가운데 자리가 8로 시작하는데 이 번호는 9다.

'아이고. 내가 또 오빠에게 전화를 했구나.'

친오빠와 나는 가운데 자리 딱 하나만 번호가 달랐다. 그래서 나는 번호를 알려줄 때 종종 내 번호 대신 오빠에게 전화를 걸어버리곤 했다. 내 번호를 사용하는 일보단 오빠 번호를 누를 일이 더 많아 익숙했기 때문이다.

"응. 그러네."

[넌 나이도 어린 애가 한두 번도 아니고 어쩜 이렇게 매번……. 희연아!]

그때 다급한 목소리로 새언니 이름을 외치는 오빠의 목소리가 들렸다. 뭐지. 무슨 일이야?

그에 이어 '그냥 차 지나가는 거야. 자기가 차도 쪽으로 걸으면서 오버는' 하는 목소리가 들린다. 기분이 나쁘지 않은 듯 핀잔을 주는 새언니의 목소리다.

"뭐야? 언니랑 있어? 지금 회사 아냐?"

[잠깐 병원 좀 다녀오느라고.]

"병원? 병원은 왜? 아이고, 우리 영감님 늙어서 몸이 성치 않구나? 의사가 뭐래? 이제 은퇴해야 한대?"

나는 큰오빠인 민준과 무려 열 살 터울이었다. 그런 고로 오빠는 언제나 날 아기 취급했고, 난 오빠를 영감님 취급했다.

[언니 때문에.]

"언니가 왜?"

[4주 됐어.]

"뭐?"

[너 올해 고모 된다.]

뜻밖의 희소식에 함성이 절로 터져 나왔다. 내가 임신한 것도 아닌데 심장이 막 뛰었다.

"언니 바꿔줘!"

오빠가 새언니에게 전화를 넘기는 사이 나는 잔뜩 흥분한 얼굴로 옆자리에 앉아 있는 빈 선배의 허벅지를 찰싹찰싹 치며 말했다.

"빈이 선배! 저 고모 된대요!"

"고모?"

"응! 우리 새언니 임신이래요!"

'어떡해, 나 막 떨려' 하며 호들갑 떠는 나를 진정시키려는 것처럼 선배는 내 머리를 쓰다듬어주었다. 신기하게도 그 손길에, 들떠 어쩔 줄 모르던 내 마음이 차분해졌다. 대신 심장이 간질거렸다. 선배의 손길을 받으며 나는 새언니에게 축하의 말을 전하고 통화를 마쳤다. 그리고 전화를 다시 선배에게 내밀었다…… 가 다시 내 앞으로 가져왔다.

'하마터면 전화 잘 썼다고 인사까지 할 뻔했네.'

전화번호 하나 알려주려다가 가족과 통화하는 이런 여자. 많이 황당할 것이다. 나는 잽싸게 내 번호를 찍어 이번엔 확실히 내 전화가 울리는 것을 확인한 후, 빈 선배에게 휴대폰을 건넸다.

"앞에 9로 시작하는 번호 말고, 이거 8로 시작하는 거로 저장해주세요."

"그럴게."

"그리고 저기, 죄송해요."

"뭐가?"

"전화를 막 마음대로……."

"그게 뭐 어때서. 괜찮아. 그런데, 민유 아이 좋아해?"

빈 선배의 질문을 시작으로 수업 시작 전까지 우리는 아이에 대해 이런저런 잡담을 나누었다. 태어나지도 않은, 아니 아직 수정도 안 된 미래의 내 아이 얘기를 빈 선배는 제법 흥미로운 얼굴로 들어주었다.

"아들딸 상관없긴 한데 절 많이 닮았으면 해요. 아! 만약 아들딸 성별을 고를 수 있다면 아들이 둘이었으면 좋겠어요."

"왜?"

아들이었으면 좋겠다도 아닌 아들 '둘'이라는 제법 구체적인 숫자에 그가 의아한 얼굴로 물었다.

"제 로망이 그거거든요. 마트에서 제 뒤쪽 좌우로 보디가드처럼 든든하게, 저랑 똑 닮은 두 아들들 두고 카트 미는 거."

이전에 마트에서 봤던 광경이었다. 50대 중반 정도로 보이는 여자분이 자신 바로 뒤에 20대 초반 정도, 본인과 똑같이 생긴 두 남자를 데리고 쇼핑하는 모습. 그 광경이 어찌나 든든해 보이고 부럽던지. 난 그날 이후 내 미래를 상상하라면 곧잘 그런 모습의 나를 상상하곤 했다.

"음. 그 상상에 오류가 조금 있는 것 같아."

"뭔데요?"

상상에도 오류가 있을 수 있나? 내가 고개를 갸웃하며 물었더니 선배가 말했다.

"그 그림에 남편이 없잖아."

어머! 그렇구나. 남편은 한 번도 생각도 않고 있었어. 상상 속이지만 대오류를 범했다. 성령으로 잉태한다는 전설의 고향 속, 환상의 섬 이어도에 가서 애를 뚝 낳아온 것도 아니고.

"음……"

남편을 완벽히 지우다니. 나는 미래의 내 남편에게 마음속으로 잊어서 미안하다 사과를 한 뒤 오류를 수습했다.

"남편은 주차 중이에요. 주차를 잘 못해서 언제나 나랑 아들들이 먼저 쇼핑을 시작하는 거죠."

"부인하고 아이들한테 왕따 안 당하려면 주차 잘해야겠네."

"에이, 이게 어떻게 왕따야. 우리 신랑 들으면 서운하겠다. 내가 비록 몸은 아들들과 있지만 마음은 남편 옆에 꼭 붙어 있죠."

빈 선배는 내 상상이 귀여웠는지, 아니면 내 상상에 자극받아 미래에 자신의 모습을 그려보기라도 하는지 살짝 멍한 눈빛으로 웃음을 짓고 있었다. 그런데 이 미소가 어찌나 살인적으로 사랑스럽고 따뜻한지 내 심장이 쿵쾅거렸다.

'이 남자의 미래도에 내가 있었으면 좋겠다는 생각을 하는 건 나뿐만은 아니겠지?'

후궁들이 왜 그리 이 남자 주변에 울타리를 치지 못해 안달인지 이해가 되었다. 이 예쁜 걸 남들과 공유하고 싶지 않겠지. 나부터도 내일 선배와 단둘이 화분을 사러 갈 생각을 하니 벌써부터 설레 죽겠다.

'아니, 이미 설레고 있으니 떨린다고 해야 하나?'

당장 내일 입을 옷부터 진지하게 고민해야겠다.

수십 번의 고민 끝에 결국 언니에게 코디 조언을 받았다. 아래는 얼마 전에 언니가 거금을 들여 산 유명 브랜드 청바지를 입고 위에는 작년 세일 때 사놓고 몇 번 입지 않은, 목 주위에 레이스가 달린 블라우스를 입었다. 아직 3월이라 쌀쌀한 날씨다. 블라우스만 입기엔 추워서 그 속에 겹겹이 껴입고, 이번 학기 처음으로 야상이나 점퍼가 아닌 코트를 입었다.

친언니와 나는 취향이 너무나도 똑같았다. 옷, 액세서리, 신발을 비롯해 음악 취향까지 같았다.

그래서 보통 내 눈에 예쁜 것은 언니 눈에도 예뻤고, 언니가 예쁘다는 것 역시 내 눈에 예뻤다. 이상하게 생겼다고 여기는 것 역시 똑같이 이상하게 여겼다. 내 키가 다 자란 후에는 자매가 신체 치수도 똑같아서 우리는 옷을 공유했다. 내가 산 옷을 언니가 입기도 했고, 언니가 산 옷을 내가 입기도 했다. 정확히는 공유라기보다는 내 것, 네 것의 구별이 아예 없었다. 암묵적으로 상대의 남자친구가 사준 옷은 건드리지 않는다는 규칙이 있었지만, 언니는 5년째 짝사랑 중이었고 나는 모태솔로였다. 때문에 서로 입지 못하는 옷은 없었다.

아, 잠깐. 눈물이 나네?

"어, 찬바람 든다."

멋들어지게 매어놨던 스카프 사이로 서늘한 기운이 들어온다. 나는 스타일을 포기하고 목둘레를 꼼꼼히 감싸도록 스카프를 야무지게 동여맸다. 오늘은 빈 선배와 학교 밖에서 함께하는 날이다.

'이히. 이번엔 데이트라고 믿어도 될까.'

화장까지 얼굴에 얹어주려다 너무 티가 나는 것 같아 불러서 하나만 바르는 것으로 끝내고 옷만 상큼이 모드로 돌렸다. 그러고 보니 나란 여자 대단하다. 그동안 옷이며 화장이며 외모를 전혀 신경 쓰지 않고 있었다니. 이래서 썸을 타건, 연애를 하건 뭐라도 해야 했었나 보다. 경험이 없으니 썸남에게 예쁘게 보여야 한다는 기본적인 사실을 자꾸 간과하게 된다. 바로 지금처럼.

"응?"

저 앞에 빈 선배로 추정되는, 아니 빈 선배가 확실해 보이는 남자가 강의실 앞 복도를 걷고 있었다. 인문대에서 빈 선배를 볼 리 없을 거라 생각했다. 그래서 처음엔 그저 키 큰 남자가 복도를 걷고 있다고만 여겼다. 하지만 지나가는 사람들의 시선이 죄 꽂히고 있는 점, 강의실을 살피려는 듯 걸음을 멈추고 있는 옆모습에서 빈 선배임을 확실히 알 수 있었다. 나는 빈 선배가 눈치채지 못하게 조용히 그의 뒤로 다가갔다.

'뒤에서 살짝 놀래줘야지. 그래서 선배가 놀라면 귀엽게 웃으면서 놀랐죠? 이럴 거야.'

여기서 포인트는 최대한 귀여워 보이게 웃는 것.

이게 내 처음 의도였다. 그랬는데 발걸음을 내디딜 때마다 나는 다른 생각이 떠올랐다. 학창시절 가끔 했던 유치한 장난. 무방비하게 서 있는 사람 오금을 뒤에서 무릎으로 치는 그 몹쓸 짓거리. 생각만 해야 했는데, 내 몸은 주인의 의지와는 다르게 움직이고야 말았다.

"으억!"

빈 선배의 몸이 휘청이며 앞으로 쏠렸다. 그 광경이 슬로모션처럼 보였다. 그리고 폭풍처럼 자괴감이 몰려왔다. 타임머신이 있다면 영혼을 팔아서라도 지금 당장 사야만 한다!

미쳤어! 미쳤다, 진짜! 서민유 이 등신! 지금 뭐하는 거야!

"꺄아!"

내가 쳐놓고도 휘청거리는 선배의 모습에 놀란 나는 소리를 지르며 그가 넘어지지 않도록 뒤에서 확 끌어안았다. 이대로 빈 선배가 넘어지면 나는 학교를 당장에 휴학해버릴 것이다. 구덩이라도 하나 파서 거기에 내 머리만이라도 푹 묻어버리고 싶은 심정이었다. 도저히 맨눈으로 이 사태를 볼 수 없어 나는 눈을 꼭 감고 선배 등에 아예 얼굴을 묻듯 고개를 숙였다. 빈 선배도 많이 놀랐는지 선배 입에서 제법 거친 숨소리가 헉헉 하고 쏟아져 나왔다.

'끄으. 어쩌지.'

이 민망한 사태에 나는 선배 허리를 목숨 줄 붙잡듯 꼭 껴안고 심각하게 고민을 시작했다.

'죄송하다고 빨리 사과를 할까. 비굴해 보이겠지만 무릎이라도 꿇고 싹싹 빌어볼까. 아니면……'

아직 그는 내가 누군지 모른다.

'지금 얼른 손을 놓고 토껴버리면?'

오늘은 평소 나답지 않게 나름 잘 차려입은 옷차림이다. 그러니까 뒷모습만으론 선배가 날 못 알아볼 것이다. 나는 감았던 눈을 슬쩍 뜨고, 어느 방향으로 도망갈지 도주로를 물색했다. 죄송하다 말하기엔 도저히 부끄러워서 견딜 수가 없었다.

'아. 정말 내가 왜 그랬지? 어떻게 이렇게 머릿속에 아무 생각도 없이 몸이 움직인 걸까?'

수십 번을 후회와 반성을 했다.

"흐으."

나는 숨을 살짝 들이마셨다. 일단은 도망가고 나중에 제대로 사과하자. 이렇게 마음먹고 선배 등에 대고 있던 이마를 슬며시 떼어냈다. 그러고 보니 세상에 이건 또 뭐야?

선우빈을, 그 선우빈을 내가 백허그를 하고 있는 망측한 자세 아닌가!

너무 당황해서 들리지 않았던 주변 소리와 쏟아지는 시선들도 이제야 느껴졌다. 화르륵. 얼굴뿐만 아니라 귓가까지 아니, 목까지 후끈거리는 느낌이다. 스카프로 얼굴이라도 가리고 뛰어야겠다고 생각한 찰나.

"민유야, 오빠 좀 이제 놔줄래?"

내 비명이 요란하게 복도를 채웠다.

"고개 좀 들어봐. 응?"

빈 선배의 말에 나는 더더욱 고개를 푹 숙이고 양손으로 얼굴을 가렸다. 차마 선배 얼굴을 볼 수가 없다.

"……죄송해요."

나는 아침부터 내내 선배 앞에 죄인처럼 굴었다. 아니, 죄인 맞지 뭐.

그 사선 이후 나는 빨리 수업이 시작되길 기다렸다. 자연스레 빈 선배와 헤어져서 다음 경영 수업까지 마음을 좀 추슬러보려는 생각이었다. 그런데, 왜! 대체 왜! 이 프랑스 문화 교양 수업을 선배가 듣고 있는 건지 모르겠다. 하지만 물어볼 수도 없었다. 얼굴도 제대로 못 보겠는데 묻기는 무슨. 앞으로 또 다음 수업까지 같이 들어야 하는데 그 길이 참 까마득하다.

아, 맞아. 오늘 화분 사러 같이 가기로도 했었지? 내가 미쳐 정말.

"오빠 괜찮다니까. 정말로."

"그치만, 그치만……."

"사실 처음부터 민유 오는 거 오빠 알고 있었어. 미안해. 오빠 때문에 아까 많이 놀랐지?"

봉변을 당한 사람이 이렇게 사과를 하고 나오니 더더욱 미안해졌다.

"왜 오빠가 사과를 하세요……."

"네가 많이 놀랐잖아. 너 기절하는 줄 알고 얼마나 무서웠는데."

"……죄송해요."

휴학 한 번 더 할까. 선우빈을 뒤에서 무릎 공격하고 그걸 빌미로 미친 듯이 끌어안은 정신 나간 여자가 있다고 소문이 쫙 돌지도 모르는데.

"서민유."

다정하지 않은, 지금까지의 목소리와는 조금 다른 목소리에 나는 움찔하고 놀랐다.

"고개 들어."

빈 선배의 단호한 명령 투에 나도 모르게 고개를 들어 선배와 눈을 마주쳤다.

"착하네. 말도 잘 듣고."

선배가 내 머리를 쓰다듬었다. 꿀이 쏟아질 것 같은 눈빛으로 나를 보면서. 계속 날 이런 시선으로 보고 있었던 건가? 정말? 조금도 불쾌감이 없어 보이는 눈이었다. 아닌가. 원래 잘생긴 사람은 불쾌해도 이렇게 꿀 같은 얼굴인 건가.

"오빠랑 많이 친해진 것 같아서, 저도 모르게 장난 한번 쳐보고 싶었어요. 그래서……."

나는 단전 아래에서부터 용기를 끌어올려 말 같지도 않은 이유를 내뱉었다. 말을 하면서도 여전히 얼굴은 화끈거렸다.

"그런 이유라면 좋은데? 앞으로 또 그러고 싶으면 얼마든지 해. 오빠가 다 받아줄 테니까."

"……선배."

"오빠라고 부르더니 다시 선배야? 우리 친한 사이니까 이제부터 오빠라고 불러."

나는 멍하니 그의 얼굴을 바라보았다. 내가 언제 오빠라고 불렀지?

"가자. 점심 먹어야지. 오빠가 맛있는 거 사줄게."

기분 좋게 웃는 빈 선배 손에 나는 그저 멍한 상태로 끌려갈 뿐이었다.

오늘 수업이 모두 끝났다. 원서 수업을 잘 마친 나에게 치얼스! 하늘이 보우하셨는지 교재만 원서고 수업은 한국어로 진행이 되었다. 딕분에 한시름 놓았다.

수업을 끝내고 이제 화분을 사러 가는 길.

아침부터 내내 내가 불편하지 않도록 신경 써주는 빈 선배가 고맙고 미안해서, 나는 오전의 삘짓을 완전히 기억에서 밀어내기로 했다. 결코 내가 지우고 싶어서 그런 게 아니다. 오빠가 신경 쓰지 않게 하려는 거다. 두툼한 철판 좀 깔고 마치 아침에 아무 일도 없었던 것처럼 굴어야지.

"화원은 이쪽에 많은 것 같아."

빈 선배, 아니 오빠는 휴대폰으로 검색한 화면을 보여주었다. 이쪽 방향은 단독 주택이 많이 몰려 있는 주거 지역이었다. 동네가 조용하고 예쁜 집이 많아 산책하며 구경하는 재미가 있는 곳이다. 그래서 이전에 해준이랑 종종 걸어서 놀러 가곤 했었다. 느릿한 걸음으로 이런저런 수다를 떨며 걷다 보면 어느새 동네 한 바퀴를 다 돌곤 했다.

"아, 여기 어딘지 알아요! 전에 자주 놀러 갔었는데."

생각해보니 가는 길에 화원이 몇 개 있었던 것 같은 기억이 난다.

"오빠, 걷는 거 좋아하세요? 여기 걸어가기에 되게 좋은 동넨데."

나의 '걷고 싶어' 빔이 먹혔는지 오빠는 고개를 끄덕였다.

"걷는 것 좋지. 그런데 좀 멀지 않아?"

"안 멀어요! 천천히 걸어서 40분이면 가는데⋯⋯."

40분이라고 말하니 너무 먼 것 같은 느낌이라 나는 급히 정정했다.

"아뇨, 40분까진 아니고 30분?"

나랑 해준은 워낙 천천히 걸었으니까 오래 걸렸던 거다. 오빠 걸음에 맞추면 25분에 갈지도 모른다.

"좋아. 우리 걸어가자. 잠깐, 주문한 커피 받고 있을래?"

"어?"

내가 뭐라 물어볼 틈도 없이 선배는 생긋 웃어 보이더니 그대로 카페 밖으로 나갔다. 나는 주문했던 커피 두 잔을 받아 손에 들고 천천히 카페를 나왔다. 쌀쌀하지만 바람이 불지 않아 걷기에는 딱 좋은 날씨였다. 내가 나온 지 얼마 되지 않아 반대편에서 이쪽으로 걸어오는 오빠의 모습이 보였다. 손에는 작은 종이백이 들려 있다.

"갈까?"

오빠는 내 손에서 오빠 몫의 커피를 가져가 들고는 먼저 걸음을 뗐다.

'손에 저건 뭘까. 물어봐도 되는 건가?'

고심하는데 내 눈빛을 본 오빠가 종이백 안에서 무언가를 하나 꺼냈다. 커다란 손 안에서 뭔가가 바스락거리는 소리가 났다.

"아."

"예?"

"아, 해봐."

빈 오빠가 시키면 시키는 대로 로봇같이 반응하는 서민유는 망설임 없이 아, 하고 입을 벌렸다.

"음."

오빠 손에 들린 무언가가 내 입으로 쏙 들어왔다. 으윰? 이건 마카롱이잖아?

"마카롱이야."

마카롱 맞네.

"가는 동인 기피랑 먹으려고. 케이크 같은 건 걸어가면서 먹기 힘드니까."

이 남자는 국회로 보내야 해. 어쩜 생각지도 못한 부분까지 이리 국민의 안위를 걱정할까.

더 이상 격상될 곳도 없는 내 마음속 선우빈의 위치가 다시 한 번 치솟아 올랐다. 내가 이런 남자와 단둘이 데이트 코스같이 예쁜 길을 걷고 있다니. 아니, 썸을 타고 있다니. 사람이 설레다 죽을 수도 있나? 숨 막히게 행복하다.

"나 약간 사육당하는 것 같아."

빈 선배, 아니 오빠가 사 온 마카롱을 손으로 집으며 나는 머릿속에 있던 말을 불쑥 내뱉었다. 오빠는 마카롱을 15개나 사 왔다. 두어 개쯤 사 왔으려니 생각하고 있었는데, 먹어도 먹어도 마카롱은 끊이질 않았다. 대체 몇 개를 사 왔느냐 물어보니 오빠는 맛별로 3개씩 사 왔다고 했다. 다섯 가지 맛이니 15개다.

"응? 사육?"

"오빠 나한테 자꾸 뭔가 사주시는데. 음. 그게 너무 무서울 정도로 딱딱 제 입맛에 맞으니까……."

이 와중에 오빠는 마카롱 껍질을 벗겨 내 입에 하나를 넣어주었다. 얼결에 받아먹은 마카롱은 이번엔 오렌지 맛이었다. 상큼 달달한 맛이 입 안에 퍼졌다. 오빠의 호의를 야물딱지게 받아먹고 있는데 오빠가 말했다.

"사육이면?"

"네?"

"오빠가 사육하는 거라면 어떡할래?"

어쩌긴 뭘 어째. 사육당하는 거지. 오빠한테 사육당하고 싶은 여자 우리 학교에 한 트럭은 넘어요! 제발 사육해주세요! 그렇게 말할 순 없다. 미치지 않고서야 어찌 저런 말을……

"당할게요."

아, 제발 내 주둥이야. 너 왜 주인 말을 안 듣는 거니. 내 어택에 오빠는 잠깐 멍한 얼굴을 하더니 이내 활짝 웃었다.

"아니, 그게 그러니까……"

"알았어. 앞으로 오빠가 맛있는 거 많이 사줄게."

아. 얼굴이 화끈하다. 화원 아직 멀었니. 버스 타고 올 걸 그랬다.

손에 들린 고추 모종이 담긴 비닐봉지를 내려다보았다. 봉지에서 들리는 바스락거리는 소리가 서글프게 느껴진다.

"연애 고자."

나는 미미 시스터즈가 내게 말했던 그 단어를 머릿속에서 지울 수가 없었다. 예쁘고 귀여운 꽃을 키우는 깜찍한 모습을 보이려 했는데, 그만 고기에 정신을 놔버리고 말았다.

"사장님, 저건 뭐예요?"

두 달 정도면 꽃이 피는 화분을 찾는데 화원 사장님 뒤로 나란히 포트에 심긴 모종이 보였다.

　"저거 아삭이 고추 모종이에요."

　"아삭이 고추요? 어머, 저 그거 엄청 좋아하는데. 고기 먹을 때 꼭 먹어요."

　"아가씨가 맛을 아네. 맞아요. 그냥 먹어도 맛있는데 고기랑 먹으면 끝내주지."

　그렇게 사장님과 쿵짝이 맞아 고기 예찬을 했다. 내가 정신을 차렸을 땐, 이미 예쁜 꽃 화분 대신 고추 모종을 구입하고 있었다. 꽃도 피고 열매까지 맺으니 교양 원예 과제엔 더할 나위 없이 완벽한 식물이었다. 다만 선택하는 과정에서 나를 좀 더 소녀답게 보이게 해줄, 이제는 이름이 기억도 안 나는 분홍 꽃이 피는 식물을 까맣게 잊고야 말았다. 더불어 동구 밖 과수원 길에서도 존재감이 있는 선우빈도. 바로 옆에 있었는데도 불구하고 말이다.

　'고기가 썸을 이기다니……'

　풋풋한 썸 타는 여대생으로서 치욕스럽다.

　"아. 오빠는요? 오빠 뭐 사실 거예요?"

　내가 멋쩍게 웃으며 물었더니 잠시 고민하는 듯하던 오빠는 나와 같은 고추 모종을 구입했다. 고추를 키우는 선우빈이라. 뭔가 어울리는 듯 안 어울리는 기분이다. 이 남자는 고추도 잘생기게 키울 것 같다.

　"오빠, 우리 고추 다 자라면 이거랑 고기 먹어요!"

　그 와중에 나는 슬쩍 몇 달 뒤의 만남을 주선했다. 넘어와라, 넘어와.

　"그래. 삼겹살이랑 이것저것 사서 거하게 먹자."

예쓰! 예쓰!

나는 속으로 쾌재를 부르며 화원을 나섰다. 그래, 꼭 예쁜 꽃만이 썸을 타게 해주는 건 아니야. 만약 예쁜 꽃만 썸을 타게 한다면 졸업식 날 대한민국 졸업생의 90%는 졸업과 동시에 연애를 해야 한다고.

나는 손을 앞뒤로 흔들며 씩씩하게 걸었다. 발걸음을 내디딜 때마다 손목에 건 모종을 담은 봉지가 바스락거린다. 아까까지만 해도 그 소리가 한없이 서글프게 느껴졌었는데, 지금은 꼭 새하얀 눈길을 밟을 때 나는 소리같이 들린다. 설레는 소리다. 빈 오빠는 이런 내 씩씩한 발걸음에 맞춰 걸으며 옆에서 마카롱을 하나 내밀었다.

"아."

오빠가 처음 마카롱을 입에 넣어줬을 때 얼결에 두 번 받아먹었고, 그다음부터는 내가 알아서 마카롱 껍질을 벗겨 먹었었다. 그런데 다시 갑자기 오빠가 마카롱을 입에 넣어준다고 하니 새삼 의식이 되어서 자연스레 받아먹질 못하겠다.

우리, 이렇게 음식 아 하고 입에 넣어주는 그런 사이가 된 건가? 아니면 원래 썸이 이런 짓까지 허용이 되는 건가? 혼란스럽다. 대체 썸은 어디까지가 가능한 영역인가. 아으, 미치겠네. 아예 뻔뻔하게 '이거 먹으면 우리 이제 사귀는 겁니다' 하고 덥석 물어버릴까?

눈앞에 보이는 마카롱 하나에 온갖 고민을 하던 게 무색하게 내 입 안으로 쏙 마카롱이 들어왔다.

"이번이 마지막."

막상 마지막이라니 아쉬운 마음이 들었다. 미친 척 오빠 손가락까지 싹 물어버려 볼걸. 아닌가? 거기까지 나가는 건 너무 심한 건가? 아, 미치겠다. 누가 썸 교본 좀 출간해라.

입을 오물거리며 헛생각을 하던 나는 문득 그가 마카롱을 먹는 모습을 한 번도 보지 못했다는 사실이 떠올랐다.

"오빠는 드셨던가요?"

미소로 답하는 빈 선배다.

'내가 15개 전부 먹은 거구나.'

창피하고 미안해서 고개가 절로 숙여졌다.

"마카롱 전부 서민유 먹으라고 사 온 거야."

오빠의 말이 찌르르 가슴을 울렸다. 사랑에 빠진 여자에게 '너를 위한다'는 말은 심장이 휘모리장단으로 달리게 만드는 위력이 있다.

"누가 먼저 꽃 피우나 내기할래?"

오빠가 고추 모종을 가리키며 물었다. 인근에서 맛집으로 소문난 샤브샤브 가게에서 저녁 식사를 한 후, 다시금 산책 삼아 버스 정류장까지 걷는 중이었다. 세 번까지 채소와 칼국수가 리필되는 멋진 샤브샤브 가게였다. 나는 엄청난 자제력을 동원해 추가 리필 없이 1차에 식사를 마칠 수 있었다. 식전에 먹은 디저트 덕인가. 휴. 자제력이 발휘되어 정말 고마웠다. 적당히 먹을 줄 아는 여성스러움에 오빠가 이렇게 귀여운 수작을 부리는 게 아닐까, 혼자 상상해본다.

선우빈이 이미 내 위장을 파악했다는 것은 알고 있다. 하지만 이런 나의 내숭이 사랑스러우니까 그냥 눈감아주는 거라고 생각하니 또 심장이 휘모리장단이다.

"이긴 사람 소원 하나 들어주기, 어때?"

여기서 싫다고 하면 귀와 꼬리를 축 내려뜨린 대형견이 될 것 같은 표정의 오빠다. 아, 미치겠다. 머리 쓰다듬고 볼을 막 비비적거리고 싶은 마음을 꾹 누르고 나는 고개를 끄덕였다. 식물 영양제를 쏟아붓고 온갖 좋은 흙으로 재무장시킬 것이다. 무슨 수를 써서라도 내가 먼저 꽃을 피우겠노라. 그리고 선우빈 내 거, 찜해야지.

"무르기 없기예요."

"당연하지."

그래도 혹시 오빠의 꽃이 먼저 필 경우를 대비해 방어막도 하나 세워둬야겠다.

"소원, 상대방 능력 되는 선에서 고르는 거예요. 하늘의 별을 따 달라든지, 100억을 내놓으라든지 그런 건 곤란합니다?"

"물론. 각서라도 써서 지장 찍을까?"

오빠가 손가락을 하나 흔들어 보이며 물었다. 그 동작조차 유혹적으로 보여 나는 잠시 대답을 할 수 없었다. 난 보통 단단히 빠진 게 아닌가 보다.

월요일은 공대 수업밖에 없어서 일부러 연락을 하지 않는 한 빈 오빠를 만나기 힘들었다.

"점심 같이 먹자고 해볼까? 으으. 너무 수작 같으려나."

결국 차마 전화기를 들지 못한 나는 여느 때처럼 혼자 점심을 먹고 수업이 끝난 후에 과외를 했다. 올해 막 고3이 된 신애는 뒤늦게 첫사랑에 불타올라 난감해하고 있었다. 책을 펴면 자꾸 그 애 얼굴이 떠올라 힘들다나. 그렇지만 아무리 생각해도 자신은 사랑에 빠지면 올인할 스타일이라고, 수능 끝날 때까지 고백하지 않겠다고 했다. 야무진 포부를 내세운 신애가 나는 참 대단하게 느껴졌다. 10대가 뭐 이렇게 야무지담. 난 썸도 외줄 타기 하듯 아슬아슬한 느낌인데, 노신애 양은 이미 다음 학기 짝사랑 계획까지 완벽히 짜여 있는 상태였다.

아, 언니라고 부르고 싶다.

"쌤, 진짜 나 잊으면 안 돼? 나 쌤 학교 후배 될 거니까, 우리 계속 연락해요."

오늘은 신애 과외 마지막 날이었다. 고3이 된 녀석을 본격적으로 채찍질하기 위해 그녀의 부모님이 드디어(?) 강남의 유명한 강사에게 고액 과외를 의뢰했다고 한다. 이전부터 이야기가 됐던 터라 나는 크게 실망하거나 기분 나쁘지 않았다. 서로가 좋게 헤어지는 상황이었다.

"수고 많았어요. 그동안 우리 신애 친언니처럼 돌봐줬던 것도 고맙고."

거실에서 신애의 모친이 내 손을 꼭 잡고 토닥이며 마지막 인사를 고했다.

"아니에요. 신애가 워낙 열심히 잘 따라와 줘서 그랬던걸요. 좋은 학생에 좋은 부모님 만나서 저도 많이 배웠고 즐겁게 했어요."

입에 발린 소리 같지만 진심이었다. 나는 참 과외 운이 좋은 사람이라고 생각한다. 모나지 않고 열심인 학생들을 만났다. 거기에 돈 문제

로 속 썩인 적 없는 부모님까지 있었으니 가히 과외 운으론 대박인 셈
이었다.

신애의 집을 벗어나자 고요한 동네가 보였다. 참 운치 있는 동네다.
마음 같아선 산책하듯 집 구경이나 하면서 이 동네를 한 바퀴 돌아보
고 싶은데.
"뚜벅이는 그저 울지요."
역시나 문제는 버스 시간이다. 우리 집까지 가는 차를 놓쳐가면서
이 밤에 혼자 산책하고 싶지는 않았다. 나는 정류장에서 스마트폰으
로 썸에 대한 블로그 글들을 읽으며 버스를 기다렸다. 그러면서 머릿
속으로 내일 빈 오빠를 만날 준비를 시뮬레이션했다. 내일은 뭘 입고
가지? 조금씩 화장을 해볼까?
"어, 어어!"
이런저런 코디를 해보는데 눈앞에서 어이없게도 버스가 쌩하니 스
쳐 지나간다. 우리 집 앞까지 가는 막차였다. 꼼짝없이 환승해서 가게
생겼다.
"이딴 쓸데없는 거나 보다가……."
너는 '썸'이라고 생각하지만 상대방은 별 의미 없는 행동을 한 것이
거나 혹은 어장관리인 게 분명하다는 글을 읽는 중이었다. 읽으면서
몇 개가 은근 찔리는 것 같아 괜히 찝찝했는데 이딴 거 보겠다고 차를
놓쳤다.
"민유?"
"엉?"

오밤중에 갑자기 낯익은 목소리가 들렸다. 시선을 돌리니 전혀 예상치 못한 인물이 서 있었다.

"오빠?"

선우빈이다. 어떻게 이 남자가 이 시간에 여기 있지? 반가운 것도 반가운 것이지만 놀람이 더 앞섰다.

"민유 맞구나. 여기서 뭐 해? 이 시간에."

"버스 기다리고 있었어요. 오빠야말로 여긴 어쩐 일이세요?"

"집이 근처라서."

"어머."

이런 우연이 다 있나. 오늘 못 봤다고 하늘이 빈을 여기로 데려왔나 보다.

"그럼 여기서 통학하셨던 거예요?"

"여긴 본가고, 학교 근처에서 자취하고 있어."

자취하던 남자가 본가에 왔다. 그런데 그 타이밍 한번 기가 막히다. 마침 내가 과외를 끝낸 시간에다가 드물게 버스를 놓쳤고, 이 넓은 동네에 여기서 딱 만났다. 그래, 썸이 아니기는 무슨. 하늘이 이렇게 밀어주는데 어찌 아니라고 할까.

"전 과외가 지금 끝나서요. 집에 가려는 중이었어요."

"이쪽에서 과외 했었어?"

"네. 오늘이 마지막이었어요."

"그럼 이제 과외 안 하는 거야?"

"아뇨, 아직 두 건 더 있어요. 그만둔 거는 이번에 고3 되는 학생인데, 우리 학교가 목표래요. 내년에 학교에서 보자고 씩씩하게 헤어지고 왔어요."

짝사랑은 물론이거니와 만사에 체계적인 신애 얼굴이 떠올랐다.

"야무진 아이니까 분명 내년에 학교에서 만날 거예요. 가끔 걔 속에 30대 커리어 우먼이 들어 있는 것 같기도 하다니까요? 헤어질 때 포옹하면서 제 기 엄청 넣어주고 왔어요."

"여학생이었어?"

"네. 아, 버스 온다."

야속한 버스가 일찍도 온다. 오늘 같은 날엔 한 20분 있다가 오면 좀 좋아.

"잠깐만 여기서 기다려봐. 오빠가 데려다줄게."

내가 뭐라 대답할 새도 없이 빈 오빠는 골목을 뛰듯이 빠져나갔다.

"집이 이 근처라더니……. 아! 혹시 아버지 차라도 가지고 오려고?"

아흐흐흥. 나는 오빠와 드라이브할 생각에 마음이 들뜨기 시작했다.

"아씨, 제대로 좀 입을걸."

오늘은 오빠를 만날 일도 없고, 여진이 과외도 없어 편하디편한 공대 점퍼에 청바지를 입은 상황이었다. 나름 신애에게 기를 불어넣어 주겠다는 핑계로 입고 온 옷인데, 이렇게 되고 보니 마음에 걸린다. 썸을 타는 중에는 '썸남'을 언제 어떻게 만날지 모르니 항상 전투 모드로 있어야 하는 거가.

"썸도 어렵구나."

버스가 떠나고 얼마 지나지 않아 내 앞에 은색 차 한 대가 와서 섰다. 창문이 내려오더니 운전석에 앉아 있는 빈 오빠가 보인다.

"어서 타."

"네. 실례하겠습니다."

깔끔한 차 안은 어딘지 모르게 고급스러운 느낌이 났다. 운전하는 사람이 귀티가 나서 그런가. 나는 저도 모르게 멍하니 뭔가에 홀린 것처럼 오빠가 운전하는 모습을 보았다. 내 시선이 강렬했던지 오빠가 내 쪽으로 살짝 고개를 돌린다. 눈이 마주치자, 나는 그만 놀라서 허둥대는 모습을 보이고 말았다. 짝사랑에 빠진 10대 소녀가 된 것 같은 기분이 드는 것과 동시에 괜히 부끄러웠다.

"아, 오빠 여기서 오른쪽 길이요."

내 말에 오빠가 부드럽게 차를 우회전하자 낯익은 동네가 보인다. 벌써 다 왔다니. 좀 멀리 살 걸 그랬다는 생각을 하며 아파트 단지 앞에 세워달라고 말했다.

"오빠, 태워다 주셔서 정말 감사해요. 덕분에 엄청 빨리, 또 편하게 왔어요."

고작 20분 만에 도착한 게 아까워 죽겠다. 버스로 오면 40분이나 걸리는데 딱 절반 걸렸다. 그래도 내일 만날 수 있으니 다행이라 여겨야 하나 하면서 나는 느릿한 동작으로 차에서 내리려 했다.

"민유야."

"네?"

오빠의 부름에 운전석에 앉아 있는 오빠에게 시선을 보냈다.

"내일 아침에 오빠가 여기로 데리러 올게. 같이 가자."

예상치 못한 어택이었다.

"누구냐?"

"으아아악!"

갑작스러운 목소리에 빽 비명이 터져 나왔다. 방금 전에 내가 벌인 어이없는 상황에 온몸에 힘이 빠져 있을 때였다. 가뜩이나 주저앉고 싶었는데, 놀라는 바람에 다리가 풀려 앞으로 고꾸라졌다. '으캬캬캬!' 하는 웃음소리가 뒤에서 들렸다.

"아, 깜짝이야!"

약간 붉은 얼굴의 언니가 싱글벙글 웃으며 다가왔다.

"여전히 담 크기가 벼룩만 하구나. 방금 누구냐니까?"

나는 몸을 일으켜 세우고 손바닥에 묻은 흙을 탁탁 털며 말했다.

"분홍 아우라가 가득한 거 보면 몰라? 내 썸남."

어깨가 으쓱한 기분이었다. 잔뜩 높아진 내 콧대를 보며 언니가 헛 웃음을 실실 흘렸다.

"보고도 믿을 수가 없어서 묻는 거다. 데이트했어?"

"아니, 과외 끝나고 오는데 우연히 만나서 데려다줬어. 이힛."

좋아 죽겠다는 내 표정에 언니는 또 피식 웃어 보였다. 그 웃음 사 이에 알코올 냄새가 풍겼다.

"서민아 씨, 술 한잔하셨나 봅니다?"

"응. 오늘 소개팅했는데, 분위기 좋아서 2차 가서 맥주까지 먹고 왔 다."

"소개팅?"

소개팅이라니. 서민아 씨, 호연 오빠를 열렬히 짝사랑하는 거 아니 었나.

나의 멍한 표정에 언니가 다시 한 번 피식 웃었다. 술이 들어가긴 했나 보다. 자꾸 웃는 걸 보니.

"포기했어."

대답을 하는 언니의 표정이 복잡했다. 하지만 그 여러 복잡함 가운데 확연히 보이는 '홀가분함'에 나는 더 이상 뭐라 말을 할 수가 없었다. 언제나 말로만 포기한다던 언니였지만, 이번만큼은 정말 단단히 결심한 것을 알 수 있었다.

"더 이상 힘들어서 못 하겠어. 그리고 세상엔 오빠 말고도 괜찮은 사람 얼마든지 있더라고."

"헤에."

편안해 보이는 언니의 모습에 그래도 안심이 된다.

"왜 진작 다른 사람을 안 찾아봤는지 아쉬워 죽겠다."

언니는 다음 주에도 바로 소개팅을 하나 더 한다고 했다.

"오늘 남자 괜찮았던 거 아니었어? 2차 갔다며?"

"더 좋은 남자 있을까 봐 여러 명 만나보려고. 5년을 오빠 쫓아다니느라 강제 금남했었잖아. 5년어치 몰아서 만날 거야."

"그래, 언니. 내가 울 오빠랑 잘되면 오빠 아는 사람들 죄다 물어다 줄게! 연하도 괜찮지?"

"괜찮지. 혹시 연상 꺼리는 놈 있으면 내 통장 사본 보여줘. 근데, 아까 그 차 니 썸남 차냐?"

"아니. 아마 부모님 차일걸?"

빈 오빠는 한 번도 차 이야기를 한 적이 없었다. 아까 집에 오는 길이라고 했을 때도 반대편 버스 정류장 방향에서 오고 있었으니 부모님 차일 터였다.

"하긴. 대학생이 무슨 차겠어. 근데 아까 그 남자가 뭐라고 했기에 넌 그렇게 양손이랑 고개까지 휘젓고 있었던 거야?"

언니는 대체 어디서부터 봤던 걸까. 지난번 영화 타짜 대사 애드리브를 치던 순간보다 더 후회할 일이 있을 거라고는 생각도 못 했는데 또 생겼다. 나에게 방금 전 일은 끔찍한 재앙이었다.

밀폐된 좁은 공간, 차 안이라는 공간이 주는 묘한 긴장감에 서려 있던 차였다.

"민유야."

"네?"

오빠의 숨소리까지도 생생하게 자각되는 그런 느낌이었다.

"내일 아침에 오빠가 여기로 데리러 올게. 같이 가자."

심장에 벼락이 내리 꽂히는 것 같았다. 예상 못 한 제안에 온몸이 뻣뻣하게 굳는 느낌까지 들었다. 분홍빛 폭발이었지만, 너무 긴장한 나는 단칼에 거절하는 신공을 선보였다. 아침에 바쁜데 어찌 여기까지 데리러 오냐, 미안해서 안 되겠다고 거부에 거부를 하던 못난 서민유. 바보 서민유. 나란 여자 못난 여자. 말을 하면서도 나를 바닥에 패대기쳐 던지고 싶었다. 하지만 이미 엎질러진 물이었고, 쏟아진 화살이었다. 오빠는 어색하게 미소 짓고는 네가 정 부담스러우면 다음번을 기약하겠다고 하고 사라졌다.

"어떻게 퍼줘도 못 먹니, 넌? 쯧쯧. 어이고, 내 속이 다 탄다."

언니는 내 이야기에 혀를 차며 어딘가 모자란 애를 보듯 내게 시선을 던졌다. 애석하게도 언니의 그 표정을 나는 부정할 수 없었다.

밥 먹을 시간 하나 없이 전공으로 시간표가 꽉 찬 오늘을 나는 지옥의 화요일이라 명명했다. 익숙해지면 좀 나아질 것 같았으나, 그건 나의 오만한 착각이었다. 매주 화요일이 끝나면 아무 데나 누워 자고 싶어지곤 했으니까.

"걔 말이야! 그 공대!"

화장실에서 잠시 볼일을 보고 있던 차에 유독 귀에 쏙 들어오는 목소리가 칸 밖에서 들렸다.

"어딜 감히 언감생심 들이대?"

"그러니까. 지도 아는 거지. 그래서 인문대에서 그 지랄을 했나 봐."

나는 직감적으로 그들이 말하는 '공대'가 나라는 것을 알아차렸다. 그들의 목소리가 심하게 낯이 익었기 때문이다. 그리고 인문대에서 한 그 지랄은 아무래도 지난번에 오금치기 하고 빈 오빠를 껴안은 것을 말하는 것 같았으니까.

'소문날 거라고 장난처럼 생각했는데, 진짜 난 건가?'

창피해 죽겠다. 어라? 근데 어떻게 그 사실이 후궁들 귀에까지 흘러 들어 갔지?

"아싸 같아서 오빠가 좀 챙겨주니까 미친년이 빠졌나 봐."

그들의 대화는 좀 더 원색적이고 노골적으로 변하고 있었다. 그에 따라 내 머릿속에서도 스팀이 뿜어져 나오기 시작했다. 공대는 공대 년이 되었고, 이어서 미친년, 어딜 감히 꼬리 치는 년 등등 온갖 '년' 종류가 쏟아졌다. 생긴 건 예쁜 애들이 입에서 구정물을 튀기고 있었다.

'대체 내가 뭘 잘못했는데? 뭐, 꼬리를 쳐? 나한테 꼬리가 있었음 진작에 썸이 아닌 연애를 했겠지.'

쌍방이 서로 탐색 중이건만 어디 알지도 못하면서 험담이야? 그것도 내 앞에서 당당하게 말하는 것도 아니고 이렇게 화장실에서 몰래 할 거면서! 이대로 화장실 문을 박차고 나가 나도 욕이나 한 방 날려줄까 하는 찰나.

"안중에도 없던 무수리 같은 년이 쇼하고 자빠졌어."

무수리 소리에 기분은 나쁜데 그만 웃음이 터지고 말았다.

아, 대박. 스스로도 자신을 후궁 같은 걸로, 빈 오빠를 왕으로 인식하고 있었던 모양이다.

'그나저나 저것들에게 뭐라고 한 방 먹여줄까.'

저들에게 해줄 말을 고민하며 뒤처리를 끝내고 물을 내렸다. 그리고 나가려고 화장실 잠금장치에 손을 댔다.

"우빈 오빠는 왜 그딴 년을 끼고 도는 거야?"

나는 뜻밖의 소리에 잠시 멈칫하고 말았다. 방금 뭐라고?

"그야 우빈 오빠가 착하시니까 그렇지. 왜 저번에 그 안경 쓴 이상한 애도……."

후궁들의 목소리가 점차 작아졌다. 화장실 밖으로 나가는 듯했다. 하지만 난 방금 받은 충격으로 멍하기만 했다.

"우빈 오빠."

선우가 성이고 빈이 이름 아니었어? 우빈 오빠라니? 우빈이라니!
'선우'가가 아닌 '선'가의 우빈이라니!

"으헉!"

충격이었다. 오빠를 알게 된 지 거의 한 달이 다 되어가는 시점에
비로소 그의 이름을 알았다!

우와, 나란 여자. 진짜 못난 여자. 식은땀이 나고 손까지 떨렸다. 그
간 빈이 오빠라고 부른 게 얼마나 닭살 같았을까. 끄으. 아, 내 마력의
끝은 어디인가. 마냥 울고 싶다.

3. 벚꽃 피는 날

「경영학과 복수전공하는 공대 여자가 인문대에서 선우빈을 끌어안았다.」

이 소문은 정말로 경영학과에 쫙 퍼진 듯 보였다. 아마 후궁들이 발 빠르게, 아니 입 빠르게 돌아다닌 덕분일지도 모른다. 인문대에서 벌어진 참사를 어떻게 후궁들이 알게 됐는지 모르겠다. 소문은 사실이니 할 말이 없지만 그녀들이 분개하며 내뱉은 욕이 그대로 다른 사람들에게 전파되었다 생각하니 속이 쓰렸다. 후궁들은 중세 시대에 마녀를 고문해 처단했던 것처럼 '공대 년'을 척결하고 싶어 안달인 듯 보였다.

'하, 나 참. 누가 보면 선우빈이 지들 건 줄 알겠네.'

그나마 지금 듣는 이 수업은 과 점퍼를 한 번도 입은 적 없이 구석에서 혼자 조용히 듣던 수업이라 다행이었다. 사람들은 아직 그 공대가 누군지 정확히 모르는 듯했다. 하긴 100명 가까이 듣는 수업이니 사람 하나 찾는 게 쉬울 리가 없지. 경영학과는 복수전공하는 이들이 많아서 타과생도 부지기수였다. 그렇다고 해도 소문의 주인공이 나라는 것은 조만간 금방 밝혀질 것이다. 아니, 저 후궁들이 기어코 밝혀낼 것 같다. 어찌 됐건 저것들을 한번 물어줄 필요가 있었다. 화장실에서 바로 행했어야 했는데. 애석하게도 선우빈 이름 때문에 놀라 놓쳤으니 다른 때를 노려야 했다. 그 주둥이 파이터들을 어떻게 처단할까를 고민하던 나는 힐링 아이템, 또 다른 경영 킹카 이한수 구경도 잊은 채 수업 내내 머리를 싸맸다.

"조금 늦었네."

오늘따라 빡빡한 공대 수업 탓에 교수님과 동시에 강의실에 입장을 하게 되었다. 뛰어오지 않았다면 지각이었을 것이다.

"네. 수업이 좀 늦게 끝나서."

역시나 오늘도 당연하게 자신의 옆에 내 자리를 맡아둔 빈 오빠, 아니 우빈 오빠였다. 나는 지정석처럼 그의 옆에 쪼르르 달려가 앉았다. 그와 동시에 옆 분단 후궁 셋의 얼굴이 일그러진다. 그 표정을 보자 공대 수업 동안 잊고 있던, 그녀들이 화장실에서 쏟아내던 폭언이 생각났다.

'이거다!'

후궁들이 가장 짜증 날 상황은 내가 그들을 찾아가 그들의 주둥이를 단속하고, 싸우고 머리채를 잡는 것이 아니다. 바로 이런 장면. 무수리 같은 년이 이렇게 선우빈에게 치덕대는 꼴을 보는 게 가장 발암

일 터였다. 심지어 요즘 우빈 오빠는 저 아이들의 수다를 예전처럼 받아주지 않았다. 내가 여기서 우빈 오빠와 더 친근하게 군다면 후궁들은 큰 타격을 받을 것이다.

'콱, 마 뽀뽀나 한번 진하게 때려봐?'

아홍. 부끄러워. 엄한 상상에 오빠 얼굴 보기가 괜히 부끄러워졌다.

"수업 마치겠습니다."

뭐 한 것도 없는 것 같은데 수업이 끝났다. 이런저런 헛생각에 오늘 하루 수업들은 그냥 날린 기분이다.

"민유."

"네에."

나는 바지런히 가방을 챙기며 오빠와 눈을 마주치고 생긋 웃어 보였다.

열 받아라 후궁들아!

"무슨 일, 있어?"

"일이요?"

"오늘 잡생각이 많아 보여서."

우빈 오빠가 알아챌 정도로 내 집중도는 영 바닥이었던 모양이다.

"그냥 앞 시간 수업이 좀 어려워서요. 그거 자꾸 생각했더니 그런가 봐요."

"정말 별일 없는 거지?"

그때 우빈 오빠 뒤쪽으로 빠르게 다가오는 후궁들이 보였다. 나는 그들을 못 본 척, 오빠의 눈을 마주 보고 오빠의 오른팔을 양손으로 잡았다. 터치가 자연스러워 보였으려나? 오빠에게 스킨십을 하려니 좀 떨린다.

"응. 없어요. 오빠 오늘 오후에 수업 있으시죠? 저도 오후 수업 있는데 그거 끝나면 저녁 같이 먹어요."

"좋아. 끝나면 연락해."

오빠의 즉답에 내 입꼬리가 비실 올라갔다.

"아, 빈이 오빠! 지난번에 화분 사러 갔을 때 갔었던 샤브샤브 가게 거기 한 번 더 가요. 오늘은 정말 제가 저녁 살 거예요."

일부러 '빈이 오빠'라 부르고 '지난번 화분 사러 갔을 때'와 '한 번 더'를 강조해 말을 내뱉었다. 귀엽고 나긋하게 말한 것 같은데 이상하게 투지가 느껴지는 목소리였다. 귀여운 목소리 자연스럽게 내기 발성 학원이라도 다녀야 할 것 같다. 배울 게 점점 많아지고 있다.

"오빠 많이 먹을 건데?"

"제가 더 많이 먹을 거라 괜찮아요. 에이, 그리고 저 오빠 정도는 먹여 살릴 수 있어요."

우빈 오빠는 내 말에 즐거운 듯 웃음을 터트렸다.

"그럼 오빠 전업주부 해야겠다. 이렇게 능력 있는 사람이 있으니까."

꺄하하하하! 후궁들아 들었니? 우리가 이 정도로 격조 있는 농담을 즐기는 사이란다!

미묘하게 일그러지는 후궁들의 표정을 보며 나는 속으로 있는 대로 그녀들에게 웃음을 날려 보냈다. 그녀들은 이전처럼 '오빠' 하고 부르며 다가와서 선뜻 아는 척도 못 하고 있는 상태였다. 아, 대놓고 웃고 싶은데 아쉽다.

"경영책 무겁지? 오빠가 맡아둘 테니까 주고 가."

"정말요? 그럼 감사하죠."

우빈 오빠는 평소에 계속 그래왔던 것처럼 자연스럽게 내 책과 자기 책을 한 덩어리로 정리해 손에 들고 자리에서 일어났다.

"얼른 가. 늦겠다. 수업 끝나면 오빠한테 전화해."

이 오빠, 오늘따라 무서울 정도로 내게 다정하시다. 정말 누가 보면 CC라도 된 것같이 쿵짝을 잘 맞춰주는 오빠 덕에 후궁들의 낯빛은 점점 더 똥색이 되고 있었다.

'아우 고소해. 참깨라도 씹어 삼키는 것 같네.'

사이다를 한 사발 들이켠 것 같은 속 시원함을 느끼며 나는 서둘러 강의실을 벗어났다.

고기를 한 번 더 추가해 먹은 샤브샤브 육수에 걸쭉하게 죽까지 끓여냈다. 마지막으로 남아 있는 죽을 오빠가 싹싹 긁어 그릇에 담아 내 앞에 놓아주었다.

"MT, 갈 거야?"

오빠의 질문에 나는 고개를 가로저었다. 컴공과 MT도 안 가는데 경영학과 MT가 웬 말인고.

"월말 모임은?"

"음, 그건……."

이번엔 잠시 고민을 했다. MT나 모임, 둘 다 안 갈 생각이었는데 이한수의 마지막 말에 고민 중이다. 아마 나처럼 흔들린 사람들이 꽤 많을 것 같다. 지난주, 경영 수업이 끝나고 이한수가 학우 여러분께 잠시 드릴 말씀이 있다며 나가는 사람들을 잡았다. 다음 달에 있을 경영학과 전체 MT에 관한 거였다. 그는 경영학과생뿐만 아니라 경영학 수업을 듣는 타과 모든 분들도 함께하자는 대형 MT를 건의했다.

"학과 구별 없이 경영학과 울타리 안에서 친해지자는 취지로 하는 거예요. 그러니까 타과분들도 부담 없이 참여하면 좋겠습니다."

그렇게 말하는 이한수는 참 예뻤다. 오늘 이야기를 못 들은 분이 있다면 그분들께도 알려달라며 방긋 웃기까지 했다. 이한수의 얼굴에 취해 참여하겠노라 고개 끄덕이는 사람이 적지 않을 거란 생각이 들었다. 그는 혹 MT가 부담스럽다면 다음 주에 있을 경영학과 친목 도모 모임이라도 참여해달라는 말도 덧붙였다. 경영학과 학생 아니라고, 부담 절대 갖지 말고 꼭 와서 즐겁게 놀아달라 예쁘게도 말했다.

"경영학과 사람들, 무지 많은 거 아시죠? 어차피 학과 사람들도 서로 잘 몰라요. 그러니까 경영학도인 척 자리에 계셔도 아무도 타과생이라고 배척 안 할 겁니다."

그리고 한마디를 덧붙였다.

"정 불편하실 것 같으면 저한테 오세요. 저 친한 척 무지 잘합니다. 저하고 친구 하세요."

마지막 그 말에 MT는 몰라도 술자리에 참여하려는 사람은 꽤 있을 것 같다. 타과 학생들은 느끼고 있을 테니까. 경영학과에 대해 정보가 필요하다고. 몇몇 과목에서 족보가 돈다는 소문이 있었지만, 나처럼 정보나 인맥이 전혀 없는 사람들에게는 전설 속의 신수에 불과했다. 이 기회에 경영학과에 친분을 만들어 중간고사에 도움을 받으려는 사람들이 적지 않을 것이다. 나야 물론 선우빈이 곁에 있다. 하지만 혹여나 이 남자와 조금 틀어지기라도 하는 날이면 내가 가진 경영학 줄은 완전히 끊어지는 것이다. 그리고 후궁들이 입을 털고 다니는 것 같은 이때, '선우빈 껴안은 공대 여자'에 대한 소문을 제대로 들어볼 필요도 있을 것 같고 해서 나는 계속 고민 중이었다.

"오빠는요? 오빠 둘 다 가시죠?"

"글쎄, 오빠 딱히……."

이한수 분위기를 보아하니 전원 참석을 위해 선우빈 선배를 꼭 데려갈 것 같았는데 의외의 대답이었다.

"어머, 오빠가 안 가면 누가 가요?"

"나 빼고 다?"

"에이, 아닐걸요. 오빠 안 간다면 안 갈 사람 많을 거 같은데."

"왜?"

정말 몰라서 묻는 것 같은 우빈 오빠의 이 순진무구한 눈을 보라.

"오빠 같은 미끼 상품이 있어야 소비자들이 덥석 물죠!"

"응?"

"선우빈이 간다더라, 하면 안 가려던 사람들도 갈걸요? 그러면 경영학과 MT 출석률 최소 90% 달성, 성공적. 이렇게 되겠죠."

"그런 거야?"

오빠의 아찔한 미소에 심장이 쿵! 하면서도 난 방금 내뱉은 단어를 상기하며 조용히 혀를 깨물었다.

'미끼 상품이라니.'

선우빈을 미끼로 만든 나 자신에게 경의를 표한다. 거기다 좋아하는 남자를 MT 미끼로 몰아넣다니. '오빠 가지 마요, 다른 여자들이 오빠 보는 거 싫어' 하는 귀여운 애교 같은 것은 못 부릴망정. 나는 왜 이렇게 썸을 망각할까.

"그래서 오빠가 갔으면 좋겠어? 오빠 가면 민유도 올 거야?"

해, 해봐? 오빠앙. 가지 마앙. 지금 던져, 말아? 고민 중인 내 눈에 달갑지 않은 인물이 눈에 띄었다.

'공상철, 저 인간이 왜 여길!'

가게로 들어서는 상철을 보자마자 내 몸이 절로 굳었다. 남자랑 단둘이 있는 모습을 보면 또 우빈 오빠 앞에서 얼마나 날 부끄럽게 만들지 상상만으로도 끔찍했다. 그가 날 보기 전에 나는 슬쩍 오빠 옆으로 옮겨 앉았다. 이곳은 학교에서 차로 오기엔 좀 짧고 걷기엔 조금 먼 거리였다. 언제나 학교 주변만 돌아다니며 후배들 등쳐 먹기로 유명한 놈이 어쩐 일로 여기까지 왔을까. 혹, 새로운 희생양이라도 하나 찾아낸 걸까?

갑자기 옆으로 와 앉더니 앞만 보고 미동도 않는 내가 이상했는지 오빠가 살짝 어깨를 잡으며 물었다.

"괜찮아? 표정이 조금 안 좋아 보이는데."

"어. 음. 괜찮아요. 아직까지는."

다행인 건 그나마 식사가 끝나가는 중이었다는 점이랄까. 안절부절 못하는 나를 보고 무슨 일인지 물어볼 법도 하건만, 우빈 오빠는 내가 말하기를 기다리는 듯 왜 그러느냐 더 이상 묻지 않았다.

"나갈까?"

내가 흘끗대는 방향을 눈으로 좇은 오빠가 입을 열었다. 고개를 끄덕이자 오빠는 먼저 일어나 자리에서 벗어났다. 나도 가방을 챙겨 들며 공상철이 앉은 자리를 슬쩍 살폈다. 누군지는 모르겠으나 순박한 인상의 청년이 그와 함께 있었다. 그 청년이 공상철에게 피를 빨리지 않기를 바라며, 나는 급하게 카운터로 달리듯 걸었다.

"아이, 오빠 오늘 저녁은 제가 살 거라니까요."

하지만 우빈 오빠의 카드는 이미 종업원 손에 넘어가 있었다.

"다음에 사. 오늘은 오빠가 살게."

내가 먼저 나가게끔 가게 문을 열어주는 오빠의 매너에 계산하던 여종업원이 슬쩍 오빠를 쳐다본다. 저도 알아요. 저 남자 보기 드문 신사죠? 속으로 괜히 뿌듯해하며 문을 빠져나왔다. 그리고 뒤따라 나온 오빠에게 시선을 주는데 그 뒤로 갑자기 이쪽으로 나오는 공상철이 보였다.

"허? 어?"

지소가 자전거를 삐거삐거하며 달려오는 걸 보는 기분이 이럴까. 지금은 우빈 오빠가 나를 가리고 있어 아직 공상철이 나를 못 본 게 다행이었다. 하지만 이제 몇 걸음이면 그는 가게 문을 벗어날 테고, 지금 건물 옆쪽으로 몸을 숨긴다고 해도 놈의 눈에 띌 게 분명했다.

"왜 그래?"

"오빠, 저 잠깐 몸 좀 숨겨야……."

당황한 내 얼굴에 오빠는 내가 시선을 뒀던 뒤를 바라보았다. 그리고 이내 제 코트 자락을 활짝 펼쳤다.

"자."

"네?"

"빨리. 다 나왔다."

오빠가 말하는 다 나왔다는 게 공상철인 걸 안 순간 나는 오빠 품에 논개처럼 뛰어들었다.

"실례 좀 할게요."

그 와중에도 나는 예의 바르게 인사를 건넸다. 그리고 내 말이 끝나자마자 오빠는 코트 자락과 함께 나를 감싸 안았다. 쿵쾅쿵쾅. 심장이 목구멍 밖으로 튀어나갈 것 같다. 대체 이건 무슨 전개지. 심장뿐만 아니라 손까지 덜덜 떨렸다. 오빠는 코트 자락과 내 등을 꼭 안고 있다가 날 품에 가둔 채로 주섬주섬 가운데 코트 단추를 하나 잠갔다. 그 덕에 오빠 품에 더 찰싹 들러붙게 된 나는 공상철보다 이대로 심장마비로 쓰러지는 게 아닐까를 걱정해야 했다.

'원래 포옹이라는 건 포근하고 기분 좋은 거 아니었나.'

이건 아찔하고 심장이 튀어 오를 것 같고 어지럽기까지 했다. 내 등을 살짝 안고 있는 오빠의 손길이 닿는 곳에서 불꽃이 이는 것처럼 열기가 느껴졌다.

이 모든 증상을 다 합쳐서 느껴지는 감정은 '좋아서 죽을 것 같다'.

서민유, 23년 인생에서 이런 감정을 느끼는 날이 다 오는구나. 나는 좁아서 어쩔 수 없는 거란 핑계로 오빠 품에 살짝 뺨을 기댔다. 쿵쿵하고 울리는 오빠의 심장 소리가 기분 좋게 귓가를 울렸다. 이 정도면 이제 썸 아니지? 그다음으로 넘어갔다고 기대해도 되는 거지?

오빠 품에 꼼짝 않고 얼마나 있었을까. 꽤나 오랜 시간이 지난 것 같은 기분이 슬슬 들기 시작했다. 나는 오빠의 옷자락을 살짝 잡아당기며 오빠를 불렀다.

"오빠. 아직도 있어요?"

"통화가 길어지나 봐."

공상철이란 존재가 나에게 처음으로 잘한 짓일 것이다. 그렇게 나는 오빠 코트, 아니 품 안에 한참을 안겨 있었다.

"올해는 벚꽃이 언제 필까?"

포옹 이후 하루하루를 구름 밟는 기분으로 살고 있는 나. 올해는 분홍 벚꽃 아래 나도 님과 함께 분홍을 불태울 것이다.

"시험 전에 피고, 시험 때 만개하고, 시험 끝나면 져."

상후의 현실적인 대답에 삽시간에 내 분홍색이 사그라지는 걸 느꼈다.

"분홍 구름 좀 밟아보려는데 무참히 뭉개버리는구나."

"학점 포기하면 사랑의 분홍 구름이건 피눈물의 뻘건 구름이건 밟긴 밟겠지."

상후가 반 정도 남은 샌드위치를 한입에 구겨 넣었다. 햄스터처럼 뺑뺑한 상후의 볼을 진심으로 한 대 쳐주고 싶다. 하지만 물리적 공격은 불가하니 심리적 공격으로 전환하자.

"군대의 구름은 카키색이려나. 아, 카키가 아니라 국방색이었던가? 충성은 무슨 색이지?"

상후가 앓는 소리를 냈다. 최고의 방어는 공격이라고 했던가.

"그래도 아주 못 즐기는 건 아니잖아. 학교 들어오는 길이 전부 벚꽃인데."

정문 쪽에 커다란 벚나무들 덕에 봄이면 학교가 운치가 있긴 했다. 학교 입구부터 백여 미터 이어지는 벚꽃길은 따로 꽃구경을 가지 않아도 될 정도였다. 그런 꽃 아래에서 실컷 사진을 찍고 분홍 꽃잎이 눈처럼 하늘거리는 길을 걸어온 후 학생들은 도서관에서 밤을 새웠다.

"하루쯤은 괜찮아. 괜찮을 거야."

"잊었나 본데, 서민유 넌 지금 연구동에 있다!"

우빈 오빠 때문에 나는 요즘 학교생활의 반 이상을 상경대에 붙어 있었다. 그런 내가 공대 연구동에 와 있는 것을 상후는 날카롭게 지적했다.

"캬하. 예리한 자식."

"작년에 네가 3학년 수업을 미리 듣는 바람에 이번 학기야 여유롭겠지. 하지만 지금 2학년 수업을 들어도, 다음 학기는 아니란다."

작년, 공상철을 피하기 위해 시간표를 짜다 보니 공교롭게도 반 강제로 선행학습을 하게 됐다. 이번 학기에 들어야 할 수업을 작년에 죄 들어서 올해는 거꾸로 2학년 전공과목을 주로 듣고 있었다. 작년에 컴퓨터 귀신 상후가 공부를 도와주지 않았더라면, 난 교수님께 B나이다 B나이다를 외쳤을 거고 교수님은 D져라, C발놈아를 시전했을지도 몰랐다. 상상만으로도 소름이 끼친다.

 막 고등학교 3학년이 된 3월이었다. 학교에서 명사를 초청해 특강
을 했었다. 그때 초청된 명사는 'S.H.'라는 회사의 사장님이었다. 보통
청소년에게 할 만한 강연이면 꿈을 가지라든가, 노력하라든가, 어딘
가에 미치라는 등의 이야기가 나올 법했다. 하지만 그런 예상과는 달
리 사장님은 역사에 관한 강연을 했었다. 조선에 관한 내용이었는데,
그게 꽤나 흥미로웠다. 실제 여성의 인권이 가장 낮았던 시기는 조선
시대가 아니라 일제강점기였다는 내용이 시작이었다. 그 후 조선에서
왜 그렇게 불교를 억누르고 유교를 높이려 했는지, 조선의 유교가 왜
그렇게 변했는지 교과서에서 주로 다루지 않은 사실에 대해 강연했
다. 마치 대치동 유명 강사처럼 지루하지 않은, 맛깔나는 강의였다.
 "내가 왜 이런 말을 했는지 궁금할 거예요. 저 사람 어디 회사 사장
아니야? 그런데 웬 역사? 이런 얘기 말고 어떻게 하면 S.H.에 들어갈
수 있는지나 알려주지? 이렇게들 생각하죠?"
 그 말에 강당에 있던 학생들이 모두 웃음을 터트렸다. 웃음이 한 차
례 가신 후, 사장님은 말을 이었다.
 "일제강점기에 독립운동의 일환으로 실력양성운동을 했다는 건, 역
사 과목을 공부하고 있는 학생인 여러분들이 더 잘 알 거예요. 삼일운
동에 놀란 일본은 무단통치에서 문화통치로 통치 방법을 바꿉니다.
이른바 조선인 달래기를 시작함과 동시에 친일파 양성에 공을 들이게
되는 거죠."
 친일파 이야기에 앞으로 나올 이야기는 꽤나 열이 받을지도 모른다

는 생각이 들었다.

"그 일환으로 경성제국대학에 조선사 과목이 설치가 됐습니다. 문화통치를 표명하니 표면적으로는 한국인 교수를 세워 한국인을 가르쳐야 했죠. 그런데 이때 통탄할 일이 벌어집니다. 이 나라에서, 조선의 역사를 공부한 학자가 단 한 명도 없었던 겁니다. 오히려 일본인 학자들이 조선을 침공하기 위해 조선의 역사를 공부했습니다."

충격적인 말이었다. 내 옆에 앉은 해준은 '헉' 소리까지 냈다.

"결국 조선총독부의 역사편수관이었던 이마니시 류가 역사학을 맡게 됩니다. 일본인이 조선의 수재들에게 조선의 역사에 대해 제대로 가르칠 필요가 있었을까요?"

도리도리. 맹렬히 고개를 좌우로 저었다.

"조선은 이씨 성의 가문이 세운 부족이란 의미인 이씨조선이 되었습니다. 조선백자는 이조백자가 되었고, 붕당정치는 당파 싸움으로 폄하가 되었습니다. 그리고 그런 역사를 배운 학생들이 교수가 되어 그 뒤로도 당파 싸움이나 하는 이씨조선으로 학생들을 가르치는 일이 행해졌고요."

그 말에 강당이 숙연해졌다.

"그 당시는 어쩔 수 없었다? 그렇다면 잘못을 안 이제라도 바꾸어야지요. 그 당시만 볼 것이 아니라 전체를 볼 수 있는 사람. 내가 알고 있는 것이 잘못되지 않았나 돌아볼 수 있는 사람. 그걸 인지한다면 바꾸고자 노력하는 사람. 여러분들은 그런 어른이 되어야 합니다."

사장님이 말씀하시고자 하는 핵심 내용이 나왔다.

"그리고 여러분들이 진학할 대학이든, 우리 회사든, 혹은 다른 회사

든 그들이 원하는 것은 아마 이런 인재일 겁니다. 넓게, 크게 보세요."

사장님은 그 말을 마지막으로 강연을 마쳤다.

이 강연으로 나는 S.H. 입사를 결심했다. 대학을 결정하기도 전이었다. 친구 해준은 사학과로 진학을 했다. 우리 둘에게 있어 인생 강연이었던 셈이다. 사장님의 강연 후 알아본 S.H.는 한국의 구글로 불리는 회사였다. 태경전자같이 날고 기는 거대 글로벌 기업은 아니었으나, 매년 매출이 증가 중인 작은 괴물이었다. 거기에 직원 복지에 있어서는 가히 국내 톱(Top)이었다. 대중적으로 유명한 회사는 아니지만 그 분야의 사람들 사이에서는 꽤나 유명한 곳이었다. 그 때문에 중소기업이라고는 해도 입사 경쟁률이 무시무시했다. 모여든 수많은 인재에 뒤지지 않으려면 최소한 학점이라도 완벽해야 했다. 그래서 나는 1학년 때부터 철저한 학점 관리를 해왔다.

"그럼 오늘은 형 안 만나?"

연구동을 나서는 길이었다. 상후 녀석은 할 일도 없는지 내 옆을 졸졸 따라오고 있었다. 보아하니 내가 지금 저녁을 먹기 위해 학교를 떠나고 있다는 것을 눈치챈 것이리라. 상후의 눈에 한 끼 얻어먹겠다는 강한 의지가 보였다.

"만나자는 말 없었는데."

"꼭 말해야 만나냐? 이건 뭐 연애 처음 해보는……. 아, 맞다. 처음이지."

"칵! 씨. 처음일 수도 있는 거 아냐?"

"아유, 물론 그렇지."

영혼 없는 상후의 대꾸였다.

"서민유도 전화해서 콧소리 잔뜩 넣고 '기싱 꿍꼬또' 이딴 거 해?"

그러고 보니 전화번호를 분명 교환했으나, 전화는커녕 메시지조차 서로 보내본 적이 없다. 주 5일 중 무려 4일을 같이 수업을 들으니 따로 만나고 자시고 할 것도 없었다. 그냥 언제나 자연스레 함께였다.

"하, 하면 좀 귀여워 보이려나?"

"뭐?"

"그런 거 말이야. 혀 반 토막 내는 거…… 하면 귀여울까? 오, 오빠앙. 보고 시포요옹. 이렇게?"

나는 제법 진지하게 물어봤는데 상후 놈이 미친 듯이 웃어젖혔다. 덕분에 지나가는 사람들의 시선이 죄다 우리에게 꽂혔다.

상후의 강력한 밀어붙이기로 저녁 메뉴는 12,000원짜리 스테이크가 되었다. 이 스테이크 집은 학교 앞에 생긴 지 두 달이 좀 지난 신생 가게였다. 가격 대비 괜찮은 품질로 학생들 사이에서 입소문을 타고 있었다. 그래서 갈 때마다 항상 손님들로 북적였고, 식사 시간대면 대기 인원까지 있었다. 늘 포기하고 돌아서던 곳이었는데 오늘은 어쩐일로 빈자리가 있었다.

"전화다!"

상후의 말이 씨가 되었던 걸까. 등심 스테이크 두 개를 주문하고 기다리는 중에 우빈 오빠에게 전화가 왔다. 얼굴에 절로 미소가 만개하는 것이 나 스스로도 느껴졌다.

"좋아 죽네."

상후의 부러움 섞인 빈정거림은 그의 어깨에 주먹을 꽂는 것으로 갚아줬다.

"여보세요."

[민유, 수업 끝났니?]

전화 목소리도 한없이 다정한 우리 우빈 오빠다. 녹는다, 녹아.

"네. 오빠는요?"

[끝났어. 그런데 교수님 면담이 있어서 교수님 연구실 가는 중이야.]

"면담 오래 걸려요?"

[글쎄. 가봐야 알겠지만 그렇게 오래 걸릴 것 같진 않아.]

어떻게 하지? 애교를 어떻게 부려야 하나. 뭔가 귀엽게…….

"흐음. 그렇구나. ……면담 잘하고 오세요."

[응? 아…… 그래. 내일 보자.]

전화를 끊자마자 이게 아니라는 생각과 동시에 두통이 몰려왔다.

"평소에도 그러냐?"

상후의 어처구니없는 표정이 송곳처럼 날 찔렀다. 하지만 창백해진 내 얼굴이 안쓰러웠는지 상후가 혀를 몇 번 차더니 입을 열었다.

"면담 오래 걸려요? 보고 싶은데 끝날 때까지 기다릴게요. 아니면 저녁 드셨어요? 면담 끝나면 같이 저녁 먹어요, 오빵. 이런 말 하는 게 그렇게 어렵냐?"

"심장이 마냥 떨려서 차마 애교 같은 거 못하겠는데 어떡하냐."

"어이구, 누님. 애교고 나발이고 그냥 친구들한테 편하게 밥 먹자 말하는 것처럼 해. 자꾸 어울리지도 않는 이상한 거 생각하니까 원래

하던 것도 못하잖아."

밥 먹는 내내 상후에게 혼나고 또 혼나고 빈정거림 당했다. 나는 늘 사용하는 군대 카드로 상후의 입을 막지도 못한 채 그대로 혼이 났다. 혼나도 싸다. 아유, 연애 왜 이렇게 힘드냐.

"밥 다 먹고 서프라이즈라도 해봐."

"무슨 서프라이즈?"

"교수님 면담이라며? 4학년이 교수님 면담하면 족히 한 시간은 걸릴 거 아냐. 상경대 입구 근처에서 대기 타고 있다가 짜잔, 하고 등장해. 그럼 아까 전화 그냥 별말 없이 끊은 이유가 이것 때문이구나 하겠지."

올. 서상후, 너 이 자식.

"애정한다, 인마. 내 마음을 받아줘."

나는 양손의 엄지와 검지를 붙여 하트를 만든 뒤 상후에게 마구 날렸다.

"그런 징그러운 애교를 나한테 하지 말고 형한테 하라고."

진심으로 짜증을 내는 상후는 다시 한 번 나에게 조언을 했다. 좋아. 다음번에 오빠한테 하트 날려줄 거야.

오빠를 마중 가라고 해놓고 상후는 후식까지 얻어먹으려 했다. 나는 그의 궁둥이를 아프지 않게 걷어차 주고 씩씩하게 상경대 앞에 왔다.

"어디로 가지?"

출입문이 여기저기 많아서 어디서 있을지 난감했다. 얼쩡거리며 고민하던 나는 결국 학생들이 가장 많이 이용하는 정문 근처에서 오빠를 기다리기로 했다.

"여기서 기다린다고 문자 보내놓을까."

그럼 서프라이즈의 의미가 없잖아. 음. 그러다가 오빠가 다른 문으로 나가면 어떻게 되는 건가. 고민에 휩싸였는데 마침 주인공이 모습을 드러냈다.

"빈이 오……."

오빠를 부르려던 목소리가 쑥 들어갔다. 오빠 곁에는 일행이 있었다. 오빠의 키에 눌리지 않을 만큼 늘씬한 아가씨 일행이. 그녀는 멀리서 얼핏 스쳐 가는 옆모습만 봐도 상당한 미인이라는 포스를 풍겼다. 오빠 팔을 가볍게 쳐가며 까르르 웃는 모습을 보니 오빠와 친한 사이인 듯했다.

'누굴까. 저 여자는.'

오빠의 얼굴은 여자 뒤통수에 가려 잘 보이진 않았지만, 왠지 다가가기 힘든 분위기가 두 사람에게서 풍겼다. 나는 두 사람이 사라지는 모습을 멍하니 보고만 있었다.

처음엔 그 여자가 누군지 궁금했다. 그다음엔 다가가지 못할 그 분위기에 입도 못 열어본 나 자신에게 짜증이 조금 났다. 그러다가 내가 그 여자가 누구냐고 물을 수 있는 신분이던가 하는 근본적인 의문에 도달했다. 아직 손은 안 잡았다. 보통 손, 포옹, 키스 순서라고 한다면 손은 건너뛰고 포옹까지는 했다. 그 정도면 물어봐도 되는 사이인가. 애초에 썸 이상의 단계까지 온 건 맞는 건가. 나만 이렇게 생각하는 건 아닐까. 설레던 마음이 불안하게 흔들렸다.

화요일 첫 경영 수업이 끝나고, 이한수는 나를 비롯해 인근에 포진해 있는 타과생들에게 다가왔다.

"오늘 오실 거죠? 저희 과 학생들 부담스러우면 제 옆으로 앉으세요."

이렇게 말하며 이한수가 방긋 웃었다. 오늘은 경영학과 전체 모임 날이었다. 그의 미소에 사람들은 홀린 듯 참가자 명단에 제 이름을 적었다. 나는 분위기에 휩쓸려, 아니 나도 이한수 미소에 홀린 것 같지만 어쨌든 이름을 올리고야 말았다. 어쩌면 선우빈을 잃을지도 모른다는 기저의 불안이 작용한 것일지도 모른다. 나는 서홍ㅅ, 까지 썼다가 급히 지우고 서민유를 적어냈다.

'내 이름을 성이라도 똑바로 기억하고 있으니 다행인가.'

하여튼 명단에 이름을 쓴 나는 다음 수업을 위해 바지런히 다리를 움직였다.

"오늘 저 모임 나가요."

"모임?"

"경영학과 모임이요."

우빈 오빠는 의외라는 표정으로 나를 바라보았다. 오늘도 오빠는 평소처럼 날 다정하게 맞이해주었다. 마치 어제의 어색한 통화 따윈 다 잊은 것처럼 대해서 나도 남아 있던 약간의 민망함이 모두 사라졌다.

"안 가는 줄 알았는데."

"아, 그게 그렇게 됐네요."

이한수에 홀렸다고 하면 웃을까, 화낼까.

"오빠, 가세요?"

내 질문에 오빠가 피식 웃었다.

"오빤 미끼라서 가야 한다며?"

"어머. 아유, 오빠도 참. 뭘 그런 걸 기억하고 그러세요."

부끄러운 척 주먹으로 살짝 오빠의 팔을 톡톡 쳤다.

"면담은 잘하셨어요?"

"응. 잘했어."

"사실, 오빠 기다렸었는데……."

'기다리다가 봤는데 어제 그 여자 누구예요?' 하는 질문이 목젖까지 튀어나왔지만 꿀꺽 삼켰다. 별거 아닌 질문인 걸 아는데 이상하게 묻기가 힘들다. 혹 내가 예상하는 지상 최악의 대답, '내 여자친구야' 같은 대답이 나올까 무서워서일까. 그만큼 그때 분위기는 뭔가 제삼 자가 끼어들 수 없는 아우라를 풍겼었다.

"날 기다렸어? 정말?"

놀란 얼굴의 우빈 오빠다. 나는 고개를 끄덕해 보였다.

"서프라이즈 하려고 했는데, 길이 엇갈렸나 봐요. 아니면 타이밍이 안 맞았던지."

"전화하지 그랬어. 아, 너무 아쉬운데. 우리 먹깨비가 일부러 오빠 보러 온 거였는데."

오빠는 진심으로 많이 아쉽다는 표정과 애정이 뚝뚝 떨어지는 말투였다. 나는 얼이 빠졌다. 이건 누가 봐도 날 좋아하는 것 같은 남자의 행동이었다. 게다가 우리 먹깨비라니!

"우, 우리 먹깨비?"

내 말에 오빠가 내 코를 검지로 아주 살살 톡톡 치며 말했다.

"여기. 우리 먹깨비."

오빠의 손이 닿은 코끝부터 뜨끈한 열기가 서서히 온 얼굴로 퍼지는 느낌이었다. 아니, 아마 실제로 내 얼굴은 지금 불타는 고구마가 되었을 것이다.

"어어."

해사하게 웃는 오빠와 달리 나는 멍한 표정으로 바보같이 입만 쩍 벌리고 있을 뿐이었다.

"야! 너 잘 만났다. 안 그래도 전화하려고 했는데."

공대 건물을 벗어나려는데 오랜만에 선미 언니를 만났다.

"언니!"

반가움에 언니에게 손을 흔들어 인사를 하는데 언니 표정이 심상치 않다.

"보아하니 넌 역시 모르는구나."

"뭘 몰라요?"

"수업 다 끝났지? 우리 얘기 좀 하자."

"지금 과 모임 있어서 가봐야 하는데요."

"아우, 애는 진짜. 잠깐도 시간 없어? 지금 모임 따위가 중요한 게 아니야."

언니의 심각한 표정에 나도 덩달아 심각해졌다.

"음. 한 30분 정도는 괜찮을 것 같은데요."

"이리 와."

건물 안 벤치에 나를 앉힌 언니는 휴대폰을 열어 무언가를 찾기 시작했다.

"무슨 일이에요?"

"너 지금 '화방'에 너 사칭한 글 올라온 거 모르지?"

"예? 뭐가 올라와요?"

'화방'은 우리 학교 학생들이 교재를 사고팔기도 하고, 학교 근처 자취방 정보를 교환하거나 유머글을 올리는 등 이런저런 용도로 다양하게 이용하는 학교 커뮤니티 사이트였다.

"이거 봐. 보아하니 '이야기 탄' 거기서 누가 올린 글을, 우리 학교 학생이 화방에 퍼 와서 지금 일파만파 퍼지는 중이야."

언니가 내민 휴대폰 화면에는 '이야기 탄' 사이트의 로고가 박힌 캡처 화면이 보였다. 이야기 탄은 사랑에 관한 이야기들, 특히 연애나 결혼에 대한 온갖 이야기들이 올라오기로 유명한 사이트였다.

「욕먹을 걸 알지만 그래도 제 고민 좀 들어주세요.」

이런 제목의 글이었다.

「안녕하세요. 저는 ㄱㅎ대 컴공과를 다니고 있는 흔녀 ㅅㅁㅇ입니다. 제가 요즘 고민이 있어 여러분께 조언을 받고자 합니다. (……) 물론 제 남자친구 ㅅㅅ

ㅎ가 같은 학교지만, 복수전공을 해서 공대에 계속 있진 않으니까 들킬 염려는 없을 것 같긴 한데. 휴, 어떻게 해야 할지 모르겠어요.」

글을 읽는 내내 실소를 머금을 수밖에 없었다. 초성으로 익명을 보장받으려는 듯한 장문의 글이었다. 내용은 남자친구가 있는데 복수전공을 하면서 다른 남자가 눈에 들었다. 그래서 그 사람이랑 어떻게 잘해보고 싶다. 이런 말이었다. 그런데 그 내용이 지나치게 상세하다는 것이 문제였다. 학교 구조에 대한 설명이나 등장인물들의 생김새, 학교 분위기 등의 묘사가 명확해 우리 학교 학생이면 여기가 어딘지, 언급된 사람들은 누군지, 누구나 다 알 수 있을 정도였다.

"하, 나 참."

컴공과 흔녀인 나에 대한 묘사까지 지나치게 생생했다. 심지어 내 이름 초성인 ㅅㅁㅇ는 지나치다 싶을 만큼 계속 언급이 되었다. 누가 봐도 이 장문의 소설 속 ㅅㅇㅂ은 선우빈, ㅅㅅㅎ는 서상후였다. 그 글의 덧글 캡처본에 달린 욕들이 어마어마했다.

ㄴ 미친년. 소설 쓰네. 그런 남자들이 왜 너 같은 정신병자를 좋아하겠냐?

ㄴ 자작 같은데, 상황이 너무 구체적이라 진짜 같기도 하고…….

ㄴ 누군지 알 것 같은데. 너 이런 쓰레기 싸지르는 거 저 남자들은 아냐?

　ㄴ 이 정도면 명예훼손 감일 듯.

　ㄴ 우리 학교 같은데?

ㄴ 자작나무 타는 냄새 난다.

　ㄴ 욕먹을 거 뻔히 아는데 너무 자기가 누군지 밝히는 게 이상함.

"아하하하. 대박. 서상후랑 내가 애인 사이야?"

어이가 없으니 웃음이 다 튀어나왔다.

"이 글, 상후도 알아요?"

"걔 벌써 눈 돌아서 범인 찾겠다고 난리야."

"상후랑도 얘기해봐야겠네."

"너 방금 수업 상후랑 같이 듣는 거 아니야? 걔한테 못 들었어?"

"같은 거 듣긴 하죠. 근데 저희 서로 챙기고 인사하고 그런 거 안 해요. 걔가 출석했는지도 모르는데."

차오르는 스팀으로 숨을 씩씩거리며 나는 덧글을 슥 눈으로 훑었다. 제대로 볼 가치도 없어 수십 개의 덧글 캡처를 대충 스킵하는데 그중 하나가 눈에 불쑥 들어왔다.

└. 애인 있는 사람은 왜 건드려? 제정신인가?

애인 있는 사람? 이건 또 뭔 소리당가. 나는 대충 훑어 내리던 글을 다시 정독했다.

└. ······ㅈㅅㅇ이라는 엄청 퀸카 애인이 있지만, 그래도 저 ㅅㅁㅇ도 나름 그 여자한테 뒤지지 않는다고 생각해요. 나 정도면 승산 있을 거 같은데······.

우빈 오빠, 애인이 있었어? 그런 내색 전혀 없었는데?

"ㅈㅅㅇ은 누구지?"

"아아, 진세연. 경영학과에 진짜 예쁜 애 있어. 선우빈 여자친구."

"예?"

"우리 철수, 선우빈이 누군지도 모르던 애였지? 진세연, 선우빈 커플 유명해. 예쁘고 잘생긴 애들끼리 사귄다고."

나는 언니 말에 충격으로 들고 있던 휴대폰을 놓칠 뻔했다. 선우빈 커플? 손이 덜덜 떨려왔다.

'여자친구라니.'

아까 '우리 먹깨비' 했던 거랑, 포옹했던 거랑 하여튼 그런 것들은 다 뭐였지? 어장관리? 아니면 그냥 원래가 그런 남자? 썸이 아니었던 건가. 나 혼자의 착각이었나.

"너 많이 놀랐구나? 기운 내. 세상에 웬 또라이들이 이렇게 많다니. 우리 과 사람들은 보자마자 누가 너 사칭한 거 알고 얼마나 웃었는데. 어이가 없어서 원."

발끈하던 언니는 내 안색이 하얗게 질린 것을 보고 급히 위로를 했다.

"지금 범인 잡겠다고 상후가 움직이고 있어. 글 쓴 사람이 글 내리지 않게 잠깐 조용히 해달라고 부탁하더라. 그래서 아직 우리 과 사람들 반박글 안 달고 기다리는 중이야."

어쩐지, 그래서 컴공과 사람들 다들 아무도 덧글을 안 달았구나.

"상후 실력 네가 제일 잘 알지? 아마 금방 잡히긴 할 거야. 근데 이거 우리 학교에 본 사람들이 많아서, 아무래도 너도 알고 있어야 할 거 같아서 알려주는 거야."

"으응. 언니 고마워요."

"어유, 민유야 너 안색이 너무 안 좋아."

손이 차게 식었다. 아무래도 오늘 모임이고 뭐고 다 취소해야겠다 생각한 그때, 상후가 씩씩대며 우리 쪽으로 빠르게 걸어왔다.

"누나!"

"어떻게 됐어?"

반쯤 정신이 나간 내 귓가로 선미 언니의 목소리가 빙빙 울렸다.

"우리 학교 애가 쓴 거 맞아. 일주일 전 오후 4시쯤에 학교 컴퓨터로 그딴 쓰레기 소설 싸질렀더라. 멍청한 건지 아니면 학교에서 쓰면 안 들킬 거라 생각해서 그랬는지, 원. 추적하니까 상경대 컴퓨터실 뜬다."

상경대 컴퓨터실이란 말에 정신이 들었다.

"경영학과 애가 그랬을까?"

내 질문에 상후가 답했다.

"글을 보아하니 컴공 얘기는 없고 경영 수업 내용만 있으니까 그 동네일 확률이 높아. 왜? 누나 뭔가 잡히는 거 있어?"

상경대에서 눈에 띄지도 않는 나를 그렇게 콕 집어 싫어할 만한 사람이라곤 후궁들밖에 없다. 함부로 의심하고 싶진 않지만 그 여자들 말고 딱히 생각나는 사람은 없다.

"나 지금 경영학과 단체 모임 가."

"뭐? 거길 누나가 왜 가?"

"경영학 수업 듣는 타과생도 다 와도 된다고 했거든."

나는 모임에 가지 않겠다는 결심을 바꿨다. 가서 범인들을 뒤흔들고 찔러서 제 발로 나타나게 할 것이다.

"이딴 유치한 짓 한 사람 찾아내야지."

일단 거기 있는 모든 사람들에게 범인을 짐작 못 하는 척 그 글을 보여줄 것이다. 만약 그 글이 바로 지워진다면 그건 분명히 그 자리에 있는 사람의 짓이라는 이야기다.

"상후 너 이 자료들 캡처 다 해놨지?"

"당연하지. 나 참, 소설을 쓰려면 사전조사는 기본 아닌가? 어디 날 철수 누나랑 엮어? 엮기를."

상후는 나와 자신이 애인으로 엮였다는 항목에서 굉장히 분노했다. 내가 이런 일을 당해서 열이 받는 것이 아닌 듯하다. 그럼 그렇지. 어쩐지 나보다 더 심하게 화를 내더니만 그게 기분 나쁜 거였어.

"누나, 괜찮아? 안색 엄청 안 좋아."

"고오맙다. 이제 걱정이 좀 되나 봐?"

"아이, 누나 왜 이래. 나야 언제나 누나 걱정에 애가 타는 사람이지."

"흥. 이게 말이나 못하면."

"철수, 정말 괜찮겠어?"

맞다. 거기 가면 우빈 오빠도 있겠구나.

'하아. 이제 오빠를 어떻게 대해야 하지?'

그것도 난감하다. 날 갖고 장난친 거냐고 화를 내야 하나, 앞으로 모른 척하자고 해야 하나. 피하고 싶지만 이 사태가 벌어진 이상 범인을 색출하려면 안 갈 수도 없다.

"괜찮아요. 내가 뭐 죄지었나. 거기 가서 사람들한테 확실하게 다 말할 거예요."

범인이 있다면 내 반응에 뭔가 찔끔한 반응을 보일 것이다.

"적어도 내일까지는 과 사람들한테 덧글 달지 말라고 해주세요."

"그래. 언니가 과 애들한테 얘기할게."

"누나 진짜 잡을 수 있겠어? 나도 같이 갈까?"

"너 오늘 야간 수업 있잖아. 나 혼자 해도 돼."

용의 선상에 오른 인물도 있고. 어쩌면 반전 돋게 후궁들이 아니라 경영학과 수업 듣는 다른 학생일 수도 있다. 누가 되었건 간에 실수한 거다. 컴퓨터로 'ㅅㅅㅎ'을 건드리다니. 서상후의 저 흥미진진한 눈을 보라. 날 먹이 삼아 즐기는 모습이다. 나는 벤치에서 일어나서 상후의 궁둥이를 힘을 실어 걷어찼다.

"크악! 누나, 지금 나랑 한판 하겠다는 거지? 진짜 아파!"

"덤벼! 덤벼!"

나는 양 주먹을 꽉 쥐고 파이터처럼 상후를 향해 내밀었다. 우리는 간간이 이렇게 육탄전을 벌일 때가 있다. 물론 덩치도 크고 남자인 상후가 날 많이 봐주고 있음은 분명하다. 하지만 꽃으로도 때리지 말아야 할 여자인 나에게 상후는 방어를 가장해 조금은 아픈 주먹질을 할 때도 있었다.

"아유, 니들 이럴 때냐? 너 모임 안 가?"

선미 언니가 말리는 소리에 정신이 돌아왔다. 아, 맞다. 방금 전까지 진짜 심각했는데 잠시 잊었어. 내 단순함에 소름이 돋았다.

"맞다. 언니 지 가요."

"그래. 가서 잔뜩 찌르고 와."

약속 시간보다 20분이 지난 상황이었다. 나는 서둘러 모임 장소로 향했다.

대학가 주점답게 최대 120명을 수용한다는 호프집은 입구에서 대충 훑어만 봐도 학생들로 북적거리는 느낌이었다. 저 안에 있는 사람들이 전부 경영학과일까. 아마 그럴 가능성이 높을 것이다.

"어서 오세요! 경영학과 모임 오셨죠?"

비장한 걸음으로 들어서니 귀엽게 생긴 남자 아르바이트생이 날 맞이했다.

"네."

"저쪽 안쪽으로 가시면 돼요."

아르바이트생이 알려준 방향으로 향하니 낯익은 얼굴이 몇몇 보였다. 아는 사람은 아니지만 수업 들을 때 근처에 앉았던 사람들이었다. 그리고 가장 많은 사람들이 모인 테이블에 있는 이한수의 모습과 출입구 가까운 곳의 6인 테이블에 앉은 우빈 오빠가 보였다. 여기 오기 전까지만 해도 펄떡펄떡 뛰던 심장이 우빈 오빠를 보자 이상하게 차분해졌다. 그 겁나 예쁘다는 진세연은 보이지 않는다. 지난번 우빈 오빠와 같이 있던 여자가 맞는지 제대로 확인해보고 싶었는데 오늘 모임에 안 오는 모양이다.

이제 막 시작한 듯 테이블 위 안주는 아직 멀끔한 모습이었다. 시작하자마자 찬물 끼얹기는 좀 그렇고, 약간 무르익었을 때 소문에 대한 화제를 던져야겠다. 사람들이 취하기 직전, 분위기가 화기애애해서 어느 테이블이라도 끼어들기 좋을 그때쯤이 가장 효과적일 것이다. 사람들과 조금이라도 친분이 생긴 후에 폭탄을 던져야 더 빨리 퍼지겠지. 하지만 그 전에 우빈 오빠를 어떻게 대해야 할지 모르겠다.

"전화 왜 안 받아? 걱정했잖아."

"어?"

어느새 우빈 오빠가 내 앞에 성큼 다가와 있다. 내가 테이블로 다가가지 않고 멍하니 서 있었나 보다. 변함없이 다정한 얼굴로 내 눈을 바라보는 우빈 오빠의 말에 그제야 정신이 들었다. 나는 호주머니를 뒤적였다. 휴대폰이 잡히질 않는다.

"아, 가방에 넣어뒀나 봐요."

"수업 늦게 끝났구나? 피곤하겠다. 공대 수업 엄청나던데."

오빠는 내가 꼭 끌어안고 있던 책을 자연스레 가져가 들고는 테이블로 나를 데려갔다. 그 자리에 있는 수십 개의 눈동자가 우리 쪽으로 꽂히는 것이 느껴졌다. 이들 중에 그 글을 쓴 작가(?)가 있을 거란 생각에 나는 묘하게 긴장이 됐다. 지금 이 광경도 눈으로 보면서 얼마나 짜증이 날까.

'그런데 대체 왜 그런 짓을 했지?'

몰래 우빈 오빠를 좋아하기라도 했나. 혹시 진세연이란 그 사람이 그랬을까? 제 남자친구에게 들러붙는 여자라고. 아니야. 그것도 이상하다. 자기가 정말 애인이면 들러붙지 말라고 직접 말하면 되지 왜 그런 수작까지 부리겠어? 아니, 잠깐만. 지금도 봐. 내가 들러붙은 게 아니라 선우빈이 먼저 온 거잖아! 선우빈, 이 남자 대체 뭐야? 난 어떻게 해야 하지? 혼란한 마음을 부여잡으며 나는 앞에 놓인 소주잔을 들어 한 번에 툭 털어 넣었다. 으, 쓰다. 써. 오랜만에 먹는 소주는 참 썼다.

"크으."

쓴맛을 지우려 앞에 있는 해물탕을 수저로 크게 떠 한입 먹었다.

으지직!

해감 안 된 조개가 토해낸 모래가 사정없이 입 안에서 씹혔다. 입 밖으로까지 들리는 요란한 소리에 나는 순간 이가 부러진 줄 알았다. 놀라 혀로 치열을 훑어보니 멀쩡하다. 휴, 다행이다. 하마터면 고작 조개 따위에 임플란트 할 뻔했어.

"으음."

입 안에 있는 조개와 모래를 뱉어내려 눈으로 휴지를 찾는데, 턱 쪽으로 하얀 휴지가 내밀어 졌다.

"뱉어."

우빈 오빠의 목소리에 나도 모르게 입 안에 있는 것을 휴지에 툭 뱉어냈다. 그 이물질은 오빠 손 위에 있었던 휴지에 싸여 휴지통으로 직행했다. 일련의 과정이 물 흐르듯 자연스러웠다. 그랬기에 시선을 느끼기 전까진 나는 이상한 것도 몰랐다. 알고 나서 곧바로 경악했지만.

"헉, 오빠 더럽잖아요. 그냥 휴지 저 주시지!"

나한테 휴지를 그냥 건네면 되지 왜 굳이 턱 밑에 가져다 대서는! 당황해서 온몸에서 땀이 삐질 나오는 기분이었다. 이에 반해 우빈 오빠는 아무렇지도 않은 듯 태연한 얼굴이었다.

"내 쪽이 휴지통에 더 가까우니까."

"그렇지만 더러, 더러운데요. 그걸 그냥 그……."

오빠는 대답 대신 날 보고 활짝 웃었다. 으헉! 심장이야.

선우빈, 이 남자 대체 뭘까. 원래 이렇게 주변 사람들이 착각할 정도로 잘해주는 사람인가? 그러기엔 방금 전 건 좀 심한데. 혹시 여자친구 얘기도 자작이었을까? 아냐. 그건 선미 언니도 알고 있었는데. 우빈 오빠의 행동에 머릿속이 복잡하다.

"하아."

그 뒤로도 자꾸 챙겨주려는 우빈 오빠가 부담스러워서 나는 잠시 화장실로 피신했다. 누가 봐도 오빠는 애인 대하듯이 날 다루고 있었다. 정말로 진세연이 오빠 여자친구 맞는 걸까? 오빠는 한 번도 자신의 여자친구에 대해 이야기한 적이 없었고, 그런 내색을 보인 적도 없었다. 하물며 선우빈이 뭐가 아쉬워서 애인 두고 어장관리나 하겠는가. 가만히 있어도 어장이 자연 형성될 남자인데.

"후우. 이렇게 속으로 끙끙거리느니, 오빠한테 직접 물어보는 게 낫겠어."

혼자서 고민한다고 답이 나오는 문제도 아니었다.

'그래, 물어봐야겠다!'

그렇게 결심을 하고 화장실을 나가려는데 여자애들이 들어오는 소리가 들렸다. 난 반사적으로 칸 안으로 들어가 몸을 숨겼다.

"세연 언니 아직 모르시나 봐."

"휴학 중인데 어떻게 알겠어."

"아까 휴지 그거 봤어? 지가 휴지를 가져가야지 그대로 뱉는 건 뭐래."

"공대 걔 진짜 미쳤나 봐. 세연 언니 안 보인다고 우빈 오빠한테 들이대면 지가 뭐라도 될 줄 아나?"

"어쩜 그렇게 뻔뻔하냐. 나 같으면 그런 글 쓰고 쪽팔려서라도 이런 데 나올 생각은 못 할 텐데. 됐다. 이거 지워진다."

물 잠그는 소리가 나고 페이퍼 타월이 부스럭대는 소리가 나더니 이내 두 사람이 나가는 소리가 들렸다. 후궁들의 목소리는 아니었으나, 경영학과에 '나'라는 사람이 저 따위로 소문나고 있다는 사실이 확실해졌다. 분명 우빈이 먼저 나를 반겼음에도 그들 눈에는 그 사실이 더 이상 보이지 않는 거다. 그리고…….

"하아."

진세연. 오빠한테 물어볼 필요도 없이 확실한 사실인가 보다. 또 모래라도 씹은 것처럼 입 안이 깔깔했다. 나는 화장실에서 한참 멍하니 있다가 가까스로 정신을 차리고 나왔다.

선우빈을 둘째로 치더라도 지금은 우선 할 일이 있다. 자작글 작가부터 잡아내야 한다.

눈으로 테이블을 쭉 훑으니 여전히 이한수 주변에 가장 많은 사람이 모여 있었다. 그 때문인지 여러 테이블 중 가장 분위기도 밝았다. 이한수 주변에 있는 후궁들이 여봐란 듯 목소리를 더 키워서 떠들고 있는 것도 한몫했다. 그녀들의 하이톤을 들으며 난 이한수 옆에 자리를 잡았다.

"이쪽이 분위기 좋아 보여서 왔어요."

생글생글 웃으며 후궁들처럼 발랄한 목소리로 이야기하려 했다. 하지만 마음을 다친 탓인지 목소리가 생각처럼 곱게 안 나왔다.

"잘 오셨어요. 여기 타과생분들도 많으세요."

역시 이한수는 친절했다. 내 소문을 분명 알고 있을 법도 한데 다른 사람들처럼 수군거리지도, 눈빛에서 날 탐색해보려는 속내도 느껴지지 않았다.

'보통은 그런 소문을 들으면 호기심이나 편견이 생기기 마련인데.'

이런 면에서 새삼 그가 참 대단하다는 생각이 들었다.

"그래요? 다들 아는 사이같이 좋아 보여서 모두 경영학과인 줄 알았어요."

이한수는 나에게 테이블에 앉은 사람들을 간략하게 소개까지 해주었다. 대체로 환대하는 분위기였으나, 개중 몇몇 사람들은 노골적으로 안 좋은 것 보듯 날 쳐다보고 있었다. 특히나 후궁들은 독기 품은 눈이었다.

한창 분위기가 무르익었다. 내 첫인상은 새침한 아가씨 같아 보였는데 성격 참 털털하다는 이야기까지 나온 상황이었다. 다들 속으로야 어쨌든 겉으로는 화기애애한 술자리 중이었다. 후궁들은 내게 말 한마디 하지 않는 것으로 나에 대한 반감을 드러냈지만, 왁자지껄한 분위기에 묻혀 이 사실을 눈치챈 것은 나밖에 없었다.

"그런데 민유 언닌 전공이 뭐예요?"

아직 소문을 모르는지 순진한 눈의 경제학도 여나가 물었다. 이제나저제나 소문에 대해 말할 타이밍만 노리고 있었는데 지금이 좋겠단 생각이 들었다.

"컴퓨터공학."

한데 대답은 내 입이 아닌 다른 곳에서 들렸다.

"우빈 오빠!"

나보다 후궁들이 더 먼저 오빠를 반겼다. 오빠는 내 맞은편의 빈자리에 앉았다. 고학번 선배의 등장에 같은 자리에 있던 경영학과 후배

몇이 그에게 살짝 고개를 숙여 인사를 한다. 이한수 역시 그랬다. 언제나 생글생글한 이한수의 표정이 설핏 굳어진 것이 보였다. 천하의 이한수도 같은 과 선배는 불편한가 보다. 어찌 되었건 선우빈과 이한수가 한자리에 있으니 사람들의 시선이 이 테이블에 모조리 쏠린 것은 당연했다. 같은 테이블에 있던 타과 여학생들은 선우빈과도 친해질 수 있겠다는 생각이 들었는지 볼에 홍조가 도는 것 같았다. 아닌가, 술 때문인가. 하여튼 선우빈 합세에 테이블은 금세 꽃밭이 되었다. 소문에 대해 말하기엔 지금이 바로 적기였다.

"응. 컴공과. 참, 얼마 전에 진짜 재밌는 일 있었는데. 아니, 아직도 진행 중인가?"

"뭔데요?"

"누가 날 사칭해서 인터넷에 글을 썼더라고."

나는 다들 들으란 듯 크게, 마치 술 때문에 성량 조절을 못한 것처럼 말했다.

"예에? 사칭이요?"

"어. 아우 참. 말하기도 부끄러워. '이야기 탄' 알지? 거기에 누가 나랍시고 뻘글을 올렸더라고. 아휴. 말하기도 민망하다. 내가 뭐 대단한 사람도 아닌데 날 사칭해서는."

내 말에 맞은편에 앉은 우빈 오빠의 얼굴이 삽시간에 굳었다. 아, 맞다. 오빠도 그 글의 등장인물이었지. 표정을 보아하니 오빠도 그 글을 알고 있는 듯했다.

"근데 누가 그걸 화방에 퍼 와서 우리 과 애들 그거 보고 웃고 쓰러지고 난리도 아녔어."

"뭔데요? 웃긴 거였어요?"

나는 대답 대신 휴대폰으로 그 엿 같은 자작글이 올라온 화방 페이지를 켜 여나에게 보여주었다. 여나 주변으로 그 소문을 모르는 사람들의 머리가 몇 개 더 달라붙었다.

"민유야."

우빈 오빠가 자그맣게 날 불렀다. 시끄러운 테이블이었지만 그 작은 목소리가 정확하게 내 귀에 들렸다. 대답 대신 오빠의 얼굴을 바라보는데, 여나와 아이들의 경악한 목소리가 내 시선을 빼앗았다.

"으아, 이게 뭐야?"

"이거 나도 봤는데. 민유 너였어?"

경영학과 동갑내기 치민이 놀란 눈으로 나를 보며 물었다.

"그거 보면 누가 봐도 나인 거 알지 뭐. 하하."

"언니, 이런 거 읽고 웃음이 어떻게 나와요?"

"어이가 없어 웃는 거지. 날 잘 모르는 사람이 나인 척 잘도 썼더라고. 서상후가 내 애인이라니 그런 끔찍한 소릴."

"예?"

"거기 나온 공대 ㅅㅅㅎ, 그거 서상후인데 걔 내 사촌 동생이야. 우리 과 사람들 중엔 모르는 사람이 없어. 그러니 안 웃겨? 걔랑 날 연인으로 묶었는데."

"어머, 웬일이야!"

테이블에 있는 사람들 모두가 나에게 완전히 집중하고 있는 것을 느낄 수 있었다. 나는 좀 더 목소리를 키워 말했다.

"글 쓴 사람, 누군진 몰라도 잘못 건드렸어. 우리 상후가 어떤 앤데.

개 고등학교 때 학교 컴퓨터 해킹해서 한 학기 내내 봉사활동한 애야."

"대박."

여나가 입을 쩍 벌렸다.

"지금쯤이면 누가 글 올렸는지 밝혀냈을 수도 있겠다. 나보다 걔가 더 열 받아 해서."

"그런데 왜 언니 학과 사람들은 아무도 자작이라고 말 안 했어요? 화방까지 글이 올라왔으니까 다들 봤을 거 아녜요?"

"자작인 거 밝혀져서 글 쓴 사람이 내리면 어떡해? 그럼 추적 못 하잖아. 그래서 학과 사람들한테 잠시 가만히 있어 달라고 했어."

나는 말을 하면서 계속 주변을 눈으로 훑었다. 과연 범인이 여기 있을 것인가. 있다면 어떻게 반응할 것인가. 내심 궁금하다. 아마 내 말을 들었으면 글을 내리고 싶어 안달이 날 거다.

"이 정도면 고소해도 되겠는데? 명예훼손 아냐?"

"그런가?"

나는 고소 쪽은 생각도 하지 못하고 있었다. 하지만 저 말을 자작글 작가가 들었다면 염통이 무지하게 쫄깃해졌으리라. 다들 내색은 안 해도 글 속의 'ㅅㅇㅂ'이 선우빈이라는 사실을 알고 있었다. 그래서 말을 하면서 내 반응뿐만 아니라 우빈 오빠의 눈치까지 슬쩍 살폈다. 내 일에 본의 아니게 오빠까지 끌어들인 셈이 되었다.

"우빈 오빠, 죄송해요. 저 때문에 이런 데 이름 올라가게 해서."

"그게 왜 네가 사과할 일이야."

우빈 오빠가 아주 낮게 내뱉은 목소리는 소름 끼치게 차가웠다. 선우빈의 모습을 한 다른 사람이 들어 있는 것 같은 기분이 들 정도로. 평소의 다정하던 남자와 엄청난 간극이었다.

"넌 사과받아야지, 할 사람이 아니야. 너 때문이라니, 무슨 그런 말도 안 되는 소릴 해?"

누가 봐도 선우빈이 화가 났다는 것을 알 수 있었다.

"저도 화 많이 났어요. 이대로 안 넘어갈 거구요."

"그것 때문에…… 하아."

뭐가 답답한지 인상을 쓰며 제 머리를 손으로 헝클어뜨리는 오빠의 모습이 화보처럼 보였다.

아, 진세연은 좋겠다. 이런 남자가 애인이라니. 그런데 이 남자는 여자친구도 있으면서 왜 그렇게 날 홀리고 다녔던 거야? 생각하니까 또 속이 싸했다. 나 진짜 어장관리 당한 거야? 미칠 노릇이다. 술자리가 파한 후, 나는 버스 정류장까지 데려다준다는 오빠를 상후를 만나기로 했다는 핑계를 대고 피했다.

이야기 탄에 올랐던 자작글이 삭제되었다.

나는 오빠와 헤어져 버스 정류장으로 가는 길에 이야기 탄에 접속했다. 그랬더니 삭제된 글이라는 안내 메시지만 보였다. 모임 중반까지만 해도 멀쩡히 남아 있던 글이었다. 시간상 경영학과 모임이 끝나고 나서 삭제된 것이다. 이로써 자작글 작가는 경영학과 모임에 참여한 학생이었다는 사실이 확실해졌다. 내가 한 이야기를 듣고 급히 글

을 지운 것이리라. 내가 앉은 테이블에 있던 사람들은 총 12명. 그중에
범인이 있다.

"친목 도모하러 왔는데 다들 휴대폰만 보고 계시네요. 우리 이 테
이블에선 휴대폰 보지 말아요."

왜냐하면 이한수가 이렇게 제안했기 때문이다. 사람들은 그 말에
동조해 자발적으로 휴대폰을 가방에 넣고 이후로 아무도 손대지 않았
었다. 만약 내 말을 다른 테이블의 사람이 들었다면, 내가 말을 내뱉은
그 시점에 바로 글을 지웠을 것이다. 모임이 끝날 때까지 기다릴 필요
없이. 조금이라도 빨리 지워야 상후의 추적을 피할 수 있을 테니까. 그
런데 모임이 끝나고 나서 지웠다는 건 인터넷에 접속 못 할 상황이었
다는 셈이 된다. 사건 당사자인 선우빈과 소문을 모르던 여나, 놀라는
반응이 거짓인 것 같지 않던 치민은 제외. 내가 공대생인 걸 몰랐던 3
명, 그들도 제외. 그렇다면 남은 용의자 후보는 6명. 그 6명 중에 공교
롭게도 '후궁 세 명'이 모두 있다. 의심하고 싶지는 않은데 자꾸 심증
이 그녀들이 범인이라고 외친다.
　"아냐. 아무리 걔네가 날 씹고 다녔다고 해도 함부로 의심하진 말
자."
　다른 세 사람이 범인일 수도 있으니까 말이다.
　아직 화방에 남아 있는 캡처글 아래로 우리 학과 사람들의 덧글이
달렸다.

ㄴ, 이상하다. ㅅㅁㅇ랑 ㅅㅅㅎ 사촌지간인데 뭐지?

ㄴ, 이거 백퍼 자작임ㅋㅋ 진짜 ㅅㅁㅇ를 아는 사람들은 이 글 보고 다 비웃고 있음ㅋㅋㅋ ㅅㅁㅇ랑 ㅅㅅㅎ 친척 사이인 거 모르는 사람이 없는데ㅋㅋㅋ

ㄴ, 사전 조사 좀 하지 그랬냐ㅋㅋ 둘이 같은 성인 거 딱 보면 모르나.

ㄴ, 사기에 소울이 없네.

ㄴ, 지금 당사자들 명예훼손으로 고소 준비 중임.

ㄴ, ㅋㅋㅋㅋㅋㅋㅋ사촌끼리 사귄대ㅋㅋㅋㅋ예상 못한 근친상간 잼ㅋㅋㅋ 실제로 둘이 과사에서 주먹질 하는 걸 못 봤구만ㅋㅋㅋ

ㄴ, 이거 역대급이다ㅋㅋㅋ

왜 덧글에서 컴공과 사람들이 신나하는 것 같은 기분이 드는 걸까. 하긴, 그들이 나랑 평소에 친분이 두텁기를 했나, 뭘 했나. 저들이 진실을 아는 사건이 터지니까 신나하는 것뿐이리라.

이러한 학과 사람들의 덧글 아래로 이야기 탄의 원본글이 삭제됐다는 덧글들이 추가로 달렸다. 화방에 남아 있는 글에는 이야기 주인공인 나, ㅅㅁㅇ에게 고소를 하라는 덧글이 주렁주렁 이어졌다. 그 글에 겁을 먹은 것인지 화방에 올라온 캡처글마저도 금세 자취를 감췄다. 이렇게 자작글 사건은 표면적으로 막을 내린 듯했다. 자작인 걸 알자마자 사람들의 관심은 급속도로 차게 식었기 때문이다. 아마 글을 썼던 범인도 이대로 흘러가길 바랄 것이다. 하지만 나의 분노와 그보다 무서운 상후의 뒤끝은 아직 남아 있었다.

"꽃이다."

오후에 교양 수업 하나만 있는 날이다. 나는 수업 시간보다 한 시간 일찍 학교에 도착해 운치를 즐기는 중이었다. 날씨가 좋아 학교 입구에 있는 벤치에 앉아 경치를 구경하는데, 바로 위 나무에 분홍 꽃봉오리가 맺힌 것이 보였다. 며칠 후면 벚꽃이 개화한다고 여기저기서 난리였다.

"벌써 4월이라니."

파란만장하게 지나간 3월이었다. 지난 한 달을 돌이켜보니 참 정신이 없었던 것 같아 잠시 눈을 감았다. 복잡한 머리에 빙그르르 돌던 시야가 어두워지며 이내 제자리를 찾았다. 마음이 차분해진다.

"어이, 철수! 오랜만이다."

그것도 잠시, 듣고 싶지 않은 목소리가 내 귓가를 울렸다. 깜짝 놀라 눈을 뜨니 어느새 공상철이 내 바로 옆에 앉아 있었다. 이 넓은 학교 땅덩이에서 어찌 이 인간을 만난단 말인가.

"잘 있었어?"

내 무릎 위를 손바닥으로 툭툭 치며 공상철이 묻는데 너무 불쾌하다. 나는 옆으로 떨어져 앉으며 말했다.

"선배, 자꾸 이렇게 치지 마시라니까요."

"친해서 그런 거잖아, 친해서. 동생 같아서 그래."

딸 같아서 그랬다는 성추행 아저씨의 발언이 생각났다. 이런 놈이 커서 그런 아저씨가 되는 거겠지.

"선배님은 동생 같아 그러시는지 몰라도, 저는 선배가 오빠 같지 않으니까 하지 마세요."

"자식, 여전히 까칠하네. 너 그 자작글 사건 때 오빠가 얼마나 힘썼는지 알아?"

네가 무슨 힘을 썼냐? 상후만 바빴지. 이 말이 목구멍까지 튀어나왔지만 꾹 참았다. 잘못 건드렸다간 제가 얼마나 잘났고, 또 그런 제가 날 엄청 위하고 있다는 일장 연설을 할 게 분명하니까.

"요즘 왜 이렇게 얼굴 보기 힘들어? 애인이라도 생겼어?"

나 혼자 썸 타다 나자빠진 상태다, 이 자식아.

"네."

하지만 나는 가상의 애인이라도 만들어 내 옆에 붙여놓기로 했다. 그러지 않으면 공상철이 계속 들러붙을 것 같아서였다.

"뭐? 지금 뭐라고 그랬어, 너?"

"있다고요. 애인. 남자친구 생겨서 요즘 좀 바빠요."

그 말을 마치고 나는 자리에서 일어났다. 빨리 강의실로 가버려야지. 공상철과 같이 있긴 싫었다.

"어떤 놈인데? 뭐하는 새끼야? 우리 학교야?"

공상철은 역시나 바람난 애인을 추궁하는 듯한 반응을 보였다. 정말 싫다. 이 인간은 대체 내게 뭘 바라는가!

"말 함부로 하지 마세요. 왜 제 남자친구가 선배한테 새끼 소리 들어야 하는지 모르겠어요."

날 선 내 목소리에 상철이 한번 접고 들어가 준다는 듯 목소리를 낮췄다.

"미안, 오빠가 좀 놀라서. 혹시 너한테 나쁜 맘 품고 접근했을까 봐 걱정돼서 그러지."

아니, 그러니까 그 걱정을 왜 니가 하냐고!

내가 말이 없자 공상철은 내 애인 정보를 캐내기 위해 애를 쓰기 시작했다.

"누구야? 네 애인이란 사람."

"선배가 아는 사람 아니에요."

"너 경영학과 들락거린다더니 그쪽이냐? 그래?"

위협이라도 하듯 눈을 번뜩이며 묻는 게 잘하면 한 대 칠 것 같기도 하다.

"상철 선배. 이렇게 자꾸 제 사생활 캐묻는 거 불편해요. 관심 끄셨으면 좋겠어요. 그럼 전 수업 있어서, 먼저 갈게요."

공상철을 뒤로하고 학교 안으로 뛰듯이 걸었다. 제발, 부르지 마라. 따라오지 마라. 기도를 하며 발을 움직였다.

"야! 서민유!"

하지만 기어이 따라온 공상철은 내 어깨를 잡아 세웠다. 어찌나 힘을 줬는지 잡힌 어깨가 아릴 정도였다. 내가 인상을 쓰자 공상철은 손에 힘을 풀었다. 하지만 여전히 내 어깨를 잡은 채였다.

"너 선배가 우습냐? 내가 너 예쁘다, 예쁘다 하니까 아주 기어올라?"

왜 또 얘기가 그렇게 되는데. 누가 너한테 예쁨받고 싶다던?

"아파요! 손 놓고 얘기하세요."

"지금 나 무슨 역병 취급하는 거야?"

역병은 무슨, 역병이 울겠다. 역병은 처용가라도 불러서 퇴치하지.

넌 약도 없잖아.

"좀 놓으시……."

내 말이 채 끝나기도 전에 누군가가 상철의 손목을 잡아 내 어깨에서 던지듯 떼어냈다. 거친 손놀림에 공상철의 팔이 세게 흔들렸다.

"누구 맘대로 손대."

차갑기 그지없는 목소리의 우빈 오빠였다.

"뭐, 뭐야! 넌!"

대답 대신 우빈 오빠는 싸늘한 표정으로 공상철을 바라보았다. 아, 지난번에도 한 번 봤던 그 표정이다. 시베리아 벌판에 홀로 서 있는 기분을 느끼게 하던 그 표정.

'아니, 그거보다 더한가?'

오빠의 시선이 나를 향한 것도 아닌데 나까지 겁을 먹을 지경이었다.

"내가 누군지 알 필요 없고. 다신 민유에게 손대지 마. 네 맘대로 입에 올리지도 마."

"뭐? 뭐, 이 새끼야?"

저보다 키가 10cm는 더 큰 우빈 오빠를 올려다보며 공상철이 씩씩거렸다. 하지만 그뿐이다. 오빠를 치거나 싸울 배짱은 없어 보였다. 본능적으로 자신보다 우위인 수컷을 알아본 것이리라. 이런 방면으로는 지나친 정도로 촉이 빠른 사람이었으니까.

"가자, 깨비야."

그런 공상철을 무시하며 오빠는 나를 제 쪽으로 살짝 끌어당겼다.

"예에, 으응?"

오빠는 자연스레 내 손을 잡고 걷기 시작했다. 그나저나 난 언제 또 깨비가 된 것인가. 왜 이렇게 다정하게 부르는 거야? 사람 설레게. 이 와중에 꽃을 피우려고 분홍 기운을 잔뜩 머금은 나뭇가지들이 눈에 들어왔다.

'꽃이 피면 지금처럼 우빈 오빠의 손을 잡고 보란 듯 이 벚꽃길을 걷고 싶었는데.'

한순간 헛된 내 망상이렷다. 슬프도다.

공상철에게서 충분히 멀어졌을 즈음 나는 오빠에게 잡힌 손을 살짝 빼냈다. 지금 손 잡힌 것도 심장 떨려 죽겠으니까. 더 이상 흔들리지 말자. 이 남자는 그냥, 원래 좀 친절한 거다.

"도와주셔서 감사해요. 조금, 곤란했었는데."

"당연한 일인데 뭐가 감사해."

우빈 오빠의 목소리가 약간 화가 난 듯 낮았다.

'이럴 때 구해주는 게 당연한…… 건가? 그런데 오빤 내가 여기 있는 걸 어떻게 알고 왔지?'

그냥 지나가다가 우연히 본 거라기엔 다음 수업 있는 사람이 굳이 먼 학교 정문 가까이까지 나올 이유가 없다. 오빠와 함께 강의가 있는 건물 쪽으로 천천히 걸으며 물었다.

"우빈 오빠 이쪽에 볼일 있어서 나오신 거 아니에요?"

"볼일 다 봤어."

"네?"

"서민유가 내 볼일이야."

웅? 이건 또 무슨 소리당가. 당최 이해할 수 없는 발언이다. 나는 발걸음을 멈추고 오빠 얼굴을 올려다보았다.

"나 우리 먹깨비 마중 나온 거야."

'우리 먹깨비'라는 단어가 귓가를 붕붕거리며 날아다니는 기분이 들어 나도 모르게 손으로 귀를 만지작거렸다.

'아직도 이런 말 듣고 기분이 좋아지다니.'

이건 명백한 어장관리임을 알면서도 어찌 이렇게 또 설렌다니. 여자친구 있다는 남자잖아. 서민유, 정신 차리자. 눈을 마주치고 있던 오빠가 살며시 미소를 입에 걸쳤다. 그리고 귓가에 있는 내 손을 내려 다시 꼭 잡았다.

"그러니까 손 빼지 마. 오빠 상처 받아."

상처를 받아? 내가 손을 빼냈다고?

분명히 다정하지만, 조금은 슬퍼 보이는 것 같은 눈빛이 미소에 녹아 있다. 설마? 설마.

심장이 서서히 뛰는 속도를 올리기 시작한다. 두근두근. 두근두근 쿵쿵. 쿵쿵쿵.

"오빠, 우리……."

내 목소리가 가늘게 떨려 나왔다. 긴장돼서 숨까지 가쁜 느낌이다. 여기서 조금만 더 정신이 혼미해지면 염소 울음소리 같은 목소리로 말할지도 모른다. 나는 작게 심호흡을 몇 번 하고 입을 열었다.

"우리, 무슨 사이예요?"

손도 목소리도, 온몸이 덜덜 떨리는 기분이었다. 오빠가 입을 열기까지 그 찰나의 순간이 배고플 때 치킨 기다리는 시간보다 더 길게 느껴졌다.

"모르겠어. 대답을 들어봐야 알 것 같은데."

"그게 무슨 말······."

내 말이 끝나기도 전에 우빈 오빠가 말을 이었다.

"난 서민유가 내 여자친구였으면 좋겠는데."

순간 숨을 멈췄다. 머리가 멍하다.

"오빠, 어때? 서민유 남자친구로."

오빠가 하는 말이 머리에 입력이 되질 않았다. 뇌가 어딘가를 부유하는 느낌, 술도 먹지 않았는데 몽롱하게 취하는 기분이었다.

"민유야?"

고개를 살짝 숙여 나와 얼굴을 마주한 오빠가 웃어 보였다.

"오빠, 오빠 여자친구······."

여자친구 있는 거 아니었어요? 이 말이 조심스레 나오려 했는데 그보다 먼저 오빠가 말을 이었다.

"응. 오빠 여자친구 없어서, 그거 서민유가 해달라고."

"진세연이 여자친구라고······."

"진세연 내 여자친구 아니야. 여자친구 있는데 깨비한테 이런 말, 할 리가 없잖아."

진세연, 그냥 소문인 거구나!

"서민유가 오빠 여자친구 해줘. 싫어?"

싫을 리가. 멍한 정신으로도 나는 고개를 좌우로 세차게 저었다.

"그럼, 좋아?"

우빈 오빠와 눈이 마주쳤다. 얼굴에 열이 확 오르는 걸 느끼며 나는 고개를 한 번 끄덕였다.

"이제야 넘어오네. 그동안 오빠가 그렇게 수작을 부렸는데."

오빠 입에서 쏟아지는 폭탄에 그만 입이 쩍 벌어졌다. 정말? 선우빈이 나한테 수작을 걸었다고? 나는 믿을 수가 없어 눈만 깜빡거렸다.

"같이 있으려고 내 시간표보다 네 시간표부터 먼저 외우고. 괜히 손잡고, 숨겨준단 핑계로 포옹하고. 그런 짓 난 아무한테나 안 해. 처음이었고, 서민유니까 했던 거야."

뭔가가 마음속에서 터질 듯 벅차오르는데 표현할 길이 없다. 괜히 눈가에 물이 고이는 느낌이었다. 좋아서 눈물이 나올 것 같은 경우가 있구나.

"이제 대답할게. 우리, 사귀는 사이야."

아직 봉오리도 맺지 못한 벚꽃이 만개하는 기분이었다.

4. 그 남자의 집

"무섭게 왜 그래. 왜 혼자 징그럽게 실실대고 있는 거야?"

언니가 고추 모종 '고고'에 물을 주고 있는 날 보며 물었다.

"울 고고 잘 자라는 게 보기 좋아서."

"걔 꽃도 피기 전에 죽을 것 같은데? 이파리 상태가 이상하잖아. 안 보여?"

"안 되는데. 꽃 먼저 피우기 내기했는데. 아! 오빠는 지금 뭐 하려나? 메시지 보내봐야지."

방방거리는 나를 보며 언니는 기가 막힌다는 얼굴을 했다.

"그렇게 좋을까."

"어. 진짜 좋아."

나는 지금 사랑에 푹 빠져 있다. 세상에나. 선우빈이 내 남자친구라니! 나같이 서툰 여자가 우빈 오빠를! 될 놈은 뭘 해도 된다고 하더니 그 될 놈이 나였나 보다.

휴대폰을 들어 오빠 번호를 꾹꾹 누르는 나를 보며 언니가 말했다.

"혹시나 영상 통화 따윈 하지 마라. 너 지금 몰골 장난 아닌 거 알지?"

"영상 통화는 무슨. 늦은 시간이라 메시지만 보낼 거야!"

그러면서 나는 휴대폰 카메라를 켜 거울 삼아 내 얼굴을 비춰보았다. 몇 시간 전엔 귀여운 똥머리였던, 질끈 동여매 말아 올린 헤어스타일이었다. 그러나 현재는 주변 잔머리들이 흘러내려 기름진 얼굴을 감싸고 있다. 천 년의 사랑도 식을, 당장 참수당해도 어색하지 않을 죄수의 형상이었다.

"어우, 추하네."

내가 봐도 참담한 몰골이었다.

"어쩔 수 없지. 공부하는 데 스타일 신경 쓰는 사람이 어디 있어."

벚꽃이 옅은 분홍빛 꽃망울을 터트리는 시기. 나는 학기 초에 꿈꿨던 분홍 망상을 실현했다. 벚꽃이 피어나는 길을 우빈 오빠의 손을 꼭 잡고 걸어가는 꿈을 이뤘다. 그리고 같이 수업을 들었고, 수업 후엔 오빠와 헤어져 공대 연구동에 처박혔다. 왜냐? 애석하게도 연애를 불태울 시간도 없이 시험이 바짝 다가왔으니까. 과외 학생들 시험도 다가오기에 병행하려면 사전에 학과 공부를 잘 끝내놔야 했다. 대학이란 하루 이틀 벼락치기론 절대 원하는 점수를 얻을 수 없는 곳이었다. 게다가 전국에서 제법 날고 긴다는 애들이 모이는 상위 대학이다. 그런 곳에 있는 사람들이니 공부하는 데는 다들 도가 텄다. 상대평가로 점수가 주어지기 때문에 어지간한 노력으로는 B+를 받기도 힘들었다.

「공부 잘 돼가요? 오빠, 보고 싶어! 보고 싶어♥」

메시지를 보내고 십여 분이 지나자 휴대폰 진동이 울렸다.

"오빠다!"

나는 책상 옆에 뒤집어뒀던 휴대폰을 집어 들었다. 이런, 영상통화
였다.

언니 말이 아니었음 참수형 몰골로 생각 없이 덜컥 전화를 받을 뻔
했다. 급히 머리를 풀고 앞에 보이는 빗으로 빗어 내렸다. 거울을 보고
얼굴을 정돈하던 나는 내 모습을 보고 멈칫했다. 늘어날 대로 늘어난,
후줄근한 실내용 티셔츠 차림이다. 옷은 뭘로 갈아입나. 너무 신경 쓴
것 같지 않고 집에서 편하게 있는 것 같으면서도 예쁘고 깔끔한 그런
의상이…….

"앗, 전화 끊겼다."

나는 고민을 중단하고 바로 오빠에게 전화를 걸었다. 물론 영상통
화 말고 그냥 전화로.

"빈이 오빠!"

그리고 오빠가 전화를 받자마자 대답도 듣기 전에 오빠를 불렀다.

어제, 점심을 같이 먹은 후였다. 분홍 봉오리를 마구 터트리기 시작
한 벛나무 아래 벤치에서 잠시 둘이 휴식을 즐기는 중이었다.

"민유야."

오빠의 부름에 나는 꽃에 두었던 시선을 내려 오빠를 보았다. 사실
꽃이고 뭐고 오빠만 계속 바라보고 싶었다. 하지만 계속 그랬다간 심

장이 터져버릴 것 같아, 잠시 쉬어가는 차원에서 꽃을 보고 있던 터였다.

"왜 요즘엔 빈이 오빠 하고 안 불러줘?"

"네?"

"그렇게 부르는 거 듣기 좋았는데. 뭔가 내가 민유한테 특별한 것 같아서."

선우빈은 연애하면 이런 말도 하는구나.

잘 챙겨주고 다정해도, 낯간지러울 수도 있는 이런 꿀같이 달콤한 말은 못하는 사람일 거라 생각했다. 콩콩콩 뛰는 심장이 얼굴로 피를 콰르륵 몰아주었다.

"어떻게 불러도 오빤 나한테 특별해요."

으앙, 오글오글! 이 말을 내뱉고 나는 왠지 확 부끄러워져서 오빠 어깨에 얼굴을 묻었다. 그래도 잡고 있는 손은 절대 풀지 않았다. 누군가가 들었다면 오글거림에 쪼그라들지도 모르겠다. 하지만 내 마음이 그런 걸 어떡해!

"그래도 오빠가 듣기 좋다니까 계속 빈이 오빠라고 부를래."

내 말에 오빠의 표정이 놀라울 정도로 활짝 피었다. 환히 미소를 짓는 오빠의 볼도 조금 붉었다.

"그런데 왜 빈이라고 불렀던 거야?"

오빠의 질문에 갑자기 나를 감싸던 분홍 안개가 반으로 뚝 갈리는 기분이 들었다. 이름이 빈인 줄 알았던 오류에서 벌어진 일이었다. 아주 치명적이고 멍청했던 실수다. 세상에 그 어떤 여자가 썸 타는 남자 이름도 모르고 있었을까. 그런데 나 같은 여자가 선우빈을 꿰차고 있다. 이건 내가 부활한 스티브 잡스와 영어로 주식 이야기를 할 확률만큼 기적에 가까운 일이다.

"그, 그건."

아, 덥다. 갑자기 확 더워지네.

"오빠랑 친해지고 싶어서 애칭처럼……. 그러니까, 아. 음. 일종의 작업 같은……."

이름을 몰라 그랬다고 하느니 차라리 선우빈에게 작업 건 여자가 되리라. 내 대답을 들은 오빠는 잡은 내 손을 그대로 끌어올려 손등에 입을 맞췄다. 가벼운 입맞춤이었지만 내 심장은 발작 난 것처럼 뛰었다.

"그런 거였다면 괜한 수작 부리지 말고 바로 고백할 걸 그랬다."

오빠의 분홍빛 가득한 눈을 보며 난 결심했다. 내 무덤에 관 뚜껑이 덮이는 날까지 절대 이 사실은 발설하지 않을 것이다. 목에 칼이 들어와도! 눈에 흙이 들어와도!

무슨 일이 있어도 나는 오빠에게 처음부터 수작 부린 여자로 살기로 했다.

[늦었는데 아직 안 자고 있었어?]

으으. 우리 오빠는 전화 목소리도 꿀 같다.

"보던 거 마무리하고 슬슬 자려고요. 오빠는?"

[샤워 끝내고 이제 좀 자려고.]

샤워 소리에 나도 모르게 능글능글한 표정으로 실실대고 있다. 음란마귀가 꼈나.

"아, 맞다. 오빠 추추는 잘 자라요?"

우빈 오빠의 고추 모종 이름은 추추였다. 고고랑 추추. 주인들이 네이밍 센스가 탁월하지 못해 반 날림, 아니 완전히 날림으로 지은 이름이었다.

[보여줄까?]

"아! 안 돼요! 나 지금 못생겼단 말이야!"

혹여 오빠가 영상통화로 돌릴까 봐 다급히 말렸으나, 굳이 이렇게까지 솔직할 필요는 없었는데. 오빠의 웃음소리가 들린다. 나도 방금 씻었다든가 하는 핑계를 대도 됐던 것을! 왜 이렇게 부끄러움이 양 뺨을 후려치는 말이 자꾸 나갈까. 연애용 화술 학원도 도입이 시급하다.

[우리 먹깨비, 뭘 해도 예뻐. 괜찮아.]

"이미 늦었어요. 오빠 실컷 웃어놓고선."

[귀여워서 웃은 거야.]

그, 그렇게 말하면……. 살살 녹아버리는 기분이잖아.

"오빠 보고 싶어요. 정말, 정말 엄청."

내일아, 빨리 와라.

[오빠도 보고 싶어.]

"끄으. 오빠 사진이라도 하나 보내줘요. 그거 보고 잘래."

전화를 끊고 몇 분 지나지 않아 메시지 도착 알림음이 울렸다. 내 부탁대로 오빠는 사진을 하나 보내왔다. 이전에 찍어놓은 사진이 아니라 지금 막 찍어서 보내준 것 같았다. 막 샤워를 마쳤다는 오빠는 하얀 수건을 머리에 살짝 걸치고 있다. 그리고 수건 사이로 보이는 까만 머리카락이 촉촉하다. 노출은커녕 쇄골조차 보이지 않는 티셔츠를 입었지만, 젖은 머리카락 하나만으로 오빠는 극강의 섹시를 연출하고 있었다. 이 남자가 내 남자라고! 동네방네 소리치고 싶다.

"뒤에 저거 추추야?"

거실에서 찍은 걸로 보이는 사진 뒤쪽에 작은 베란다도 담겨 있었다. 그리고 그 베란다에 보이는 화분에 담긴 자그마한 초록색은 오빠의 고추 모종이 분명했다. 사진을 최대한으로 확대해보니 푸릇하고 싱싱한 이파리가 보였다. 하얀 꽃망울이 얼핏 보이는 것 같기도 하다. 나는 방 밖으로 나가 우리 집 베란다 햇빛 잘 드는 명당에 자리 잡은 나의 고고를 살폈다. 고고 혼자 있을 때는 생생까지는 아니어도 아파 보이진 않았다. 하지만 오빠의 추추랑 비교해보니 확실히 얘는 힘이 없다. 교양 원예의 식물 성장 일기 과제는 사망 일기가 되어가고 있었다.

"아이고, 고고야!"

나름 큰 화분으로 분갈이도 하고 화원의 조언대로 영양제도 넣어주고 그랬는데!

우빈 오빠한테 내기를 무르자고 해야겠다는 생각을 하며 나는 휴대폰을 쥔 채 잠이 들었다.

오늘은 경영학 강의가 없는 날이다. 그럼에도 불구하고 난 우빈 오빠를 만나고 있다. 비단 수업 때뿐만이 아니라 다른 시간에도 얼마든지 연락하고 만날 수 있게 되었다는 사실이 참 행복하다.

"빈이 오빠, 꽃 피우기 내기 물러요."

"왜?"

"우리 집은 원래 식물이 엄청, 엄청 안 자라는 집이거든요. 그러니까 애초에 내기가 성립이 안 되는 거였어요."

오빠가 내 입가에 묻은 머핀 부스러기를 손가락으로 톡톡 털어주며 말했다.

"싫은데."

당연히 취소해줄 줄 알았는데 의외의 대답이었다. 내가 예뻐 죽겠다는 얼굴을 하고 있으면서 이 작은 소원 하나 안 들어주다니. 참고로 내 눈은 지금 '오빠만 보여 필터'와 '오빠는 나만 보이게 분명해 필터'를 장착 중이다. 오빠 눈빛이 실제로 내가 예뻐 죽겠다는 시선이 아닐 수도 있음을 여기에 명시한다.

"오빠, 치사해."

"자기가 불리하니까 무르자는 건 안 치사하고?"

나는 여전히 내 입술 위에 머물러 있는 오빠의 손가락 끝을 앙 하고 물었다.

"그럼 자라는 환경이라도 똑같이 맞춰줘요. 응?"

오빠의 표정이 굳었다. 뭐지. 갑자기 왜? 혹시 방금 전에 깨물 때 너무 세게 물었나? 살짝 물었던 것 같은데. 혹시 혀 닿았던가? 내 혀가 오빠 손가락에 닿아서 찝찝해서 그런가. 괜히 미안해져서 나는 오빠 손가락을 슬쩍 손으로 쓰다듬듯 문질러줬다.

"아팠어요?"

"……순진한 애 두고 내가 나쁜 놈이지."

"응?"

오빠는 피식 웃고는 내 손을 꼭 잡았다. 그러고는 내 눈을 바라보았다. 뭔가 할 말이 있어 보이는 얼굴이다. 나는 우빈 오빠가 입을 열기를 조용히 기다렸다.

"고고, 오빠 집으로 데려와."

원래는 오빠의 추추를 우리 집으로 데려올 생각이었는데.

"진짜? 오빠 나만큼 잘 키워줄 거예요? 나 수시로 가서 물 주고 확인할 건데?"

"얼마든지."

아싸! 오예! 오빠 집 입장권을 획득하는 순간이었다. 기쁨으로 벌렁거리려는 콧구멍을 진정시키며 나는 속으로 심호흡을 했다. 오빠는 학교 인근의 빌라에서 자취 중이었다. 나는 고고 주인 겸 여자친구의 자격으로 이제 그 집에 드나들 수 있는 특권이 생겼다.

"내일 화분 가져올게요."

"아침에 집으로 데리러 갈게. 화분 무겁잖아."

달랑 모종 하나를 심어놓은, 그리 크지 않은 화분이라 무겁지 않았다. 품에 안고 가면 버스를 타고도 들고 갈 만하다. 버뜨! 이번엔 그 언젠가 양손을 허공에 휘저으며 강력 부인했던 것처럼 오빠의 호의를 애써 거절할 이유가 없다. 물론 그때도 없긴 했지만. 그런데 학교에서 우리 집까지 버스로 한 시간은 걸리는데 오빠는 그렇게 아침 일찍 어떻게 오려는 거지?

"차, 가지고 오시게요?"

"그래야겠지?"

당연하단 말투였다. 오늘 저녁에 오빠는 본가로 가려나 보다.

"그런데 왜 그렇게 내기에 이기려는 거야? 오빠한테 얼마나 대단한 걸 받고 싶어서? 오빠 좀 무서워지려고 하는데."

처음 내기했을 때는 꽃을 먼저 피우고 오빠를 찜하려는 의도가 있었다. 그런데 꽃의 도움 없이도 이미 오빠는 내게 찜 당한 상태. 더 이상 내기는 의미가 없었다. 하지만 이왕 내기한 거, 우빈 오빠에게 뭐든 받아낼 수 있는 그런 카드 하나 정도는 갖고 싶었다.

"……음. 오빠 얼굴에 서민유 거라고 새겨 넣으려고요."

"맙소사."

"선우빈 내 거야. 찜."

오빠 볼을 검지로 콕 찍어 '찜'을 하자 오빠가 조금 붉어진 얼굴로 키득거렸다. 분홍 볼의 선우빈도 심장 터지게 멋지다. 아휴, 귀엽다. 내 남자.

수업이 끝나고 건물을 빠져나가는 중에 상후에게 연락이 왔다. 자작글의 범인을 잡았다는 소식이었다. 내가 연애에 빠져 그 사건을 잠시 잊은 동안 상후가 부지런히 움직인 모양이었다.

"내가 해야 했던 일인데. 고맙다."

"고맙긴."

상후의 표정을 보니 '고맙긴' 다음에 괄호를 열고 '간만에 재미있었지'라는 말이 들어가 있는 것 같다. 시험이 시작되기 전에 잡아서 다행이라 말하며 상후가 말을 이었다.

"지금 형 만나러 가는 거지? 같이 좀 만나자. 형도 알아야지."

"형이라니?"

"우빈 형 말고 또 있어?"

"언제 그렇게 친해졌대?"

"형이 나랑 만난다고 말 안 했어? CCTV 화면 딸 수 있었던 거 다 형 덕분인데."

CCTV는 뭐고 형 덕분은 또 뭐란 말인가.

"형이 진짜 아무 말도 안 했구나."

"그러니까 대체 뭐를?"

설명이 필요하다는 내 표정에 상후가 입을 열었다.

"어느 컴퓨터인지 위치 다 알아냈거든. 그래서 그 시간에 그 자리에 앉았던 애들 확인하려고 학교에 CCTV 화면 요청했어. 그런데 허락을 안 해주더라고. 영장 있어야 된다나, 어쩐다나 하면서. 그런데 그걸 우빈 형이 해결해줬어."

"어떻게?"

"글쎄. 그건 나도 몰라. 하여튼 형이 해결하겠다고 하고 며칠 있다가 학교에서 보여주겠다는 연락 왔어. 지금 그 화면 보러 갈 거야."

진짜 영장이라도 받아 갔나. 설마 그럴 리는 없을 거고.

"오빠 나한테 그런 얘기 한마디도 안 했는데."

"형이 누나 모르게 해달라고 했어. 신경 쓰게 하기 싫다고."

멍한 기분이었다. 선우빈은 어디까지 날 빠지게 할 생각이지? 더 이상 좋아질 수 없을 거라 생각했는데 또 한 번 같은 사람과 사랑에 빠졌다.

"형!"

우빈 오빠의 모습을 본 상후가 내가 오빠를 부르기도 전에 먼저 형을 외쳤다. 상후와 사전에 연락이 되어 있었던지 오빠는 나와 함께 있는 상후의 모습에 별다른 반응을 보이지 않았다.

"빈이 오빠!"

반면 내가 오빠에게 융단폭격하듯 달려가 품에 안기는 모습에 상후는 많이 놀랐다.

"억."

갑작스러운 내 포옹에 들이받힌 오빠는 작게 억 소릴 냈다. 하지만 이내 언제 그랬냐는 듯 자연스레 내 등을 안아 토닥였다.

"오빠아."

나는 오빠 품에 볼을 비비적거렸다. 그러자 뒤에서 상후가 작게 혀를 차는 소리가 들린 것 같다.

"형, 내장 괜찮아요? 터졌을 거 같은데."

상후가 눈살을 찌푸리며 물었다. 나 참. 네가 잘 모르나 본데, 이런 가벼운 충격은 사랑으로 다 극복하는 거거든?

"터졌으면 민유가 책임지겠지."

괜찮다고 하지 않는 걸 보니 오빠가 꽤나 아팠나 보다. 사랑으로 극복 안 되는 거구나. 나는 오빠 배와 가슴을 슥 문질렀다. 배 아플 때 엄마가 해주는 약손처럼 말이다. 말랑한 나와 다르게 단단한 남자의 몸이 손끝에 느껴졌다.

"미, 민유야."

오빠가 당황한 듯 내 손을 잡아 오빠 배에서 떼어냈다.

"응?"

"오빠 괜찮으니까, 안 그래도 돼."

흠흠, 하고 상후가 헛기침을 해댔다. 그러면서 불쌍하다는 눈빛을 숨기지 않으며 오빠를 바라보았다. 나 같은 여자를 만나 고생한다는 그런 의미가 내 눈에도 뻔히 읽힌다.

'이거 울컥하는데?'

하지만 차마 오빠 앞에서 평소처럼 상후에게 주먹질, 발길질을 할 수 없어 매서운 눈빛으로 쏘아보기만 했다. 자식, 부러우면 지는 건데. 넌 이미 나에게 졌구나.

"허허."

상후가 휴대폰으로 찍어온 CCTV 화면을 보자 헛웃음이 나왔다. CCTV 원본을 넘기기는 곤란하다며 필요한 장면만 찍어가라고 해서 담아온 영상이었다. HD 고화질만큼은 아니었으나 글을 올린 사람이 누구인지 알아내기에는 충분히 선명했다. 상후가 추적해낸 날짜와 시간대에 상경대 제2 컴퓨터실 그 자리에는 낯익은 사람들이 앉아 있었다.

"낯이 익은 애들인데, 누군지 모르겠더라고."

상후도 한 번 본 적이 있는 여자들이라 아주 낯설진 않았던 모양이었다.

"후궁들."

내 말에 상후가 고개를 갸웃하더니 이내 '아' 하고 작게 감탄사를 내뱉었다. 자작글 사건에 반전은 없었다. 예상했던 대로 날 눈엣가시로 여겼던 후궁들의 짓이었다. 후궁 셋 중 머리가 길었던 여자가 컴퓨터 앞에 앉아 타자를 쳤다. 나머지 둘은 그 주변에 함께 모여 모니터를 보며 무언가를 떠들고 있었다. 뭐가 그리 웃긴지 단발인 여자가 고개를 젖혀가며 웃고 난리가 났다. 꽤나 시끄러웠는지 근처에 있던 다른 학생들이 흘끔 그녀들에게 시선을 주는 장면이 보였다.

"반전이 없으니 기도 안 찬다."

이것들을 어떻게 하면 좋을까. 후궁들은 뻔뻔하게 아무 일 없다는 듯 학교 잘 다니고 수업 잘 듣고 있었다. 이렇게 방심할 때 맞아야 더 아프겠지.

"이 애들하고 무슨 일 있었어?"

"화장실에서 제 욕하는 거 들은 적 있어요."

"욕을 해?"

오빠의 얼굴이 급속도로 차게 식었다. 우빈 오빠는 화나면 정말 무서워지는구나. 나에게 화를 내는 것도 아닌데, 표정 하나로도 겁이 난다. 함부로 오빠 성질 건드리면 안 되겠다.

"누난 그걸 가만히 듣고만 있었어?"

"나갈 수 없는 상황이었어. 내가 나가기 전에 끝났고."

그때 오빠 이름을 제대로 알았더랬지. 너무 충격 받아서 칸 밖으로 못 나갔어. 그것만 아니었음 화장실에서 한판 크게 벌였을지도 몰랐다.

"이제 확실한 증거가 있으니 그때 못 푼 한까지 같이 풀어야지."

말은 이렇게 했지만 사실 그때 못 푼 한은 없었다. 후궁들 보란 듯이 우빈 오빠에게 더 친하게 굴었고, 지금은 사귀기까지 한다. 무수리에게 역전당한 후궁들이 잔뜩 열에 받쳐 있을 게 뻔하니 어찌 보면 최고의 한풀이가 된 셈이다.

"어떻게 하고 싶어?"

"네?"

"한풀이, 어떻게 하고 싶어?"

"음. 일단 이번 주까지 기다려보고 결정할래요."

내 말에 상후가 물었다.

"뭘 기다려? 더 기다릴 게 뭐 있나?"

나는 자작글 범인이 사과를 해온다면 쿨하게 넘어가 줄 생각이었다. 그 글이 날 의도적으로 욕먹게 하기 위한 자작글이란 것이 많이 알려졌기 때문이다. 한때 바닥에 떨어졌던 내 평판은 다시 원래대로 회복이 된 상태다. 그리고 우빈 오빠를 얻고 난 뒤로 웬만한 일은 화도 안 났다. 연애 초기, 세상이 핑크빛일 때다. 하지만 자작글 범인이 뒤에서 날 욕하던 후궁들이었다는 것을 이렇게 확인하고 나니 마음이 바뀌었다. 적어도 그 혓바닥을 마음대로 놀린 대가 정도는 치르게 할 생각이었다.

상후를 보내고 오빠는 다시 한 번 확인하듯 물었다.

"정말 그거로 되겠어?"

"네. 정식으로 사과받으면 돼요."

다만, 나도 인터넷으로 사과를 받을 것이다. 저들이 인터넷에서 그런 일을 벌였던 것처럼.

"너무 착한 것 같은데."

"별로 안 착해요. 저 공개적으로 사과받을 거예요."

"그래. 네가 원하는 대로 해."

"근데, 오빠. CCTV 그건 어떻게 한 거예요?"

"……아는 분한테 부탁 좀 했어."

"아는 분이 판검사 뭐 그런 일 하시는 분이세요?"

"학교에 영향력이 아주 조금 있는 분, 이라고 하면 되려나."

누구인지는 구체적으로 말하고 싶지 않아 하는 눈치라 더 이상 물어볼 수 없었다. 설마 어둠의 세계에서 주먹을 좀 쓰시는, 뭐 그런 분은 아니겠지? 나도 모르게 오빠를 의심스러운 눈으로 봤나 보다.

"그런 거 아니야."

오빠는 내가 아무 말도 하지 않았음에도 스스로 해명하며 내 머리를 쓰다듬었다. 하, 귀신같은 사람. 나는 오빠의 어깨에 머리를 살짝 기대며 말했다.

"오빠랑 사귀는 거 기승전결이 아니라 전결기승 같아."

첫판부터 마왕을 무찌르고 기진맥진한 후 이제 나머지 잔당들을 처리하는 기분이다.

"괜히 미안해지는데."

"오빠가 미안할 게 뭐가 있어요? 그저……."

"그저?"

"오빠가 끝판왕이라서 그런 거지 뭐."

"끝판왕?"

"응. 선우빈이 너무 잘나서 얻으려면 이 정도 고행을 겪어야 하나 봐."

"오빠가 그 정도는 아닌데."

"그 정도 맞아요. 더 잘난 척해도 돼요, 오빠. 내 콧대도 좀 높아지게. 이런 끝판왕이 내 거잖아. 꺄아."

오빠는 내 말에 낮게 후후 하고 웃으며 내 머리카락을 만지작거렸다.

"그럼 그런 사람을 가진 우리 먹깨비가 진짜 끝판왕 아닌가?"

"어? 그런가?"

진짜로 오빠 얼굴에 문신이든 낙인이든 내 거라고 새겨야 하나. 나는 진지하게 고민해본다. 오빠의 손가락 사이로 사르르 빠져나가는 내 머리카락이 느껴졌다.

그리고 그날 밤. 나는 이야기 탄에 가입해 글을 썼다. 자작글 쓴 너희가 누군지 알고 있다. 하지만 직접 대면하기 싫으니, 나에게 인터넷으로 사과하란 글이었다. 거기에 인터넷에서 거의 내 실명이 밝혀진 것과 다름없으니, 그들 역시 정체를 제대로 밝힐 것을 요구했다. 사과는 구차한 변명 말고 왜 그랬는지 이유를 밝혀 적으라고 했다. 이 정도 대놓고 썼으니 사과하겠지. 뭐라고 쓸지 궁금하다. 보나 마나 우빈오빠 곁에 있는 나를 질투하는 내용일 거다. 그런 말 쓰기도 부끄럽겠다. 짝사랑도 아니고 뭐 연예인 좋아하듯 쫓아다니는 거였으니 말이다. 법의 처벌을 받는 것보다 주변 사람들에게 손가락질 받는 것.

이게 내가 후궁들에게 하는 분풀이였다.

레옹의 마틸다처럼 고고 화분을 껴안고 아파트 입구를 나섰다.

"날씨 좋다."

눈부신 햇살 아래, 차에 기대 서 있는 우빈 오빠가 보였다.

"여성 운전자를 노린 자동차 화보가."

오빠에게 비치는 햇살이 꼭 조명같이 느껴졌다. 언니는 우빈 오빠가 온다는 소리에 기필코 따라 나와 실물을 꼭 보겠다고 결의에 차 있었다. 하지만 오늘 날짜로 출장이 잡히는 바람에 아쉬움을 뒤로하고 새벽에 집을 나섰다. 오빠의 잘생김에 대해 사실 그대로 말했건만, 서민유 남자가 그럴 수 없다며 반신반의하던 서민아 씨. 선우빈을 실물로 꼭 보고 싶어 했는데.

'저런 장면을 놓치다니 내가 다 아깝다.'

멍하니 실시간 화보 현장 감상 중인데, 모델이 성큼성큼 내게 다가왔다. 내 손에서 화분을 가져간 오빠는 다른 한 손으로 내 손을 잡고 차로 이끌었다.

"오늘은 오빠 포옹 안 해줘?"

"응?"

무언가를 말할 틈도 없이 오빠가 잡은 내 손을 자기 쪽으로 확 끌어당겼다. 그 덕에 오빠 품에 안긴 나는 다른 팔로 오빠 허리를 꼭 껴안았다.

"오빠랑 같이 학교 가려니까 너무 좋아요."

"오빠도."

쪽. 이마에 부드럽고 말캉한 것이 닿았다가 떨어졌다. 나는 놀란 눈으로 오빠를 쳐다보았다.

"늦겠다. 가자."

심장이 쿵 떨어지는 느낌에 온몸이 떨려왔다. 나는 오빠의 입술이 닿았던 이마를 손으로 쓰다듬었다. 이마에서도 심장이 뛰는 것 같다. 두근두근. 볼에 살짝 열이 오른다.

이대로 학교고 뭐고 오빠와 하루 종일 드라이브나 했으면 좋으련만. 벌써 저 앞에 학교가 보이기 시작한다.

"학교 가기 싫다."

내 투정에 오빠가 팔을 뻗어 달래는 것처럼 내 뺨을 쓰다듬었다.

"차 돌릴까?"

오빠의 말에 절로 '응' 소리를 내며 고개를 끄덕였다. 이렇게 빨리 대답할 건 또 뭐람. 전광석화처럼 빠른 내 대답에 오빠가 웃음을 지었다.

"먹깨비, 가방 안에 저번 주부터 열심히 한 과제 못 내면 아깝지 않을 자신 있어?"

"히잉."

무지 아깝겠지. 데이트는커녕 과제 마무리한다고 주말 내내 집에 박혀 자료와 싸움했었는데.

시험이 다가오면서 이제 도서관 자리 맡기도 전쟁 직전의 모습을 보이고 있었다. 명당자리는 아침 일찍 매진 사태. 거기에 밤새 도서관을 점령하는 학생들도 늘어나기 시작했다.

"시험 끝나면 드라이브 가자."

"진짜? 약속한 거예요?"

"응. 오빠도 지금 차 돌리고 싶은 거 겨우 참는 거야. 그러니까 시험 끝나면 어디든 꼭 놀러 가자. 제대로 데이트 한번 해야지."

까아아아. 설레 죽는다! 시험아 빨리 끝나라.

강의실에서 막 복도로 나온 참이었다. 누군가가 복도에서 날 불렀다.

"……저기."

처음엔 날 부르는 줄도 몰랐다. 워낙 작은 소리라 잘못 들은 줄 알았다. 그냥 지나치려는데 다시 한 번 소리가 들린다.

"저기요!"

여자가 부르는 목소리에 나는 걸음을 멈췄다.

"아."

날 불러 세운 건 후궁들이었다. 역시나 그 사이트에 서식하는 인간들이 맞는 모양이다. 사과 요청글을 올린 지 하루 만에 날 찾아왔다.

"왜요?"

쭈뼛거리고 서 있는 세 사람에게 퉁명스레 물었다. 일부러 화를 내겠다고 의도한 바는 아니었으나, 범인들을 보니 목소리가 곱게는 나가지 않았다.

"그게, 그러니까."

말을 하기는커녕 내 눈도 제대로 마주치지 못하고 서 있는 후궁들의 모습에 나는 실소를 금치 못했다.

"나 없을 때 공대 년 거리면서 내 욕은 잘만 하더니만. 왜 본인 앞에선 입도 못 떼요? 그쪽들 나한테 할 말이 있어 보이는데."

"예? 아, 아닌데. 그런 적 없는……."

"내가 직접 들었는데 무슨 그런 적이 없어? 이봐요. 여기서도 거짓말 하려고 온 거면 그냥 가죠? 심기 거스르지 말고. 나 바빠."

"죄송해요. 생각이 짧았어요."

"그럴 의도는 아니었는데……."

욕을 한 게 죄송하다는 건지 자작글이 죄송하다는 건지 알 수 없는 애매모호한 말이다. 거기다 그럴 의도가 아니었다는 전형적인 수박 겉핥기 사과. 절로 내 표정이 굳었다.

"풋. 왜? 고양이가 타자를 쳤다고 하죠? 나 지금 수업 들으러 가야 하니까 이쯤 하고. 사과는 어떻게 해야 하는지 내 글이나 다시 잘 읽어봐요."

찾아오지 말라니까 굳이 찾아와서는 한다는 소리가 이거라니. 쉬는 시간에 슬쩍 와서 '죄송하다' 한마디 툭 뱉으면 끝날 거로 보였나? 대체 날 얼마나 물로 봤기에.

"이미 오해도 풀렸고 사람들도 자작인 거 다 아는데, 갑자기 이제 와서 이렇게……."

세상에! 후궁들의 이 흥미로운 발언을 보라! 그냥 무시하고 수업을 들으러 가려던 나의 발걸음을 잡아당기는 말이었다.

"야. 오승주, 유현지, 이선화. 너네 셋."

누가 어떤 이름인지는 모르지만 저 세 사람의 이름과 나이는 상후가 확보해둔 터였다. 그래서 나도 이 세 여자의 이름은 알고 있었다. 후궁들은 자신들의 이름이 불리자 흠칫 놀라는 얼굴이었다.

"너네 지난번 모임 때 내가 한 말 흘려 들었냐? 니들이 연인으로 묶은 내 사촌 동생, 해킹으로 고등학교 때 봉사활동까지 했던 애라고."

후궁들이 움찔하는 기색이 느껴졌다.

"내가 이거까지 말 안 하려고 했는데, 증거도 다 있거든? 너네 상경대 컴퓨터실에서 글 싸지르는 장면 말이야. 학교에 협조 구해서 CCTV 화면도 다 따놓은 상태인 거 알고 그렇게 지껄이냐?"

그들은 말이 없었다. 그저 새파랗게 질린 얼굴만 하고 있을 뿐이었다.

"제대로 사과하면 내가 그냥 넘어갈까도 했는데, 기회를 제대로 걷어차는구나. 똑바로 사과 안 할 거면 너희들 내 앞에 나타나지 마라."

"저, 저기요!"

애타게 외치는 후궁들을 뒤로하고 나는 복도를 달렸다. 저런 것들 때문에 수업 늦게 생겼다. 선우빈과 드라이브도 포기하고 들으려던 수업이다. 기를 쓰고 그 많던 과제까지 다 했다. 그런 수업을 후궁들의 어이 털리는 발언에 놓친다면 난 억울해 죽을지도 모른다.

오후 경영 수업. 우빈 오빠와 수업을 들었다. 후궁들에게 받은 나쁜 기운을 선우빈으로 정화하고 나니 어느새 마지막 수업이다. 오늘의 하루가 다 지나가고 있다. 마지막 쉬는 시간, 나는 겨우 짬이 나 휴대폰을 꺼내 이야기 탄 사이트에 접속을 했다.

"흥, 그럼 그렇지. 사과할 마음이 들어서 온 것도 아니었네. 이거 보고 겁먹어서 달려왔던 거구만."

이야기 탄은 글을 올리고 그 글에 달리는 덧글 수나 조회 수가 일정 수준을 넘으면 히트글이 된다. 그리고 히트글이 또다시 높은 추천을 받게 되면 메가 히트가 되는 시스템이었다. 내가 올린 글이 '메가 히트'가 되어 사이트 메인에 걸려 있었다. 이전의 자작글은 후궁들이 이미 다 삭제했기 때문에 무슨 일인지 모르는 사람이 태반일 터였다. 그런데도 내 사과 요청글이 메가 히트라니.

"대체 자작글을 사람들이 얼마나 많이 봤던 거야?"

내 글 아래로 글이 하나 더 엮여 있는 것이 보였다. 무슨 글인가 했더니 후궁들의 자작글 캡처였다. 이전의 정황을 모르는 사람들을 위해 캡처해둔 파일을 누군가가 올려놓은 거였다.

"겁나 친절하네. 대체 뭐 하는 사람이래."

캡처본을 올린 글쓴이 닉네임을 보니 '친절맨'이다. 이거 참 절묘하다.

"나 참. 어이가 없어서."

나는 허망한 웃음이 다 나왔다. 내 글과 엮인 글 아래로도 덧글이 덩굴에 열린 포도송이처럼 주렁주렁 달렸다. 대풍년이다. 다들 신나게 자작글 작가를 까고 있었다. 그리고 내게 이 사건의 사이다 같은 후기를 요청했다. 이들 중 이전 글에서 날 신나게 욕하던 사람도 분명 있으리라. 여기 있는 이들에게 내 사건은 남의 일이니 퍽이나 재미있겠지. 그래요. 더 재밌을 테니 열심히 봐주세요. 후궁들이 곧 흥미진진한 사과글을 올릴 겁니다.

"앞으로 5일 남았다."

5일 뒤면 본격 시험 시작이다. 그 전에 끝났으면 좋겠는데. 아까 찾아왔을 때, 미안하다, 이래서 그랬다고 제대로 사과만 했어도 내가 봐줄 수도 있었을 일이다. 그런데 굳이 내 속을 긁다니. 제 무덤 제가 팠지.

수업이 끝나고 오빠의 집에 고고를 데려다주러 가는 길이다. 처음으로 오빠의 공간에 들어간다는 것에 난 극도로 흥분한 상태였다. 후궁들의 패악은 이미 기억에서 잊었다. 내가 이토록 단순, 아니 우빈 오빠에게 빠져 있다.

"여기예요?"

"응."

학교에서 차로 고작 5분 거리에 오빠의 집이 있었다. 4층짜리 신축 빌라였다. 입구에서 비밀번호를 누르고 건물로 들어섰다. 아침처럼 오빠는 한 손엔 고고 화분을, 다른 한 손으로 내 손을 잡고 계단을 올랐다. 한 걸음씩 오를 때마다 기대감에 내 심장도 같이 콩닥거렸다.

"몇 층이에요?"

"3층이야."

머지않아 오빠가 사는 302호에 도착했다. 이게 뭐라고 또 이렇게 떨리고 설렐까. 빈이 오빠는 잠시 내 손을 놓고 비밀번호를 눌렀다. 띠띠띠띠. 네 번의 소리가 나더니 이내 경쾌한 잠금장치 해제 소리가 나며 문이 열렸다.

"들어와."

오빠는 나 먼저 들어가라는 듯, 문을 잡아주며 말했다.

"네. 실례할게요."

신발을 벗고 거실로 들어섰다.

"우와."

모델하우스 아닐까. 아니면 신축 건물 지으면 둘러보는 집이라고 해놓은 집이라던가. 나는 엄청나게 깔끔한 집 안 광경에 놀랐다.

"집이 참 예뻐요."

거실은 작지만 커다란 창이 있어 탁 트인 기분이 들었다. 그 창 너머 좁은 베란다에는 추추가 보였다. 벽 쪽에는 두 사람이 넉넉하게 앉을 법한 푹신한 소파가 있고, 소파 맞은편 벽에는 TV. 그 옆의 책장에는 책이 잔뜩 꽂혀 있었다. 거실의 반대편에 화이트 톤으로 꾸며진 주방은 한눈에 보기에도 식기류가 없어 보였다. 썰렁하기 그지없다. 눈에 보이는 방문은 총 세 개. 그중 하나를 욕실 문이라고 친다면 방 두 개짜리 집이다.

"우리 먹깨비 온다고 청소 좀 했어."

"청소랍시고 살림살이 다 버린 건 아니죠?"

오빠의 집은 최소한의 필요한 것만 딱 갖추어놓은 듯했다.

"아마도?"

버렸을지도 모른다며 웃는 오빠가 귀여워서 오빠의 허리를 꼭 껴안았다.

"그래도 추추는 안 내다 버렸네?"

"내기가 걸려 있어서 그건 안 버렸지."

나는 모르는 척 생글생글 웃으며 물었다.

"무슨 내기요?"

"지면 얼굴에 문신 새겨야 해서 꼭 이겨야 하는 내기."

오빠는 대답하면서 그 자세 그대로 내 눈가에 가볍게 키스를 남겼다. 엄마야. 갑작스러운 오빠의 키스에 다리에 힘이 풀려버렸다.

"어맛."

본의 아니게 오빠에게 온몸을 기대게 된 나는 주저앉지 않기 위해 오빠 허리를 양손으로 더 꼭 잡았다. 가볍게 내 허리에 팔을 두르고 있던 오빠는 내가 넘어지지 않게 내 등을 꼭 껴안아주었다. 아침에 우리 동네에서 했던 키스는 떨리긴 했어도 조금 담백한 느낌이었다. 그런데 여기서 이러니까 전체 이용가에서 12금 정도로 바뀐 기분이다.

집을 트면 19금 데이트로 가는 지름길이라더니. 이래서인가. 같은 행위를 해도 어딘지 조금 더 끈적한 기분이……

'이참에 슬쩍 볼 한 번 오빠 가슴에 비벼볼까? 아니면 오빠 등을 더 어루만지……'

그냥 내 마음만 더 끈적끈적해졌나 보다.

'이렇게 더 붙어 있다가는 내가 짐승이 될 것 같아!'

나는 슬쩍 오빠에게서 몸을 떼어내었다. 그리고 바닥에 잠시 내려놓았던 화분을 가져와 오빠의 고추 모종 옆에 올려두었다. 추추 옆에 나란히 놓인 고고를 보니 슬프게도 건강이 한눈에 비교가 되었다. 나의 고고는 비실이 그 자체였다.

"빈이 오빠, 내기 이기겠다고 우리 고고한테 막 악담하고 물 안 주고 그러면 안 돼요?"

"민유가 자주 와서 살펴봐 줘. 오빠 사실, 식물 같은 건 잘 못 키워."

"지금 그걸 말이라고 하시나요? 옆에 우리 고고를 보고도?"

지래 봬도 영양제까지 맞은 아이였다.

"정말이야."

처음에 고추를 사 왔을 때, 모종만 가져다 둔 채 제대로 된 화분으로 옮길 생각도 안 하고 있었던 사람이니 그럴 수도 있겠다. 왜 화분에 인 옮기느냐는 내 질문을 듣고 나서야 오빠는 화분을 사다 옮겨줬다고 했었다. 그렇다면 대체 이 집은 뭐가 있기에 내버려 두기만 해도 저렇게 잘 자랄 수가 있나. 이것도 선우빈 효과인가.

"나 진짜 엄청 자주 올 거예요!"

"9441. 현관 비밀번호야. 건물 입구 비밀번호는 1232고. 오빠 없을 때도 자주 와서 물 주고 가고 그래."

오빠가 성큼 비밀번호를 불러버리는데 오히려 내가 더 놀랐다.

"그렇게 비밀번호 막 알려줘도 돼요?"

"응."

단 1초의 머뭇거림도 없이 대답하는 오빠다. 마음속에 뭉클한 무언가가 확 피어올랐다.

"오빠 귀중품은 어디에 두는지 알아야 할 것 같으니까, 방 구경 좀 해도 돼요?"

"서민유 귀중품은 이 집에서 나 아닌가?"

이런 낯간지러운 말이라니! 귀여워! 귀여워! 여러분, 내 남자 선우빈은 이런 말도 합니다! 꺄하하하.

"그러니까 내 거에 이름 써놓겠다잖아요."

"아차. 그랬지. 먹깨비, 그냥 고고 다시 데려가."

"무르기 없기입니다."

오빠가 장난스럽게 내 볼을 살짝 꼬집었다. 오빠의 손길에 다시 심장이 쿵한 나는 이대로 설레 쓰러지기 전에 오빠에게서 떨어져 나와야 했다.

"아웅, 아파아."

아프기는커녕 볼은 가렵지도 않았다. 하지만 나는 아프다는 핑계로 고개를 살짝 돌려 오빠 손가락을 떼어냈다.

"어?"

내 시선에 현관 신발장 옆에 놓인 빨간 우산이 하나 보였다.

'우빈 오빠가 저런 새빨간 우산을 쓰다니 반전이네.'

검은 표범 같은 남잔데 의외로 저렇게 밝은 걸 좋아하나? 아니, 평소 옷이나 가방 같은 걸 보면 무채색이나 어두운 톤을 즐기는 것 같았는데. 저 채도(彩度) 쩌는 이질적인 우산은 뭐람. 저 우산은 심지어 내가 익히 잘 아는 우산이었다.

"왜?"

"저 우산, 오빠 거예요?"

지난 학기에 잃어버렸던 내 우산하고 똑같이 생겼다. 손잡이가 컵홀더로 된 아이디어 우산. 이전에 여진이랑 코엑스에 놀러 갔다가 한눈에 꽂혀 덜컥 사 들고 온 것이었다. 아주 예쁘고 강렬한 빨간색이라서 굉장히 마음에 들었었다. 잃어버리자마자 그 사실을 알고 서둘러 찾으러 갔는데, 남의 눈에도 꽤나 예뻤던지 잠깐 사이 우산은 사라져 버렸었다.

"아, 그게……."

어라? 조금 당황한 얼굴의 우빈 오빠다. 그런 오빠를 보며 나도 모르게 얼굴을 굳혔다.

'설마, 혹시. 전 여자친구의 흔적인가? 그렇다면 기분 좀 나쁜데.'

물론 선우빈 같은 남자가 과거가 없을 리는 없다. 하지만 현재 여친 불러놓고 이전 흔적 안 치우는 건 또 뭔데? 그건 무매너지.

'화를 내야 하나? 아니야. 오빠가 진짜 빨간색을 좋아할 수도 있잖

아. 색이 빨갛다고 여자 거라는 건 편견이지. 진정하자.'

혼자 이런저런 생각을 휘몰아치듯 하는데 불쑥 오빠의 목소리가 들렸다.

"그거 네 거야."

"예?"

"우산, 서민유 거야."

우빈 오빠의 이 말은 세 가지 의미로 볼 수 있다. 첫째, 날 주려고 샀다는 핑계로 위기를 모면하려는 것이다. 둘째, 정말 날 주려고 샀다. 셋째, 희박한 확률이지만 진짜 잃어버린 내 우산이다. 셋 중 무엇이 정답일 것인가. 내가 설명해보라는 표정을 짓자 오빠는 현관에서 우산을 가져와 내 앞에 내밀었다.

"이거 때문에 난 정말 네 이름이 홍선인 줄 알았어."

우산의 묶음 끈에 검은색으로 쓰인 HS. '홍선'의 HS였다. 이건 정말 지난 학기에 잃어버린 내 우산이었다.

"어떻게 이걸 오빠가 갖고 있는 거예요?"

오빠는 우산을 다시 신발장 옆에 세워두고 날 거실 소파에 앉혔다.

"사실, 오빠 이전부터 널 알고 있었어."

5. 그날의 기억

'머리 아파.'

우빈은 살짝 지끈거리는 머리를 손으로 지그시 눌렀다. 세연의 향기는 언제나 강했다. 신체 여기저기에 향수를 뿌리는 것 같았다. 제 코에 잘 느껴지지 않아 의도치 않게 많이 뿌리는 걸까. 아니, 어쩌면 일반적인 수준에선 이게 적당한 향일 것이다. 그게 맞겠지. 진세연이 그럴 리가 없으니까. 언제나 제 자신을 완벽하게 치장하는 세연이다. 향수를 남발하는 실수 따윈 하지 않을 것이다. 이건 그저 우빈 자신이 인위적으로 만들어진 향을 별로 좋아하지 않기 때문에 예민하게 받아들이는 것일 터였다.

"오빠, 왔으면 연락하지 왜 혼자 있었어요?"

"너 바로 이쪽으로 올 것 같아서."

세연과 사건 지 벌써 6개월쯤 된 것 같았다. 아니, 어쩌면 그것보다 더 길지도 모른다. 언제부터였는지 정확히 기억나는 바가 없었다. 세연은 언젠가부터 자연스레 그의 옆자리에 있었다. 그리고 우빈도 그걸 거부하지 않으면서 시작된 관계였다. 세연은 가까이 지내길 원하지 않는 게 이상할 정도로 빼어난 미녀였다. 모델같이 쭉 뻗은 몸매에 인형같이 예쁜 얼굴, 거기에 시원시원한 성격까지 더해져 동성 친구들도 많았다. 우빈 자신도 그렇지만 아마 세연도 서로를 좋아해서 사귄다기보다는 이용하는 관계에 더 가까울 거였다. 둘 다 눈에 띄는 외모 탓에 사람들의 시선을 지겹도록 받아왔다. 주변엔 조금이라도 여지를 주면 지나칠 정도로 들러붙는 사람들투성이였다. 그런 상황에서 서로를 곁에 둔다면 질척거리던 사람들이 자연스레 떨어져 나갈 거라는 생각이었다. 실제로 그가 직접 세연과 사귄다 말하고 다닌 적은 없지만, 세연과 계속 함께 있는 모습에 사람들은 더 이상 이성(異性)적인 의도를 가지고 그에게 다가오지 않았다.

"그래도 연락 좀 먼저 해주지."

작게 투정을 부리며 세연이 우빈의 어깨에 머리를 기댔다. 우빈은 의무처럼 그녀의 어깨에 팔을 올렸다가 세연을 살짝 떼어내었다.

"여기 강의실이야."

세연이 보기에 우빈은 지나치게 담백한 남자였다. 가벼운 입맞춤이었으나 그래도 키스까지 했으니 저는 우빈의 여자친구인 게 확실했다. 그러나 이전 선후배 사이일 때와 크게 달라진 건 없었다. 함께 다니고, 데이트도 하지만 우빈은 자신에게 절절 매진 않았다. 선우빈 역시 세연만큼 잘난 남자니 여자에 목을 맬 필요는 없기 때문일 수도 있다. 하지만 선우빈만큼이나 잘나가는 한수도 저에게 예쁘다 사랑한다

하는 말을 달고 살았었다. 우빈의 서늘함에 세연은 자존심이 상했다. '진세연'이라는 트로피를 손에 넣고 싶어 하는 사람들은 늘 넘쳐났다. 누구든지 갖고 싶어, 아니 가까이라도 하고 싶어 안달인 것이 바로 자신, 진세연이었다. 이런 그녀가 스스로 다가갔으면 두 팔 벌려 환영해야 했다. 하지만 우빈은 당연한 듯 받아들이는 모습이었다. 이게 그의 자존심인 건지, 원래 성격인 건지 모르겠지만 세연은 조금 못마땅했다. 그래서 이렇게 사람들의 시선이 느껴질 때면 항상 우빈과 연인 관계인 것을 어떻게든 보여주려 했다. 스킨십을 하거나 더 다정한 눈빛을 주고받으려 애썼다. 다른 이들이 범접할 수 없는 그런 선남선녀에, 서로 사랑하는 커플이라는 것을 알리고 싶었다.

"피, 알아요."

커다란 눈을 깜빡이며 세연은 작게 투덜거렸다. 투정부리는 것도 마치 연출한 것처럼 완벽한 모습이었다. 우빈이 세연의 얼굴에서 시선을 돌리려는 때였다. 순간 인위적이지 않은 풋풋한 향기가 확 그의 코를 스쳤다. 풀냄새가 가득 담긴 싱그러운 공기가 잠시 세연의 향을 덮었다.

"아, 늦은 줄 알았네."

우빈 앞의 책상에 털썩 자리 잡는 여자에게서 풍기는 향이었다. 우빈은 저도 모르게 여자의 뒷모습을 뚫어지게 살폈다. 하나로 질끈 묶인 여자의 머리에는 붉은 단풍잎이 여러 장 달린 가느다란 나뭇가지가 꽂혀 있었다.

"또 산길로 왔어?"

하영이 민유의 모습을 보고 물었다. 민유가 1학년 때, 필수 교양 수업을 듣다가 알게 된 철학과의 동갑내기였다. 많이 친하진 않았지만, 이 수업을 들을 때 민유를 본 하영이 먼저 아는 척을 해와서 같이 듣는 중이었다.

"어떻게 알았어?"

산길은 공대 건물에서 상경대 뒷길을 거쳐 인문대 쪽으로 가는 지름길이었다. 교정을 통해 가는 것보다 3분 정도는 아낄 수 있었다. 봄에는 철쭉이 가득 피고 가을엔 붉은 단풍과 노란 은행나무가 가득해 운치가 있는 길이었다. 본디 사람이 다닐 만한 코스는 아니었는데, 저절로 산책로가 되었다. 이동 시간 단축을 위해 학생들이 하나둘 이용하기 시작하면서 그리 된 것이었다. 흙길이다 보니 구두를 신고 지나기엔 불편했지만, 간편한 플랫 슈즈나 운동화로는 무리가 없었다. 그래서 그 길을 아는 학생들은 산길만 고수하기도 했다.

"너 머리에 단풍."

"어머! 맞다!"

하영의 지적에 민유가 화들짝 놀라며 머리에 꽂힌 단풍에 손을 댔다.

"아, 안 빠져."

얇은 가지에 머리카락이 걸렸는지 쉬이 빠지질 않았다. 민유는 몇 번 손으로 만지작거리다 결국 묶인 머리를 풀고서야 단풍을 빼낼 수 있었다. 흑단 같은 머리카락이 등 뒤로 펼쳐지며 그와는 대조적인 붉은 단풍이 이내 민유의 손에서 사라졌다. 그 과정을 우빈은 저도 모르게 홀린 듯 쳐다보고 있었다.

"산길 오다가 벚꽃 교수님 만났거든. 단풍이 예쁘다고 직접 꽂아주시더라. 교수님이 꽂은 걸 어떻게 바로 치워. 건물 들어오자마자 빼려고 했는데 깜빡했지 뭐."

"아아, 명주 교수님. 알 만하다."

한명주 교수의 교양 강의를 들어본 적 있는 하영은 알겠다는 듯 고
개를 끄덕였다. 한명주 교수는 시인같이 생긴 공과대 교수였다. 그는
외모뿐만 아니라 마음도 운치가 넘치는 사람이었다. 그래선지 산길을
다니면 자주 만날 수 있었다. 지난 봄, 한 교수의 수업 시간이었다. 시
작할 시간이 지났는데도, 아무리 기다려도 명주는 모습을 보이지 않
았다. 학생들은 조교실에 연락하고, 교수를 찾기 시작했다. 그렇게 어
수선하기를 20분 정도 지났을 무렵. 학생들이 오늘은 휴강이라 생각
하고 짐을 챙겨 나가기 시작하는데, 강의실 앞문이 열렸다.

"늦어서 미안합니다."

어깨 위로 벚꽃잎을 잔뜩 단 채로 명주가 나타났다.

"벚꽃이 너무 예뻐서 좀 즐기다 늦었네요. 미안합니다."

그렇게 다시 사과하고는 쉬는 시간도 없이 수업을 마쳤다. 그 후 한
명주는 학생들 사이에 벚꽃 교수라는 별명을 얻게 되었다.

"오빠?"

어딘가 멍해 보이는 우빈을 세연이 불렀다.

"응?"

세연의 목소리에 우빈은 잠시 앞만 보이던 시야가 이제야 돌아오는

기분이었다. 저도 모르게 앞의 여자가 이야기하는 데 집중하고 있었다.

"오빠 조금 멍해 보이는 거 알아요?"

"아아."

정말 정신을 놨나 보군. 우빈은 단풍을 꽂고 나타난 여자의 얼굴이 궁금했다. 대각선 앞의 여자는 우빈의 자리에서 옆얼굴이 보였다. 하지만 정작 보고 싶은 여자의 얼굴은 아무리 해도 코끝밖에 보이질 않았다.

"무슨 일 있어요?"

사근사근 물어오는 세연에게 우빈은 별거 아니라며 어깨를 으쓱해 보였다.

"혹시 컴퓨터 좀 아는 친구 있나? 이거 확인해볼 수 있는 학생 있으면 손 한번 들어봅시다."

기어이 컴퓨터는 켜지지 않았다. 수업을 하려면 프로젝터에 연결해 영상을 띄워야 하는데 아무리 만져도 컴퓨터는 먹통이었다. 그러자 교수는 이 사태를 해결할 수 있는 학생이 있는지 물었다. 강의실이 술렁이는 가운데 우빈은 제 앞의 여자가 슬며시 일어나는 것을 보았다.

"제가 한번 보겠습니다."

"오, 그래요? 컴퓨터 전공하는 학생인가?"

"네. 컴공과입니다."

여자가 단상으로 나가자 우빈은 그제야 처음 여자의 얼굴을 보았다. 하얗고 동그란 이마가 인상적인 사람이었다. 화려한 도시 미인 같으면서도 어딘가 순진하고 청초한 느낌이 있는 예쁜 얼굴에 우빈의 심장이 떨렸다. 제 옆에 있는 진세연 역시 미인이었다. 어딜 가나 눈에 띄는 화려한 미인. 하지만 앞에 나선 여자가 주는 싱그러움에 비할 바는 못 되는 것 같았다. 이런 사람과 같은 강의를 듣고 있다는 걸 왜 학기가 끝나가는 지금에야 알았을까.

'아쉽네…….'

아니, 아쉽다고? 대체 뭘? 저도 모르게 드는 생각에 우빈은 어이가 없어 작게 웃음을 흘렸다. 세연처럼 천생 여자인 분위기를 풍기는 여자는 속까지 새침한 건 아닌 듯했다. 컴퓨터를 몇 번 조작해보는 듯하더니 아무 거리낌 없이 컴퓨터 책상 아래 바닥에 털썩 드러누웠다.

'저 바닥, 지저분할 텐데.'

사람들이 오고 가는 바닥은 더러울 게 분명했다. 게다가 컴퓨터와 프로젝터가 있는 책상이니 전선들 사이에 낀 먼지들이 엄청날 것이었다. 그 속으로 끙차, 소리를 내며 들어간 여자의 헐렁한 청바지 다리만 보였다.

"학생, 조금만 기다렸다가 조교 오면 본체 서랍 열쇠를 달래서 열면 되는데."

더러운 바닥에 여학생이 풀썩 누운 게 교수도 미안한 눈치였다.

"조교님 오기 전에 다 끝날 것 같은데요. 역시, 프로그램 문제가 아니라 여기 연결선이 빠져 있네. 저, 교수님 저 좀 왼쪽으로 10cm 정도만 밀어주실 수 있으세요? 제가 지금 선을 잡고 있어서 움직이기 힘들 것 같습니다."

"으옹?"

"교수님 방향으론 그러니까, 오른쪽으로요. 제 몸 좀 조금 밀어주십시오."

남자 교수는 당황해하며 최대한 여학생의 몸에 손이 닿지 않게 해서 여자의 몸을 밀었다. 그리고 얼마 지나지 않아 컴퓨터가 구동됐다.

"잘됐어요, 학생. 이제 나와도 됩니다. 아주 고생했어요."

민유는 교수가 내민 손을 잡고 바닥에서 몸을 일으켰다.

"고마워요. 덕분에 빨리 해결했네."

민유는 교수의 말에 별것 아니라며 씩 웃었다. 그리고 단상 옆에서 제 몸에 묻은 먼지들을 손으로 톡톡 털어냈다. 대충 이물질을 제거한 민유는 이내 자기 자리로 돌아왔다. 하지만 그녀가 입고 있던 카디건 등에 먼지 얼룩이 잔뜩 묻었다. 그리고 머리카락에도 먼지가 주렁주렁 붙어 있었다. 우빈은 저도 모르게 손을 뻗어 그 먼지들을 털어줄 뻔했다.

"세상에, 엄청나다. 무슨 여자애가 더러운 바닥에 털썩 눕고 그래?"

하영이 그녀의 머리카락에 있는 먼지들을 털어주며 말했다.

"그냥 둬. 쉬는 시간에 밖에 나가서 확 털고 오게."

"아주 상남자네. 너 카디건에도 먼지 엄청 묻었어."

"진짜?"

민유가 카디건을 벗어 살폈다. 등 절반이 먼지로 회색이 됐다.

"이거 언니가 내일 입겠다고 한 건데."

민아에게 욕 좀 얻어먹겠구나 생각하며 민유는 작게 한숨을 내쉬었다.

제 신발에 묻은 흙을 툭툭 털어내며 우빈은 허탈한 웃음을 내뱉었다.

"뭐 하는 거지."

한 번도 이용해본 적 없는, 지름길이 있다고 이야기만 들었던 산길이었다. 그런데 정신을 차리고 보니 어느새 이 길을 걷고 있었다. 이런 기분, 이런 마음은 처음이라 생소했다. 뭐라고 표현할지 모르겠다. 이런 제 자신이 황당하기까지 했다. 우빈은 산길을 벗어나 학생 식당으로 향했다. 굳이 이 길로 오지 않아도 되는 방향이었다.

"선배님!"

주문을 위해 줄을 서 있는데 후배 셋이 우빈을 불렀다. 세연이 데리고 다니는 사람들 중 요 근래 자주 마주치던, 세연의 한 살 어린 후배들이었다.

"지금 식사하러 오신 거예요?"

"그래. 너희도 점심 먹으러 왔니?"

"네!"

그들의 눈에는 '선배를 여기서 만나다니 운이 좋다'고 쓰여 있었다. 우빈에게 무언가를 바라는 세 명의 눈동자를 보며 그는 피식 웃었다. 혼자 먹기 글렀구나 생각하며 우빈이 입을 열었다.

"오빠가 점심 살게."

"정말요?"

"와아. 감사합니다."

후배들의 인사를 뒤로하고 우빈이 시선을 다시 앞으로 돌린 때였다.

"어?"

'방금 전에도 있었던가?'

낯익은 뒷모습이 보였다. 자신이 서 있는 대기 줄 앞쪽에 그때 그, 풀냄새 가득했던 여자가 보였다. 그녀와 비슷한 키의 여자와 자그마한 여자, 그리고 늘씬한 키의 여자, 그렇게 세 명과 함께 있었다. 뭐가 그리 즐거운지 까르르 웃는 소리가 여기까지 다 들려온다. 우빈은 일부러 민유의 근처에 자리를 잡고 앉았다. 대각선 쪽으로 고개를 조금만 들어도 민유가 보이는 자리였다.

'무슨 얘기를 하지? 잘 안 들리네.'

민유 일행은 무언가를 계속 말하고 있었지만 큰 목소리로 떠드는 것이 아니었다. 거기다 지금은 점심시간이었다. 식당 안의 수많은 학생들이 만들어내는 소리가 민유의 목소리를 가리는 데 한몫했다. 그럼에도 우빈이 워낙 집중을 한 덕분에 그녀들이 가끔씩 더 큰 소리를 내면 어느 정도는 들리긴 했다.

"홍선아, 이런 거 알림 어떻게 꺼? 뉴스 어플을 받았는데 기사만 났다 하면 자꾸 알림이 뜬다. 이거 땜에 배터리가 빨리 닳아서, 좀 끄고 싶어."

해준은 휴대폰을 바꾼 지 얼마 되지 않아서 아직 다루는 방법을 못 익히고 있었다. 그녀는 같은 기종을 사용하고 있던 민유에게 휴대폰을 내밀었다. 간만에 모인 미미 시스터즈였다. 얼마 전 인터넷에 관대 학식이 엄청 잘 나온다는 토픽이 올라왔었다. 주요 사이트 메인에 소개된 그 글을 보고 민주와 연우가 점심시간에 맞춰 놀러 온 차였다.

"아, 이거 따로 설정해야 해."

민유가 해준이 내민 스마트폰을 막 집어 들었을 때 뉴스 알림이 떴다.

"중위소득 439만 원?"

중위소득이 올랐다는 기사였다.

"중위면, 음. 소위, 중위, 대위 그다음에 소령, 중령, 대령이지? 중위 월급이 439만 원이나 해? 대박. 군인 월급 엄청 많네!"

민유의 말에 세 사람의 표정이 일순 굳었다가 펴졌다.

"중위가 아니라 중위소득, 이 멍청아!"

"푸하하하하하! 중위 월급이래!"

"소위 중위 따지는 건 또 뭐야? 대령까지 왜 가는데? 크하하하학!"

세 사람이 너무 심하게 웃는 탓에 주변의 시선이 죄다 쏠렸다.

"어이구, 홍선아 널 어쩌면 좋으냐."

"아, 왜? 중위소득이 뭔데? 모를 수도 있지!"

"그럼, 그럼. 모를 수도 있지. 크하하하."

"중위소득의 새로운 발견이다."

세 여자는 민유더러 관대의 수치라며 한참을 놀리고 나서야 웃음을 그쳤다.

"'중위소득'은 딱 중간의 소득을 말하는 거야. 우리나라 국민을 소득순으로 1등부터 끝까지 한 줄로 세웠다고 치자. 그랬을 때, 정확히 중간에 위치하는 사람이 있을 거 아냐? 그 사람한테 너 얼마 벌어? 하고 물었을 때 나오는 소득. 이게 중위소득이야."

해준의 명쾌한 설명에 민유가 화를 버럭 냈다.

"그걸 누가 알아? 나 이과야, 사탐 안 배웠어!"

"알았어, 알았어. 진정해, 홍선아."

연우가 키득거리며 민유를 말렸다.

"그럼 너, 근의 공식 외워봐! 어?"

"고기 한 근 600그램. 과일, 채소는 한 근에 400그램이라는 공식?"

연우의 명쾌한 답에 세 사람은 인정한다는 듯 고개를 끄덕였다. 실생활에서 저것만큼 많이 쓰이는 '근'의 공식이 어디 있으랴.

"훗. 아이고 우리 홍선이, 오늘도 야무지게 다 먹었네."

말끔하게 비워진 식판을 보고 민주가 엄지를 치켜세웠다.

"당연하지. 여사님들께 더 달라고 하면 밥 더 주신다?"

"진짜? 오. 나 더 먹을래."

민유만큼은 아니지만 먹성 좋은 여자들이었다. 미미 시스터즈, 이 네 명이 대학에 와서 가장 크게 놀랐던 것은 여대생들의 식사량이었다. 보통 대패 삼겹살같이 얇은 고기는 네 명이서 가면 당연히 5인분을 시킨 뒤, 볶음밥 네 개를 먹는 것이 정상이었다. 평생을 그렇게 먹어왔다. 그런데 대학에 오니 새로 사귄 친구들은 밥 먹을 거니까 고기는 3인분만 시키자고 했다. 그렇게 넷이서 종이처럼 얇은 고기를 3인분 먹고, 배부르니까 밥은 2개만 볶아 먹자고 했다. 민유는 이 대목에서 엄청난 문화 충격을 느꼈다.

네 사람은 각자 다시 한 번 밥을 더 받아먹고는 이내 대학생활에 대한 이야기를 시작했다. 이런저런 수업, 교수에 대한 평범한 수다였다.

"그래서 그 수업 재밌다고 하는데 또라이 때문에 못 들었어."

"걔 아직도 그래? 진짜 싫다."

"미친놈, 독하네."

그리고 그녀들은 아직도 민유를 성가시게 하는 상철의 존재에 다 함께 기겁을 했다.

선화는 어딘가 다른 곳에 정신이 팔린 듯한 우빈을 바라보다가 입을 열었다.

"선배?"

"푸흡. 응?"

고개를 살짝 숙이고 있던 우빈은 놀랍게도 큭큭거리며 웃고 있었다.

"……왜?"

"아, 아뇨. 별거 아니에요."

'이름이 홍선이었구나.'

유쾌한 네 여자들의 수다에서 그가 건져낸 정보였다.

'컴퓨터 전공인 홍선이라.'

그의 입가에 계속 미소가 머물렀다. 그런 그의 표정에 함께 점심을 먹던 후배들뿐만이 아니라 주변 사람들도 흠칫했다. 그가 왜 이 학교의 유명인인지 알 수 있을 만한 미소였다.

대화를 엿들으며 천천히 식사를 한 후 우빈은 자리에서 일어섰다. 민유가 일어나는 모습을 본 직후였다.

"저건……."

그는 민유가 앉았던 자리에 덜렁 남아 있는 빨간 우산을 발견했다. 아까 식당에서 주문을 기다리고 있을 때, 그녀가 손에 꼭 쥐고 있던 녀석이었다.

"깜빡 잊고 갔나 보네."

함께 듣는 교양 수업도 있겠다, 우산 핑계로 말을 걸어볼 수 있지 않을까 기대가 되었다. 하지만 그가 민유에게 우산을 전해줄 일은 생기지 않았다. 우빈 자신이 우산을 잊어버리고 그냥 학교에 오거나, 가지고 왔어도 전해줄 타이밍을 놓치거나 하면서 자꾸 어긋나게 되었다. 그렇게 어영부영 학기가 끝났고 그대로 방학이 되어버렸다. 이제 더 이상 만날 길이 없다.

"개강하면 공학과를 찾아가야 하나."

거기까지 생각하던 우빈은 멈칫했다.

"……찾는다고 대체 뭘 하려는 건지 모르겠다."

인연이 있으면 만나겠지. 거기까지만 생각했다.

철거가 예정된 기숙사 건물 뒤에는 좁은 공터가 있었다. 이곳은 사람들이 잘 가지 않는 곳이었다. 일부러 찾아가기 전에는 눈에도 잘 띄지 않았다. 그래서 우빈은 가끔 사람들의 시선을 피해 쉬고 싶을 때 구 기숙사 공터를 찾았다. 한창 시험 막바지 기간이라 도서관뿐만 아니라 어딜 가든 학교엔 사람이 많았다. 잠시 사람들을 피해 공터로 온 우빈은 뜻밖의 장면을 목격했다. 다음 학기에 복학 예정이라던 이한수와 진세연이 함께 있는 모습이었다. 한수가 세연과 교제했던 사실을 몰랐던 건 아니었다. 그렇지만 사람들 눈을 피해, 으슥한 곳에서 단둘이 있는 모습을 보는 것이 썩 유쾌하진 않았다. 그러나 불쾌하다고 해서 어떤 상황인지도 모르고 무작정 둘 사이에 끼어드는 것도 이상한 노릇이다. 난감한 우빈은 잠시 고민하다가 공터를 벗어나려 했다.

"너, 정말 우빈 선배랑 사귀는 거야?"

"한수 오빠, 내 말 좀 들어 봐. 응?"

"여자친구가 다른 놈이랑 연애 중이라는데, 내가 뭐라고 해야 하지?"

"요즘 우빈 오빠랑 많이 친해지니까 애들이 그렇게 생각했나 봐."

"우빈 선배, 친하다는 이유로 강의실에서 어깨 내어줄 성격 아닌 거 내가 모를 것 같아?"

예상치 못한 대화에 우빈의 발걸음이 붙잡혔다. 당연히 한수와 끝내고 저에게 접근한 줄 알았는데 그게 아니었던 모양이다. 진세연이 접근할 때 그 점을 확실히 해야 했는데 너무 무르게 굴었나 보다.

우빈은 입이 썼다. 질척이는 진창을 보는 것 같았다. 잠시 두 사람의 실랑이를 보던 우빈은 굳은 얼굴로 그 자리를 떠났다. 진창에 빠져 뒹굴고 싶은 마음은 추호도 없다.

"우빈 오빠, 우리 이번 주에……."

우빈은 세연의 말이 채 끝나기도 전에 제 말을 내뱉었다.

"진세연, 우리 그만하자."

"네?"

"아니, 내가 그만두는 게 맞나."

학교 근처는 알아볼 사람들이 너무 많았다. 그래서 우빈은 최대한 사람들의 시선이 닿지 않는 카페를 일부러 찾아왔다. 세연은 제법 멀리까지 왔는데 이런 밋밋한 카페에 데려왔느냐고 평소처럼 귀엽게 투정을 부릴 수도 없었다. 오는 내내 우빈의 분위기가 평소와 다르다는 걸 온몸으로 느꼈기 때문이다. 하지만 그가 그만두자고 할 거라고는 꿈에도 생각 못 했다.

"갑자기 그게 무슨 말이에요?"

세연은 당황한 얼굴이었다. 갑작스러운 이별 통보에 세연의 커다란 눈이 떨어질 듯 더 커졌다.

우빈은 원래도 가까이 다가가기 힘든 사람이었다. 그나마 사귀면서 조금 나아진 것 같다고 생각했다. 그런데 지금 그는 마치 처음 봤을 때, 온몸에 가시가 돋친 것 같던 그때보다 더 멀게 느껴졌다.

"구 기숙사 건물 뒤는 내가 좋아하는 장소지."

우빈의 말에 세연의 얼굴이 파랗게 질렸다.

"오, 오빠."

"후배 여자나 뺏는 놈이 됐는데, 그거 굉장히 불쾌하군."

"오빠! 아니에요, 한수 오빠랑은 끝낼 거예요. 그때는……."

마음은 이미 떠났다. 아니, 애초에 세연에게 마음이 있었는지도 이제는 모르겠다. 세연은 괜찮은 여자였다. 애교도 많고 사근사근하고 여자친구로서 부족한 점도 없었다. 어쩌면 부족한 건 우빈, 제 마음이었을지도 모른다.

"먼저 간다."

진세연과는 이것이 끝이었다. 기분은 나쁜데, 이상하게 슬프지는 않았다. 그래도 한동안 제 여자친구였던 세연이었는데 말이다. 홀가분하게까지 느껴져서 미안함이 들 정도였다. 그리고 왜인지 홍선, 그녀의 얼굴이 떠올랐다.

　방학은 순식간에 지나갔고, 새 학기가 찾아왔다. 과 사람들이 방학 중 교통사고로 휴학한 진세연을 들먹이며 저에게 다가올 것 같아, 우빈은 방어벽을 세웠다. 그들과 마주치지 않으려 일부러 시간표를 빡빡하게 채웠다. 이수 학점은 여유가 있었지만 굳이 다 채워 넣었다. 하지만 이 때문에 사람들이 아직도 그가 진세연과 계속 교제 중이라고 생각할 줄은 전혀 몰랐다. 진세연과의 관계를 사람들에게 명확히 밝혀야 했다. 그러나 혹여나 또 이전처럼 여기저기서 들러붙는 사람들이 생길까 하는 우려에 그러지 못한 것. 이건 우빈의 실수였다.

　원서 수업이고, 깐깐한 교수가 가르친다고 해서 경영학과 학생들이 기피하는 과목이었다. 그런 강의를 그는 거리낌 없이 선택했다. 제가 아는 선후배들이 이 수업을 듣는다는 소리가 없어 다행이었다. 첫 수업일. 그는 수업 전까지 강의실이 빈 것을 확인하고 일찌감치 자리를 잡고 있었다. 아무도 없는 조용한 공간이 그의 마음에 들었다. 우빈은 앞으로도 수업 전에 이쪽으로 와서 공부를 할 생각에 꽤나 기분이 흡족했다. 그는 도서관에서 빌려온 책을 가방에서 꺼냈다. 얼마 지나지 않아 강의실에는 책 넘기는 소리만 울렸다.
　우당탕탕!

기분 좋게 책을 읽던 그는 교단 쪽에서 들리는 요란한 소리에 책에서 처음으로 시선을 뗐다.

"어……."

웬 여자가 널브러진 책상과 함께 넘어져 있었다. 단상에 발이 걸린 듯싶었다. 당사자가 부끄러울 것 같아 우빈이 모른 척해주려 다시 시선을 책에 두었다.

"엇?"

하지만 놀란 듯 다시 우빈의 시선이 단상으로 향했다. 낯익은 여자의 모습에 그의 발이 저절로 여자에게 향했다.

"괜찮으세요?"

많이 놀랐는지, 아님 어딜 다친 건지, 눈물이 그렁그렁한 여자가 고개를 끄덕였다. 그리고 우빈의 심장이 두근거렸다. 컴공과 홍선. 그 여자였다.

"처음에 봤을 때 참 예쁘다고 생각했어. 그런데 그 후로 계속 생각이 나더라고. 누군지도 모르는 여잔데 말이야. 인연이 있으면 만나겠지 했는데, 네가 내 앞에 나타났어. 그럼 놓치면 안 되는 거잖아."

오빠의 고백에 나는 심장이 전력질주를 하고 난 것처럼 뛰었다.

"그 교양 수업, 오빠도 들었던 거예요? 왜 몰랐었지."

선우빈 같은 유명인이 듣고 있는데 전혀 몰랐다. 아니. 난 애초에 선우빈이 유명인인 것도 몰랐으니 그럴 만했다.

"대형 강의였으니까. 아는 사람이 있어도 일부러 찾지 않는 한 마주치긴 힘들었을 거야."

게다가 같이 수업을 들었던 이가 나처럼 주변에 무감한 하영이었다. 출석 확인도 강의실에 입장하면서 조교에게 이름을 적어내는 방식이었고.

우리 빈이 오빠가 지난 학기 내내 날 홍선이로 알고 있었다니. 출석을 불렀다면 이름이라도 제대로 알 수 있었을 것이다. 나도 오빠를 더 일찍 알 수도 있었을 테고. 뭔가 신기하면서 떨리고, 아쉬운 묘한 감정이다.

"아! 그래서 내 이름 물어봤던 거구나……."

처음에 '서민유'라 내 이름을 밝혔을 때, 오빠가 한 번 더 물어본 건 정말 본명이 맞는지 확인한 거였어. 오빠는 내 이름이 '홍선'인 줄 알았으니까.

"그럼 오빠는 내가 홍선인 것도, 먹깨비인 것도 다 알았던 거네요?"

"고기 먹을 때 밥 먹는 거 고기에 대한 예의가 아니라며?"

살짝 부끄러워진다.

"그리고, 아. 소위, 중위, 대위?"

맙소사, 중위소득도 들었던 거야?

"아우, 난 몰라."

얼굴이 확 달아올랐다. 하지만 부끄러움에 얼굴이 빨개질 걱정을 할 필요는 없었다. 오빠의 고백으로 이미 내 얼굴은 붉게 물든 상태였으니까. 나는 나와 눈높이를 맞추고 앉아 있는 오빠의 목에 팔을 둘러 꼭 껴안았다. 오빠를 향한 마음이 마구 흘러넘쳐서 눈앞이 어지럽다.

그렇지만 날 꼭 안아주는 오빠의 팔과 단단한 품 때문에 쓰러지거나 하는 일은 없었다. 오빠를 꼭 껴안고 나는 벅차올라 터질 것 같은 마음을 가라앉히려 숨을 쌕쌕 몰아쉬었다. 어지럽던 시야가 조금 안정이 되는 듯했다.

"아."

그 순간 뜨끈하고 촉촉한 무언가가 목에 닿았다. 그리고 오빠의 숨도 함께 목에 닿아 흩어졌다. 다시금 머리가 어질어질해진다. 절벽에서 뚝 떨어지는 것처럼 아찔하기도 하다. 약간 움찔거리던 내 몸은 조금 시간이 흐르자 안정을 찾았다. 하지만 내 얼굴만큼이나 뜨거운 숨이, 입술이 느릿하게 목을 오르기 시작했다. 오빠의 입술은 맥이 콩닥이는 목을 지나 귓가로 다가왔다.

"하아."

오빠가 내뱉는 작은 숨소리가 귀로 흘러들어 온다. 피카츄가 내게 백만 볼트를 쏘는 것 같다. 온몸에 전기가 돌았다. 짜릿한 느낌에 오빠를 안은 팔에 절로 힘이 들어갔다. 턱 선에 가벼이 키스를 남기고 이내 볼에 입술을 대던 오빠는 잠시 움직임을 멈췄다. 다음은 아무리 연애치인 나라도 알 수 있는 단계였다. 나는 바들거리는 손으로 오빠의 어깨를, 정확히는 옷자락을 꼭 부여잡고 살며시 눈을 감았다.

내 입술에 세상에 다신 없을 부드러운 꽃잎이 내려앉았다.

6. 선우빈과 함께하는 학기

"먹든가 징징대든가 하나만 해."

선미 언니가 인상을 쓰며 말했다. 징징대기를 선택한 나는 들고 있던 닭 다리를 잠시 내려놓았다. 간만에 우빈 오빠가 아닌 다른 사람과의 식사 시간이었다.

"울 오빠 보고 싶어 죽겠어요."

오늘의 점심 메뉴는 닭죽이었다. 냉면 그릇만 한 큰 대접에 고소한 닭죽이 가득했고 그 위로는 큼직한 닭 다리까지 얹혀 있는 학식이었다.

"신기하단 말이야. 서민유랑 선우빈이라니. 상상도 못 할 조합이야."

언니가 고개를 절레절레 저었다.

"언니, 나 남자친구 생겼어요."

"진짜? 세상에. 우리 철수 언제 연애를 했던 거야?"

"헤헤. 얼마 안 됐는데. 저도 이제 CC예요!"

"우리 학교 사람? 꺄아. 누구니? 언니도 아는 사람이야?"

"응. 언니도 알아요."

"설마 우리 과?"

"그건 아니고. ……선우빈이요."

    내 고백에 처음 선미 언니는 올해 최고의 개그라며 웃기 바빴다. 하지만 상후의 증언에 입을 다물지 못했다.

    시험 기간이라 우빈 오빠와 난 서로 바빴다. 둘 다 고학점을 유지하던 학생들이다 보니 공부하느라 자연스레 만나는 시간이 푹 줄었다. 같은 수업을 무려 네 개나 듣고 있었지만 그 외의 시간은 각자 시험공부 때문에 정신이 없었다. 도서관에 나란히 앉아 함께 공부하는 건 하늘의 별 따기였다. 나란히 있는 자리를 맡기는커녕 같은 층에라도 있으면 다행이었다. 거기다 서로 공부에 방해가 될까 함부로 쉬러 나가자는 말도 꺼내기 힘들었다. 특히나 4학년인 오빠는 올해 졸업과 취업을 앞두고 있으니 나보다 더 예민할 터였다. 실제로 교수님 면담에, 시험에 여러 가지로 오빠는 무척 바빴다. 그런 사람을 두고, '보고 싶으니 공부 다 제쳐두고 날 만나라!' 할 수는 없었다. 나도 누가 내 공부를 방해하면 짜증 나는데 오빠라고 안 그럴까. 그렇지만 며칠째 강의 시간에 나란히 앉은 것 말고는 스치듯 만나고만 있는 상황이다. 이러니 꼭 수절한 과부가 된 것 같다고나 할까.

"수업 네 개나 같이 듣는다며? 그런 날은 밥도 같이 먹을 거고. 거기서 얼마나 더 자주 봐야 하나? 거참 더럽게 보고 싶겠다."

"강의 때 말고도 보고 싶단 말이에요!"

"허참. 대단히도 불타오르는구나."

"원래 연애 초기엔 불타야 하는 거 아닌가요?"

"언니도 지금 연애 초반이지만, 너 정도는 아니야."

있는 집의 자제답게 언니는 사교클럽에서 남자친구를 만났다. 최근에 100일이 지났다는 언니는 그 기념으로 3박 4일 해외여행까지 다녀왔다고 했다.

"대만 재미있었어요?"

"거긴 그냥 먹으러 갔던 거지 뭐. 먹고 자고. 아니다. 첫날만 먹고 그다음부턴 자기만 했으니 먹고 자곤 아니네."

밤에 코 자는 잠이 아닌 다른 잠 이야기다. 갑작스레 19금 토크가 돼버렸다. 분위기가 후끈해지는 기분이네. 100일 여행 후기를 들려주는 언니의 목소리는 엄청 작았다. 하지만 그 어느 때보다도 나는 귀를 밝게 열고 집중력을 발휘해 이야기를 들었다. 이제 막 인생 첫 키스를 한 나와는 확 다른 성인의 연애 이야기에 나도 모르게 얼굴이 붉어졌다. 어우, 언니 그런 얘기 하면 나 언니를 오예해.

"참. 너 화방 글 봤니? 자작글 사과문 올린 거."

"봤어요."

후궁들은 사과문을 가장한 '변명문'을 올렸다. 자신이 누군지 밝히고 이런 연유로 글을 썼다, 미안하다라고 사과하라고 형식까지 정해줬건만. 내 말은 귓등으로도 안 들은 모양이다.

「관화대 자작글 글쓴입니다. 그냥 재미로 썼던 글인데 이렇게 일이 커질 줄 몰랐습니다. 피해를 주어 죄송합니다.」

그들은 이런 지극히도 뻔한, 사과 같지 않은 사과를 올렸다. 끝끝내 그녀들은 익명 뒤에 숨어 잘못을 인정하지 않았다. 기회를 스스로 차 버린 그녀들에게 더 이상 자비를 베풀지는 못하겠다. 나는 사과를 요청했던 내 글을 삭제했다. 이제 시험인데 이것까지 신경을 쓰려니 참 통탄할 노릇이다. 일단은 시험 기간 동안 잠시 잊고, 그 후에 경찰서에 갈 것이다. 이걸 신경 쓰다가 시험을 제대로 못 보면 그게 더 억울할 것 같다.

"그냥 명예훼손으로 바로 고소하지 그랬어?"

"음, 뭐랄까. 좀 더 직접적으로 사람들에게 손가락질 받는 벌을 원했거든요. 제가 누군지도 모르는 사람들에게 욕먹었던 것처럼."

"아하."

아무래도 후궁들은 그들이 속한 경영학과 사람들에게 가장 먼저 지탄을 받게 될 터였다. 그쪽이 고소보다 더 효과적일 것이라 생각했었다. 사람들에게 직접적으로 받는 비난이 얼마나 아픈지 실감할 테니까.

"철수 대단하다."

"왜요?"

"징징대는 것 같았는데 언제 닭 다리는 또 그렇게 다 먹었데?"

뼈만 앙상하게 남은 닭 다리는 진작 빈 그릇에 버려진 상태였다.

"이게 내 매력이래요. 오빠가."

"아우, 짜증 나."

언니는 인상을 쓰며 닭살이 돋은 오른팔을 손으로 벅벅 문질렀다.

"그럼 엄마 내일 봐."

[그래. 몸 상하지 않게 쉬엄쉬엄 해.]

전화를 끊고 나는 끙차 소리를 내며 가볍게 스트레칭을 했다. 그리고 주머니에서 배즙을 꺼내 쭉 들이켰다. 어제 과외가 끝날 때 여진이 챙겨준 거였다. 시험으로 피폐해진 내 모습에 기겁해서는 쌤 쓰러지지 말라며 사준 배즙이었다. 이것 말고도 여진은 제가 먹던 영양제들도 종류별로 세 통이나 건네주었다.

"엄마 몰래 가져왔어요. 그러니까 조용히 가져가요."

그러면서 여진은 빼돌린 영양제를 내 가방에 직접 넣어주었다. 제자의 끔찍한 스승 사랑에 나는 패나 감동을 받아버렸다. 그래서 나와 여진의 시험이 모두 끝나면 그녀가 이전부터 같이 가자 노래를 불렀던 놀이동산에 놀러 가기로 했다. 그리고 놀기 전에 먼저 해결해야 할 것. 바로 내일 시험을 위해 오늘 도서관에서 밤샘을 해야 했다. 내일은 원서로 진행했던 바로 그 강의의 시험이다. 다행히 오늘 원예 수업은 중간고사 없이 리포트로 대체됐기에 시간적 여유가 있었다. 그래서 오늘 첫차를 타고 세벽같이 학교에 나와, 내일 있을 시험 대비에 마지막 박차를 가하는 중이다. 지난주 공학 설계 시험을 시작으로 이제 내일이면 중간고사는 끝이었다. 벚꽃잎이 비처럼 쏟아지는 길을 걸어 도서관으로 가서 밤을 지새우고, 좀비처럼 기어 나오는 일상도 끝이었다.

"후우. 오늘까지만 참자."

밤 열한 시에 가까워진 시간이지만 학교는 대낮같이 북적였다. 시험 때 학생들의 편의를 위해 24시간 개방해주는 강의실이 몇몇 있기 때문이다. 특히 도서관에는 학생들로 가득해서 밤 같은 느낌도 들지 않았다. 도서관 건물만 벗어나면 밤에 아파트 단지에서 가끔 열리는 야시장 같은 분위기였다. 개중에 시험이 끝난 학생들은 그런 복작한 분위기를 즐기며, 학교 근처 편의점에서 간단한 안주에 맥주를 마시기도 했다. 밤샘 공부 하는 학생과 즐겁게 음주하는 학생의 공존. 시험 기간 끝물에 종종 볼 수 있는 풍경이었다. 며칠간 제대로 자지 못해 뻑뻑한 눈을 손으로 꾹 누르며 마사지를 조금 해주었다.

"바깥 공기 좀 쐤으니, 이제 들어가 볼까."

막 도서관을 향해 몸을 돌리려는데, 누군가가 뒤에서 나를 살포시 안아왔다.

"민유야, 놀라지 마. 오빠야."

놀라서 크게 소리를 지를 뻔했다. 우빈 오빠가 손으로 비명이 터지려는 내 입을 살짝 막아주어 다행이었다. 안 그랬으면 근처 사람들의 시선은 몽땅 내 차지가 되었으리라.

"소리 지를 뻔했어요."

안기기도 전, 이미 인기척이 뒤에 느껴지자마자 몸이 휘청할 정도로 움찔한 상태였다. 나는 홀쩍 몸을 돌려 오랜만에 보는 것 같은 오빠의 얼굴을 살폈다.

'몇 시간 전에 원예 수업 때 같이 있었는데도 왜 이렇게 반가울까.'

나는 잠시 주변 사람들의 시선도 잊고 오빠의 허리를 꼭 껴안았다.

"빈이 오빠, 나 좀 이상한 거 같아. 왜 이렇게 오빠를 오랜만에 보는 것 같은지 모르겠어요. 분명 몇 시간 전에 같이 밥도 먹고 그랬으면서."

"오빠도 그랬어."

오빠의 품이 따뜻하고 편안하다. 단단한 가슴팍인데 포근하게 느껴지는 건 뭐람. 이대로 오빠 품에 안겨 있다간 잠이 들 것 같아, 나는 몸을 슬쩍 떼어냈다.

"졸려 죽겠어. 머리만 닿으면 이제 잠이 와서 못 살겠어요."

내가 오빠한테 내일 시험공부 좀 봐달라고 해놓고선 잠이 들어버릴 것 같았다.

"잠깐 눈이라도 좀 붙이지. 몸 상하겠어. 우리 먹깨비, 벌써 며칠째 제대로 못 잤지?"

"안 돼요. 내일 시험 망치면 나 입사 못 한단 말이야."

책상에 엎드려 자거나 불편하게 쪽잠을 자고 나면 오히려 나는 컨디션이 더 좋지 않았다. 잘 거면 편하게 서너 시간을 푹 자는 게 나았고, 그게 힘들 것 같으면 차라리 한숨도 안 자는 게 나았다. 어설픈 잠보다 꼬박 밤을 새우는 게 다음 날 시험을 위해 더 나은 선택이었다. 도서관에서 30분 엎드려 자느니, 잠이 깰 만한 재미있는 심야 영화를 두 시간 보고 한숨도 안 자고 시험을 보는 게 몇 배나 효과가 좋았다.

"입사?"

"전 입학할 대학보다 입사할 회사 먼저 정했었어요."

"회사를 먼저 정해? 특이하네."

"그렇죠? 고3 때 어떤 회사 사장님이 특강하러 오셨는데, 굉장히 멋진 말씀을 해주셨어요. 그래서 저런 분이 계시는 회사에서 일하면 좋을 것 같다고 생각했어요."

"그렇구나."

"그런데 그 회사 엄청 세더라고요. 공부 못하면 지원 서류도 못 낼 것 같아서 학점 관리 철저하게 해왔죠."

"어디야, 그 회사?"

"나중에 말할게요. 지금은 아직 마음에만 두고 있을래."

"그럼 서민유는 입사를 위해서 지금 한숨도 안 잘 예정이겠네?"

"그러니까, 잘 부탁드립니다. 선우빈 선생님. 저 내일 시험 잘 봐야 해요."

오빠는 대답 대신 활짝 웃어주며 내 이마에 아주 살짝 가볍게 입을 맞췄다. 헛, 잠이 깬다. 앞으로 졸릴 때마다 오빠한테 뽀뽀 받으면서 하면 되려나?

"이 정도면 완벽해. 이제 더 볼 것도 없겠다."

몇 시간 뒤, 나는 오빠에게 합격점을 받았다. 이제 오전 교양 수업 시험의 최종 점검만 하면 내일 시험 대비는 끝이었다. 그런데 자꾸 눈이 가물거린다.

"억울해. 난 졸려 죽겠는데 오빠 왜 그렇게 멀쩡해 보여요? 조금 알

미워."

나는 지금 눈에 붉은 기가 잔뜩 올라온 상태였다. 눈 주위가 약간 뜨끈한 것 같은 기분도 든다. 하지만 맞은편에 있는 이 남자는 며칠 밤을 새웠다는 티가 전혀 나지 않는 모습이었다.

"내일 시험 볼 거, 두 과목 다 완벽하게 공부했잖아. 조금 자도 괜찮을 것 같은데. 깨비, 진짜 몸 상하겠어."

"어설프게 자면 컨디션 더 안 좋아요. 차라리 밤새울래요."

현재 시각 새벽 3시 30분. 앞으로 5시간 반만 잘 버티면 시험이다. 커피 약발도 떨어졌는데, 샷 하나 추가해서 한 잔 더 먹고 학교 산책이나 조금 해서 잠을 깨야겠다.

'아이스 아메리카노 뜨겁게 해달래서 한 잔 먹어야지.'

잠깐, 방금 나 정상적으로 생각했던가?

"오빠, 나 커피 마실래요."

나는 슬슬 미쳐가는 정신을 수습하기 위해 테이블에 있던 책들을 정리하며 자리에서 일어섰다. 지금 공부하는 곳은 6인용의 커다란 책상이 사방에 포진된, 도서관 복도에 있는 자리였다. 우리 학교는 학생들이 도서관 곳곳에서 공부할 수 있도록, 열람실이 아니어도 여유 공간이 있으면 여기저기 책상을 배치해 두고 있었다. 장소가 복도다 보니 왔다 갔다 하는 학생들 때문에 조금은 분주하고 시끄러웠다. 하지만 이야기를 하면서 공부할 수 있다는 이점 때문에 같이 모여 공부하는 학생들로 만원을 이뤘다.

"커피 마시지 마. 지금 너 눈 아까보다 빨개."

오빠는 내가 들고 있는 책 더미를 빼앗아 다시 책상 위로 내려놓으며 나를 다시 앉혔다. 그리고 본인은 자리에서 일어났다.

"깨비야, 열람실 안 자리, 거기에 네 짐 다 있지?"

"네. 그렇기는 한데 왜……."

"여기서 꼼짝 말고 기다려."

갑자기 모습을 감춘 오빠는 잠시 후 다른 열람실에 있던 오빠의 짐과 내 짐을 모두 가지고 자리로 왔다.

"가자."

"어딜요?"

"우리 집. 너 좀 재워야겠어."

"집?"

"지금까지 공부한 걸로 충분해. 더 안 해도 될 만큼. 정 더 보고 싶으면 내일 공강 때 잠깐 훑어보기만 해도 되니까 지금은 오빠 말 들어."

오빠는 책상 위에 있던 책들도 전부 자기가 들려고 했다. 나는 오빠의 손을 저지하며 책상 위 짐을 안고 다른 손으로 오빠의 손을 잡았다.

"제 가방 주세요. 책 많아서 무거울 텐데."

"이 정도는 괜찮아. 빨리 가자."

오빠가 자취생이라는 사실을 잠시 잊고 있었다. 오빠 집에서 몇 시간 편히 잘 수도 있는 거였는데. 잠깐. 그런데 오빠도 자야 하잖아.

'혼자 사는 집이니 침대가 두 개일 리 없고, 거실 소파는 누워 잘 만큼 넓지도 않은데?'

곰곰이 오빠 침대 크기를 생각해보는데, 지난번에 거실에만 있다가

갔다는 사실을 깨달았다. 나는 아직 오빠의 집을 제대로 본 적이 없다.

'그럼 지금 어떻게 되는 건가. 오빠와 한 침대에서……?'

따위의 약간 붉은 기가 스미는 상상을 하다가 내가 미쳤지 싶어 고개를 좌우로 털었다. 시험이 사람을 미치게 만드는 건지 내가 지쳐서 음란 마귀가 끼어들어 오는 건지 알 수는 없다. 하지만 이 모든 사실을 떠나 정말 자고 싶다는 수면욕이 가장 강렬했다.

한 번 왔다고 이젠 낯이 익은 오빠의 집에 도착하자마자 나는 들고 있던 책을 바닥에 내려놓았다.

"민유 잘 때 입을 만한 옷 좀 찾아줄게."

"네. 오빠 고마워요."

"잠깐 소파에서 기다려. 아니면 씻고 있든가."

"으응."

눈을 느릿하게 깜빡이며 지친 몸을 잠시 소파에 안착시켰다. 그리고 오빠가 방으로 들어가는 모습을 보다가 기억이 끊겼다.

누군가가 내 몸을 흔드는 느낌이 들었다. 그리고 이내 귓가에 다정한 음색이 들렸다.

"……유야, 서민유."

"빈이 오빠?"

몽롱한 정신에도 날 보며 미소 짓고 있는 오빠의 얼굴이 눈에 들어왔다.

"이제 일어나야 해."

"몇 시에요? 나 얼마나 잤어?"

"일곱 시 반 조금 지났어."

나는 눈을 몇 번 깜빡여 흐릿한 시야를 선명하게 하려 애썼다.

"더 재우고 싶은데, 아침 먹여야 해서 지금 깨울 수밖에 없네."

"아침?"

"응. 우리 먹깨비 끼니는 꼭 챙겨 먹여야지."

열린 문틈으로 뭔가 맛있는 냄새가 들어오고 있다. 그러고 보니 오빠 머리카락에 물기가 남아 있는 모습이다. 지금 그럼 오빠는 벌써 일어나서 씻고 아침 준비까지 한 상태야? 오빠의 모습을 보자 그제야 내가 지금 막 일어난 상태라는 걸 자각했다. 이미 오빠에게 다 보인 얼굴이지만 부끄러워서 이불로 얼굴을 급히 가렸다.

"오빠, 방에서 나가 주세요."

"왜 그래?"

"저 지금 막 일어났잖아요."

"응. 그게 왜?"

"얼굴에 못생김이 덕지덕지……."

아이고, 또 마음의 소리가 여과 없이 불쑥 튀어나가 버렸다. 나란 여자 왜 이렇게 못생김에 솔직한 것인가. 이불 밖에서 오빠가 큭큭거리는 소리가 들리고, 이내 얼굴을 덮고 있던 이불이 휙 시야에서 벗어났다.

"아이. 너무해."

아침에도 미치도록 섹시한 남자의 미소 가득한 얼굴이 보인다. 내 칭얼거림에 오빠는 한 번 더 활짝 웃었다. 그리고 내 얼굴로 다가와서는 볼에 쪽 소리를 남겼다. 볼에서 서서히 간지러운 감각이 퍼졌다. 오빠는 볼에 이어 눈, 이마, 코끝까지 내 온 얼굴에 가볍게 입을 맞춘 뒤 내 입술에 닿았다. 내 입으로 들어오진 않았지만 입술을 살짝 빨듯이 입을 맞추고는 이로 슬쩍 내 아랫입술을 물었다. 침대에 누워 오빠의 이런 키스를 받고 있어 다행이었다. 서 있었다면 온몸에 힘이 쭉 빠져서 쓰러졌을지도 모른다. 나는 팔을 뻗어 오빠를 안지도 못하고 이불만 뜯어낼 듯 꼭 쥐었다. 오빠는 천천히 내게서 몸을 일으켰다.

"조금 더 하고 싶은데, 지각할까 봐 못 하겠다."

살짝 목이 잠긴 것 같은, 나른한 목소리로 섹시한 소릴 내뱉는 내 남자. 아으, 심장이 벌떡인다.

"바로 옆이 욕실이야."

오빠는 씻고 나오라고 하고 방을 나섰다.

"뭐, 뭘 조금 더 해?"

잠은 확실히 다 깼다. 나는 심호흡을 하며 발작 난 것처럼 뛰는 심장을 진정시켰다. 그러면서 오빠의 방을 눈에 담았다. 회색빛의 침구로 싸인 널찍한 침대는 두 명이 자도 충분해 보였다. 침대 바로 옆에 놓인 선반. 그 위에 스탠드. 그리고 그 옆에 옷들이 걸린 행거 하나가 전부인 작은 방이었다. 철저하게 침실 용도였다.

"다른 방이 또 침실일 리는 없을 테고. 그럼 오빠는 어제 어디서 잔 거지?"

다른 방도 사람이 잘 수 있는 구조인가?

"그게 아니면……."

호, 혹시 내 옆에서 같이 잔……?

나도 모르게 내 옷을 확인해봤다. 어제와 단추 하나 달라지지 않은 모습이다. 누군가가 손을 댔다가 다시 만진 흔적도 전혀 없었다.

"아유, 내가 뭔 생각을! 빈이 오빠가 자는 사람한테 그럴 리 없잖아."

그런데 해일처럼 밀려드는 아쉬움은 또 뭐란 말인가. 나는 머리를 긁적이며 침대를 벗어났다. 오빠 향이 가득한 침대를 벗어나려니 이건 또 이거 나름으로 아쉽기 짝이 없다.

오빠의 집은 욕실 역시 황량할 정도로 깨끗했다. 선반에 수건이 착착 개어져 있고, 칫솔과 면도기 같은 각종 용품은 거울 아래 선반에 가지런히 정리되어 있었다.

"어라?"

하지만 수건이 있는 선반의 반대편 문을 여니 예상치 못한 물건이 진열되어 있었다. 클렌징 오일과 여성용 폼 클렌징. 그리고 마찬가지로 여성용 스킨, 로션. 누가 봐도 여성의 흔적이 다분하다.

"끄으."

어제 급작스레 오빠 집에 왔으니 오빠가 여기까진 치울 생각을 못 했던 모양이다. 과거 없는 사람이 어딨느냐고 하지만 기분이 썩 좋은 건 아니었다.

"흥!"

나는 조금 세게 선반 문을 닫았다. 고고가 먼저 꽃을 피웠어야 했다. 그래서 선우빈 얼굴에 문신은 못 새겨도 '품절남'이라는 커다란 이름표라도 달고 다니게 해야 했는데. 내가 고고에게 폭풍 응원과 사랑을 보냈음에도 불구하고 오빠의 추추가 먼저 꽃망울을 터트리고야 말았다. 오빠 집에 온 후로 신기하게 아무 영양제도 없이 생기를 되찾는 고고였기에 이대로 자란다면 승산이 있을지도 모른다 생각했었다. 하지만 허무하게도, 아니 예상대로 오빠의 승리였다.

나는 시무룩한 얼굴로 터덜터덜 욕실을 나왔다. 머리를 대충 말렸더니 머리카락에서 물이 뚝뚝 떨어져 내려 어깨랑 등이 조금 축축해졌다.

"왜 머리는 말리다 말았어?"

'여자 흔적 있는 욕실에 오래 머무르기 싫어서'라는 대답 대신 나는 오빠에게 다가가 오빠를 꼭 끌어안았다.

'그래. 과거가 뭐가 중요해. 지금 이 남자를 이렇게 안을 수 있는 게 나뿐이라는 게 중요하지.'

잊자.

생각해봤자 나한테 독만 되는 사실이다.

"선우빈 씨."

"네."

내 부름에 오빠는 예쁘게도 대답했다.

"우빈 씨는 누구 거?"

난 심각한데 오빠가 피식피식 웃음을 터트렸다. 난 오늘부터 하루에 한 번씩 이 질문을 할 것이다. 일명 선우빈 세뇌시키기. 꿈에서도 다른 여자 못 쳐다보게 해야지.

"서민유 거."

웃는 건 또 왜 이렇게 예쁘게 웃어? 사람 간 떨리게.

"오빠 지금처럼 예쁘게 웃는 거 누구 앞에서만 웃기?"

"큭큭. 서민유 앞에서만요."

"으응. 잘했어요."

나는 오빠 옷깃을 잡아당겨 고개를 낮추게 했다. 그리고 오빠 볼에 집 안이 다 울리도록 '쪽' 소리가 나는 뽀뽀를 남겼다. 입술에 도장 찍고 싶었는데, 쑥스러워 방향을 조금 바꾼 선택지였다. 내 등을 꼭 안아주던 오빠가 젖은 내 머리카락을 만지작거리는 게 느껴진다.

"오빠가 머리 말려줄게."

"정말?"

오빠는 나를 다시 한 번 꼭 힘주어 안아주고, 욕실에서 드라이어를 가지고 나왔다. 그러곤 내 머리를 말려주기 시작했다.

"흐음."

"왜? 어디 불편한 데 있어?"

"아뇨."

선우빈 씨의 드라이 실력. 이거 초보의 손놀림이 아닌데? 머리카락을 다른 손으로 빗기듯 털어주며 말리는 동작은 예사 솜씨가 아니었다. 기억 저편으로 치웠던 욕실 한 부분의 광경이 떠올라 심통이 비죽 올라와 버렸다.

"왜 이렇게 긴 머리를 말리는 게 능숙한 거죠?"

심통으로 점철된 목소리가 불쑥 튀어나왔다.

"여동생 머리를 자주 말려줬거든."

오빠는 차분한 목소리로 바로 답을 해주었다.

"그 녀석 어렸을 때 감기를 달고 살았거든. 그래서 씻고 나면 항상 머리부터 말려주곤 했어. 그게 습관이 됐는지, 따로 나와 살기 전까지 종종 말려주고 그랬지."

얼굴 한 번 본 적 없는 오빠의 여동생을 오해하고 어이없는 질투를 할 뻔했다. 나는 삐죽하게 솟아오른 내 심통을 저편으로 휙 치웠다. 우리 집 영감님과는 다르게 선우빈은 다정한 오빠구나. 어렸을 때 우리 친오빠는 내가 황금도 아닌데 나를 돌 보듯 했었는데.

"왜, 서민유 질투했어?"

"네. 어떤 여자가 선우빈한테 머리…… 끄응."

오빠의 질문에 내 마음이 술술 입 밖으로 튀어나갔다. 어떤 년이라 표현 안 한 걸 그나마 다행으로 여겨야 하나. 그런데 내 대답이 오빠는 썩 마음에 든 모양이다. 오빠의 표정이 한층 더 온화해지는 것이 보였다. 마치 내가 귀여워 죽겠다는 그런 표정. 다시 한 번 말하지만 나는 지금 '오빠는 나만 보이게 분명해 필터'를 장착 중이다. 현실 왜곡이 있을 수 있음을 밝힌다.

"여동생 말고 머리 말려준 여자, 이 집에 들어와 본 여자, 오빠 설레게 하는 여자 전부 서민유가 처음이야."

오빠의 말에 나는 고개뿐만이 아니라 아예 몸을 돌려 앉아 오빠를 마주 보았다.

"아차. 동생이 집에 몇 번 오긴 했었다. 그래도 그거 말고 서민유밖에 없었어. 그러니까 괜한 생각으로 속 썩이지 마."

아. 나는 정말이지 내기에 이겼어야 해. 이 남자가 내 거라고 새겼어야 한다고!

그리고 이 생각을 오빠가 해준 아침밥을 먹으면서 수십 번도 더 했다. 자취 경력 6년 차 선우빈은 요리도 잘했다.

지옥 같은 중간고사가 끝났지만 곧바로 과외 학생들의 시험 기간이 다가왔다. 오빠 덕분에 시험을 무사히 끝낸 나는 시험이 끝난 해방감을 즐길 새도 없이 학생들 공부를 위해 또 도서관에 처박혔다. 오빠가 말하길, 집 비밀번호는 가족들도 모른다고 했다. 오빠 말고는 아무도 못 오니까 쉬고 싶을 때 마음껏 쓰라고. 하지만 그 이후로 오빠의 집에서 잠을 잔 적은 한 번도 없었다. 아무리 마음 편히 쓰라고 했다지만 불쑥 자겠다고 찾아가기에 나는 아직 조금 부끄러웠다. 대체 뭐가 부끄러운지 모르겠지만, 자고 일어난 얼굴을 보이기 부끄럽다는 걸로 생각하기로 했다.

저 앞에서 날 보고 손을 흔드는 우빈 오빠의 모습이 보였다. 공상철을 만난 이후 오빠는 항상 학교 앞까지 나를 마중 나왔다. 생각해보니, 공상철이 나한테 간만에 치덕대던 날 오빠한테 고백을 받았네? 아, 전에 공상철 때문에 오빠랑 포옹도 했었지. 뭐지. 사실 공상철은 나랑 오빠를 엮어주려는 커플 메이킹 요정인가. 오빠의 소중함을 더 절실하게 깨달으라고 지랄 맞게 군······. 되지도 않는 생각은 집어 치우자.

'그나저나 지금 먹고 있는 음료 참 맛있다.'

탄산이 톡톡 쏘는 사과 맛 음료는 캔 모양이 고급지고 맛있어 보여 고른 것이었다. 다만 고급스러운 모습답게 가격도 고급이라 날 놀라게 했지만. 한 캔에 무려 3천 원이 넘었다. 다른 걸로 바꾸려고 했는데 내 뒤로 계산하겠다고 줄을 선 사람들이 많아 반 강제로 샀다. 맛없었으면 억울했을 텐데 다행히 많이 달지도 않고 탄산도 톡톡해서 마음에 들었다.

"시험 끝났다고 우리 민유, 너무 달리네."

"뭐가요?"

자연스레 오빠의 손을 잡으며 물었다.

"대낮부터, 그것도 등교하면서 술이야?"

"에이, 이거 사이다예요."

아무리 내가 영어를 못한다고 해도 설마 '애플 사이다' 하나 못 읽을까. 오빠는 내가 마시고 있는 캔을 가리켰다.

"그거 술이야."

오빠가 가리킨 부분을 보았다. 'APPLE CIDER' 아래로 'ALC 4.5%'라는 글씨가 선명하게 보였다. 심지어 작지도, 흐릿하지도 않은 글씨다. 어떻게 이걸 못 볼 수가 있지?

"어머! 이게 뭐야!"

그러니까 나는 지금 빨대로 술 먹으면서 학교 오고 있었던 거야? 맙소사! 어쩐지 처음 먹었을 때, 술맛이 조금 난다 했다. 외국 음료라 그런 줄 알았더니 진짜 술이었을 줄이야. 아까부터 알딸딸하니 자꾸 구름 밟는 기분이 들더라니. 우빈 오빠 만날 생각에 좋아서 붕붕 뜬 줄 알았는데, 알코올 섭취로 취한 거였나 보다.

"몰랐구나?"

"당연히 몰랐죠. 아니, 어떻게 이걸 못 봤을까."

보고 싶은 것만 눈에 보이는 편집증이라도 있나. 황당해서 웃음이 나왔다. 이런 허술한 여자랑 선우빈이 사귀고 있다. 나는 오빠의 눈을 뚫어지게 쳐다보다가 입을 열었다.

"……오빠, 나 귀엽지?"

"푸흡!"

이렇게 바로 웃을 줄이야. 흥. 그래도 난 굴하지 않아.

"아아, 취한다아. 어지러워."

나는 오빠에게 완전히 몸을 기댔다. 오빠는 계속 키득거리면서도 날 꼭 안아주었다.

"선우빈 누구 거랬지?"

"크크큭. 서민유입니다."

오빠가 웃을 때마다 오빠 몸에서 파르르 진동이 울렸다. 선우빈 씨는 지금 진심으로 즐거워하는 중이다. 그래, 그거면 됐다. 본의는 아니지만 대낮부터 빨대로 술 마신 보람은 있구나.

정신없었던 시험 기간이 끝나고 나는 그간의 증거자료들을 모두 모아 경찰서 민원실로 향했다.

"진술서 잘 챙겼어?"

오빠의 물음에 나는 고개를 끄덕이며 말했다.

"두 번이나 확인했어요."

자작글을 쓴 사람을 어떻게 추적했는지에 대한 상후의 진술서였다. 그것 외에도 상후는 이것저것 수사에 도움이 될 만한 자료들을 함께 챙겨주었다. 우빈 오빠가 거듭 '잘 부탁한다'고 해서 상후도 몇 번을 꼼꼼하게 훑어봤다고 했다. 본인과 전혀 무관한 사건이 아니기도 했고.

"철수 누나는 전생에 참 착했을 거야. 독립운동 했을지도 몰라."
"나도 가끔 그렇게 생각한다. 내가 전생에 덕을 많이 쌓았나 보다 하고."
"우빈 형은 전생에 매국노였었고."
"뭐야!"

굳이 사족을 남기는 상후였다. 나는 그 녀석의 어깨에 독립투사의 매운 주먹을 날려주었다.
"깨비야."
"응? 어멋."
오빠가 꼭 쥐고 있던 내 손을 끌어당겨 쪽 소리 나게 손등에 입을 맞췄다. 경찰서가 눈앞인데!
"오빠, 저기 경찰 아저씨가 이놈 해요. 공공장소에서 애정행각 벌인다고."
"그래? 그럼 이왕 혼날 거, 더 진한 걸로……."
그러면서 오빠는 정말로 여기서 키스라도 할 것처럼 고개를 숙였다.
"어머! 어머!"
내가 기겁하며 놀라자 오빠가 이내 허리를 펴고는 씩 웃는다. 이 남자가 정말.

"떨지 마. 깨비가 잘못해서 가는 게 아니잖아."

내가 몸이 조금 떨려올 정도로 긴장했다는 걸 맞잡은 손을 통해 고스란히 느낀 듯했다. 나 긴장 풀라고 그런 거구나. 덕분에 확실히 떨림은 가셨다. 대신 다른 종류로 떨렸다. 설레는 방향으로. 이런 남자가 내 거라니. 다시 한 번 전생에 감사드리는 바다.

"오빠, 고마워요."

"뭘요."

일이 끝나면 선우빈을 꼬옥, 격하게 끌어안아 주겠다고 결심하며 나는 오빠와 함께 경찰서 안으로 들어섰다. 긴장이 다 풀린 줄 알았는데 막상 경찰과 마주하니 다시금 떨리기 시작했다. 아마 옆에 우빈 오빠가 없었다면 청심환이라도 삼켜가며 앉아 있었을지도 모른다.

내가 죄를 지은 것도 아닌데 왜 이렇게 긴장되는지 모르겠다. 나는 난생처음으로 고소장이란 걸 써봤다. 경찰과 일대일로 마주한 것도 처음이었다. 나는 자작글을 쓴 사람과 그 밑에 눈살 찌푸려질 정도의 악의적인 댓글을 단 사람들 모두를 지목했다. 혐의가 인정되면 검찰로 넘어가는데, 2~3개월 정도 걸릴 거라고 했다. 나는 잘 부탁한다고 말하고 경찰서를 나왔다.

"오빠, 죄짓고 살면 안 되겠어요. 죄가 없는데도 이렇게 떨리는데, 진짜 죄지으면 저, 지나가는 경찰차만 봐도 무릎 꿇을지도 몰라요."

"지금은 괜찮아?"

"응. 괜찮아요. 그렇지만 왠지 두부 먹어야 할 것 같아."

내 두부 발언에 오빠는 작게 웃음을 터트렸다.

"두부는 출소할 때 먹는 거 아닌가?"

"그건 알지만, 그래도 왠지 경찰서 갔다 왔으니까 두부를 먹어야 할 것 같아서요."

이렇게 오늘의 저녁 메뉴는 두부전골이 되었다.

이야기 탄엔 내 글을 삭제한 후로 한 번도 가보질 않았는데, 상후의 말로는 그 사이 후궁들이 다시 사과문을 올려두었단다. 아마 밑에 주렁주렁 달리는 덧글에 겁을 먹은 듯했다. 이게 무슨 사과냐고, 피해자분 이거 고소하시라는 그런 덧글에 놀라서 다시 급히 사과글을 썼겠지. 상후의 말을 듣고 어떤 사과글을 썼는지 보려고 이야기 탄에 접속했다. 새로운 사과글은 이번엔 그나마 관대 학생이라고 말하며 자신의 이름도 초성으로 써두었다. 학과를 밝히진 않았지만, 아마 경영학과 학생들이라면 누군지 다 알 수 있을 것이다. 그런 글을 쓴 이유는 ㅅㅇㅂ이 아직 ㅈㅅㅇ과 교제 중인 줄 알았기 때문이라고 했다. 휴학 중인 ㅈㅅㅇ이 자신들과 친한 언니라 이 상황을 모를 것 같아 언니를 대신해 복수해주고 싶었다는 그런 내용이었다. 이제 와 이런 글을 올리면 무얼 하나. '늦었다고 생각할 때는 이미 늦었다'는 모 연예인의 명언을 못 들은 모양이다.

"진세연은 소문이 아니라 과거의 연인이었군."

이 사과글로 하나의 사실이 밝혀졌다. 내 남자의 과거. 두 사람이 사귄 것은 사실이었다. 헤어진 다음 학기에 진세연은 휴학을 했고, 선우빈은 사람들이 헤어졌느냐고 물어볼 정도의 여지조차 주지 않는 바람에 사람들은 둘이 계속 사귀는 줄 알았던 거다. 남자친구의 과거를 알게 되어 매우, 아주, 몹시 찝찝했지만 그녀조차도 오빠 집은 와본 적이 없었으니 최종 위너는 내가 하기로 했다. 이로써 자작글 사건은 끝이 났다. 그녀들에 대한 처벌은 학과 사람들의 매서운 눈초리, 혐의가 인정될 시 방학 중에 받게 될 소환장이 추가될 것이다.

어느새 5월이 성큼 다가왔고 계절은 차츰 여름으로 향하고 있었다.

오늘 메이크업이 참 잘됐다. 여진이 지난번에 선물해준 철쭉색 립스틱도 나에게 꽤나 잘 어울려서 아주 흡족하다.

"메이크업 아티스트가 될 거라더니."

메이크업 아티스트가 꿈인 여진은 색에 대한 감이 좋았다. 이런 색깔의 립스틱이 하나 갖고 싶다고 내가 스치듯 말하긴 했었지만, 여진이 사줄 거라고는 생각도 못 했다. 심지어 백화점에서 파는 고급 브랜드의 립스틱으로 중학생이 살 만한 것은 아니었다. 아마 여진의 입김을 거쳐 그녀의 모친께서 사주셨겠지. 나는 여진과 모친에게 감사의 인사를 전했다. 내가 갖고 싶다는 것을 기억해준 여진과 지갑을 활짝 열어주신 그녀의 모친 모두 고마웠다.

여진과 놀이공원에 놀러 갔을 때였다. 여진과 함께 여기저기서 사진을 찍던 나는 화단 옆에 떨어진 붉은 철쭉을 입에 물고 사진을 찍었다. 아니, 찍혔다. 셀카를 못 찍는 나를 보며 속 터져 하던 여진이 내 핸드폰을 뺏어 찍어준 사진이었다. 하지만 내가 꽃을 문 것은 예쁜 셀카를 찍기 위해서가 아니었다. 그 당시 붉은 철쭉 색깔 같은 립스틱이 갖고 싶었던 나는 이 사진을 보여주며 친언니에게 이런 색감의 립

스틱을 사달라고 조를 생각이었다. 생일 선물로 말이다. 하지만 생일
선물이란 말은 전혀 하지 않았었다. 그저 '언니에게 사달랠 거야'라고
작게 읊조렸는데 설마 여진이 그걸 캐치했을 줄이야.

선물을 받은 바로 다음 주에 그 보답(?)으로 립스틱을 바르고 과외
를 갔다.

"꺄핫! 민유 쌤! 우와, 대박! 립스틱만 바른 게 아니네?"

평소와 다른 내 모습에 여진은 환호성까지 치며 좋아했다.

"쌤이 갖고 싶은 거 같아서 선물하긴 했는데, 이렇게 제대로 하고
올 줄은 몰랐어요!"

여진은 내가 화장을 해봐야 제가 선물한 립스틱만 덜렁 바르고 올
것이라 예상했던 듯했다. 아이라인, 섀도에 블러셔까지 풀 메이크업을
갖춘 내 모습에 그녀는 연신 감탄을 내뱉었다. 오랜만에 하는 단장이
라고 공을 들였더니 결과가 나쁘지 않았다. 비록 마스카라는 깜빡했
지만.

"대박. 울 쌤 진짜 예쁘다."
"화장하니까 예쁜 거야?"
"에이. 아니지. 울 쌤은 그냥도 예뻐."

엎드려 절 받기 같지만 칭찬은 칭찬이니 기분 좋게 받아들이기로 했다. 내 화장은 이렇게 특별한 일이었다.

오늘은 오빠와 놀이동산 가는 날이다. 아침부터 하루 종일 학교 밖에서 오빠와 있을 생각을 하니 좋다 못해 날아갈 것 같았다. 어젯밤엔 잠도 안 왔다. 새벽녘에 겨우 잠이 들었다가 알람이 울리기도 전에 깼다. 이번엔 까먹지 않고 마스카라도 잘 발랐다.

"좋아. 완벽해."

새벽부터 데이트 준비로 바지런한 나를 보며 아빠가 나지막이 말했다.

"큰딸보다 작은딸 먼저 보내게 생겼구만."

그리고 언니 방을 보고 한숨을 쉬셨다.

"아우, 아빠 그러지 마. 언니 요즘 소개팅 잘되는 중이란 말이야."

"그러냐?"

아빠는 내 말을 못 믿는 눈치였다. 언니도 소개팅남 만나러 갈 때 나처럼 좀 들떠서 요란스럽게 나가면 믿으시려나. 언니한테 나중에 말해봐야겠다.

"그럼 나 갔다 올게요!"

부모님께 활기찬 인사를 보내고 집을 나섰다.

"오빠!"

집 앞까지 친히 차로 나를 데리러 온 우빈 오빠를 향해 나는 빨간 천을 본 투우 소처럼 맹렬히 달려갔다. 화사한 내 얼굴에 오빠는 조금 놀란 눈치였다.

"오늘 평소보다 더 예뻐서 내 거인지 못 알아볼 뻔했네."

선우빈은 서민유 거, 서민유는 선우빈 거라는 나의 착실한 세뇌의 결과가 슬슬 빛을 발하고 있습니다.

"서민유 것도 오늘 엄청 멋있어서 순간 나도 내 거 아닌 줄 알았네."

청바지에 셔츠 하나 입었는데 숨이 막히게 눈부신 내 거, 선우빈에게 나는 방긋 웃어주고 차에 올랐다.

"손에 그건 뭐야?"

"도시락이요."

"정말? 직접 만든 거야?"

"응!"

샌드위치랑 롤, 과일 간식까지 3단으로 쌓아 올린 푸짐한 점심이었다.

"오빠 건 안 싸온 거야?"

"어머. 이거 오빠랑 같이 먹을 건데요?"

"아, 난 또. 그 정도면 우리 먹깨비 1인분인 줄 알았는데 아니구나."

"선우빈 씨, 나 그 정돈 아니거든요? ……뭐, 부족하면 거기 식당에 가도 되고."

"으하하하."

오빠의 웃음소리가 차 안을 채웠다. 그 소리에 나까지 웃음이 나왔다. 창밖으로 보이는 하늘은 청명한 가을 하늘처럼 눈부시게 파랬다. 오빠의 웃음만큼이나 기분 좋은 날씨였다.

오빠는 바들바들 떨리는 손으로 내가 내민 물을 받아 마셨다.

"빈이 오빠, 정말 괜찮아요?"

끄덕끄덕. 하얗게 질린 얼굴이 위아래로 흔들렸다. 우리나라 최고 속도, 최고 각도를 자랑한다는 목재 롤러코스터를 탄 직후였다. 나에게 엄청난 스릴을 안긴 롤러코스터는 우빈 오빠에겐 지옥의 입구를 열어주었다. 알고 보니 오빤 놀이기구를 잘 못 탔다. 하지만 내가 워낙 신나하는 바람에 말도 못 하고 내 손에 끌려다니고 있었던 거였다. 진작 말을 했으면 몇 시간을 기다려가면서 부득불 타진 않았을 텐데.

'아니, 그 전에 오빠 안색이나 잘 살필걸.'

약간 죄책감이 느껴졌다. 그런데…… 이렇게 겁에 질린 오빠도 참 귀여워서 미칠 것 같다. 맘 같아선 몇 번 더 태우고 싶은데 그랬다간 오빠가 기절할지도 모른다. 이 맛에 초딩들이 좋아하는 애를 괴롭히는 건가.

"조금 쉬었다가 오빠 진정되면 동물원 구경 가요. 나 동물원도 무지 좋아해요."

나는 벤치에 앉아 오빠 손을 잡고 어깨에 머리를 살짝 기댔다.

"울 언니 고등학교 때, 여기로 소풍을 왔었어요. 난 언니가 여기 가는 거 알고 나도 데려가라고 울고불고 난리를 피웠고요."

"그래서 어떻게 됐어?"

"온 집안 식구들이 간식으로 날 꾀는 사이에 언니는 몰래 나갔죠. 나중에 그 사실을 알고 엎드려서 대성통곡했어요."

"우리 먹깨비는 어릴 적부터 먹을 거에 약했구나."

"어? 그러네."

그래서 엄마가 유독 나에게 낯선 사람이 먹을 걸 주면 절대 따라가지 말라고 강조에 강조를 했었구나. 훈육의 비밀이 여기서 하나 밝혀지네.

"깨비야."

"네."

"저기 앞에 사탕 가게 보이네. 저거 사줄 테니까 오빠 따라올래?"

"꺄하하하. 응! 사주세요."

신신당부 열심히 가르쳐주셨는데 이렇게 유혹에 약하게 커서 미안해요, 엄마. '선우빈'은 너무 강력한 유혹이라서 말이죠.

커다란 롤리팝 사탕에 여러 가지 맛의 젤리가 가득 든 봉지 하나. 그리고 추가로 아기 주먹만 한 크기의 빨간 장미꽃이 달린 반지를 오빠에게 선물 받았다. 나는 장미 반지를 새끼손가락에 끼웠다.

"예뻐요?"

젤리를 오물거리면서 묻자 오빠가 고개를 끄덕인다.

"예쁘네."

그러면서 오빠는 엄지로 내 입술을 느릿하게 쓸었다.

"그, 그게 아니라 반지 나한테 예쁘냐고 묻는 건데."

"그것도 예뻐."

오빠의 진득한 눈빛은 여기가 사람들이 많은 곳이라 아쉽다는 듯 보였다. 물론 나 역시 아쉬운⋯⋯. 심장아. 진정하자. 이대로 계속 뛰면 못 걸을지도 몰라. 아직 동물원 못 갔단 말이다.

"이제 동물원 갈까?"

내 손을 꼭 잡으며 오빠가 묻는다. 나는 고개를 끄덕이며 오빠 옆에 바싹 붙어 섰다. 맞잡은 손이 두근거리는 기분이다. 정말 좋구나. 우리는 불꽃놀이가 시작하기 전까지 아주 느긋하게 동물들을 구경하며 시간을 보냈다.

폐장 시간. 우르르 몰려나가는 인파를 피해 천천히 놀이동산을 벗어났다. 가능한 한 오빠랑 더 오래 있고 싶어서 걸음이 느려진 것 같았다. 워낙 늦게 나왔더니 주차장이 한산했다. 들어올 땐 이 넓은 곳이 꽉 차 있었다는 것이 새삼 놀라웠다.

"오빠, 나 오늘 정말, 정말 즐거웠어요."

워낙 많이 걸어서 조금 지치긴 했지만, 즐거움이 피곤을 이겼다. 나는 차에 타자마자 생글거리며 오빠에게 밝게 웃어 보였다. 오늘 하루 새로운 장소에서 보는 오빠는 또 얼마나 멋있었던가. 아직도 신나 있는 나를 보며 오빠는 또 사람 녹일 것 같은 미소를 지었다.

"오빠도 아주, 아주 즐거웠어."

"오늘 하루만큼은 오빠랑 하루 종일 꼭 붙어 있고 싶었거든요. 소원 풀었다."

아쉽게도 저 앞에 낯익은 동네가 보인다. 벌써 자정에 가까워진 시간이다. 정확히 꽉 찬 24시간은 아니었지만 정말 하루를 오빠와 채운 셈이다.

"그런 소원이면 얼마든지 들어줄 수 있는데."

"으음. 알아요. 그렇지만 오늘 내 생일이니까 특별히 오빠랑 같이 있고 싶었던 거예요. 평소와는 다른 마음가짐으로."

오빠는 휘둥그레진 얼굴로 급히 길가에 차를 세웠다.

"뭐?"

"오늘, 내 생일."

"왜 말 안 했어?"

"음, 말할 타이밍을 놓쳤다?"

"그런 게 어딨어."

"음. 생일이라고 요란 떨지 않고, 내색하지 않고 그냥 하루 종일 오빠랑 있고 싶었어요."

난 내년에는 이런 거 얄짤없다고, 무조건 화려하고 성대하게 날 감동시키라는 주문도 오빠에게 덧붙였다.

"오빠, 아무것도 못 해줬는데."

"충분히 받았는데? 오빠 하루를 나 줬지, 아! 그리고 이것도 있잖아요."

나는 아직도 내 오른쪽 새끼손가락에 있는 빨간 장미 반지를 오빠에게 보여주었다. 그래도 오빠는 뭔가 성에 차지 않는 얼굴이었다. 몰랐던 것에 대한 미안함, 해주지 못한 것에 대한 아쉬움, 그런 것들이 표정에 훤히 보였다. 나는 안전벨트를 풀고 오빠에게 다가갔다. 그리고 오빠의 양 뺨을 감싸고 입술에 키스를 남겼다. 내 입술이 따뜻하고 부드러운 입술에 닿았다가 이내 떨어졌다. 워낙 가벼운 키스라 오빠 입술에 립스틱은 조금도 묻지 않았다.

"무언가를 바랐다면 진작 이야기했을 거예요. 근데 난 그냥 이렇게 보내고 싶었어요. 오빠가 정 아쉽다면 내년에 올해 것까지 두 배로 챙겨주세요."

난 제자리로 돌아와 앞을 보며 외쳤다.

"자, 그럼 선 기사, 출발!"

그런데 차는 가만히 있고 옆에서 안전벨트가 풀리는 소리가 들렸다. 나는 고개를 돌리고 의아한 눈으로 오빠를 바라보았다.

"오빠? 출발……."

"아직 열두 시 안 지났어."

내 쪽으로 성큼 다가온 오빠는 커다란 손으로 내 뒷목을 받쳤다. 이내 오빠의 얼굴이 내 입술에 가까워졌다. 내 입술 바로 위에서 오빠의 입술이 속삭이듯 읊조렸다.

"내년에, 기대해."

내가 뭘 기대하느냐고 물을 틈도 없이 내 입술이 답삭 삼켜졌다. 오빠는 그야말로 잡아먹을 것처럼 내 입술을 빨고, 조금 거칠게 급히 내 입 안으로 들어왔다.

"흐음!"

입 안에서 혀가 얽혔다. 오빠 혀의 돌기까지 느껴질 정도로 저돌적인 키스에 숨이 막혀왔다. 이런 키스는 처음이라 오빠가 낯설기까지 했다. 아니, 낯선 것보다 짐승 같았다. 역시 그는 표범이었다.

"으음."

조금 편해보려고 고개를 살짝 틀었는데 외려 역효과가 났다. 한 치의 틈도 없이 입술이 더 바짝 맞닿았다. 목구멍까지 밀고 들어온 오빠 때문에 채 삼키지 못한 타액이 입가를 적셨다. 혀와 입술이 얽히고 빨리는 소리가 차 안을 가득 채운다. 민망해진 나는 오빠를 진정시키려 손으로 살짝 오빠의 가슴을 밀었지만, 오빠는 바위처럼 꿈쩍도 하지 않았다. 오히려 날 안은 팔에 힘만 더 줄 뿐이었다. 오빠를 밀어내려던 손바닥 아래로 당장에라도 몸 밖으로 튀어나올 것 같은 심장의 박동이 느껴졌다.

'오빠 심장도 엄청나구나.'

내 것만 미친 듯이 뛰는 줄 알았는데, 오빠 것이 더 힘차게 발작 중이다. 뭔가 다른 의미로 가슴이 벅차서 내가 온몸에 힘을 빼는 순간이었다.

"하아."

내 목덜미를 지분거리던 오빠의 못된 손이 어느새 가슴으로 슬쩍 내려와 있었다. 그런 줄도 모르고 키스에 열중하던 나는 문득 가슴을 움켜쥐는 손길에 신음을 터트리고 말았다. 오빠 입 안으로 고스란히 먹힌 신음에 오빠는 더 자극받은 듯했다. 혀가, 입술이 오빠에게 빨려 들어갈 것처럼 먹혔다. 그리고 가슴 위의 못된 손은 흥분으로 달달 떨고 있으면서도 내 가슴을 놓지 않았다. 반죽을 치대는 것처럼 주무르는 그 손길에 이상하게 온몸이 나른해졌다. 아래쪽이 후끈하게 달아오르고 오빠가 엄지로 가슴을, 정확히는 정점이 있는 부분을 슥 문질렀을 때는 파르르 떨리기까지 했다. 분명 옷이 있고, 그 아래 브래지어까지 갖춰 입었는데 꼭 맨가슴을 내어준 것처럼 느껴졌다.

"하아. 하아."

긴 키스 후, 오빤 숨을 헐떡이며 내 목덜미에 얼굴을 묻었다. 가까스로 이 이상을 참아낸 듯한, 달아오른 거친 숨소리가 아주 가깝게 들린다.

'꺄 변태!' 하며 소리를 지르고 싶다.

물론 이건 거짓말. 변태는 무슨. 내가 오빠를 한 번 더 덮치고 싶을 만큼 섹시한 소리다. 헉, 그분이 이제 나한테 오시는 건가.

"생일 축하해."

나른하게 잠긴 오빠의 목소리가 뜨거운 숨과 함께 귀에 닿았다. 현기증이 느껴질 것처럼 아찔하다. 롤러코스터를 탈 때도 이 정도는 아니었는데. 나는 가쁜 숨을 몰아쉬었다. 한참을 내게 안기듯 기대 있던 오빠는 내 숨이 가라앉을 즈음 몸을 일으켰다.

"엉망이네."

오빠는 립스틱과 타액이 번진 내 입술과 턱을 손으로 깨끗이 닦아 주었다. 나 역시 립스틱이 묻은 오빠의 입술을 천천히 닦아냈다. 그 손 끝이 떨리고 있었다.

집에 들어와서도 난 계속 정신이 멍했다.

"분명 오늘 생일인 건 난데."

선물은 변태 선우빈이 살뜰하게 받아 챙겼다. 가슴을 받아가다니. 오늘 이렇게 불쑥 진도가 나갈 거라고 그 누가 예상이나 했을까. 그런데 그게 또 기분이 나쁜 게 아니라 오히려 묘하게 좋은······.

"꺄. 난 몰라."

변태는 나인가 보다.

오빠 사물함에 넣어둔 내 전공책을 챙겨 가려던 참이었다. 사물함엔 비밀번호를 맞추는 자물쇠를 걸어뒀는데, 잠금이 풀려 있다.

"또 깜빡했네."

항상 시간에 쫓겨 급하게 책을 꺼내 가는 상습범이 나였다. 그렇다 보니 철통 보안을 자랑하던 선우빈의 사물함은 나 때문에 조금······ 이 아니라 꽤나 허술해지고 있었다.

"신경 좀 써야지. 왜 이렇게 까먹나 몰라."

오늘은 절대 잊지 말아야지, 하면서 나는 사물함 문을 열었다.

"웅? 이건 뭐지?"

사물함 안쪽에 못 보던 병 모양 물체가 보인다. 심지어 예쁘게 포장 이 되어 있다. 꺼내보니, 단단하고 차가운 느낌이 유리병 같았다.

"어머."

포장에는 예쁜 분홍색 리본까지 달려 있었다. 살짝 흔들자 '짤그락' 소리가 난다. 이건 분명 사탕이 담긴 병이다.

"오빠가 넣어둔 건가?"

놀이공원을 다녀온 다음 날. 여느 때처럼 점심시간을 우빈 오빠와 함께 보내고 나는 식후 디저트로 매점에서 사탕 하나를 사서 입에 물 고 있었다.

"음, 확실히 이 사탕. 오빠가 사준 것보다 맛없었어요."

놀이공원에서 오빠가 사줬던 달콤한 젤리와 사탕 생각이 나서 굳이 사 먹은 거였다. 그런데 그 맛이 아니다.

"어제 사준 젤리랑 사탕, 그거 가지고 와서 먹지."

"응. 오늘 아침에 챙겨서 나왔었어요. 그걸 다 먹어서."

"오빠 기억으로는 우리 깨비가 너무 맛있게 잘 먹어서, 나갈 때 한 봉지 더 사준 걸로 알고 있는데."

"그걸 다 먹었다고요."

오빠는 내가 다 먹었다는 게 처음에 사준 젤리라고 생각했나 보다. 그건 이미 놀이공원을 나오기 전에 끝장낸 상태였는데. 하핫.

"언제 그렇게 먹을 시간이 있었어?"

"버스에서 조금 먹고, 쉬는 시간에도 조금 먹고 하니까 금방이던데요."

내 말에 오빠는 감탄한 얼굴이었다.

"우리 깨비 전문 분야는 밥, 빵 이건 줄 알았는데. 팔방미인이었네."

그러면서 오빠는 다음에는 더 많이 사주겠다고 말했다. 그 말을 한 지 며칠 되지도 않아 이런 서프라이즈 선물이라니. 감동이다. 예쁘게 묶인 리본은 풀기도 아까웠다. 나는 최대한 원형을 유지하려 애쓰며 병에서 떼어냈다. 리본이 풀리자 병을 감싸고 있던 분홍 포장지 역시 스르륵 벗겨져 나갔다.

"사탕이다."

예상대로 사탕이었다. 색색이 보석 같은 동그란 사탕들이 영롱하게 빛을 발하고 있었다.

"이 사탕 먹어보고 싶었는데."

내 마음을 어찌 아셨을까. 사탕 고르는 감각도 남다른 우리 빈이 오빠다. 나는 잽싸게 뚜껑을 열어 빨간 사탕 하나를 입에 넣었다. 도르륵 혀 위에 굴리자 딸기 맛이 입 안을 채운다.

"으음. 맛있어. 아고, 시간이!"

사탕 하나 먹다가 지각하겠다. 나는 사탕 병을 가방에 고이 넣고, 급히 책을 챙겼다. 아침부터 달콤하다.

"민유, 이 다 썩겠어."

요즘 식후에 계속 사탕을 하나씩 먹고 있는 나를 보며 오빠는 걱정되는 얼굴을 했다.

"괜찮아요. 양치질 잘하고 있어요."

자기가 챙겨주고서는 걱정이 되나 보다.

안 그래도 마음 같아서는 쉬는 시간마다 꺼내 먹고 싶은데 아까워서 하루에 한두 개씩, 아니 서너 개씩만 먹고 있는 중이다. 오빠가 예쁘게 포장까지 해서 선물해준 건데 이번만큼은 아껴서 먹고 싶었다.

"우리 깨비가 하루 종일 사탕을 물고 있으니⋯⋯."

하루 종일은 아닌데. 아껴 먹고 있다니까요. 사탕 먹는 타이밍마다 오빠를 만나서 그렇게 느껴지는 거라고요. 이렇게 말하려고 했는데 이어지는 오빠의 말에 입이 딱 다물어졌다.

"키스하기엔 좋네."

이거 보래요! 선우빈 씨 불붙었어! 꺄악!

"……그러면서 왜 가만히 있는데요?"

꺄아악! 내 입이 이런 말을 불쑥 내뱉다니! 나는 산불 수준인가 보다. 내 말에 오빠는 조금 놀란 얼굴을 했다가 이내 활짝 웃는다.

"여긴 식당이니까 지금은 조금 곤란하고. 다 먹었으면 우리 집으로 갈까? 아니, 가자."

꺄아아악. 나 지금 얼굴 빨개졌지? 그럴 거야. 엄청 빨갈 거야. 화끈거리는 게 느껴진다고! 이 오빠, 왜 갑자기 그렇게 진도를 빼려고 하는 거야? 집이라니!

"오, 오빠. 잠깐만. 너, 너무……."

당황, 부끄부끄한 나와 달리 오빠는 평온한 표정으로 말했다. 아니 짓궂은 표정이다.

"우리 깨비가 지금 무슨 생각을 하는 거지? 오빠는 그냥 우리 집에서 양치질하라는 말이었는데."

이 양반이! 언제? 언제 그랬어?

"키, 키스하자면서요."

"응. 그런데 여긴 식당이라 곤란하니까 다음에 하고. 집에 가자는 건 깨비 양치질하고 가란 건데."

"그런 뉘앙스가 아니었는데요?"

"깨비, 이제 수업 있잖아. 수업 가기 전에 양치질해야 하니까, 학교보다 더 가까운 우리 집에서 양치질만 하고 가라는 얘기였는데. 그렇게 들렸어?"

선우빈은 예쁘게 생글생글 웃는 얼굴로 날 음란마귀로 만들고 있다. 세상에, 이 순진한 눈빛은 또 뭔데?

"끄응. 당했다."

빈이 오빠 미워. 당했어. 나만 이상한 사람 된 거 같아.

"아하하하."

어쩔 줄 몰라 하는 날 보며 선우빈은 귀여워 죽겠다는 얼굴로 한참을 웃었다. 그렇게 날 놀려먹던 선우빈은 집에 도착하자마자, 내가 양치질을 하기도 전에 기다렸다는 듯 냉큼 내 입술을 삼켰다. 흥. 맞잖아. 이런 생각이었잖아요!

"이거 꽤 무겁잖아."

나는 상후가 맡긴 짐을 양손으로 들고 걷고 있었다. 학교 행정과에 갖다 줘야 할 서류가 담긴 박스였다. 어떤 연유로 이 짐을 상후가 나르게 되었는지 모르겠지만, 상경대로 가는 나에게 상후 놈은 훌쩍 제 짐을 넘겼다.

"철수 누나, 지금 그쪽으로 가지? 잘됐다! 가는 김에 이것 좀."

"이게 뭔데?"

상후는 대답 대신 제가 들고 있던 박스를 내 품에 안겨주었다. 거절할 틈도 없었다. 참고로 행정과는 인문대 쪽에 가까웠다. 인문대는 상경대 옆에 있었고.

"어쩐지 갑자기 심하게 반가운 척을 하더라니."

이런 꿍꿍이가 있었던 게지. 하여튼 이런 쪽으로 머리 회전이 빠른 녀석이라니까. 낑낑대며 상경대를 막 지날 무렵이었다.

"저기요."

"엄맛!"

누군가가 옆에서 불쑥 다가와서 난 크게 놀라고 말았다. 그 덕분에 손에 들고 있던 짐을 놓쳤다. 다행히 서류가 박스 밖으로 많이 튀어나가진 않았지만, 혹여 서류가 잘못되기라도 할까 봐 나는 급히 바닥에 떨어진 걸 줍기 시작했다.

"아오, 서상후 이 자식."

녀석을 향해 불만을 중얼거리며, 나는 바닥에 떨어진 서류들을 주워 들었다.

"여기."

우선 주운 것부터 종이에 묻은 먼지를 툭툭 털어내는데 누군가가 나머지 서류를 내민다.

"아, 감사합니다."

아마도 날 불렀던 사람일 테지. 나는 서류를 받아 챙긴 뒤, 왜 불렀는지 말해보라는 눈빛으로 그를 쳐다보았다.

"어어?"

그런데 낯이 익다.

'맞다. 분명 며칠 전에…….'

방긋 웃는 남자의 보조개를 보고 나는 누군지 기억이 났다.

"이거 떨어뜨리셨어요."

남자가 내민 것은 휴대폰에 달아둔 리본이었다. 우빈 오빠는 어제 또 사물함에 분홍 리본이 달린 사탕을 한 병 넣어두었다. 이번엔 저번 것보다 크기는 작지만 훨씬 화려한 작은 리본이 달려 있었다. 그래서 그냥 두기 아까워 휴대폰 케이스에 달아놨었다. 지난번 리본은 내 책상 서랍 안에 모셔두었다.

"어머, 어디서 찾으셨어요?"

"좀 전에 상경대 근처에서요."

"아아, 아까."

상후를 만나기 직전 오빠랑 통화를 했었다. 그때 떨어진 모양이다.

"짐 무거워 보이는데, 도와드릴까요?"

"조금 무겁긴 한데 도움받을 정돈 아니에요."

나는 그 말을 하고 끙차, 소릴 내며 다시 박스를 들어 올렸다.

"리본, 고마워요."

박스 빨리 갖다 줘버려야지.

"저기요!"

"네?"

남자는 입을 몇 번 벙긋거렸다. 뭔가 하고 싶은 말이 있긴 한 모양이다. 머뭇하던 그가 말을 꺼냈다.

"……시간 있으면 오늘 점심 같이 하실래요? 제가 살게요."

사흘 전. 여름을 재촉하는 비가 내렸다. 5월에 내리는 봄비 치고는 제법 굵직한 빗줄기였다.

"짜잔."

나는 오빠에게 돌려받은, 거의 한 학기 만에 다시 내 손에 돌아온 빨간 우산을 펼쳤다.

"장화 신을 걸 그랬나."

서민아 씨가 '레인부츠'라며 사주었던 남색 장화가 버스에서 내리는 지금에야 생각났다.

"오오, 장화다! 언니님, 성은이 망극하옵니다!"

"레인부츠, 인마. 레인부츠! 촌스럽게 장화가 뭐냐."

"에이, 장화나 레인부츠나."

"너 쇼핑몰에 장화 쳐봐. 모내기용 신발만 나와. 이런 거 사려면 레인부츠라고 해야 해."

"서민아 씨, 사대주의 쩐다. 우리말이 있는데 왜 영어를 씀? 세종 대왕님께 사과해!"

"야, 말은 똑바로 하자. 세종대왕님이 한글을 창조하신 거지, 한 국어를 창조한 게 아니거든?"

"세상에나, 네상에나! 지금 우리 세종대왕님 욕하는 거야?"

"이게 이과라 그런가. 글의 주제 파악을 못하네. 야, 내 말의 요 지……."

"사과해! 사과해! 빨리 사과해! 언니 한글 쓰지 마!"

"……내봐."

언니에게 까불다 뺏길 뻔한 그 장화. 오늘 같은 날 신었어야 했다.

"아까워라. 오늘 개시하기 딱 좋은 날인데."

우빈 오빠한테 귀여운 척해 보일 수 있는 찬스도 날아갔다. 나는 터덜터덜 버스에서 내렸다.

"셔틀버스 타야겠다."

정류장에서 학교까지 늘 걸어 다니지만 비가 많이 와서 걷기 불편할 것 같았다. 그래서 오랜만에 셔틀을 타기로 했다. 거기에 더해서.

"컵홀더 우산을 썼으니 차 한 잔 마셔주는 것이 인지상정."

나는 근처 카페에서 카페라테를 한 잔 샀다. 아침이라 그런지 카페에는 나 같은 테이크아웃 손님만 있었다.

"어서 오세요."

주문한 라테를 기다리는데 비에 젖은 남자가 머리카락의 물기를 손으로 털어내며 가게로 들어왔다.

"웃, 차가워. 아메리카노 한 잔이요. 따뜻한 거."

남자가 주문하는 소릴 뒤로하고 나는 휴대폰을 꺼내 우빈 오빠에게 메시지를 보냈다.

「오늘 비 때문에 셔틀 타고 가요. 오빠 학교에서 봐♥」

하트를 하나 더 붙일까 말까 고민하는데 주문한 커피가 나왔다. 나는 급히 메시지를 전송하고 카운터로 갔다. 오빠기 답신할 때까지 잠시 카페에서 라테를 마시며 기다렸다. 그리고 얼마 지나지 않아 전화가 울렸다.

"오빠!"

[깨비, 어디야?]

"셔틀 정류장 근처에서 커피 마시고 있어요. 오빠는요?"

[지금 막 학교 도착했어. 좀 일찍 연락 줬으면 우리 깨비랑 모닝커피 마실 수 있었을 텐데 아쉽네.]

크으. 장화 생각 하지 말고 우빈 오빠나 생각할걸!

"저도 너무 아쉬워요. 히잉. 오빠 우리 조금 이따 봐요."

[그래. 기다리고 있을게. 조심해서 와.]

"웅! 총알처럼 갈게요."

비 오는 날 전화기를 통해 듣는 오빠 목소리는 한층 촉촉하게 느껴졌다. 나는 넋을 놓고 헤벌쭉 웃었다. 카페 입구에서 쏟아지는 빗줄기를 보며 나는 또 한 번 아쉬움에 입맛을 다셨다.

"아쉽네. 내 장화도."

커피를 한 모금 마신 후에 나는 휴대폰을 주머니에 넣고 자리에서 일어났다.

"어디 한번 꽂아볼까."

드디어 써먹는구나. 컵홀더 아이디어 우산.

"저기, 관대생이시죠?"

갑작스러운 목소리에 움찔 놀랐지만, 컵을 들기 전이라 다행이었다. 아침부터 비명 지르면서 커피 쏟을 뻔했네.

"예. 그런데요."

"저도 관대생인데요. 지금 셔틀 타러 가실 거면 거기까지 우산 좀 같이 쓸 수 있을까요?"

이상한 사람 아니라고, 오해하지 말라며 남자는 학생증까지 꺼내 내게 보여주었다. 새내기 법대생이었다.

"예, 뭐 그래요."

셔틀 정류장은 코앞이었다. 거기까지 같이 가는 게 뭐 어려운 일이랴 싶었다.

"정말 감사합니다."

활짝 웃는 남자의 볼에 보조개가 쏙 들어갔다. 아직 고등학생 티가 남아 있는 앳된 모습에 나도 모르게 아주 잠시, 지긋한 시선으로 그를 바라보았다.

'아이고, 풋풋해.'

이 생각을 했다가 화들짝 놀랐다. 맙소사. 내가 새내기를 보고 풋풋함을 느끼게 되다니! 언제 이렇게 고학번이 된 거야. 내년에 또 신입생들이 들어오면 내 학번 보고 조상님 관찰하듯 그러려나. 난 아직 마음은 새내긴데.

"어머. 그러면!"

"예? 뭐가요?"

놀람이 입 밖으로 튀어나갔다. 내 소리에 우산을 얻어 쓴 법학도가 물었다.

"아뇨. 아녜요."

선우빈 학번 생각하다가 놀랐다.

'우리 빈이 오빠. 나이가 좀 있었지.'

내가 조상이면 선우빈은 고생대 암모나이트 수준이다. 그러고 보니 불과 4년 전, 여고생 때만 해도 군인은 '아저씨'였다. 군인 아저씨. 이제 그 군인이 내 '동기'가 되었다. 전역해서 예비역이 된 아이들도 제법 있다. 그런 놈들이 아저씨는 무슨. 아직도 철딱서니 없는 남고딩 같

은 녀석들이다. 새내기 때 고학번 선배들이 그렇게 어렵고 높아 보였
는데, 막상 그들과 같은 학년이 되고 보니 별거 없었다. 아마 나이를
더 먹어도 별 특별한 건 없을 것 같은 기분이다.

"버스 와요."

남자의 말에 상념이 깨졌다.

"아. 그러네요."

"컵 주세요. 제가 들고 있을 테니 우산 접으세요."

"네. 고마워요."

새내기 하나 때문에 이런저런 생각을 하게 된 날이었다.

그때, 그 남자가 내게 점심을 청하고 있다.

"이번엔 젤리네. 어머! 이건 또 뭐야?"

사물함에 들어 있는 건 젤리였다. 여러 가지 젤리가 든 이번 유리병
은 단지 모양이었다. 하지만 매번 달려 있던 리본 장식이 없었다.

"빈이 오빠, 어쩜 좋니."

대신 예쁜 장미꽃 한 송이가 놓여 있다. 벌써 오빠는 사탕 병을 세
번 놓아두었고 이번이 네 번째, 젤리와 장미다. 모양과 장식이 점점 업
그레이드되고 있다.

"오빠, 그런데 언제까지 사탕 이벤트 할 거예요?"

"응?"

사탕 핑계 대면서 키스하자는 오빠니 저 물릴 때까지 선물하려고 하겠지만, 대체 그 기간을 언제까지로 정해놨을지 궁금했다. 어차피 선우빈 씨야 내가 사탕을 먹든 안 먹든 내게 언제든지 키스할 수 있는 사람 아닌가. 그런데 이렇게 이벤트를 차곡차곡 누적하다니. 대체 얼마나 키스를 하시려고!

"그게 오빠 마음대로 할 수 있는 건가? 사탕 먹는 건 깨비잖아."

나는 사탕을 '선물'하는 이벤트를 말하는 거였는데 우리 빈이 오빠는 내가 사탕을 먹으면 '키스'하는 걸 이벤트라 생각하는 모양이다. 그 뒤로 몇 번을 더 찔러봤지만 끝끝내 오빠는 선물에 대한 말은 입 밖으로 내지 않았다. 선물을 몰래 놓고서 모른 척하는 선우빈이 귀여운 건지, 그걸 속아주는 척하는 내가 귀여운 건지. 후자겠지? 후자일 거야. 아니, 둘 다인가?
"꺄아, 몰라. 우리 둘 너무 귀여워."
나 혼자 신났다.

"빈이 오빠아!"
저기 도서관 앞에서 날 기다리는 선우빈 씨를 향해 나는 전속력으로 달렸다. 학교만 아니었다면 종착점에 있는 오빠를 격하게 끌어안는 것으로 내 골인을 알릴 테지만, 그러기에 보는 눈이 너무 많다. 오빠 앞에서 우뚝 멈춘 나는 포옹 대신 오빠의 팔을 꼭 껴안았다.

"왔어?"

그런데 오빠가 다른 팔로 나를 감싸 안는다. 이럴 줄 알았으면 그냥 내가 안을걸.

"아우, 오빠아. 사람들도 많은데……."

음흉한 내 마음과 달리 입으로는 부끄러움을 말했다.

"그렇게 말하면서 여기, 허리 껴안는 이 팔은 뭐지?"

허허. 그러게요. 뭘까요.

"으응? 어머. 이 오빠 좀 봐."

아무리 내가 포옹에 포옹으로 답했다고 하지만 그렇다고 여기서 내 목덜미에 코 묻는 건 너무…… 좋아요. 옳습니다.

"흐음."

"흐음? 흐음? 이건 대체 무슨 짓이죠?"

"글쎄."

이내 오빠는 고개를 들었다.

"사람들은 알까 모르겠어요. 냉해 보이는 선우빈이 사실은 이런 남자라는 거."

"다들 지금 보고 알지 않았을까?"

그래. 아마 그렇겠지. 시선 때문에 온몸이 따끔따끔하니까. 솔로 시절 학교에서 찰떡같이 꼭 붙어 다니는 커플들을 보면서 저렇게 좋을까 했었는데. 좋다. 진짜 무지하게 좋다. 한시도 떨어지고 싶지 않아!

"깨비야."

"응."

"사탕 다 먹은 거야?"

꺄아. 울 오빠 또 사탕 핑계 대면서 묻는 거 봐.

"오빠, 무슨 생각 하는 거예요? 여기 도서관 앞인 거 잊었어요?"

"응? 아니, 깨비한테 달그락 소리가 안 들려서 물어본 건데."

오빠가 말하는 달그락은 가방 안에 넣어둔 사탕 병에 사탕이 부딪쳐 나는 소리였다. 아기들 뽁뽁이 신발처럼 내 행적을 알리는 데 지대한 공헌을 하는 녀석이었다. 이번엔 말랑말랑한 젤리라서 그 소리가 안 나는 거였고. 오빠는 날 놀리려는 게 아니라 정말로 사탕의 행적이 궁금한 거였다. 선우빈 씨의 눈빛은 정말 순수, 청량함 그 자체였다.

'아이고, 내가 또 혼자 마귀에 씐 거네.'

무안해서 얼굴이 달아올랐다. 그리고 이런 내 붉은 볼을 오빠는 놓치는 법이 없었다. 선우빈은 의외로 이런 걸로 놀리기 좋아했다. 나는 선우빈 씨를 피해 앞만 보고 빠르게 걷기 시작했다.

"큭큭. 깨비야?"

옆에서 우빈 오빠가 나와 속도를 맞추며 눈을 마주치려고 하고 있다. 이것도 조금 억울하다. 나는 꽁지 빠지듯, 부리나케 걷고 있는데 이 남자는 우아하게 평소처럼 걸으면서도 속도가 같다.

"깨비야, 이쪽 봐. 응? 오빠 안 볼 거야?"

나는 학교 입구에 거의 다다라서 숨이 차 걸음을 늦췄다. 평소에 운동 좀 할걸. 내가 갑자기 속도를 줄인 탓에 오빠가 반걸음 정도 나를 앞섰다.

"깨비야?"

나는 결국 걸음을 멈추고 양손으로 얼굴을 가렸다.

"선우빈 미워!"

내 투정에 오빠는 큰 웃음을 터트렸고 이내 날 품에 꽉 안았다. 정말 꽈악.

"아이, 놔요! 사람들이 보잖아."

내가 오빠 품 안에서 투정을 부릴수록 오빠는 오히려 더 나에게 밀착했다.

"괜찮아. 오늘 성년의 날이잖아. 다들 이럴 거야."

맞다. 성년의 날. 아침에 보고도 잊어버리고 있었다. 우리 학교는 매년 성년의 날, 해당 학생들에게 정문에서 장미꽃을 한 송이씩 나눠주었다. 학생증으로 정확히 나이 확인을 해가면서 꽃을 주는 것은 아니고, 그저 '몇 학번이세요?' 하는 질문에 대답만 하면 됐다. 선착순 500명 한정이었는데 올해 은근슬쩍 끼어서 받으려다가 양심에 찔려 관뒀다.

"전 성년 지났는데요."

게다가 오빠는 아저씨잖아요. 흥. 풋. 치.

"우리 민유는 아직도 스무 살 같아. 그러니까 이번에 또 성년식 해."

"오빠, 억지예요."

오빠 품에서 이런 시답잖은 일로 가볍게 옥신각신하는 게 행복한 서민유는 서서히 우빈 오빠 허리에 손을 올리고 있었다.

"성년식에 뭐 필요하지? 장미꽃하고 향수?"

아. 그래서 오빠가 사물함에 장미꽃을 넣어둔 거였구나! 꺄, 이 남자 뭐라니.

"그러려고 준비했던 거예요?"

"응? 뭘?"

혹여 망가질까 봐 장미는 보기만 하고 사물함에 다시 고이 넣어두었다. 가지고 올 걸 그랬나. 오빠한테 보여주게.

"아녜요. 아무것도."

시치미 떼기는. 뭐, 장미는 그렇다고 치고.

"장미 말고 향수랑 또……."

남은 하나가 키스였던가? 그랬던가? 꺄악. 이건 절대, 결코 내가 의도한 바가 아닙니다! 누군가가 그랬어요! 성년의 날엔 장미, 향수, 키스라고! 내가 음란마귀가 껴서 그런 게 아니야!

"아. 그래. 맞아. 그거. 이제 오빠가 깨비 안 놀리고 확실하게 여기서 선물해줄게."

"뭐? 뭐를? 뭘 선물해요?"

"키스."

그러곤 오빠는 정말로 교문 앞에서 키스라도 할 것처럼 고개를 숙였다. 내 양 뺨을 감싸는 것도 빼먹지 않았다.

"헉."

우리는 조금 구석진 자리에서 아웅다웅 중이었다. 사람들의 시선이 그나마 많이 닿지 않는 곳에서 말이다. 그러나 갑작스러운 커플 애정 행각 준비자세에 주변에서 따끔하다 못해 찢겨 나갈 것 같은 날카로운 시선이 느껴졌다.

"꺄아. 오빠, 잘못했어요. 하지 말아요!"

잘못도 없지만 내가 쩔쩔매며 오빠에게 잘못을 비는(?) 상황이 벌어졌다. 역시나 오빠는 즐거운 듯 신나게 웃었다. 그리고 다시 나를 꼭 안아주었다. 마치 몸으로 키스를 대신하기라도 하는 것처럼.

"……그런데 깨비야."

"응?"

"오빠가 모른 척하고 싶었는데 너무 궁금해서. 그 향수, 깨비 거야?"

"무슨 향수요?"

"사물함에 있는…….."

"사물함에 향수가 있었어요?"

반전. 반전. 대 반전.

식스 센스 이후 다신 이런 소름 끼치는 반전은 없을 줄 알았는데! 유주얼 서스펙트에 식스 센스를 얹어 쌈을 싸서 한입에 넣은 기분이다. 그동안 내가 사랑의 양식이라 생각하며 이태리 장인이 땀 뜨듯 한 알 한 알 감동으로 먹은 사탕은 우빈 오빠 작품이 아니었단다!

"그럼 이 젤리도 오빠가 준 거 아니에요?"

내가 가방 안에 고이 모셔두었던 젤리 병을 꺼내 흔들자 오빠가 고개를 가로저었다.

"그, 그렇다면……."

나는 앞에 놓인 잔을 집어 단숨에 아이스 아메리카노를 반 가까이 들이켰다.

'누군가 오빠에게 소담히 고백해온 것을 내가 중간에 스틸하고 있었던 거네?'

기분이 나쁘면서도 미안한 기묘한 감정이 들었다.

"나 참. 무슨 고백을 사탕으로 해? 핑크 리본? 아, 웃겨."

여자면 여자답게 씩씩하게 정면 고백이나 할 것이지 뭘 리본을 맨 사탕 병을 사물함에 넣고 있냐? 어차피 선우빈 씨는 사탕 같은 건 먹지도 않는데. 고백 상대에 대해 너무 모르는 거 아닌가.

"차라리 편지를 두든가."

아님 사탕 병에 이름이라도 써놓든가 말이야. 사람 헷갈리게 하고 있어. 나는 쉴 새 없이 구시렁거리며 입술을 삐죽였다.

"……그거 깨비 게 아닐까?"

맞은편에 앉아 내 중얼거림을 듣던 오빠가 입을 열었다.

"그럴 리가 있겠어요? 선우빈 사물함인데."

고백할 사람 신상 조사는 기본 아닌가. 설마 사물함을 헷갈렸을 리가. 묘한 감정으로 복잡한 나와 달리 오빠는 피식피식 웃고 있었다. 준 사람이 누군진 몰라도 고백받으니 기분은 좋은 건가. 뭐 이런 걸 겪어 봤어야 알지.

"선우빈 씨, 앞으로 딱 10초만 더 웃고 끝내요?"

"네. 그럴게요."

그러면서 더 환한 미소를 짓는 우빈 오빠다. 내 남자 오늘 얄밉네. 흥. 나도 언젠가 고백받고 오빠보다 더 환하게 웃어주리라.

어딘가 묘한, 서연치 않은 사물함 고백(?) 사건은 내가 가지고 있던 젤리와 리본을 오빠가 받아 처분함으로써 끝이 났다.

"오빠 너무해. 그 사람은 그래도 용기 내서 오빠한테 고백한 걸 텐데요."

"젤리, 더 맛있는 걸로 많이 사줄게."

하. 귀신 같은 사람. 내가 버려지는 젤리에서 눈을 못 떼는 걸, 선우 빈 씨는 기가 막히게 알아차렸다.

"안녕하세요?"

오늘도 오빠 사물함에 책을 꺼내러 가는 길이었다. 예상 못한 인물을 상경대 입구에서 만났다. 그 우산 새내기였다. 다정한 인사에 나도 모르게 발이 잠깐 붙잡혔다.

"웅? 어머. 안녕하세요."

한번 얼굴을 익히니까 생각보다 자주 마주친다. 나는 그에게 답인사를 하고 다시 발걸음을 떼었다.

"……시간 있으면 오늘 점심 같이 할래요? 제가 살게요."

남자의 제안에 나는 놀랐었다. 우산 한 번 썼다고 밥을 다 사려고 하다니. 요즘 보기 드문 예의 바른 청년일세.

"에이. 우산 한 번 얻어 쓴 거로 뭘 밥까지 사려고 그래요? 얼마나 대단한 일이라고. 마음만 받을게요."

나는 그렇게 말하고 쿨하고 멋진 선배처럼 그를 지나쳤었다. 그 후 이렇게 또 한 번 만나게 됐다.

"저……."

"오빠?"

복도에 있는 사물함 앞에 우빈 오빠가 서 있었다. 정말인가? 오빠가 이 시간에 왜 여기 있지? 내가 불러놓고도 얼떨떨한데 환상은 아닌 듯 맞은편에서 오빠가 날 보며 활짝 웃는다.

"빈이 오빠!"

"저기……."

우빈 오빠에게 달려가려는데 우산 새내기가 입을 달싹였다. 나한테 볼일이 있는 거였나?

"혹시 저한테 할 말 있으세요?"

"네? 아, 아뇨."

나한테 말 걸려는 게 아니었군. 그럼 난 선우빈을 향해 전속력으로 전진! 그에게 눈인사를 건네고 오빠에게 달려갔다.

"오빠, 어떻게 된 거예요? 지금 수업 시간이잖아?"

"잠깐 쉬는 시간 주셔서 나왔어. 이때쯤에 우리 깨비 오니까."

"꺄항."

나는 오빠가 살짝 양팔을 벌리자마자 폭삭 품에 안겼다. 한창 수업 시간이어서 그런지 복도에 지나다니는 사람이 없어서 가능한 일이었다.

"오빠?"

오빠가 느릿하게 내 목덜미에 고개를 기댔다. 오빠의 숨이 목에 닿아 흩어진다.

"왜, 왜 갑자기 이러세요."

이 오빠가 정말!

"……그냥. 깨비 혹시 향수 뿌렸나 해서."

"자기가 다 버려놓고서는. 설마 내가 그거 주워 썼을 거라고 생각하는 거 아니죠?"

"설마."

"그런데 왜 갑자기 목에 코를 대요? 나 향수 안 쓰는 거 알면서."

"오빠가 깨비가 좋아서 그런 거라는 생각은 안 들고?"

어, 어머. 어머머. 그렇게 말하면 누가 넘어갈 줄 알고?

……정답입니다. 넘어갑니다.

나는 그렇게 오빠와 복도에서 잠시 분홍 꿀을 흩뿌려댔다.

그날 저녁. 간만에 미미 시스터즈들과 채팅에 불이 붙었다. 근간에 있던 소소한 일상 이야기를 하다가, 나는 내가 겪은 사물함 사탕 사건에 대해 말했다. 그런데, 그런데! 맙소사!

"진짜? 진짜 그런 거였단 말이야?"

말도 안 돼. 난 당연히 내가 아닐 거라고 생각했는데!

사건의 전말을 들은 아이들은 '너 좋아하나 보네, 그 새내기'라고 했다. 사탕도 아마 그의 작품이었을 거라고.

「누가 남자한테 분홍 리본 달린 사탕 주면서 고백하나?」

「쟤는 진짜 연애 세포 그쪽이 아예 쑥대밭이야.」

「밭은 무슨 그라운드 제로야. 풀 한 포기 안 자라는 불모지라고.」

「어떻게 저런 흥선이 같은 애가 연애를 하지?」

「이건 뭐 병신도 아니고.」

나를 향한 봇물 같은 타박들을 읽으며 나는 다시금 사물함 사탕 사건을 곱씹어보았다. 분홍 리본에 사탕에 젤리에 장미꽃까지. 여자가 남자한테 주는 걸로 보긴 힘들다. 크흡. 그래. 그랬네. 날 향한 거였어. 어쩜 이렇게 눈치를 못 챌 수가 있지? 내 입에 캔디는 날 향한 마음이었어!

"그 미소는 선우빈이 아니라 내가 지었어야 하는 거였는데!"

고백에 대한 대답은 물론 거절이었을 거다. 나에겐 울 빈이 오빠가 있으니까. 하지만 머리털 나고 처음 받아본 고백이었다. 애인 유무를 떠나 이런 고백 한 번쯤 받고 싶은 건 모두의 로망 아니겠는가. 나는 내 인생 첫 헌팅(?)이자 두 번째 대시를 허무하게 날려먹었다. 미미들의 말처럼, 나는 정말 '연애 고자', 그게 확실히 맞는 모양이다. 연애에 관련된 일에 어쩜 이렇게 시야가 좁을 수 있는지 신비롭기 그지없다. 덕분에 나는 이런 여자가 예뻐 죽겠다는 선우빈이 내 인생의 기적임을 다시 한 번 깨달았다.

봄의 기운이 마지막 절정을 향해 달리고 있었다. 그리고 내 사랑도 별 탈 없이 완연한 봄이었다. 빈이 오빠와 내가 손을 꼭 잡고 교정을 거니는 건 이제 모두에게 익숙한 광경이 되었다. 여기에서 모두란 상후와 선미 언니를 뜻한다. 나는 아직도 이 학교에 친구가 별로 없다.

선우빈과 사귀면서부터는 웬만한 일은 다 오빠와 함께하기 때문에 새로 친구를 사귈 기회도 줄었다.

"드디어!"

나는 손에 쥔 티켓을 하늘 높이 들어 보이며 감격에 겨워했다. 어제 민주와 연우가 내게 말도 없이 불쑥 우리 학교에 와서 학식을 먹고는 조용히 사라졌다. 우리 학교 근처 문구점에서만 파는 펜을 사겠다고 연우가 민주를 끌고 왔단다. 연우는 문구광이었다. 펜, 지우개부터 데커레이션 테이프 등 온갖 예쁜 문구를 사들이는 게 취미였다. 심지어 제가 갖고 싶은 펜을 사려고 일본까지 다녀오기도 했었다. 물론 그 후에 몇 주간 도시락을 싸들고 학교에 다녀야 했지만.

「오늘 관대 학식 먹고 왔다!」

「같이 나온 샐러드에 과일도 들어 있어. 통조림 과일 말고 생과일!」

「돈가스 엄청 크다ㅋㅋㅋ」

「이 가격에 이 퀄이 나오다니. 관대 애정한다.」

연우가 그날 메인 메뉴였던 돈가스를 앞에 두고 찍은 사진을 단체 채팅방에 올렸다. 남의 학교에서도 전혀 기죽지 않고 당당히 브이를 그리며 인증을 한 둘은 그 뒤 돈가스 칭찬에 열을 올렸다.

「그거 먹겠다고 관대까지 간 거야?」

그녀들의 돈가스 품평회가 끝나고 해준이 묻자 연우가 답했다.

「아니, 펜 사러 간 김에 먹은 거야.」
「어쩐지 갑자기 사물함 번호 물어보더라니.」

낮에 연우가 전화를 해서 대뜸 내 사물함 번호를 물었다.

"갑자기 그건 왜?"
[그냥 빨리 말해. 바빠.]
"38번. 근데 그건 왜 물어보냐니까?"
[응. 열공해라.]

그리고 전화는 끊겨졌다. 뭐 이런 놈이 다 있나 했는데.
그때까지만 해도 그들이 우리 학교에 있을 거라고는 꿈에도 생각
못 했다. 수업이 모두 끝나고 사물함 문을 열자, 그 안에 한대 축제 초
대권이 두 장 들어 있었다. 이것 때문에 전화했던 거였구나, 그제야 알
았다. 나는 연우에게 곧바로 전화를 걸었다.

"왔으면 말 좀 하지."
[너 만날 시간 없어서 티켓만 준 거야. 서프라이즈가 재밌지.]
"서프라이즈는 무슨. 암튼 고맙다."
[담에 한 턱 쏴라.]
"하여튼 그냥을 안 넘어가요. 알았어. 가서 많이 팔아줄게."

그렇게 통화를 끝냈는데, 그날 저녁 두 사람이 학식 사진을 채팅창

에 올린 것이다.

「돈가스 먹을 시간에 날 부르면 됐잖아?」
「시간이 많지 않아서 급하게 돈가스 먼저 먹고 펜 사러 간 거였어. 그 사이에 티켓 넣어두기도 바빴단 말이야.」
「그래도 잠깐이라도 보고 가지.」
「몇 초 보겠다고 불러내긴 미안하지. 다음 시간 수업 있어서 빠듯했단 말이야.」

진짜 바빴나 보나. 생각하는 찰나 연이어 대화가 올라왔다.

「그리고 그 시간에 돈가스 하날 더 먹겠다.」
「그래그래. 돈가스 진짜 맛있더라. 담에 또 돈가스 나오는 날 연락 줘.」

난 이들에게 돈가스만도 못한 존재인가. 잠시 고민하다가 수긍해버렸다. 나 역시 이 인간들보단 돈가스가 더 좋다. 우리 사이 이런 사이. 습자지처럼 얇고 빈약한 사이.
'조금 아쉽네.'
미미들한테 우리 오빠 자랑할 수 있는 좋은 기회였는데.

그리고 다시 현재.
"이거 어제 애들이 제 사물함에 넣어주고 갔어요!"
내가 티켓을 꺼내 보이며 말하자 오빠는 연우와 민주가 그냥 왔다

갔다는 말에 아쉬워했다.

"깨비 친구들 왔으면 점심 맛있는 거로 사줬을 텐데."

세상에나. 올해 들은 말 중 상위 10위권 안에는 들 정도로 소름이 끼쳤다.

"오빠, 우리 애들 저만큼 잘 먹어요."

물론 내가 가장 월등하긴 하지만 다른 애들도 식사량으론 어디 가서 뒤지진 않았다. 미미 시스터즈는 고기는 당연히 1인당 400g씩은 먹어야 한다고 생각하는 애들이었다. 상추 같은 채소는 고기 세 점을 한입에 먹기 위한 도구라고 여기는 것이 바로 우리들이었다. 예전에 해준이네 집 근처에 TV에 나온 삼겹살 맛집이 있어서 넷이 그거 먹겠다고 만난 적이 있었다. 그런데 가는 길에 「왕돈가스 4,800원」이라는 간판에 유혹당해 넷이서 돈가스를 먹고 맛집을 갔다. 그리고 거기서도 6인분을 시켜 먹었다. 물론 후식은 별도였다.

"괜찮아, 그 정도쯤은 사줄 수 있어. 이번에 한대 가면 만나겠네?"

"네. 오빠랑 같이 간다고 얘기 다 해놨어요. 강해까지 만나면 좋을 텐데, 걘 시간이 안 된다고 그러네요. 아쉬워."

"강해? 잠깐, 미미 시스터즈 네 명 아니었어?"

"아. 해준이요. 고등학생 때부터 서로 별명만 불렀더니 이름이 빨리 생각이 안 나네. 제 이름까지 헷갈려서 새내기 때 '서민유' 하고 출석 부르면 한 박자 늦게 대답하고 그랬었어요."

"우리 먹깨비는 홍선이고, 해준이는 강해, 민주는 농부였던 것 같고. 연우는……."

"피망이요. 오빠 그걸 다 기억해요?"

"서민유 친구니까."

"어머, 어머."

지나치듯 친구들의 이름과 별명을 말했었는데! 오빠가 정확히 기억하고 있다는 사실에 나는 감동했다.

"빈이 오빠!"

가슴이 찡해서 오빠 팔을 꼭 껴안으며 어깨에 볼을 비비적거렸다.

"응, 난 서민유 거."

"네?"

"오빠 누구 거냐고 물을 거 아니었어? 그럴 타이밍인데."

내 세뇌교육은 나날이 빛을 발하고 있다. 만족감에 내가 꺄하핫, 하고 웃자 오빠도 작게 소리 내어 웃었다. 듣는 사람까지 설레게 만드는 기분 좋은 웃음소리였다.

"확실히 분위기가 많이 다르구나."

우빈 오빠는 처음 와본 타 학교 축제에 흥미로운 시선을 보내고 있었다.

"그렇죠?"

우리 학교 축제는 낮에는 간단한 안주에 맥주를 마시는 펍 같은 분위기였고 밤에는 시끌벅적한 클럽 집합소로 변모했다. 나는 보통 대학 축제는 다 이런 식이라고 생각했었다. 주점과 주점과 또 주점의 향연이라고. 그러나 한대는 그렇지 않았다. 낮부터 생기발랄한, '이게 바로 대학의 축제다'라는 것을 보여주는 상큼한 느낌이었다. 학교 초입부터 늘어선 각 학과 주점에선 단순히 술만이 아니라 과 특색을 살린 메뉴들을 내세웠다. 방금 전에 지나친 일어일문과는 타코야키와 오코노미야키를 판매 중이었고, 지금 지나치는 불문과에서는 다양한 종류의 카나페를 팔았다. 그 덕에 민주를 만나러 가는 길목마다 이 메뉴, 저 메뉴를 다 거치고 왔다.

'오늘 내가 뼈를 묻을 곳은 여기야.'

하나를 먹으면 바로 옆에 먹고 싶은 게 또 하나 생기는 마법 같은 축제다.

"한국대가 1년 내내 축제만 했으면 좋겠다."

소박한(?) 나의 소망에 오빠는 웃음을 터트렸다. 나는 진심으로 한 말인데 오빠는 농담으로 여기는 듯했다. 오빠는 지금 한 손으로 내 손을 잡고, 다른 손으로는 내가 야무지게 해치운 간식들의 잔해를 들고 있었다. 과일꼬치, 닭꼬치, 타코야키, 카나페 등등. 지나오면서 먹은 흔적이 고스란히 보였다. 처음엔 하나였는데 어느 새 잔해가 꽤 쌓였다. 아무리 나라도 조금은 부끄럽다.

"아직 민주도 못 만났는데 배가 다 부르려고 하네."

정문에 도착했을 땐 배가 고팠는데 어느새 허기가 가셔 있었다. 사실 배가 부를 정도까진 아니었지만 부끄러움에 그렇게 말해보았다.

"이 정도로?"

오빠는 믿을 수 없다는 표정을 지으며 손에 든 쓰레기를 들어 보였다. 일회용 종이 접시가 몇 개 포개진 위로 수북한 나무젓가락과 꼬치들이 보인다.

"아이, 그냥 그렇다고 넘어가 줘요. 그 잔해들 보니까 좀 부끄럽거든요."

"우리 먹깨비답지 않게 소심하네. 위장만큼은 장군감인데."

뭐지. 이거 칭찬이야, 욕이야? 내가 오빠를 곁눈으로 찌릿하게 훑자 오빠가 껄껄 웃는다. 그런 오빠의 모습에 나도 씩 웃어버렸다.

"오빠, 저기 쓰레기통 보이네요. 그거 버리자."

근처에 마땅히 버릴 만한 곳이 보이지 않아 오빠가 계속 쓰레기를 들고 있었다. 길가에 놓인 쓰레기통에 손에 들고 있던 것을 휙 던져 넣는 우빈 오빠에게 주변의 시선이 모여드는 게 보인다. 타 학교에 와서도 오빠의 미모는 여전히 빛을 발하고 있다. 흐흐흐. 이게 바로 내 남자입니다.

"저긴가?"

저 멀리 민주가 있는 농생명학과 간판이 보일 때쯤, 앞에서 터벅이며 걸어오는 낯익은 얼굴을 발견했다.

"농부!"

반가움에 민주를 버럭 부르고 양손을 흔들며 인사하자, 민주도 화답하듯 씩씩하게 양손을 흔들며 내게 다가왔다. 소매가 조금 짧은 빨간 티셔츠에 청 반바지를 입고 있는 민주는 밀짚모자까지 쓰고 있었다. 아까 학교 입구에서 팔고 있던 거였다.

"이상하다. 어디서 봤지?"

민주의 의상이 묘하게 낯익다. 나는 미간을 살짝 찌푸리며 고민에 빠졌다. 뭐지? 분명 어디서 봤던 느낌인데.

"안녕하세요. 흥선이 친구예요."

"반가워요, 선우빈입니다."

가까이 다가온 민주와 오빠가 인사하는 소리를 듣는 순간 생각이
났다.

"홍선이한테 얘기 많이 들었어요. 아유, 어쩌다 이렇게 괜찮으신 분
이……."

민주는 진심이 담긴 안타까워하는 얼굴로 우빈 오빠를 보며 말했
다. 이게 내 친구라니. 너 이 자식 어디 애인만 생겨봐라.

"고무 고무!"

해적이 나오는 유명 만화의 주인공 옷차림을 한 주제에 날 까대다
니. 내 외침에 민주는 표정을 와락 구겼다.

"그 소리 오늘 3,287번은 들었다."

"으하하하!"

역시 사람들 보는 눈은 다 똑같나 보다. 나는 말 그대로 목청이 보
일 정도로 우렁차게 웃었다.

"적당히 좀 웃지?"

민주가 눈살을 찌푸릴 때까지 웃은 나는 민주를 향해 물었다.

"일부러 그렇게 입고 온 거야? 축제라서?"

"그럴 리가 있나? 집에서 입고 나올 때만 해도 몰랐어. 햇빛 때문에
눈부셔서 우리 과 주점에 굴러다니던 모자 하나 뒤집어썼는데, 그때
부터 사람들이 '고무 고무'라고 난리더라."

"어쩜 그 많은 옷 중에 골라 입은 게 빨간 티셔츠에 청 반바지래.
아, 웃겨."

나는 민주의 따가운 눈총을 받으며 몇 분을 더 웃었다.

"근데 농부 너 왜 여기 있어? 학과 주점에 있어야 하는 거 아냐?"

"내가 거기 있을 짬밥이냐. 후배들이 다 하고 있어. 걱정 마."

"피망은?"

"걔 지금 우리 학과에서 술 퍼."

"낮부터? 술 말고 먹을 거 많더만."

"우리 과에서 막걸리랑 소시지 직접 만들었거든. 그거 시음하다가 필 받았어."

"막걸리를 만들어?"

"소시지도 만들었지."

민주는 손가락으로 브이(v) 자를 그려 보였다.

"소시지를 어떻게……?"

오빠의 질문에 민주가 답했다.

"우리 과에서 돼지 키우거든요. 그 돼지 직접 잡아서 만든 거예요. 이런 거 어디 가서 못 드실걸요? 원산지, 원재료 백 퍼센트 유기농 보장!"

나와 오빠의 입에서 동시에 탄성이 흘러나왔다.

"막걸리도 맛있어요. 나름대로 학생들 검증도 받은 거야."

축제 전에 효모의 배율을 달리한 막걸리를 여러 개 만들어 시음행사를 진행했다고 한다. 그중에 제일 맛있는 걸 설문해서 그 결과를 토대로 만들었다고. 들을수록 신기했다. 막걸리랑 소시지를 직접 만들다니. 자기들도 이렇게 해본 건 올해가 처음이라며 민주가 웃었다.

"그러니까 올해 잘 온 거야."

"응. 진짜 그런 거 같다."

"저 아래 해양생물학과는 뭐 하는 줄 알아?"

해양생물학과라. 흠. 글쎄. 우리 학교엔 없는 과라 예상도 안 된다.

"회라도 뜨나?"

"응."

헐. 그냥 농담으로 던진 말이었는데. 나와 오빠의 입에서 다시 한 번 탄성이 흘러나왔다. 해양학도들이 회를 떠 판단다. 정말이지 남다른 축제 규모다.

민주를 따라 민주네 학과 주점에 가니 사람들이 한 곳에 원을 그리고 모여 있었다.

"뭘 구경하는 거지?"

오빠도 궁금했던 모양이다. 나보다 오빠가 반걸음 앞서 다가갔다.

"엉?"

원 가운데엔 연우를 비롯한 세 명의 남자, 총 넷이서 판치기를 하고 있었다. 커다란 책 위에 동전을 올려놓고 손바닥으로 책을 팡 쳐서 뒤집히는 동전 수만큼 돈을 가져가는, 약간의 사행성이 있는 오락이었다. 중학교 졸업 후론 본 적이 없던 광경을 이제 와 여기서 볼 줄이야.

"캬학학학학!"

한대 도서관 라벨이 붙은 〈현대 외교 정책론〉 책은 가운데가 볼록하게 아치형을 그리고 있는 상태였다. 동전이 잘 넘어가게끔 만들어진 모습을 보니 이미 여러 판 했나 보다. 내기의 열기로 후끈한 가운데 요란한 웃음소리를 내며 열심히 동전을 넘기고 있는…….

"부끄럽네요. 저런 친구라."

오빠가 보는 내 친구의 첫 모습이 저런 거라니 (엄밀히 말하면 완전

처음 본 것은 아니었다. 하지만 정식으로 만나기는 처음이니까) 우리의 비닐봉지처럼 얇고 빈약한 우정을 이제 끝낼 때가 온 것인가 진지하게 고민해본다.

"홍선이 왔나?"

400원을 한 방에 따낸 연우가 방싯거리며 무리에서 나왔다. 술기운이 올라 발그레한 볼이 볼 터치를 한 것처럼 보였다. 술은 가뜩이나 인형같이 생긴 애를 더 인형 같아 보이게 만들고 있었다. 연우는 내 옆의 우빈 오빠에게 꾸벅 인사를 했다. 피망은 과연 무슨 소릴 할 것인가.

"전생에 무슨 큰 죄가 있어 우리 홍선이를⋯⋯."

역시 이민주 친구다. 이 잔디 인형 같은 자식. 우리 우정 굿바이.

"우리 여기까지만 하기로 하자. 미미 시스터즈 너무 오래 왔어. 해체해."

단호한 내 결단을 두 사람은 들은 척도 하지 않았다. 연우는 방금 전 판치기로 무려 4,700원이나 땄단다. 타짜인가. 저 자그마한 손바닥으로 얼마나 야무지게 책을 후려친 거야?

"나 오늘 많이 땄다. 기분 좋게 막걸리, 쏘겠어!"

타짜는 존경해야 합니다.

"꺄아!"

"워후!"

나와 민주의 열띤 환호를 들으며 연우가 어깨를 으쓱해 보였다. 그러고는 우빈 오빠를 데려다 자리에 앉혔다. '뭐 이렇게 친구 남자친구에게 거리낌이 없어?' 하고 말할 수 없는 게, 연우는 친화력 대장이었다. 나와는 딴판으로 어딜 가도 친구를 만들어 오는 능력이 있었다. 그런 연우를 두고 해준은 '쟤는 월북하면 김정은 하고도 친구 먹을 놈'이라고 표현했다.

술자리는 유쾌했다. 내 친구들답게 미미 시스터즈는 내가 소리치기 바로 직전까지 나를 들었다 놨다 했다. 흑역사만 말하지 말아 달라는 간절한 내 눈빛에 그들 역시 눈빛으로 '치맥'을 요구하며 딜을 걸었다.

"크흑."

울며 겨자 먹기로 그들의 제안에 오케이를 했다. 역병 환자 됐던 그런 일화는 흑역사 축에 끼지도 못할 정도로 나, 아니 우리 모두의 고등학교 시절은 시트콤스러웠다. '까르르' 웃는 예쁘고 상큼한 여고생과는 거리가 먼, 뭐랄까. '으학학학!' 하고 웃는 걸쭉한 사나이 느낌이라고 해야 하나. 하여튼 그런 걸 애인 앞에서 꺼내 보이고 싶진 않다.

아이들은 내 부탁을 들어주었지만 천부적인, 신명 나는 입담으로 날 요리했다. 흑역사의 경계를 간당간당하게 넘지 않는 선에서 말이다. 덕분에 난 그야말로 좌불안석이었다. 그들은 날 요리하면서도 중간중간 상황 설명을 넣어주며 오빠가 불편하지 않게 배려했다. 착한 녀석들이다. 내가 아닌 우빈 오빠한테만. 못 온다던 해준까지 등장하면서 술자리는 더 화기애애해졌다.

"친구들, 재밌네."

"하하. 오빠 좀 정신없었죠?"

"아니. 떠들썩한 게 이렇게 신나보기는 처음이야. 좋은데."

날 굽고 튀기던 미미 시스터즈는 내가 너덜너덜해진 이후에야 이제 데이트 좀 하다가 가현이나 보러 가라고 우릴 쫓아내 줬다. 덕분에 오빠와 나는 지금 민주네 주점을 벗어나 한대 교정을 거니는 중이었다. 조금 전, 시각디자인과 행사장에서 우빈 오빠가 룰렛 돌리기로 솜사탕을 얻어냈다. 보통 것보다 1.5배 정도 커 보이는 솜사탕이었다.

"후후. 계획대로야. 내가 안 돌리길 잘했지."

룰렛 도우미는 여학생이었다. 나는 그녀가 오빠 얼굴에서 시선을 못 떼는 것을 캐치하자마자 조용히 뒤로 물러나 있었다. 마치 일행이 아닌 것처럼. 커다란 솜사탕을 받아 온 오빠 뒤에서 지켜보던 내게 바로 솜사탕을 내밀었고 여학생들의 얼굴에는 안타까움이 번졌다. 후후후. 미안. 이 남자 임자가 있단다. 나는 내 얼굴보다 큰 솜사탕을 야금야금 녹여 먹었다. 달달한 분홍 구름이 입 안에서 흩어졌다.

"끈적끈적해."

오빠 입에도 넣어주느라 솜사탕을 몇 번 손으로 뜯었더니, 손가락이 끈적였다.

"잠깐 화장실 갔다 올게요."

그렇게 말하곤 눈앞에 보이는 건물로 들어가 화장실에서 손을 씻고 나왔다.

"흐음."

오빠에게 뛰어가려던 난 건물 입구에 서서 날 기다리고 있는 오빠의 모습에 걸음을 멈췄다. 사람들이 선우빈에게 시선을 보내는 것은 비단 키가 커서 때문만은 아닐 것이다. 오빠를 감싸고 있는 특유의 아우라는 오빠에게 쉽게 다가갈 수 없는, 주변 공기를 압도하는 동시에 사람들을 끌어들이는 그런 힘이 있었다. 한 시간 후면 공연이 시작될 예정이라 운동장에서 꽤 거리가 있는 이곳엔 사람들이 많지 않았다. 그래서 주변을 스치는 사람들이 모두 오빠를 흘끗거리며 지나가는 것이 잘 보였다. 나는 종종종 달려가 오빠 등을 와락 껴안았다.

"이러지 마세요. 여자친구 있습니다."

오빠가 내 팔을 손으로 감싸며 말했다.

"어머, 말이랑 행동이 다르신데요. 제가 마음에 드시나 봐요?"

"목소리가 예쁜 걸 보니, 제 여자친구보다 더 마음에 드는데요. 이런 저돌적인 백허그도 좋고요."

"진짜야, 선우빈? 여자친구보다 더 마음에 들어?"

우빈 오빠가 키득거리며 뒤를 돌았다.

"솜사탕 제대로 안 닦였잖아."

"그래요? 이상하다. 손 잘 닦았는······."

오빠의 입술이, 아니 혀가 내 입술을 핥았다. 빠르게 내 입술을 핥은 혀가 떨어져 나가고, 나는 멍하게 오빠가 제 입술을 혀로 핥는 것을 바라보았다.

"달콤하네. 가자. 가현 봐야지."

정말이지, 선우빈은 심장에 안 좋다.

공연장을 향해 가는 길이었다. 어둠이 내려왔지만 사방에 있는 조명들 때문에 지난번 놀이 공원 폐장 시간에 조명들의 환송을 받으며 걷던 느낌이 났다. 그 생각에 괜히 설렘과 동시에 차에서 이어진 키스가 생각나 버렸다. 아, 이런. 음란마귀 또 오겠네. 생각하지 말아야지.

괜히 민망한 마음이 들어 오빠 손을 더 꼭 잡았다. 그리고 그에 화답하듯 오빠도 내 손을 좀 더 꼭 쥐는 찰나, 나는 길을 잘못 든 어린 양 둘을 만났다.

"오빠, 잠깐만요."

우빈 오빠를 잠시 세워두고 나는 양 두 마리를 향해 늑대처럼 다가 갔다. 그리고 번뜩이는 눈빛으로 두 양의 귀를 양손으로 하나씩 힘껏 움켜쥐었다.

"으아아아!"

"아악!"

"니들이 여기 왜 있어?"

"어? 쌤? 아아, 아파요!"

"민유 쌤, 놔줘요. 진짜 아파!"

수민과 윤찬이었다.

"여긴 어떻게 들어왔어! 어?"

"으앗!"

"악!"

나는 아이들의 귀를 던지듯 놨다. 수민과 윤찬은 제 귀를 주무르며 나를 머쓱하게 쳐다보았다.

"쌤은요? 왜 여기 계세요? 쌤 학교 축제 안 해요?"

"그게 무슨 상관이니? 너네 진짜 어떻게 들어온 거야?"

"인터넷으로 초대권 샀어요."

암암리에 인터넷으로 티켓 거래하는 사람이 너희들이구나.

"설마, 학교 땡땡이치고 온 건……."

"그건 절대 아니에요!"

두 놈은 강력하게 부인했다.

"정말이지? 근데 이 시간에 여기 있다는 건……. 너네 야자는?"

"야자는…… 몰래 빠져나왔어요."

"그치만 진짜 수업은 다 들었어요!"

"부모님은 아시니?"

내 말에 두 녀석은 눈에 보이도록 움찔하더니 갑자기 나를 와락 안
았다.

"민유 누님! 아니, 스승님! 제발, 제발 이번 한 번만 눈감아주소서!"

"쌤, 나 가현 보려고 형 카메라까지 몰래 가져왔단 말이에요! 고화
질 동영상 잘 찍어서 쌤한테도 넘길게!"

비글 두 놈이 나에게 매달려 징징거렸다. 촬영은 무슨, 그 전에 쫓겨
나지나 마. 너희들 누가 봐도 고딩이 사복 입고 어슬렁거리는 걸로 보
이거든. 여태 퇴장 안 당한 게 용하구나. 나는 아이들에게 당장 돌아가
라고 말하려 했다. 하지만 두 녀석은 거의 울기 직전의 눈동자를 하고
있었다. 비글은 어디 가고 슈렉의 장화 신은 고양이가 있다. 그래, 수
업까지 다 듣고 온 애들인데 야자 정도야 뭐. 딱 한 번만 봐준다.

"가현만 보고 집에 가는 거다? 주점 근처에서 어슬렁거리면 죽는
다."

"당연하죠! 온리 가현 보러 온 거라니까?"

"민유 쌤, 진짜 사랑해."

녀석들의 사랑 고백이 쏟아졌다. 그 고백 속에 '우리 집에 절대 말
하지 말아주세요'라는 녀석들의 애절한 속마음이 들렸다. 그때였다.

거친 손길에 나를 부둥켜안고 있던 두 녀석이 한 번에 떨어져 나갔다.

"이거, 무슨 일이지?"

머리 위에서 스산한 목소리가 들렸다. 웃고 있는데, 분명히 웃는 얼굴인데 왜인지 무릎을 꿇고 빌어야 할 것 같은 우빈 오빠의 얼굴이 보였다. 오빠의 냉기에 두 마리 비글은 얼어서 눈만 깜빡였다.

"벼, 별일 아니에요."

어찌나 찬바람이 쌩쌩 부는지 나도 비글들만큼이나 겁이 나 목소리 끝이 살짝 떨렸다. 나까지 겁먹을 건 뭐람. 근데 우빈 오빠는 갑자기 왜 이렇게 저기압이야.

"별일이 아니야? 그런데 왜 그렇게 부둥켜안고 있어?"

우빈 오빠의 추궁에 수민과 윤찬이 쭈뼛거리며 내 눈치를 살폈다.

"오빠, 얘네들 제 과외 학생들이에요. 수민이하고 윤찬이."

내 소개에 둘은 우빈 오빠에게 꾸벅 인사했다.

"아아."

성의 없이 '아아'를 내뱉는 오빠의 목소리는 여전히 심기 불편한 기색이다. 일단 오빠 눈에서 애들을 좀 치우고 나서 얘기해봐야겠다는 생각이 들었다. 나는 급히 둘을 공연장으로 보냈다.

"가현 무대만 보고 빨리 집으로 돌아가. 알았지?"

"네!"

"어머님께 확인 전화 할 거야! 너희 둘 다!"

아이들은 우리에게 꾸벅 인사를 해 보이고는 뒤도 돌아보지 않고 서둘러 공연장으로 향했다.

"남자애들 과외였어?"

아이들이 사라지는 모습을 끝까지 지켜보던 우빈 오빠가 입을 열었다. 뭔가 불만이 있는 듯한 목소리다.

"쟤들 둘이 한 팀이고 나머진 여자애예요."

"평소에 과외 할 때도 껴안고 그래?"

"아뇨! 껴안긴 뭘 껴안아요? 지금 지들 잘못한 거 덮으려고 날 잡은 거예요. 쟤들이 어떤 애들인데요. 지들이랑 같이 동반 입대 하자는……."

내가 열심히 설명했지만 오빠 미간은 여전히 찡그려진 채였다.

'오빠, 설마…….'

나는 문득 오빠의 기분이 저조한 원인이 추측되었다. 헛, 놀라라. 어머 어머. 선우빈이. 그 선우빈이 지금!

"오빠. 날 아청법으로 보내버리고 싶은 거예요?"

질투하는 선우빈이라니, 이게 말이나 돼? 귀여워서 미치겠네. 오빠의 기분과는 반대로 내 입꼬리는 하늘로 승천 중이시다.

"저런 핏덩이들 데리고 뭘 한다고요."

"나이가 아니라 성별이 문제야."

"네?"

"저것들이 남자인 게 문제라고."

오빠는 부끄러운 듯 작은 목소리로, 하지만 확실한 어투로 말했다. 끄으으. 왜 지금 여긴 막힌 장소가 아닌 거죠? 대체 왜? 사방이 막혔다면, 아니 한 면만 막혔으면 좋겠다. 우빈 오빠 껴안고 폭풍 키스 좀 퍼붓게.

"빈이 오빠. 내가 오빠 정말로, 정말 사랑하는 거 알아요?"

나는 키스 대신 오빠를 꼬옥 껴안았다. 그리고 질투로 민망해하는 오빠의 얼굴을 바라보았다.

"나 오빠 거야. 선우빈이 내 거인 것처럼. 그러니까 괜한 걱정하지 마요. 내가 선우빈 아니면 누굴 만나."

오빠의 표정이 서서히 풀리는 것을 보며 나는 오빠 품에 얼굴을 묻었다.

"가현, 최고!"
"으아아악!"
"앵콜! 앵콜!"

가현은 스키니진에 배가 드러나는 티셔츠만으로도 얼마든지 섹시할 수 있다는 걸 알려주었다. 노출이 많거나 화려한 무대 의상은 아니었지만, 그녀는 축제다운 화끈한 무대를 선보였다. 하지만 오빠를 즐겁게 한 것은 가현이 아니라 나였다. 오빠는 섹시한 가현을 보며 미소 짓는 것이 아니라 나를 보고 배를 잡으며 웃었다. 방방 뛰며 열심히 노래를 따라 부르고, 안무 동작을 열심히 따라 하는 그런 내 모습 말이다. 가현의 무대를 마지막으로 공연이 모두 끝이 났다. 나는 공연이 끝나자마자 비글 두 마리에게 메시지를 보냈다.

「앞으로 한 시간 내, 집에 있는 증거 사진을 보내지 않으면 지체 없이 부모님께 연락한다.」

얼마 지나지 않아 답장이 왔다.

「지금 정문 나가고 있어요! 가현 개셱!!!!!!」

「쌤! 우리 사진 겁나 잘 찍었어!」

가현의 무대에 꽤나 신이 났나 보다. 녀석들의 흥분이 고스란히 문자에 느껴졌다. 개셱이라니. 좀 표현이 거시기하지만 맞다. 가현은 요즘 애들 말로 '개셱시'했다. 나도 가현 응원에 에너지를 쏟아부었더니 뱃속이 요동을 치고 있었다.

"먹깨비, 배 안 고파?"

"고파요."

공연 때문에 주위가 시끄러웠기에 망정이지. 안 그랬으면 진작 오빠에게 꼬르륵 소리를 들켰을 거다.

"학교 나가서 뭐 좀 먹고 가자."

"선우빈?"

내가 대답을 하려는데 누군가가 오빠를 불렀다.

"맞네?"

체크무늬 셔츠를 입은 한 남자가 반가움이 가득한 얼굴로 다가왔다.

"자식이, 왔으면 연락 좀 하……. 누구시냐."

남자는 오빠 어깨를 탁탁 치며 반가워하다 옆에 붙어 있는 날 보고 멈칫했다. 우빈 오빠가 착한 일 엄청 많이 하고 교회에 가면 '옜다, 선물이다' 하고 줄 것 같은 남자라면, 앞의 남자는 순정만화에 나오는 이웃집 친근한 오빠 같았다.

"여자친구."

"어어? 어. 그렇구나."

오빠의 대답에 저 놀라는 눈초리를 보라. 무슨 의미인고. 내가 성에 안 찬다는 것이냐. 아님 여자친구 데리고 축제에 온 선우빈이 놀랍다는 것이냐.

"처음 뵙겠습니다. 진송웁니다. 이 녀석 고등학교 친구고요."

"안녕하세요. 서민유예요. 오빠에게 말씀……."

'말씀 많이 들었어요'라는 인사치레는 끝맺음을 할 수가 없었다. 나는 오빠에게 몇몇 대학 동기들에 대한 이야기는 들었어도, 고등학교 친구 이야기는 들은 적이 없었다.

"한 번도 들은 적이 없죠? 이 자식 원래 그래요. 우리 얘길 안 해. 너 우리가 부끄럽냐?"

"알면 입 다물어. 담에 보자. 우리 밥 먹으러 갈 거야."

'어머나, 입 다물라니. 우빈 오빠 이런 말도 하네?'

고등학교 때 친구라 그런가. 오빠는 대학 동기들과 이야기할 때와는 사뭇 다른 모습이었다. 훨씬 편안해 보였다.

"야, 여기 천지가 먹거린데. 여기서 먹지? 태한이 그 자식도 있어."

태한이라는 사람은 또 누구일까.

대화를 들어보니 우빈 오빠와 진송우 씨. 그리고 방금 언급된 '태한이 그 자식'은 퍽이나 친해 보였다. 오빠는 난감한 얼굴로 나를 보았다. 내가 불편해하지 않을까 하는 눈치였다.

"괜찮아요. 오빠도 오늘 내 친구들 봤잖아요. 나도 오빠 친구들 만나보고 싶어요."

"오, 좋아. 너보다 네 여자친구가 더 낫네. 갑시다! 회 좋아해요? 저

밑에서 회 뜨고 있는데."

"좋아요. 사실 거기 가보고 싶었어요."

생글생글 웃는 내 모습에 오빠도 마음을 놓는 눈치였다. 나는 오빠 손을 꼭 잡고 송우 오빠를 따라 신나게 걸었다.

"야, 자리 좀 만들어!"

남자 셋이 앉아 있는 자리를 향해 송우 오빠가 소리를 질렀다.

"뭐야, 선우빈이잖아? 네가 이런 덴 웬일이냐?"

가운데 앉아 있던 남자가 일어나 우빈 오빠를 손가락으로 가리키며 말했다.

"얘가 태한이에요. 김태한. 야, 우빈이 여자친구시다."

"어엉? 선우빈 여자친구?"

'오빠 친구들은 얼굴을 기준으로 사귀나?'

태한이란 남자 역시 따뜻함이 넘치는 훈훈한 모습이었다.

"안녕하세요. 서민유라고 합니다."

"예에."

그는 얼떨떨한 표정으로 내 인사에 답했다. 김태한 씨는 선우빈의 얼굴, 내 얼굴 그리고 꼭 잡고 있는 손을 번갈아 보더니 이내 믿을 수 없다는 눈빛을 선보였다.

"저기, 미안한데. 잠깐 자리 좀 내줘라. 고등학교 친구들이 왔어."

그는 같이 술을 먹고 있던 사람들을 다른 테이블로 보냈다.

"앉아요. 여기."

그러면서 태한 오빠는 손을 들어 보이며 큰 소리로 주문을 했다.

"여기, 광어회 대짜 하나!"

대짜면 네 사람이 배불리 먹을 수 있는 건가? 회가 얼마나 나올지 궁금해 슬쩍 주변 사람들의 접시를 스캔해보는데, 주문한 지 얼마 지나지 않아 바로 회가 세팅되었다. 제법 양이 괜찮다. 세상에, 대학 주점에서 회를 다 먹어본다. 해양학도들이 썰어낸 회는 무슨 맛인고. 나는 신명 나게 나무젓가락을 잡았다.

"자."

내가 일회용 젓가락 껍질을 벗기기도 전에 오빠가 예쁘게 반으로 갈라진 젓가락을 내밀었다.

"오빠 고마워요."

"이거, 넣어 먹어?"

우빈 오빠가 고추냉이를 가리키며 물었다.

"많이요. 엄청 많이. 간장이 연두색으로 보일 때까지."

내 말에 오빠는 제 고추냉이까지 반 이상 덜어 내 앞에 놓인 일회용 간장 종지에 풀어주었다.

"맛있겠다!"

내가 연두빛 간장에 입맛을 다시는데, 묘한 분위기가 느껴졌다. 고개를 돌려 앞을 보니 맞은편에 친구들이 경악한 얼굴로 오빠를 바라보고 있었다.

'뭐지. 저 기묘한 시선은.'

내가 의아해하는 그때, 오빠 전화기가 울렸다.

"잠깐 전화 좀 받고 올게. 금방 올 테니까……."

자리에서 일어서며 우빈 오빠가 제 친구들을 노려봤다.

"애한테 헛소리하지 마라."

우빈 오빠의 뒷모습을 보며 두 친구는 얼이 빠진 표정이었다.

"내가 진짜 살다 보니 별 광경을 다 본다."

"선우빈, 저거. 어휴."

둘은 함께 혀를 차더니 앞에 있는 날 보고 아차 하는 얼굴을 했다.

"왜, 그러시는 거죠?"

내 질문에 송우 오빠가 설명을 해주었다.

"선우빈이 이러는 거 처음 봐서 적응이 안 돼서 그러는 거예요."

"이러는 게 뭔데요?"

"젓가락 챙겨주고, 양념 풀어주고 그런 거."

이게 왜? 오빠가 매번 자연스럽게 해주는 일인데.

"야, 난 그거보다 손잡고 돌아다니는 게 더 충격이다. 저기, 민유 씨
라고 했죠? 민유 씨는 대체 저 자식 뭘 보고 반한 거예요? 역시 상판
인가?"

태한 오빠의 말은 조금 거칠었다. 하지만 거친 말투보다 그 속에 잔
뜩 배인 황당함이 더 신경 쓰였다. 대체 뭐가 그렇게 잘못된 거지.

"얼굴도 부정할 순 없지만 그것보다는 다정해서 좋았어요. 잘 챙겨
주고, 배려해주고 하는 점이요."

"내가 들은 선우빈 평가 중 가장 어울리지 않는 말이군."

울 빈이 오빠는 다정함의 화신인데? 나는 송우 오빠의 말에 이해힐
수 없다는 표정을 지었다.

"저 녀석, 무정과 무심의 아이콘이에요."

태한 오빠의 말이야말로 내가 아는 선우빈하고는 어울리지 않는 평
가다.

"성질도 더럽지."

"말도 안 돼요! 그야 화나면 좀 무섭긴 해도 더러운 건 절대 아닌데."

내 얼굴엔 지금 물음표가 잔뜩 달렸을 게 분명하다. 오빠들의 이야기는 도통 이해할 수 없었으니까. 두 남자는 뭔가 귀엽다는 얼굴로 피식피식 웃었다. 아, 물론 내가 귀여운 게 아니라 선우빈이 귀엽다는 얼굴이다.

"짜식, 제대로 빠졌나 보네."

"그러게. 나는 쟤 결혼 못 할 줄 알았지."

"난 커밍아웃도 생각했어."

"대체 우빈 오빠가 어떻길래 그 정도인가요?"

친구들의 신랄한 평가에 나는 궁금증이 치솟았다.

"난 저 새……. 아, 미안해요. 그래도 여자친구 앞인데."

송우 오빠가 뒤에 '끼' 자를 붙이려다 급히 말을 바꾸었다. 오빠 친구들이 날 선우빈 여자친구로 대해주니 괜히 어깨가 우쭐하는 기분이 든다.

"우빈이랑 초등학생 때부터 알았는데, 어릴 때부터 쟨 저렇게 생겼었어요."

저 멀리서 통화하고 있는 우빈 오빠를 엄지로 가리키며 송우 오빠가 말했다.

"우빈 오빠 어릴 적엔 노안이었구나."

"푸흡!"

나의 노안 발언에 태한 오빠가 마시던 소주를 뿜었다. 송우 오빠 역시 얜 뭐지 하는 눈빛으로 날 잠시 바라보았다. 잠시 멈칫했던 송우 오빠가 말을 이었다.

"아니, 잘생겼었다고."

아. 그 말이었구나. 난 또 옛날부터 저 나잇대 얼굴이었다고.

"보기와는 다른 매력이 있네. 우빈이 여자친구는."

그렇습니다. 제 매력이 이런 겁니다.

"저 녀석, 외모 덕에 어릴 적부터 사람들한테 엄청나게 관심 받고, 시선 받고 자라왔어요. 그런데 문제는 쟨 그걸 아주 싫어한다는 거지."

맞아. 오빤 사람들의 시선에 겉으로는 무덤덤해 보여도 실은 싫어하는 눈치였어.

"사람들 입에 자기 얘기 오르는 것도 싫어하고. 그래서 우빈이는 의도적으로 주변에 관심을 전혀 안 뒀어요. 조금이라도 걔 시선이 닿으면 오해하는 애들이 많았거든."

"어릴 적부터 잘생기면 피곤한 거구나."

평생 그런 피곤함을 한 번도 겪어보지 않은 나는 마치 신세계 이야기를 듣는 듯했다.

"그런 성격이 자연스레 선우빈이 제 주위에 접근금지 테두리를 두르게 했죠. 그렇다 보니 다가오는 사람도 없고, 마음 내보일 일도 없어졌을 거예요. 아마 그 상태가 우빈이는 편했을 거고. 아무것도 신경 쓰지 않아도 됐으니까요."

송우 오빠의 말에 이어 태한 오빠가 덧붙였다.

"연애를 하려면 일단 상대방에 대한 호감을 드러내는 게 첫 단계잖아요?"

나는 맞장구치듯 고개를 맹렬히 끄덕였다. 맞다. 선우빈도 '사귀자'
는 말에 앞서 내게 호감을 드러내며 '수작'을 부렸다. 내가 그 호감을
늦게 읽었던 게 문제라면 문제였지.

"그런데 호감은커녕 사람한테 관심도 안 갖는 놈이니까 아마 평생
혼자 살겠거니 했지. 아니면 대충 조건만 보고 만나서 적당히 괜찮은
사람한테 적당히 괜찮은 신랑 노릇이나 하면서 살거나."

"남들 하는 것같이 손잡고 데이트하고 입 맞추고 그런 거 귀찮아할
녀석이잖아. 선우빈은."

말도 안 돼! 선우빈 씨가 '그 정도 녀석'이었단 말이야? 나로선 상
상도 할 수 없는 모습이다.

"그런 놈이 제 마음 다 드러내 보이는 연애를 어떻게 하겠어? 그렇
게 생각했죠. 방금 전까지."

"그래도 선우빈은 자기 테두리 안에 들어온 사람에겐 정말 좋은 녀
석이에요."

"그러니까 우리 얘기를 듣고 지금 다정하게 구는 게 가식은 아닐까
걱정하지 마요."

"민유 씨가 그런 걸 전혀 느끼지 못했다는 건, 선우빈이 처음부터
민유 씰 완전히 받아들였다는 이야기니까."

그러면서 송우 오빠는 그 특권을 마음껏 누리라고 했다. 선우빈과
사귀게 되면서 나 참 대단하다고 생각했는데, 그 정도가 아니었다. 난
전생에 나라를 구한 게 아니라 지구라도 구했나 보다. 선우빈의 울타
리 따윈 한 번도 느껴본 적 없었다니. 마음이 간질거린다.

"우와."

나는 살짝 달아오른 뺨을 양손으로 감쌌다. 온몸에 소름도 살짝 돋았다. 나는 멀리서 통화를 하고 있는 우빈 오빠의 뒷모습을 멍하니 바라보았다.

"뭘 하느라 저렇게 오래 걸려? 기다리다 소주 썩겠네. 술 할 줄 알아요?"

"낮에 옆 동네에서 막걸리 한잔 먹고 온 길입니다."

내 말에 태한 오빠가 웃으며 소주를 따라주었다. 우빈 오빠를 뒤로하고 셋이서 건배를 했다.

"참, 우빈 오빠 친구시잖아요. 말 놓으세요."

"응. 그래."

KTX급 빠른 수긍이었다. 오빠 친구들은 유쾌한 성격이었다. 이렇게 함께 친하게 지내는 사람이 우빈 오빠 포함 총 다섯 명인데 하나는 지금 유학을 가 있고, 다른 하나는 타 학교에 다니고 있다고 했다.

"어떻게 오빠와 친구가 되신 거예요? 우빈 오빠가 막 접근 금지 포스 풍겼다면서요?"

내 질문에 두 사람은 서로 눈빛을 교환하며 키득거렸다. 무슨 일이 있었던 거지?

"저 자식, 엄청 고고하게 굴었지."

"인상 팍 쓰는 게 진짜 재밌었는데."

오빠들의 추억담이 펼쳐졌다. 네 사람은 도도한 한 떨기 장미같이 굴던 선우빈이 신기했단다. 그래서 선우빈의 무표정을 깨부수어 보자는 목표(?)를 세웠다고. 물론 처음에 선우빈은 오빠들을 치가 떨리게 싫어했다고 한다. 오빠들은 항상 무표정하던 선우빈이 대놓고 싫어하는 것이 재미있었고, 그렇게 넷은 번갈아가며 우빈 오빠의 성질을 돋우다 결국 친구가 됐단다. 친구가 되는 방법도 참 여러 가지다.

"저 정도 급이 되어야 선우빈을 가질 수 있는 거였구나."

태한 오빠가 나를 보며 말했다.

"어떤 급?"

송우 오빠의 물음에 태한 오빠는 나를, 정확히는 내 젓가락을 가리켰다.

"젓가락질 봐. 회를 가로로 떠먹고 있어."

선우빈은 이미 내가 먹깨비인 것을 아주 잘 알고 있으니 나는 마음 놓고 주린 배를 채우고 있었다. 오빠 아닌 다른 남자 사람에게 굳이 내 위장을 속일 필요도 없었고. 그런데 두 사람 눈엔 내가 신기하게 비친 모양이다.

"회 한 점 엄청 작은데 언제 한 점씩 먹고 있어요. 세 점씩은 넣어줘야 씹는 맛이 있죠."

"으하하하."

"민유, 진짜 멋있다. 하하하."

두 사람의 웃음소리가 시원하게 울리는데 마침 통화를 마친 오빠가 자리에 돌아왔다.

"얘네가 이상한 소리 한 거 아니지?"

우빈 오빠는 돌아오자마자 내 안색을 살피며 자리에 앉았다.

"아뇨. 재밌었어요."

내가 생글거리며 웃는 모습에 오빠의 표정이 눈에 보일 정도로 풀어졌다.

"우리를 그 정성의 반만 챙겨봐라."

태한 오빠가 혀를 차며 말했다.

"내가 왜."

"크하. 이래야 선우빈이지. 그치, 태한아?"

"아냐 아냐. 원래 선우빈은 표정이 더 재수 없지."

이후로는 낮에 미미 시스터즈와의 만남과 비슷한 패턴이 되었다. 미미 시스터즈들이 적정선 수준에서 날 갖고 놀았다면, 송우 오빠와 태한 오빠는 우빈 오빠가 싫어하는 짓을 골라 하며 오빠의 성질을 돋웠다. 과거 학창 시절 선우빈에 대한 이야기나, 나에게 자꾸 스킨십을 하려는 것처럼 손을 올리는 행동 같은 그런 짓들 말이다.

"어릴 적에는 여자애들 고무줄 끊는 게 그렇게 재미있었는데. 지금은 이렇게 선우빈 놀려먹기가 꿀잼이지."

태한 오빠가 내게 하이파이브를 외치며 손을 내밀었다. 나는 태한 오빠의 손에 내 손바닥을 부딪쳤다. 아주 경쾌한 짝! 소리가 났다. 태한 오빠는 계속 나와 손을 마주친 채로 우빈 오빠를 약 올리듯 쳐다보며 실실 웃었다.

"이 새끼야!"

참다못한 우빈 오빠가 큰 소리를 냈다. 그제야 태한 오빠가 손을 떼어내곤 송우 오빠와 마주 보고 성공했다는 표정을 지었다. 두 사람은 테이블까지 치며 우하하하 웃어댔다.

"우와, 대박! 고작 이걸로 화를 내? 집착이 너무 심한데. 너 그 정도면 병이야, 병! 민유야 빨리 도망가!"

"선우빈, 야아, 너 연애 한번 제대로 하는구나? 아이고, 무서워라."

끄응. 오빠 입에서 앓는 소리가 나왔다.

오빠가 너무 싫어하는 것 같아서 차마 내색은 못 했지만 미안, 오빠 나도 많이 웃었어.

우리들은 적당한 취기에 낄낄거리며 축제의 밤을 즐겼다.

7. 깨비 커플, 진도

축제를 즐기고 나니 어느새 또 시험이 닥쳐왔다. 벌써 이번 학기가 저물어가고 있다는 얘기다.

시험공부를 하러 도서관에 가는 길. 저 앞에 후궁들이 보였다. 중간 고사 이후로 후궁들은 학과에서 거의 섬처럼 고립된 생활을 하고 있었다. 분위기로 봐선 아마 이번 학기가 끝나면 셋은 휴학을 하게 될 것 같았다.

'그럴 수밖에 없겠지……'

주눅이 든 모습을 보니 조금 안쓰럽기도 했지만 다음 학기에 혹시 라도 마주칠 일은 없겠구나 싶어 안심이 되는 것도 사실이었다.

"졸려."

며칠 동안 계속 새벽까지 전투 모드로 공부를 했더니, 열두 시가 조금 넘었을 뿐인데 잠이 들려고 한다. 내 의지와 상관없이, 커피 약발도 효과 없이 눈꺼풀이 자꾸 내려온다.

"안 되겠다."

나는 열람실 자리를 박차고 일어났다.

시험 기간, 학교 근처 극장, 심야 영화였다. 이 세 요소의 콜라보레이션으로 상영관 안에는 대여섯 명밖에 없었다.

"그냥 우리 집에서 자라니까."

팝콘 통을 꼭 껴안고 나는 고개를 저었다. 기말고사는 말 그대로 이번 학기 마지막 시험이다. 중간고사는 기말고사로 만회할 수 있지만, 기말고사는 만회할 기회가 없는 만큼 더 중요하다. 물론 중간고사도 훌륭하게 해냈지만, 여기서 잘 못 보면 그게 다 허사가 될 수도 있다.

"먹깨비, 독해."

오빠 말대로 독한 서민유는 이미 시험공부를 모두 마친 상태였다. 하지만 좀 더 완벽하게 시험을 보고 싶어 밤샘을 하려는 것이었다. 이제 과외도 여진 한 팀만 남았기에 상대적으로 내 공부를 할 시간은 더 널널해졌다. 수민과 윤찬이 야자를 빼먹고 대학 축제에 갔던 것이 결국 들통이 났다. 그리고 그 여파는 나에게도 미쳤다. 윤찬의 모친은 여선생이라 비글 같은 남자 고등학생들을 제압하기 힘든 것 같다며, 남자 선생으로 바꾸기로 결론을 내렸다. 그래서 미안하지만 이번 달까지만 나에게 과외를 맡기겠다고 통보를 했다. 나도 아이들도 억울했다. 그 누구 하나 축제에 대해 입을 열지 않았건만. 윤찬의 부모님은 세상에 열어두시는 귀가 참 많았던 모양이다.

"오빠 공부 다 끝났잖아요. 오빠야말로 들어가서 주무시지."

"우리 깨비 두고 어떻게 그래. 오빠 재우고 싶으면 민유 네가 먼저 자."

"그, 그렇게 말하면……."

나의 죄책감을 이용한 공격인가. 끄윽. 이거 제대로 먹히는데.

"왜 풀이 죽어? 서민유는 씩씩한 게 매력인데. 영화 보자. 이거 오빠도 보고 싶었어."

오빠의 예쁜 미소 한 방에 내 죄책감도 사라진다. 말 한마디로 이렇게 날 들었다 났다 하다니. 세뇌는 오빠가 아니라 내가 당하고 있는 것 같다.

혹시라도 놀라 팝콘을 던져버릴지 모르는 사태를 미연에 방지하기 위해 팝콘 통은 오빠 손에 쥐여주었다. 이윽고 조명이 꺼졌다.

"시작한다."

스크린에 「앞좌석은 차지 마세요」, 「휴대폰은 진동으로」 같은 안내 문구가 나오기 시작했다.

"일어나. 깨비야."

날 살짝 흔드는 오빠의 손길에 나는 번뜩 눈을 떴다. 맙소사. 잠들었구나! 휴대폰을 진동으로 하라는 화면 이후로 기억이 없다. 얼마나 초고속으로 잠이 든 거야. 시험공부를 하다가 졸리면 잠을 깨기 위해 종종 혼자서 심야 영화를 보곤 했었다. 하지만 아무리 피곤해도 영화 볼 때 단 한 번도 잔 적이 없던 나였다. 옆에 기댈 사람이 있어서일까, 완전히 마음을 놓았나 보다.

'이렇게 불편하게 잤으니 컨디션 꽝이겠구나.'

마음대로 되지 않은 상황에 나는 짜증이 조금 올라와 오빠에게 투정을 부렸다.

"좀 깨워주지."

"그렇게 곤히 자는데 어떻게 깨워."

"흥. 오빠 미워."

"깨비야. 어차피 버린 몸, 딱 세 시간만 자자. 너 이렇게 어중간하게 자면 컨디션 더 안 좋잖아."

「서민유 파악 완료」

이런 자막이 오빠 머리 위에 둥둥 떠 있는 것 같다. 결국 못 이기는 척 오빠의 집으로 향했다.

"좋아."

알람을 맞춘 뒤, 휴대폰을 손에 꼭 쥐고 오빠의 침대에 누웠다. 혹여 너무 깊게 잠이 들어버릴까 봐 오빠가 내준 편안한 티셔츠로 갈아입지도 않았다.

"오빠, 나 정말 세 시간만 잘 거예요. 넘어가면 꼭 깨워줘야 해?"

"응. 꼭 깨울게. 걱정 말고 편하게 자."

그러면서 오빠는 내가 자리 잡은 침대 위로 훌쩍 올라와 바로 내 옆에 누웠다. 난 휘둥그레진 눈으로 오빠를 바라보았다.

"선우빈 씨? 지금 뭐하시는 겁니까?"

"자려고 합니다만."

"왜 여기서 이러시죠?"

"여자친구 놔두고 딱딱한 바닥에서 자기 싫어서요."

나는 팔로 X자를 만들어 가슴에 붙였다. 어머, 이 변태. 지금 뭐하는
거람?

"그렇게 예쁜 표정 지으면 누가 넘어갈 것 같아요?"

변태 주제에 뭐 저렇게 섹시하게 미소 짓고 난리라니. 사람 설레게.

"아무 짓도 안 하고 그냥 잠만 잘 건데. 왜 그러세요?"

저 천진한 눈동자 연기를 보소. 나를 역으로 변태 만드는 선우빈에
게 눈을 흘겨 보였다. 오빠 큭큭거리며 오히려 더 가까이 다가왔다.

"세 시간 짧아. 빨리 자야지."

침대에 누워 코앞에서 바라보는 오빠의 얼굴은 아주 뇌쇄적이었다.
하지만 눈빛만큼은 참으로 담백해서 믿음을 심어주고 있었다.

"오빠, 못 믿어?"

"아뇨."

나를 못 믿지.

"꼭 깨워줄게, 안심하고 자."

오빠는 손으로 내 눈을 덮어주었다. 그 따뜻하고 부드러운 손길에
온몸이 나른해졌다.

손 안에서 울리는 진동과 요란한 알람 소리에 눈이 번쩍 떠졌다.

"으음."

앞이 흐릿해서 눈을 손등으로 몇 번 비벼내고 알람을 껐다. 사위가 선명해지자 차츰 감각이 살아났다. 내 귓가에 들리는 쌕쌕이는 숨소리. 뒤에서 내 허리를 감싸 안고 있는 팔. 이렇게 가까이서 선우빈이, 그것도 날 안고 자고 있다니.

"흐으. 떨려."

내 심장 고동 소리가 귓가까지 쿵쾅거렸다. 벽 쪽을 보고 모로 잠이 들었는데, 그런 나를 등 뒤에서 꼭 안아주는 자세로 오빠가 자고 있다. 담백하게 각자 위치에서 잤던 거 같았는데 우리 빈이 오빠는 선을 슬쩍 넘어왔구나.

"오빠도 어쩔 수 없는 남자였어."

말은 이렇게 해도 오빠가 내게 등 돌리고 잤다면 아마 나는 굉장히 삐졌을지도 모른다는 아이러니는 무시하기로 한다.

나는 오빠 팔을 그대로 두고 꾸물꾸물 몸을 돌려 오빠를 마주 보았다. 숱 많은 속눈썹을 아래로 드리우고 미동도 않고 숙면 중인 우빈 오빠의 얼굴이 내 눈에 가득 들어왔다.

"깨워주기는 무슨. 눈도 못 뜨면서."

나는 오빠 얼굴을 손가락으로 살며시 더듬었다. 눈두덩, 속눈썹, 오뚝한 코를 지나 입술에서 조금 오래 머물다가 볼을 가볍게 찔렀다.

"빈이 오빠, 일어나요."

볼을 살짝 건드리는 걸로는 오빠는 깨어날 기미가 없었다. 요 며칠 밤새워 공부하느라 오빠도 힘들었을 테니 일어나긴 쉽지 않을 것이다. 앞으로 딱 두 번만 더 깨워보고 그래도 안 일어나면 나라도 먼저 일어나야겠다. 나는 볼 대신 오빠 팔을 잡고 조심스럽게 흔들었다.

"선우빈 씨, 일어나."

약간의 미동을 한다.

"전하, 제발 일어나 소인을 굽어살피어 주시옵소서."

내가 던진 애드리브에 선우빈이 눈을 떴다. 뭐 이런 대사에 눈을 떠? 우빈 오빠, 정말 왕이십니까.

"……미뉴?"

오빠의 까만 눈동자에 내가 담긴다. 웅얼거리듯 내 이름을 부르며 눈을 몇 번 껌뻑이던 오빠가 손을 뻗어 내 볼을 만졌다.

"아아, 진짜네."

"응. 진짜. 오리지널, 엄마!"

오빠가 내 위로 몸을 겹쳐왔다. 등 뒤로 푹신한 침대가 느껴지고 몸 위로는 단단하고 묵직한 오빠의 체중이 실렸다. 오빠가 팔꿈치로 몸을 지탱했기에 완전히 내게 기댄 것은 아니지만 새삼 선우빈이 참 크다는 것을 느꼈다.

"오, 오빠?"

오빠의 입술이 당장에 내 입술을 삼킬 것처럼 가까워지더니 이내 조금 방향을 틀어 입가에 닿았다. 으음, 하고 작게 신음까지 흘리는 선우빈이다. 으억, 심장이, 내 심장이!

오빠는 내 입가와 볼을 제 입술로 지분거렸다. 살짝 빨아들이기도 했다. 느낌이 날 듯 말 듯 아주 살짝. 이런 약한 자극에도 내 심장은 당장 터져도 이상하지 않을 것처럼 쿵쾅대고 난리 블루스를 추는 중이다. 후아, 후아. 오빤 내 귓불을 빨고 그 아래 턱선을 살짝 이로 물었다.

입술이나 볼 같은 곳을 살짝 이로 무는 건 오빠가 키스를 마치려는 신호 같은 거였다. 그간의 경험으로 얻은 선우빈용 지식(?)이다. 그래서 오빠에게 이렇게 물리면 참 아쉽…… 아니, 그걸 신호로 슬며시 나는 감은 눈을 떴다. 오빠도 함께 눈을 떠서 나를 빤히 바라본다. 그 눈빛에 심장이 다시 속도를 올리려 한다. 심장아, 진정하자. 아침이다.

"잘 잤어?"

잠은 잘 잤는데 기상 후가 조금 거시기합니다만.

"오빠, 이제 일어나요. 응?"

나는 내 위에서 도통 움직일 생각을 안 하는 선우빈을 팔로 슬쩍 밀어냈다. 꼼짝 않고 버티면 어떻게 해야 하나 고민했는데, 오빠는 쉽게 일어났다.

"쩝."

내가 이렇게 변덕맞은 여자였다니. 버티면 어쩌나 고민했던 주제에 막상 이렇게 깔끔하게 떨어지니까 왜 아쉬운 감정이 드느냐고. 침대를 벗어나는 오빠의 뒷모습을 보며 나도 모르게 입맛을 다셨다.

마지막까지 필사적으로 답을 적어내고 강의실을 나왔다. 영어 원서, 안녕. 바이바이. 짜이찌엔. 사요나라. 코쿤캅. 아, 코쿤캅은 아닌가? 어쨌든 이 녀석을 다신 볼 일이 없을 거라 생각하니 속이 다 후련했다.

"잘 봤어?"

오빠는 나보다 먼저 시험을 마치고 강의실을 나가 있었다. 내가 복도로 나오자 오빠가 양손으로 내 볼을 감싸곤 눈을 마주치며 물었다.

"코오빠. 여기 강의실 앞이거든요?"

오빠를 코쿤캅이라고 부를 뻔했다. '코'까지 튀어나왔지만 그 뒤에 오빠를 재빨리 덧붙인 나는 볼에 달라붙은 오빠의 손을 떼어냈다. 선우빈이 내 거라고 동네방네 공포하고 싶은 건 나다. 하지만 사람들이 복작이는 강의실 앞 복도에서 애정행각을 벌일 만큼 내 간이 크진 않았다.

"눈 괜찮은가 보려고 그러는 거야."

"……봤어요?"

"오빠 펜 떨어뜨릴 만큼 많이 놀랐거든."

"아아아, 왜 그런 걸 봐요? 시험이면 시험지만 봐야지."

오늘 시험은 쉬웠다. 내가 공부를 열심히 해서 그렇게 느껴지는 건지, 교수님이 마지막이라고 학생들을 보듬어주시려 하셨는지는 모르겠다. 하여튼 생각보다 쉬운 난도에 답을 술술 써 내려가는데 잠이 오기 시작했다.

'나 미친 거 아니야? 어떻게 시험 중에 잠이 와? 긴장을 뻣뻣하게 해도 모자라는 판에!'

이런 생각을 하면서도 고개는 떨어지고 있었다. 그걸 조금이라도 늦게 알아차렸다면 손에 쥔 펜에 눈을 찔리는 대참사가 일어날 뻔했다. 천만다행으로 펜대 바로 앞에서 고개가 멈췄다. 순간적으로 식은 땀까지 쭉 나왔다. 덩달아 잠도 확 깼다. 너무 놀라서 휙 고개를 들었는데, 시험 감독 중이던 조교 두 명과 눈이 마주쳤다. 그리고 대각선 뒷자리, 그러니까 우빈 오빠가 앉아 있는 방향에서 뭔가가 떨어지는 소리가 들렸다. 놀란 내 눈을 보고 조교들은 웃음을 참으려 애를 썼는데 뒤쪽에 있던 오빠는 혹여 내가 다쳤을까 봐 섬뜩했었나 보다. 시험 보다가 졸다니, 오빠에게 보이기 부끄러운 모습이다. 지금까지 한 번도 이런 적이 없었는데 왜 그랬을까. 내 애정운에는 필수 옵션으로 망신살이 같이 끼어 있는지도 모르겠다.

"그렇게 피곤했어?"

"오빠, 나 정말 맹세코 이런 적 단 한 번도 없었어요! 저도 이런 건 처음이에요!"

결백을 읍소하는 내 눈을 보며 오빠는 피식 웃음을 지었다.

"우리 집에서 좀 자고 가. 시험 때 졸 정도면 정말 많이 피곤한 거잖아."

나는 본인의 집에서 낮잠을 권유하는 오빠의 온화한 얼굴을 물끄러미 바라보았다. 지나가는 나그네를 유혹하는 주모 같은 이 남자의 권유. 받아들일 것인가 말 것인가.

"낮잠 좀 자고 나서, 저녁에 고기 먹으러 가자."

엄마의 훈육은 실패했다. 맛있는 거 사준다고 해도 넘어가면 안 된다고 날 그렇게 가르쳤건만. 나는 그저 주모의 국밥 냄새에 홀린 한낱 나그네에 불과했다. 하지만 엄마, 이번엔 선우빈에 고기까지 있다고요.

"이 방은 서재였네요."

침실 외의 다른 방은 침실의 두 배 정도 되는 넓은 방이었다. 한쪽 면에 붙박이장, 맞은편엔 책상과 책장이 있다. 여자가 사는 집이었다면 작은 화장대라도 하나 있을 법하겠지만, 여기엔 전신 거울 하나만 덜렁 있었다. 그나마 거울이라도 하나 있는 게 어디야. 선우빈 씨도 옷 차려입고 한번 살펴보기는 하나 보다.

"오빠 저번에 여기서 잤어요? 뭐 덮고?"

"여분 이불이 있어서 그거 덮고 잤어."

우빈 오빠는 원래 학교 바로 앞에서 자취를 시작했었다고 한다. 그리고 얼마 지나지 않아 자취방이 학과방으로 변모하는 것을 경험했단다. 말 걸기도 어려운 선우빈의 집을 들락거리다니. 경영학과 사람들 세다. 아니, 무딘 건가? 아니면 그냥 무대포로? 어떻게 그럴 수가 있지?

"처음에 어쩔 수 없이 선배 하나를 데려다 재웠는데, 그게 화근이 됐어. 두 번짼 단호하게 거절했는데, 워낙 무대포로 밀고 나가는 사람이라 꿋꿋하게 들러붙더라고."

와, 세상에 그런 사람이 있단 말이야?

"나중엔 다른 애들까지 데려오더라고. 나도 두 손 두 발 다 들었어."

누군진 몰라도 그 사람 진짜 대단하구나. 선우빈의 그 냉기에도 진상을 부리다니. 그 후, 오빠는 학교에서 조금 떨어진 이곳으로 집을 옮겼다. 그럼 여기서 2차 의문. 원래 선우빈은 제집에 사람이 오는 것을 싫어한다고 했다. 그런 사람의 집에 여분 이불이 있다니? 내 생각을 훤히 들여다보는 건지, 내 눈빛이 눈에 띄게 날카로웠는지, 아무 말도 안 했음에도 오빠가 단박에 설명을 했다.

"말했잖아. 가끔 동생 온다고."

"……선우빈 누구 거?"

"서민유 거."

이불 하나 가지고 가당치도 않게 상대방을 질투하는 내 모습이 선우빈 씨 눈에는 귀여운가 보다. 오빠의 얼굴에 미소가 걸려 있다. 비글들을 질투하던 귀여운 오빠가 떠오르며 내 입가에도 미소가 지어졌다.

"그럼 이만 전 실례 좀 할게요. 한 시간 정도 자면 충분할 것 같은데, 일어나면 저녁 먹기 전에 데이트 조금 할까요?"

오빠는 내 이마에 입을 맞추고는 고개를 끄덕였다.

꿈도 꾸지 않고 푹 잠이 들었다. 잠에서 깼을 땐 개운하다는 기분까지 들었다. 시험이 다 끝나고 아무런 걱정을 할 필요가 없었기 때문일까. 오래간만에 정말 잘 잤다.

"헛! 이 오빠가 또?"

우빈 오빠는 또 나를 꼭 끌어안고 쌔근쌔근 자고 있었다. 이번엔 내가 벽을 등지고 누워 자서 오빠의 품에 제대로 안겨 있는 형상이다. 숨을 들이마시고 내쉴 때마다 작게 오빠의 목울대가 움직였다.

"한 시간을 못 참니."

하루에 한마디, 세뇌 교육은 효과가 있습니다. 탁월합니다. 이걸 보세요. 한 시간도 혼자 못 있고 나한테 오는 거 봐.

"응?"

선반 위에 놓인 시계를 보고 난 눈을 비볐다. 어둠 속에서 얼핏 보이는 숫자는 선뜻 이해되지 않았다.

"'3'이라니?"

나는 오빠 품에서 벗어나 몸을 일으켜 앉았다. 그리고 팔을 뻗어 시계를 집어 들었다.

「AM 3:42」

"새벽 세 시가 넘었어?"

고장인가? 하지만 디지털 시계는 열심히 깜빡이며 초를 넘기고 있었다. 한 시간이 아니라 열 시간을 잔 거야? 어쩐지 심하게 개운하더라. 내가 보고 싶어서가 아니라 밤이 되니까 오빠가 여기 와서 잔 거였다. 어머, 잠깐. 이거 외박이잖아?

"엄마야."

집에 연락도 없이 새벽까지 안 들어간 못된 딸이 되어버렸다. 울 가족들 엄청 걱정하고 있겠다는 생각에 나는 급히 침대를 벗어나 거실로 나왔다.

"설마 실종신고 같은 거라도 한 건 아니겠지?"

소파 위에 놓아둔 가방에서 부랴부랴 휴대폰을 꺼내 들었다.

"아, 맙소사."

시험 보기 전에 전원을 꺼둔 채 그대로 뒀었나 보다. 화면이 까맣게 죽어 있다. 집에 들어오지도 않고, 연락까지 안 됐으니 가족들이 얼마나 놀랐을까. 집에 가서 엄마한테 등짝에 강스파이크를 당해도 할 말이 없겠다. 나는 급히 휴대폰 전원을 켜고, 늦은 시간이지만 잠도 못 자고 걱정하고 있을 가족들을 위해 전화를 걸었다.

[뚜르르르, 뚜르르르.]

"어, 이상하다, 왜 전화를 안 받지?"

[……으음, 여보세요.]

혼날 것을 각오하고 건 전화였다. 신호가 한 번이 다 울리기도 전에 통화가 될 줄 알았다. 그리고 다급한 목소리로 벼락이 칠 거라 예상했다. 그런데 엄마는 한참 만에 전화를 받았다. 그것도 잠에서 막 깬 목소리로.

"엄마?"

[아아, 너니? 왜?]

왜냐니? 이건 또 무슨 반응이야?

[무슨 일인데 이 시간에 전화야?]

"엄마, 나 오늘 집에 못 들어간다고…….

[알아. 민아가 알려줬어.]

"언니가?"

이건 또 무슨 소리야?

[응. 너 잠 안 깼니? 언니한테 네가 말한 거 기억 안 나?]

내가? 내가 그랬다고? 아니요. 아무리 기억을 뒤져봐도 오늘 나의 외박을 알린 적은 없었는데요? 혼돈의 도가니다. 하지만 엄마에게 들킬 순 없었다.

"어, 어머. 깜빡했다. 내 정신 봐."

[애가 젊은 게 정신머리 하곤.]

"미안. 시험이 막 끝나서 정신없었나 봐. 엄마, 자는데 깨워서 미안해! 끊을게."

나는 엄마의 하품 소리를 뒤로하고 전화를 끊었다.

"언니가 알려줬다고? 어떻게 언니가 알았지?"

우빈 오빠는 우리 언니 연락처 모를 텐데. 혹시 언니가 그냥 이럴 것이다 예상하고 미리 선수를 쳐준 걸까? 그건 말도 안 된다. 끄으, 궁금해 죽겠네. 언니한테 지금 전화를 해, 말아?

"하자."

고민은 3초도 넘지 않았다.

'괜찮아. 토요일이니까 잠깐 잠 깨운 걸로 화내진 않을 거야.'

이번에도 한참이나 시간이 지난 후에 다 죽어가는 목소리로 언니가 전화를 받았다.

"언니, 어떻게 알았어?"

다짜고짜 던진 내 질문에도 언니는 무슨 말인지 바로 알아차렸다. 목을 몇 번 가다듬는 소리가 들렸다.

[오빠가 알려줬어.]

"우리 우빈 오빠가? 언니 번호는 어떻게 알고?"

[아니, 우리 친오빠, 서민준이. 얘는 무슨 세상에 오빠라곤 지 애인 하나만 있는 줄 아나.]

우빈 오빠보다 훨씬 전부터, 아니 내가 태어날 때부터 내 오빠인 피붙이를 잊었다며 언니는 내게 비정한 것이라 비난을 했다. 새벽에 자다 말고 일어났음에도 언니의 비난은 졸린 기색 없이 명쾌했다. 내 욕을 하면서 잠이 깼나 보다.

[아홉 신가 열 시쯤에 오빠 폰으로 너 학교 선배라고 문자 왔대.]

"뭐라고 왔대?"

[네가 전날 밤새워서 공부하고 지금 잠들었는데 너무 곤히 자서 깨

울 수가 없다. 그러니 여기서 그냥 재우겠다. 안 들어와도 너무 걱정 마시라고.]

"그, 그래?"

내가 꿀잠 자는 사이에 우빈 오빠가 이미 상황 정리를 해놨구나.

[늦은 시간이라 전화드리기 실롄 거 같아서 문자했다고 하는데. 음, 그것도 그렇지만 내가 보기엔 남자 목소리 들으면 놀랄 테니까 문자로 한 거 같아.]

그러고 보니 우리 친오빠도 대단히 웃기는 양반이네. 어떤 사람인지도 모르는 사람에게 문자 하나 덜렁 온 걸로 동생이 괜찮을 거라고 여긴 거야? 나 참. 서민준이 쿨하다, 쿨해.

그리고 쿨해서 다행이다. 조금만 더 파고들었으면 난감할 뻔했어. 살다 보니 친오빠가 날 아끼지 않는다는 것을 감사하게 여기는 날이 다 온다.

"학교 선배라고 했다면서 언닌 왜 무조건 우리 오빠라고 생각해?"

[너 친구 없다며?]

이런. 할 말이 없습니다.

[오빠랑 엄마는 몰라. 나만 알지. 너 남친 집에 있는 거.]

비밀로 해주어서 고맙다고 해야 하나? 하지만 난 하늘을 우러러 한 점 부끄러움이 없는 사람이다. 정말로 침대에서 잠만 쿨쿨 잤다고!

"……그런데 언닌 나한테 뭐라고 안 해?"

내가 아무리 결백하다고 해도 지금 상황은 누가 봐도 의심할 수밖에 없다. 그래서 서민아 씨의 잔소리 폭격 정도는 각오했는데 언니가 별말이 없으니 내가 먼저 물었다. 도둑은 아니지만 제 발은 좀 저렸으니까.

[무슨 말? 아아. 어차피 하지 말라고 말려도 어떻게든 할 놈들은 해. 안 할 놈들은 멍석 깔아줘도 안 하고. 밤만 기횐가. 낮에도 맘먹으면 얼마든 하겠지.]

"그, 그런가요?"

[어. 아무튼 내일은 집에 오지?]

"당연히 가야지."

[그럼 올 때 메로나.]

언니는 은근슬쩍 대가를 요구하며 전화를 끊었다.

"이 오빠는 우리 영감님 번호를 어떻게 알았지?"

초점을 선우빈이 어떻게 서민준의 번호를 알고 있는가로 맞췄다.

내 휴대폰은 여전히 꺼져 있는 상태였으니 여기에서 가족들 전화번호를 찾은 것도 아닐 테고…….

"아!"

이전에 번호 교환했을 때.

"내가 영감님한테 걸었었지? 그거 기억하고 있었구나!"

친오빠도 그것 때문에 쿨할 수 있었던 거고.

"빈이 오빠도 참."

우빈 오빠가 그런 소소한 것까지 다 기억하고 있었다는 것에 감동을 받았다. 나는 침실로 다시 들어갔다. 오빠는 막 잠에서 깼는지 침대에 누운 채 한쪽 손으로 눈을 살짝 비비고 있었다.

"내 소리 때문에 깬 거예요?"

"아니, 네가 없어서."

오빠가 나를 향해 팔을 벌렸고, 나는 불쑥 오빠 품에 뛰어들었다.

"우리 오빠한테 메시지 보냈다는 거 들었어요."

"음. 어쩔 수 없었어. 우리 깨비 피곤해서 곤히 자는데 깨우기 싫었거든. 그렇다고 늦은 저녁에 남자인 내가 전화하는 것도 그렇고."

서민아 씨가 정확하게 맞혔구나.

"고마워요. 그런 것까지 신경 써줘서."

"별말씀을."

"근데, 오빤 언제 자러 온 거예요?"

"12시 반 조금 넘어서?"

"그럼 오빠 세 시간밖에 못 잤네? 빨리 자요."

나는 오빠 눈을 손으로 감겨주었다. 내 손은 보통 크긴데 오빠 얼굴의 대부분이 가려지는 것 같은 건 기분 탓이겠지? 그러고 보니, 지금이 자세. 오빠 위에 엎드려 있는 형상이로구나! 이불 하나가 우리 사이를 가로막고 있지만 어제 아침과 남녀 구도만 바뀐 야릇한 자세다. 나는 확 부끄러워져서 슬쩍 오빠 몸에서 내려가 침대로 몸을 굴렸다.

"응. 민유도 조금 더 자자."

오빠는 많이 졸렸는지 이내 일정한 숨을 내뱉으며 잠에 빠졌다.

두근두근. 심장이 이렇게 심하게 뛰는데 제대로 잘 수 있을까? 눈앞에 보이는 오빠의 쇄골은 미치도록 섹시했다. 오빠의 목을 향해 뻗어나가려는 내 못된 손을 막으려 꾹 주먹을 쥐고 나는 눈을 질끈 감았다. 그러곤 오빠를 만지고 싶은 욕망과 사투를 벌이며 애써 잠을 청했다.

오빠, 이런 짐승이라 미안해요.

"그러니까 여기에 간장을 조금 더. 음. 좋아."

전날 실컷 잔 덕분인지 나는 네 시간 만에 눈을 떴다. 내가 일어났을 때 오빠는 아직도 깊은 수면 중이었다. 나는 오빠가 깨지 않게 살며시 몸을 움직여 침대를 빠져나왔다. 그간 매번 오빠에게 아침을 대접 받았었다. 처음으로 오빠보다 먼저 일어난 만큼 오늘 아침은 내가 만들기로 결심했다.

"나 좀 기특한 거 같아. 아니, 기특해."

스스로 궁디 팡팡, 셀프 칭찬을 한 번 해주었다.

우선 깨끗이 씻고 매무새를 단정히 한 뒤 냉장고 안을 스캔했다. 요리하는 자취생답게 냉장고엔 이런저런 식재료가 들어 있었다. 고기를 발견한 나는 메인 메뉴를 정하고 휴대폰으로 조리법을 찾았다. 이 집에 있는 모든 걸 내 마음대로 해도 괜찮다는 주인장의 허락하에 벌이는 일이니 거리낄 것은 없었다.

"흐음, 좋아."

국은 다 끓였고, 밥도 조금 있으면 완료. 불고기는 오빠 일어났을 때 익히면 그것으로 아침은 끝. 나는 생각보다 잘 나온 결과에 흡족해하며 베란다로 다가갔다.

"잘 잤니, 고고랑 추추."

지지대에 잘 고정된 두 녀석은 지금 무럭무럭 자라 자그마한 결실을 맺고 있었다. 이런 가정집 화분 안에서도 쑥쑥 자라는 고추 모종이 신기하기만 하다. 사망 일기였던 내 원예 과제는 성장, 아니 생존 일기가 되었다. '시름시름'으로 시작해서 끝내 작은 고추가 열리는 모습까지 사진에 담아 과제를 제출할 수 있었다.

"얘네들이 조금만 더 컸다면 오늘 아침상에 내어놓을 수 있었을 텐데."

아직은 크기가 작아 아쉬웠다.

"그래도 얼마 있으면 많이 크겠지? 고추, 고추. 흐흠. 고추. 흙이 좀 마른 것 같은데 물 좀 줄까?"

요상한 고추 노래를 부르며 나는 베란다 한쪽 귀퉁이에 있는 물뿌리개를 집어 들었다. 막 물을 주려는데 인기척이 들렸다.

"빈이 오빠! 일어났어요?"

뒤를 돌아보니 방문 앞에 멍하니 서 있는 선우빈 씨가 보였다. 나는 물뿌리개를 다시 바닥에 내려놓고 오빠에게 달려갔다.

"오빠, 고추 달린 거 봤어요? 조금만 더 있으면 먹어도 될 거 같아!"

오빠는 생글생글한 내 얼굴을 보더니 날 품에 안았다. 그때, 밥이 다 됐음을 알리는 취사 완료 소리가 났다.

"밥도 했어?"

"응. 같이 아침 먹으려고요. 냉장고에 있던 고기도 불고기 양념해서 재워놨는데. 고기 그거 써도 되는 거 맞죠?"

오빠의 입에서 작게 앓는 소리가 났다. 이 소리는 싫어서가 아니라 오빠가 정말 좋아서 내는 소리라는 걸 알고 있다. 역시 경험으로 체득한 선우빈에 관한 지식이다. 나는 오빠 등을 꼭 껴안았다. 그러자 오빠가 다급히 입술을 겹쳐왔다. 아침부터 이러시면 나 조금 곤란…… 하지 않아요.

'그래도 아침치고는 조금 깊은 것 같은데.'

잡아먹을 듯한 키스도 키스지만 온몸으로 달려드는 것 같은 오빠 때문에 내 몸이 뒤로 밀렸다. 사실은 키스에 열중해 몸이 밀리는 것도 몰랐다. 갑자기 다리에 무언가 닿는 느낌 때문에 알게 된 것이었다. 어느새 몸이 거실 소파까지 밀려 있었다.

"하아."

숨이 막혀서 오빠가 살짝 입술을 떼는 순간 나는 고개를 살짝 돌렸다. 온몸이 떨리고 힘이 빠졌다.

'평소와는 달라.'

뭐가 확 다르다고 설명할 수는 없는데. 뭐랄까. 키스가 더 깊은 느낌이라고 해야 하나. 여하튼 뭔가 다르고, 뭔가 이상했다. 가장 이상한 건 나였다. 내가 먼저 고개 돌렸음에도 이 이상을 더 원하는 그런 묘한 감정이 확 치솟아 올랐다. 그때, 오빠가 내 턱을 가볍게 잡아서 돌렸다. 방금 전에 나누던 키스와는 달리, 아주 부드럽고 약한 힘이었다. 하지만 내 고개는 쉽게 들려 오빠와 눈을 마주하게 되었다.

'눈빛으로 잡아먹힐 것 같다.'

오빠의 눈을 보며 가장 먼저 든 생각이었다.

"부족해."

내 턱을 잡았던 손이 그대로 내 뒷목으로 향하며 오빠가 날 끌어당겼다.

"홋!"

다시금 시작된 강렬한 키스에 나는 다리에 힘이 풀려버렸다. 의도치 않게 소파 바닥에 털썩 주저앉았지만, 오빠의 키스는 멈추지 않았다. 나는 달달 떨리는 손으로 오빠의 손을 잡았다. 오빠의 손이 뜨거웠다. 머리가 어지럽고 잔뜩 달궈진 집 안 공기 때문에 숨 쉬는 것도 힘든 기분이었다.

"오, 오빠!"

무슨 일이 나도 제대로 날 것 같은 느낌에 나는 겁을 조금 먹었다. 다급하게 오빠를 불렀지만, 오빠는 개의치 않고 점점 더 열기를 띠었다. 내 입 안을 훑던 오빠가 잠시 입술을 떼더니, 뜨거운 숨이 귓가를 스치고 이내 목덜미에 혀가 닿는 느낌이 난다.

언제 누웠는지도 모르겠는데 등에 단단한 바닥이 느껴진다. 그리고 이런 내 위로 자연스레 올라 있는 오빠의 몸이 제대로 느껴졌다. 둘 사이에 아무런 장애물 없이 겹쳐진 탄탄한 몸이 참, 뜨겁다. 새삼 선우빈이 남자라는 사실을 자각하는 기분이었다. 그리고…… 그 아래쪽에 단단한 그거. 키스할 때 몇 번 느끼긴 했었지만 애써 무시하던 그거, 그 느낌이 소름끼치도록 생생하게 내 배에 닿았다. 어쩔 줄 몰라 굳어 있는 와중에도 오빠의 못된 손은 착실하게 내 가슴을 더듬고 이내 브라 안으로 불쑥 침범했다. 아우, 잠깐만. 어머, 잠깐만. 나 아직 마음의 준비…….

"하응."

마음은 준비되지 못했는데 몸엔 그분이 오셨는지 앙증맞은 소리가 내 입 밖으로 튀어나갔다.

내 입에서 난 소리 맞아? 마치 고양이가 갸르릉 하는 소리 같았다. 내 신음을 들은 오빠의 숨소리가 점점 거칠어졌다. 이거 사냥감을 눈앞에 둔 짐승 숨소리 아닌가? 오빠의 애무가 깊어질수록 눈앞이 빙빙

돈다. 그리고 주인의 의지와는 다른 못된 내 손이 오빠의 등을 끈적끈
적하게 더듬는다. 마치 오빠에게 질 수 없다는 듯이. 내 안으로 그분이
들락날락하는 사이 오빠한테는 확실히 그분이 오셨다. 찰싹 달라붙은
오빠의 몸에서 점점 더 열기가 느껴졌다.

오늘이 그런 날이 되는 거야? 원래 이렇게 갑자기 예고 없이 찾아
오는 건가? 지금 아침이잖아? 역시 하고자 하면 밤이 아니라 낮에
도⋯⋯. 잠깐, 잠깐만. 나 속옷은?

속옷을 떠올리는 순간 나는 번쩍 정신을 차렸다. 지금 브라랑 팬티
짝짝이인 거 같은데. 거기다 팬티, 그냥 면으로 된 거 아무거나 손에
잡히는 대로 입었⋯⋯. 안 돼!

"끄아아아악!"

오빠 몸을 밀쳐내며 나는 눈앞에서 저승사자라도 본 것처럼 소리를
질렀다. 놀라서 내지른 소리긴 하지만 '꺄악'같이 귀여운 종류가 아니
라는 게 문제였다. 군대에서 '전방을 향해 함성 일발 장전, 발사!' 하면
외치는 군인처럼 씩씩하고 우렁찬 소리였다. 내 입에서 나왔는데 내
가 놀랄 정도였다. 내 소리와 바들바들 떠는 모습에 오빠는 동작을 우
뚝 멈추었다. 그러고는 이내 내 몸과 하나인 것처럼 찰떡같이 달라붙
어 있던 제 손과 입술을 떼어내더니 놀란 얼굴로 날 쳐다보았다. 하지
만 난 확신할 수 있다. 지금 오빠보다 내 얼굴이 배는 더 놀란 표정을
하고 있을 거다.

"어, 어어. 그러니까⋯⋯."

어, 어쩌지? 이거 뭐라고 해야 하지? 저리 가? 이러시면 안 돼요? 전
그분이 안 왔어요? 준비가 안 됐어요? 갈 곳 잃은, 초점 없는 내 눈동

자가 이리저리 움직였다.

"하아, 하. ……왜 그래?"

거친 숨을 잠시 고르고 오빠는 걱정이 가득한 눈빛으로 내게 물었다.

"그, 그게…….""

머리가 하얗게 비었다. 입만 벙긋거리던 나는 오빠의 시선을 피해 고개를 돌렸고, 그런 내 눈에 베란다에 있는 고추 화분이 들어온 게 화근이었다.

"고, 고추가…….""

"고추?"

"고추가 보고 있잖아요!"

"뭐?"

"꺄악! 부끄러워!"

어디서 그런 힘이 나왔는지는 모르겠지만, 나는 오빠 품에서 한 번에 훌쩍 벗어나 앉았다. 멍한, 아니 넋이 나간 것 같은 오빠의 얼굴을 보고 나는 지금 내가 무슨 말을 했는지 다시 생각해봐야 했다.

"허어."

허어엉. 어떡해, 어떡해, 어떡해! 미쳤나 봐, 고추가 무슨!

"……오빠, 저, 저, 가볼게요!"

그리고 난 오빠가 부를 틈도 없이 집 밖으로 뛰쳐나갔다. 뛰어가는 내내 계속 한 가지 생각만 들었다. 어헝헝. 날 어쩌면 좋지? 고추? 고춧가루가 되어 세상의 먼지로 사라지고 싶다. 진짜 내 연애운에 망신살 그거 긴 거 맞나 봐. 이놈의 주둥이를 싸매던지, 찢어버려야 해!

오빠 집에서 나온 나는 넋 나간 부랑자처럼 버스 정류장에 앉아 있었다. 가방이며 지갑이며 휴대폰 등 모든 짐을 고스란히 오빠 집에 두고 몸만 들고 뛰쳐나온 상태였다. 이대로는 집으로 갈 수도, 누군가에게 연락을 할 수도 없었다.

"아악! 진짜 미치겠다! 날 어쩌면 좋아?"

한숨을 푹푹 내쉬다가, 내 머리를 스스로 쳐대고 다시 멍하니 있었다. 아침 댓바람부터 여자가 혼자 앉아 이런 짓을 하고 있으니, 사람들이 얼마나 이상하게 보고 있을지 예상하기는 그리 어렵지 않다. 하지만 나는 내가 미친년으로 보이든 말든 전혀 상관이 없었다. 방금 전에 뛰쳐나온 상황을 생각해보면 미친 여자가 맞는 것 같으니까. 세상에 그런 분위기에서, 그런 비명에 말 같지도 않은 헛소리를 내지르고 도망 나오다니! '연애 고자'라는 단어도 아까운 수준이다.

'오빠 엄청 많이 당황한 거 같았는데.'

나란 바보. 못난 바보.

"허우. 휴."

연신 한숨을 쉬며 자리에서 벌떡 일어났다가 '아으' 하면서 다시 앉고, 정류장을 이리저리 서성이고 중얼거리다 머리카락을 쥐어뜯고. 하여튼 사람들이 '저렇게 조용히도 미칠 수 있구나' 하고 여길 법한 행동은 다 했던 거 같다.

"어쩌지……."

오만 가지 생각을 하며 한참이나 그 자리에 있는데 누군가가 내 옆에 털썩 앉았다. 인기척을 느끼긴 했지만 여전히 난 혼란에 빠져 옆을 돌아볼 생각조차 못했다. 버스가 여러 대 지나가고 차츰 정신이 들면서 그제야 무서워지기 시작했다. 미친 여자 곁에 계속 앉아 있는 이 사람 뭐지? 나보다 더 미친 사람인 거 아냐? 나는 아주 천천히 고개를 돌렸다.

"오, 오빠?"

미친 여자 지킴이는 선우빈 씨였다. 내가 너무 뻘쭘해서 굳어 있자 오빠는 말없이 나를 품에 안고 몇 번 등을 토닥여주었다. 그리고 내 손을 잡아 자리에서 일으켜 세웠다.

"집으로 가자."

오빠 집으로 가는 거 말고는 딱히 다른 대안이 없는 상황이긴 하다. 내 모든 짐이 그곳에 다 있으니까. 하지만 난 지금 오빠 얼굴 보는 것도, 그곳에 다시 가는 것도 미치게 부끄러웠다.

'어떻게 또 거길 가?'

나는 죄인처럼 고개를 푹 숙인 상태에서 고개를 좌우로 저었다.

"……미안."

"응?"

내 입이 아닌 오빠 입에서 '미안'이라는 말이 나왔다. 오빠의 사과에 나도 모르게 고개를 들어 눈을 마주쳤다.

"많이 무서웠지? 미안해."

"오빠…….."

"그렇게 놀라게 할 생각이 아니었는데."

오빠가 정말 미안한 얼굴로 내게 사과를 하고 있었다. 후끈한 분위기에서 갑자기 오빠를 밀치고, 비명을 지르고, 헛소리를 한 뒤, 집 밖으로 뛰쳐나오기까지 한 장본인은 바로 나다. 내가 더 부끄럽고 미안해야 하는데 오히려 오빠가 사과 중이다. 이 상황이 이상하게 낯설지 않다. 언제 또 이런 적이 있었던가? 아! 전에 오금치기 했을 때도 오빠가 사과했었잖아? 그런 부끄러운 흑역사는 다신 없을 거라 생각했는데! 차라리 오금 치기를 또 하고 말지!

"오빠. 내가……. 음, 그러니까 오빠가 싫은 게 아닌데……."

말이 제대로 나오지 않았다. 답답함, 미안함, 알 수 없는 온갖 감정 때문에 눈물이 나올 것만 같았다.

"알아. 우리 깨비 울겠다. 괜찮아."

오빠가 다시 날 품에 안아 토닥였다. 나는 그렇게 한참을 오빠 품에 안겨 있다가 집으로 돌아왔다. 그리고 오빠의 위로와 나의 민망함을 두고 우리는 아침 식사를 했다. 밥이 맛있게 되어 그나마 다행이었다.

8. 그들의 방학

"서민유! 민유, 이리 와봐."

난 엄마의 부름에 방에서 로션을 바르다가 거실로 나갔다.

"이게 뭐야?"

엄마가 내민 봉투를 받아 들었다. 아줌마가 내미는 봉투라니, 설마?

"이런 거 내미셔도 전 태민 씨와 못 헤어져요!"

나는 다시 봉투를 엄마에게 내밀었다.

"줄 때 받는 게 좋을 텐데?"

엄마는 바로 표독스러운 표정으로 응수했다.

"어머님!"

"누가 네 어머님이야?"

"저희 서로 정말 사랑해요."

"계집애가 맹랑하구나. 그래, 돈이 부족하니? 얼마나 더 주면 돼?"

본격 드라마가 펼쳐졌다.

"백 억이요."

"뭐, 뭣이라? 배, 백 억?"

"통상적으로 어머님보단 태민 씨가 더 오래 살겠죠? 그러면 태민 씨는 그룹 오너가 될 텐데, 고작 이깟 푼돈으로 절 막으시겠다고요?"

"너 내 아들 사랑한다며!"

"돈이 많은 태민 씨를 사랑하는 거예욧!"

엄마와 나의 아침 드라마는 막장으로 치닫고 있었다.

"역시, 우리 집안 돈을 노리고 있었군. 너 따위에게 내 아들 못 준다!"

엄마가 돈 봉투를 내게 집어 던졌다. 그리고 그와 동시에 아침 촌극을 감상 중이던 서민아 씨가 우리에게 다가왔다.

"꺄아악! 태민 씨, 태민 씨 어머니가 손찌검을 해요!"

나는 언니의 품에 안기며 비명을 질렀다. 하지만 언니는 쿵짝을 맞춰주는 대신 시간을 일깨워주었다.

"엄마 출근 안 해?"

서민아 씨가 시계를 가리키며 말했다. 엄마는 언니보다 최소 15분 정도 먼저 나가야 했다.

"아이고! 얼른 나가야겠다."

엄마가 현실로 돌아오며 드라마는 종료. 아쉽다. 이제 막 재밌어지려던 참인데.

"너 오늘 저녁에 406호 연지 아줌마네 그거 갖다 줘."

"이게 뭔데?"

"반상회 불참 벌금. 오늘 안 내면 벌금 추가되니까 저녁에 꼭 갖다 내!"

엄마는 신신당부를 하며 집을 나섰다.

"응, 알았어! 다녀오세요."

최근에 엄마는 6개월짜리 아르바이트 자리를 찾았다. 그 때문에 반상회에 참여를 못 하게 된 것이다.

"그런데 뭘 이렇게 많이 받냐."

불참 벌금이 5만 원이나 되다니. 내가 손에 쥔 5만 원을 뚫어지게 쳐다보자 언니가 일침을 날렸다.

"삥땅 칠 생각 마라. 오늘 안 내면 벌금 더 오른다잖아."

"빼돌리면 바로 아는데 뭣하러 그런 위험을 감수하냐?"

"너 과외 두 개나 잘렸잖아. 돈독이 오를 시기지."

헛! 맞다. 그랬지? 어쩐지 평소보다 신사임당이 매력적으로 보이더라니.

"안녕하세요. 708호입니다."

"예쁜 학생이 다 왔네. 엄마 못 오신대요?"

'406호 연지 엄마'는 초등학교 5학년인 연지와 똑같이 생긴 아줌마였다. 요즘은 아줌마들도 아가씨들 뺨 두어 방은 가뿐히 날릴 수 있을 정도로 예쁘다. 아니, 예쁘니까 애 엄마가 될 수 있는 건가. 나는 연지 아줌마의 얼굴을 잠시 홀린 듯 바라보다가 이내 정신을 차리고 현관으로 들어섰다.

"네. 그래서 제가 대신 참석하려고요. 제가 와도 괜찮은 거죠?"

"당연히 괜찮지. 어서 들어와요."

아줌마의 안내에 따라 거실로 가자 이미 와 계신 예닐곱 명의 아줌마들이 보였다. 바로 내 '잠정적인 고객님'들 되시겠다.

"안녕하세요, 처음 뵙겠습니다. 학교에 일이 좀 있어서 그거 마치고 오느라 조금 늦었습니다."

나는 아줌마들을 향해 꾸벅 인사를 해 보였다. 오늘 나는 여기서 최대한 어필을 해야 했다. '공부 잘하는 학생'이라는 어필 말이다. 엄마는 벌금만 내라고 했지만 내가 굳이 참석하는 것을 선택한 데는 이유가 있다. 여기 모인 분들 중 분명 중고등학생 자녀를 둔 어머님들이 있으리라. 그분들에게 나를 '멋진 과외 선생'으로 팔아야 했다. 그 목적으로 나는 작년 체육대회 때 학교에서 나눠준 티셔츠를 굳이 찾아내 입고 왔다. 소매와 가슴 부분에 학교 로고가 찍힌 옷이었다. 그리 큰 로고는 아니었지만 매의 눈을 가진 여사님들은 그것이 학교 마크라는 것을 단박에 눈치챘다. 내가 자리로 가까이 다가가자 로고 안에 쓰인 학교 이름을 읽어내려는 날카로운 눈빛들이 생생하게 느껴졌다.

"아이고, 관대 학생이야? 공부 잘하나 보네."

"하하. 아닙니다. 그냥 보통 장학금 받는 정도예요."

관대. 장학금. 성공적.

"세상에. 관대를 장학금까지 받고 다녀?"

내가 원하는 방향으로 이야기가 흐르기 시작했다.

"등록금을 충당하려면, 제가 열심히 공부하는 게 제일이더라고요. 과외 때문에도 공부를 안 할 수가 없기도 하고요."

"과외도 해요?"

"네. 대학 들어오자마자 시작했어요."

나는 초짜가 아니라는 것을 은근슬쩍 내보였다.

"저기 708호랬나? 민준 엄마네 막내지?"

"네. 맞아요."

"아주 야무지네."

이어 반상회 신입(?)인 나에 대한 본격적인 청문회가 열렸다. 이 때문에 반상회는 내 예상 시간보다 조금 더 길어졌다.

"오빠, 미안! 많이 기다렸어요?"

나는 아파트 입구를 총알처럼 벗어나 달렸다. 오늘 영업은 실패였다. 반상회에서 나를 홍보하는 데 기를 쏟았지만, 과외를 맡긴 학부형은 없었다. 크흡. 물론 한 번에 과외 자리를 따낼 거라 생각하고 간 건 아니었지만, 나도 모르게 조금은 기대를 하고 있었나 보다. 약간의 실망이 밀려왔다. 하지만 한두 분은 반쯤 넘어오신 듯 보였다. 앞으로 조금만 더 홍보를 하면 좋은 결과가 생길 것도 같다.

"아니, 별로 많이 안 기다렸어. 요 앞에서 꼬맹이 하나랑 놀아주느라 시간 가는 것도 몰랐네."

"그 꼬맹이 혹시 머리 양 갈래로 땋아서 빨간 리본으로 묶고 있지 않았어요?"

반상회 후반에 연지가 뛰어들어 왔었다. 학원에 다닌다고 해도 초등학생이 집에 오기엔 조금 늦었다고 생각되는 시간이었다. 아줌마들이 모여 있는 곳을 향해 공손히 인사를 한 연지는 묻지도 않는데 먼저 입을 열었다.

"나 방금 놀이터에서 엄청 잘생긴 오빠랑 놀다 왔어!"

잘생긴 오빠란 소리에 나는 바로 선우빈을 떠올렸다. 오늘 저녁 데이트 약속이 있었다. 근처에서 만나기로 했었는데, 생각보다 길어진 반상회 때문에 오빠가 아예 아파트까지 온 모양이었다. 안 그래도 반상회가 길어져서 초조했는데 고맙기도 하고 미안하기도 했다. 내가 이렇게 '오빠'에 대해 반응하는 동안, 엄마들은 '놀다 왔다'에 반응했다.

"너 그 사람이 누군 줄 알고 그렇게 따라가서 놀다 와!"

동네에 미남이 있었다면 '누구네 몇 번째 자식?' 이런 질문이 나왔을 법도 한데, '잘생긴 오빠'는 바로 모르는 사람 취급이다. 우리 동네엔 확실히 미남이 없나 보다. 아, 슬프다.

"따라간 거 아냐. 그 오빠가 그냥 거기 있었어."
"엄마가 모르는 사람하고는 얘기도 하지 말랬지?"

흉흉한 세상. 딸 가진 부모는 그 걱정이 배는 더할 거였다. 연지네 아줌마 표정이 사뭇 진지해졌다.

"그 오빠 여기 사는 언니랑 알고 있다고 했는데."
"그래도……! 오연지, 일단 방에 들어가 있어. 엄마 아줌마들하고 애기 끝나면 저녁 해줄게."

"응."

연지 엄마는 연지에게 화를 내려다 주위를 보고 참는 듯했다.

"어떻게 알았어?"

"그 애기네 집에서 오늘 반상회 했거든요."

어린 애 눈에도 잘생긴 우빈 오빠는 아하, 하고 고개를 끄덕이곤 내 손을 잡았다.

"반상회는 어땠어?"

아파트 단지를 나서며 오빠가 물었다.

"은근히 긴장했는데, 괜찮았어요."

반상회라니, 미지의 세계였다. 뭔가 엄청 대단한 게 있을 것 같아서 나름 마음의 준비를 하고 갔을 정도였다.

"앞으로도 잘할 수 있을 거 같아요."

"앞으로도? 이제 매번 어머님 대신 깨비가 반상회 나가게?"

"그래야 해요. 저 반상회 반장 됐거든요."

나는 오늘 반상회에서 임기 3개월의 반장직을 맡았다.

"반장?"

그렇다. 앞으로 서민유는 '반장'이라는 완장을 차게 되었다. 효심 깊 은 딸이 엄마를 배려한 것이었다. 다음 반장은 우리 집 차례였는데, 엄 마는 일 때문에 못 할 게 뻔했다. 제 차례에 반장을 안 하면 이것도 또 벌금이란다. 그 벌금이 무려 20만 원! 그 돈이면 소고기를 배 터지게 먹을 수 있거나, 소고기 초밥을 마음껏 먹을 수 있거나, 스테이크를 질리도록 먹을 수 있는 돈이었다.

"어차피 앞으로 두 달은 방학이잖아요. 그리고 반장님 말로는 한 달 정도는 학교 다니면서도 할 수 있을 만하대요. 그래서 제가 하겠다고 했어요."

내 반장 소식에 오빠는 한바탕 웃고 난 뒤 한마디 했다.

"우리 깨비는 조금 독특한 구석이 있는 것 같아."

"제가요? 어디가요?"

나같이 평범한 여자가 어디 있다고?

"보통 반장 같은 거 선뜻 하겠다고 하기 쉽지 않잖아."

"왜 안 쉬워요? 아줌마들은 자연스레 하시는걸."

"응. 그렇지만 깨비는 아직 아줌마가 아니잖아."

"그럼 반장 하려면 난 아줌마가 되어야 하는 건가요?"

"그건 아니지만."

"아줌마라. 흐음."

오빠의 말을 뒤로하고 난 생각에 빠졌다.

'내가 아줌마가 된다?'

아줌마가 되려면 일단 결혼을 하고 아이가 생겨야겠지? 그렇다면 결혼은 언제 하는 게 좋으려나. 아냐, 나보다 울 언니가 더 급하지. 서민아 씨가 자긴 결혼한다면 가을이 좋다고 했는데. 어? 가을이면 낙지 철 아냐? 아흥. 낙지라니 좋다. 언니한테 피로연은 낙지호롱도 해주는 뷔페로 잡으라고 해야겠다. 가만, 여름에 일하다 쓰러진 소한테 낙지를 먹이면 소가 벌떡 일어난다는 그런 글을 어디서 봤더라. 아, 식당에서 봤었던 것 같다. 낙지가 스태미나 음식이라고. 어머, 어머! 이제 막 결혼한 부부에게 딱이잖아? 우리 조카는 그럼 허니문 베이비? 꺄아, 난 몰라!

상상이지만 허니문 베이비에 잠시 부끄러워하던 나는 낙지를 건너, 벌떡 일어난 소에 초점을 맞췄다. 난 낙지도 정말 좋지만 소고기도 좋은데. 그럼 낙지 먹인 소를 먹으면 어떻게 되는 거지? 힘이 막 넘치게 되는 건가? 그렇게 된다면 내가 파워풀하게 선우빈 씨를 덮치고…….

……어쩌다 내 생각이 여기까지 온 걸까.

정신을 차렸을 때, 오빠는 내 얼굴을 흥미진진하게 보고 있었다. 내가 상상을 하며 여러 표정을 지었나 보다. 나는 오빠를 잠시 뚫어지게 쳐다보았다.

'이 남자를 내가 덮친다?'

아마 오빠는 무지하게 좋아할 것 같다. 확실하다. 그렇다면 우리 사이에…….

"……선우빈 씨, 우리 아들들은 아빠 닮아서 잘생겼겠지?"

"푸핫!"

이상하게 튄 결론에 오빠는 웃음을 터트렸다. 오빠는 잠시 동안 낄 낄거린 뒤 내게 물었다.

"깨비 미래에는 이제 아빠도 같이 들어간 거야?"

"네?"

"예전에 깨비 말로는, 남편은 주차하느라 없었잖아."

"아. 맞다. 그랬죠."

얼마 전까지만 해도 내 미래도에 남편은 존재하지 않았었는데, 이제는 자연스레 내 옆에 있는 오빠를 남편으로 그리고 있다. 사람 일 알 수 없다더니. 내가 이렇게 바뀌었다!

"어? 근데 오빠. 어쩌다 아들 얘기가 나왔지?"

분명 소고기, 가을 낙지를 생각하고 있었는데 아들이 튀어나왔다. 잠깐, 그것도 이상해! 왜 낙지를 상상하고 있던 거지? 낙지 전에 무슨 얘기를 했더라. 결혼식에, 아줌마에…….

"응? 아. 그러니까 깨비 반장 일 얘기하다가……."

"아, 맞다! 그랬었지. 아이, 오빠! 반장 일, 아줌마들만 한다는 거 편견이야! 떽!"

뒤늦게 본론으로 돌아와 오빠의 팔을 살짝 탁, 치며 훈계하자 오빠가 웃음을 터트렸다.

"아하하하!"

뭐가 웃긴 거지? 나는 웃는 오빠를 보며 고개를 갸웃거렸다.

"반장으로 시작했다가, 아들로 넘어가서 다시 반장으로 돌아오는 과정이 너무 자연스러워. 그 사이에 뭔가 더 있었던 것도 같고. 우리 깨비 머릿속에 정말 뭐가 들어 있기에 이런 전환이 가능한 걸까?"

오빠 귀여워 죽겠다는 얼굴로 내 이마에 입을 맞추었다.

"까아."

그러게. 나란 여자 대체 어떻게 사고가 이렇게 머릿속에서 획획 바뀌는 걸까. 나는 오빠를 바라보며 말을 이었다.

"선우빈 씨에게 미친 여자 지킴이 자격을 정식으로 부여합니다."

나는 오빠의 양어깨를 붙잡고 진지하게 선언했다.

"아하하하!"

진지한 나와는 사뭇 다른 오빠의 유쾌한 웃음소리가 골목을 울렸다.

나는 방학 계획이 있었다. 바로 '선우빈과 주 5회 이상 데이트하기' 학교에서 있을 때보다 더! 더! 오빠를 자주 보겠다는 야심 찬 목표였다. 학기 중에 주 4일은 같은 수업 덕분에 무조건 얼굴을 봤지만, 실질적으로 하루 종일 함께한 것은 아니었다. 그래서 방학을 하면 선우빈 얼굴에 있는 모공 개수까지 다 외울 정도로 자주, 오래 만나고 싶었다. 서민유 인생에서 처음 생긴 남자친구가 아닌가. 애인과의 첫 방학을 그냥 그렇게 보낼 수는 없었다. 하지만 애석하게도 선우빈은 취업전선 최전방에 선 4학년 졸업반이었다. 졸업을 위해선 졸업논문과 학교에서 요구하는 일정 수준 이상의 토익 점수도 필요했다.

그래서 이번 여름방학, 오빠는 영어 학원에 등록했다. 영어를 잘하는 오빠지만 시험 요령 같은 걸 익히기 위해선 한 번 정도는 별도의 수업이 필요하다고 했다. 원어민에게도 시험 스킬이 필요하다는 사실을 알고는 있었지만, 내내 오빠와 붙어 있겠다는 나의 희망이 초장부터 박살 나자 다시금 영어에 대한 분노가 일었다. 회화든 토익이든 영어는 거기서 거기, 다 똑같은 쓰레기지 하고 비난하고 싶다. 나쁜 영어 놈. 대체 왜 세계 공용어가 영어인 거야? 애플 사이다랑 알코올만 잘 읽으면 됐지 뭐가 더 필요하니.

"깨비 입술 삐죽이는 거 봐. 그렇게 힘들어?"

울며 겨자 먹기로 나도 오빠가 다니는 학원 기초반에 등록했다. 나 역시 훗날 졸업을 위해서는 토익 점수가 필요하긴 했으니까. 오빠 다닐 때 도움 좀 받아가며 공부하면 낫지 않을까 하는 생각과 가능하면 마지막의 마지막까지 미루고 싶다는 마음 사이에서 몇 날 며칠을 고민한 끝에 바들바들 손을 떨어가며 수강료 결제를 마쳤다. 다행히 우리 학과 특성상 졸업을 위한 토익 점수가 경영학과보다 상대적으로 낮았다. 거기다 내 학번까지는 졸업 때 어학 점수가 유효 기간 내이기만 하면 인정을 해줬기 때문에, 토익 유효 기간인 2년 안에만 시험을 봐두면 상관이 없었다. 내 아래 학번들부터는 시스템이 바뀌어 졸업 전 6개월까지의 성적만 인정이 된다고 하니 난 가까스로 살아남은 셈이다.

"스터디가 수업만큼 빡세요."

학원 스터디는 수업이 끝나면 모여서 공부 조금 하다가 샛길로 빠질 거라 가볍게 생각했었다. 그런데 우리 팀 조장 언니가 워낙 깐깐한 탓에 수업이 끝나고도 '열공' 모드가 지속되었다. 다른 팀들을 보면 화기애애한 분위기로 간식 먹으며 놀고 있던데. 왜 내 팀은 공부만 하는 거야?

"그러면 좋은 거 아냐?"

"수업으로도 영어는 충분해요!"

"아. 맞다. 우리 깨비 흥선대원군이었지."

기초반과 고급반은 학원 강의 시간대가 맞지 않았다. 그래서 오히려 학기 중보다 오빠를 만나는 시간이 더 적었다. 오늘은 수업이 없는 오빠가 내가 수업이 끝나는 시간에 맞춰 학원까지 마중을 와준 것이었다. 학원을 다니게 된 건 오빠 때문이었는데 시험의 스킬만 필요했던 오빠는 한 달 수업을 마치고 이제 독학을 하고, 나는 두 달 과정이라 오빠보다 학원을 한 달 더 다니는 기막힌(?) 상황에 처해 있었다. 영어와 혼자 싸우려니 숨이 막히는 기분이다. 하. 영어 없는 세상에서 살고 싶다.

학교도 웃기지. 왜 자꾸 이 수업, 저 수업에서 원서 쓴다고 난린데? 번역본 보면 될 것을. 영어가 싫어서 이과로 갔지만 여전히 영어는 필수 과목이었고, 대학에 오니 전공책이 원서였다. 나는 영어가 빼곡한 전공책을 처음 받아들었을 때의 충격을 아직도 기억하고 있다. 그런 와중에 난생처음 듣는 경영학 수업. 그 사실만으로도 긴장되는데, 4학년 수업에다가 원서를 쓴다고 하니 얼마나 쇼킹했던가. 경영학과 전공 기초 중에 맨큐인지 픽큐인지의 경제학 수업도 있었는데, 그건 교재도 원서일 뿐 아니라 수업 자체도 영어로 진행한다는 소리를 얼핏 듣고는 까만 네임펜으로 벅벅 지워 쳐다도 안 봤었던 지난날이 떠오른다. 세종대왕님께서 기껏 고생하셔서 훈민정음을 만들어 놨더니 후손들이 이러고 있는 거 아셔 봐. 무덤을 박차고 나오실 거다.

"그래도 우리 홍선이 기특하네. 수업도 안 빼먹고 지각도 안 하고 열심이네."

"돈 썼으니까, 쓴 만큼은 해야죠."

학기 중에는 같이 수업 듣고 나서 자연스레 데이트로 이어졌었는데, 이제는 이렇게 일부러 약속을 잡아야 만날 수 있다는 점도 통탄하다. 내가 방학 중에 학기를 그리워하게 될 거라고는 꿈에도 상상 못 했다.

"민유, 데이트?"

조장 언니가 학원 입구를 벗어나며 알은체를 해왔다. 나는 고개를 저었고, 언니는 내게 손을 흔들어 보이곤 먼저 학원 건물을 나갔다. 오빠와 나는 학원 안에서 손을 잡고 돌아다니거나 껴안거나 하는 모습은 한 번도 보인 적이 없었다. 그런데 왜인지 학원 사람들은 우리 커플을 잘 알고 있었다. 아마 오빠의 외모가 행적을 알리는 데 한몫했을 것이리라. 오빠는 사람들 시선을 싫어했지만 어쩌겠는가, 선우빈은 숨만 쉬어도 유명해질 팔자인 것을.

"눈 부셔."

건물을 벗어나자마자 내리쬐는 햇빛에 눈이 절로 찌푸려졌다. 건물 안에서는 바깥은 가을 날씨처럼 화창해 보였다. 하지만 에어컨만 벗어나면 태양이 작열하는 한여름 날씨다.

"덥지? 우리 깨비, 아이스크림 하나 사줄까?"

오빠가 차양처럼 내 이마 위에 손을 올려 그늘을 만들어주며 말했다. 나는 그런 오빠의 손길에 눈가를 찌푸리던 인상을 펴고 배시시 웃었다. 그리고 이마에 올려진 오빠 손을 살짝 잡았다.

"어라?"

오빠 손이 평소보다 퉁퉁한 느낌이다. 나는 얼른 오빠 손을 잡아 내렸다. 손등이 살짝 부어오른 데다 푸릇한 멍까지 들어 있었다.

"어머, 이게 뭐야. 오빠, 다쳤어요?"

"부딪쳤어. 쓰레기통에."

"얼마나 세게 부딪쳤으면 멍이 다 들어? 많이 아프죠?"

제대로 부딪친 듯 보였다. 방심하다가 어딘가에 부딪치면 더 아프던데.

"괜찮아. 아무렇지도 않아."

"고약한 쓰레기통이네. 난 아까워서 잡는 것밖에 못 하는 울 오빠 손인데!"

우리 선우빈 씨 손도 예쁜데, 이 예쁜 게 시퍼레! 끄으. 남 다친 걸로 이렇게 속상할 수도 있구나. 내가 오빠 손을 잡고 어쩔 줄을 몰라 하는데 다친 당사자는 오히려 싱글벙글한 얼굴이다.

"오빠 손 아끼지 마. 서민유가 막 갖다 써도 돼."

이런 농담까지도 하신다. 진짜 안 아픈 건가?

"이걸 어디다 갖다 써요. 잡는 거 말고 어디 쓸 데 있나?"

오빠의 손을 잡아 올려 내 눈앞에 갖다 대고 진지하게 용도를 고민해본다.

"지금처럼 손잡는 데 쓰고, 우리 깨비 입 심심할 때 여기다 뽀뽀해 줘. 그리고…… 아, 샤워할 때 써도 되고."

"꺅! 선우빈 변태야!"

"그래서 싫어?"

싫기는요. 바로 손 잡고 목욕탕에 데려갈 뻔했습니다. 나는 대답 대신 오빠 손바닥에 쪽 소리가 나게 키스를 남겼다.

내일이 벌써 토익 시험 날이다. 오늘 만난 것도 내일을 대비해 공부하기 위해서였다. 흐읍. 슬프게도 데이트가 아니다. 우리는 손을 꼭 잡고 도서관으로 향했다. 영어 공부를 하고 또 영어 공부를 하러 말이다!

"빨리 과학이 발달하면 좋겠어요."

"왜?"

"시험 볼 때 영어 잘하는 사람 뇌 좀 빌리게."

"그거 조금 무서운데?"

나는 손을 뻗어 오빠의 머리를 양손으로 감싸 쥐었다. 결 좋은 머리카락이 손가락 사이에서 찰랑이는 감촉이 좋아서 손가락을 살살 흔들었다. 선우빈 씨는 머리카락도 예쁘네. 부드러운 가닥이 햇빛을 받아 반짝반짝. 오빠는 내가 더 편하게 만질 수 있게 고개를 조금 숙여주었다.

"피망 거 빌릴 생각이었는데. 그러고 보니 우리 오빠 뇌도 있었네?"

"좀 봐주세요, 민유 님."

오빠가 팔로 내 허리를 감아오며 말했다.

"고디바 아이스크림으로 사주면 생각해볼게요."

"사드리겠습니다."

"야호!"

방학이고 뭐고 그냥 이렇게 오빠랑 수다나 떨면서 하루를 보내고 싶다. 방학아 빨리 끝나라. 오빠랑 맨날 붙어 다니게. 나쁜 방학, 못된 방학. 대체 방학이 왜 있는 거야? 이런 건 없어져……. 헉. 선우빈에 눈이 멀어 절대로 일어나선 안 되는 상황을 바라고 있다. 정신 차리자. 그건 아니다. 나쁜 건 영어지 방학이 아니다!

나는 돌팔매 맞을 위험한(?) 망상을 지워내며 오빠 팔에 꼭 팔짱을 꼈다.

"안녕하세요. 오늘 날씨 정말 더운데 왜 나와 계세요?"

경비실 앞에 경비 아저씨 세 분이 옹기종기 모여 계셨다. 일하는 동은 다르지만 쉬는 짬이 겹치면 꼭 함께 모여서 쉬시곤 했다.

"여기 그늘이라 제법 시원해."

아파트에 도착해서 가장 먼저 하는 일이 경비 아저씨를 챙기는 거였다. 나는 근처 마트에서 사 온 아이스크림을 내밀었다. 더불어 샌드위치도 건네드렸다. 지금은 딱 점심과 저녁 사이다. 출출하지만 밥을 먹긴 애매한 시각이라 주전부리로 사 온 것이었다.

"고마워, 반장 아가씨. 잘 먹을게."

처음엔 이런 간식 챙기기 같은 일이 반장 일인지도 몰랐다. 그래서 반장직을 수락하고 몇 주간 경비 아저씨께 인사만 하고 지나쳤었다. 나중에 아저씨들이 직접적으로 불만을 토로하기 전까지는 말이다.

"반장님이 젊은 아가씨라 잘 모르는 것 같아."

"우리 간식 같은 거 안 챙겨줄 거야?"

"아이고, 놔둬. 그게 뭐 의무도 아니고."

때리는 시어머니와 말리는 시누이 같은 콜라보레이션이었다. 그 협공에 나는 '아차' 싶었다.

반장은 회계 장부나 잘 정리하고, 반상회 주도만 하면 되는 줄 알았더니. 정기 반상회 외에도 주민 모임을 주도하고, 아줌마들 연락도 담당해야 했다. 그리고 경비 아저씨들 관리도 내 몫이었다. 반장은 제법 할 일이 많았다. 처음에 대신 내가 반장을 하겠다고 엄마에게 통보했던 날이 생각난다.

"엄마 반장 안 하면 벌금 20만 원 내야 하잖아. 그거 내가 에누리해서 10만 원만 받을게."

"그냥 좀 해주면 안 되는 거야? 어차피 네가 먼저 하겠다 했다면서."

"경제적으로 접근해봐요. 엄마는 10만 원을 아낄 수 있잖아. 그럼이득 아냐? 나는 언제든 그만두면 될 사람이야. 뭐, 아까우면 관두든가."

"경제저역? 아이고, 대학 보내놨더니 배운 걸 엄마랑 협상하는데 써먹네."

엄마가 말끝에 '저놈을 가르치는 게 아니었어'라고 중얼거린 것은 못 들은 셈 쳤다.

이제 8월. 막바지 무더위가 한창 기승을 부리고 있다. 오빠를 처음 만난 게 엊그제 같은데 시간이 참 빠르다.

"해 지면 좀 덜 덥겠지?"

오늘은 오빠랑 한강에서 치맥을 즐기기로 했다. 어제 통화를 하다가 세상에, '한강 치맥'을 한 번도 안 해봤다는 오빠의 말에 당장 약속을 잡았다. 다만 오늘 저녁엔 반상회가 있어서 낮부터 함께 하지는 못하고 저녁에 보기로 했다.

오빠는 처음엔 반상회나 아파트 반장 일에 관련된 단어만 꺼내도 낄낄거렸다. 하지만 이제는 '반장 서민유'에게 별다른 반응이 없다. 어제도 '응, 알았어' 하고 순순히 끊어버렸다. 사람은 적응의 동물이라더니, 이젠 내 반장 일을 자연스럽게 받아들이는 오빠다. 어쩌면 바깥일을 척척 해내는 내 모습에 선우빈 씨가 내게 다시 한 번 반했을지도 모른다. 아마 그럴 것이다. 그랬으면 좋겠다. 오빠, 걱정 마. 내가 우리 남편은 절대 안 굶겨!

……또 내가 너무 앞서간 것 같구나.

"후우. 그나저나. 이걸 어쩐다."

오늘 반상회에서 다룰 주제는 꽤나 무겁고 어두운 일이었다. 왜 하필 내가 반장일 때 이런 시련이 벌어진 걸까. 반상회가 끝나면 정말로 치맥 생각이 간절해질 것 같았다.

「아파트 경비원 월급 인상」

정부에서 경비원 처우 개선의 일환으로 월급을 인상하라는 공문이 내려왔다. 지침대로 진행한다면 앞으로 경비 아저씨들 월급이 최대 10만 원 정도 상향 조정이 될 것이었다. 즉, 관리비가 오른다는 소리.

'끄으. 왜 하필 이런 예민한 주제에 내가 걸렸을까.'

역시나 역대 반상회 중 가장 열띤 토론이 이어졌다. 그런데 내 예상과 달리 월급을 얼마나 인상하는지에 관한 것이 아니었다. '누구를 잘라야 하나'에 대한 이야기였다.

"어차피 하는 일도 별로 없는 양반들 아냐. 세 동에 두 명으로도 충분하지."

"그래. 맞아. 관리비 더 내가면서까지 셋이나 쓸 필요는 없잖아."

"나머지 동들, 두 동에 한 명씩 하기로 결정했다던데?"

우리 아파트는 총 7동으로 이루어져 있었다. 동마다 반장을 뽑는데, 나는 103동 반장이었다. 우리 쪽, 즉 101~103동 경비 세 분은 사이가 좋았다. 나이대가 엇비슷해서 그런지 서로 야, 너, 호칭을 쓰며 친구로 지내셨다. 거기에 세 분 다 관리 능력도 비슷했다. 누구 하나 자르기에 애매한 상황이다.

"반장 아가씨는 누구 보낼 거야?"

아, 저기. 어머니, 저한테 묻지 마세요. 나는 당황해서 눈을 깜빡였다. 나는 애초에 자른다는 선택지는 없는 여자였다. 하지만 사람들은 반장인 내 입만 쳐다보고 있었다. 난 고민 끝에 의견을 슬쩍 내밀어 봤다.

"……꼭 한 분을 내보내는 게 맞는 걸까요?"

역시나 반박이 이어졌다.

"아가씨, 우리 관리비가 얼만지 설마 모르는 건 아니지?"

"반장님이 관리비 직접 안 내봐서 그래."

"이거 한두 푼 올리는 게 생활비에 얼마나 지장이 있는데."

폭동이 일어나는 줄 알았다. 결국 다음 주에 다시 모여 결정을 내리자고 미루게 되었고, 회의는 소득 없이 끝났다. 나는 지친 몸을 이끌고 터덜터덜 아파트 밖으로 나왔다.

낮엔 찌는 듯하더니 강가라 그런지 밤이 되자 시원했다. 이미 한강

엔 우리 말고도 수많은 사람들이 더위를 피해 강바람을 즐기고 있었
다. 사람이 하도 북적여서 꼭 대낮같이 시끄러웠다.

"깨비, 너무 과음하는 거 아니야?"

"오빠가 네 캔이나 사와 놓고선."

오빠는 맥주 말고도, 지난번 내가 음료인 줄 알고 맛있게 먹었던 애
플 사이다도 사 왔다. 그것도 무려 네 캔이나. 정작 맥주는 500mL 두
캔이 전부였다.

"우리 깨비 잘 먹던 게 생각나서. 등교 중에도 마실 정도였잖아?"

어우, 그런 부끄러운 과거를 저렇게 신나게 말하냐. 하지만 이 정도
는 내 인생의 일화 중 흑역사 축에도 못 낄 이야기였다. 얼마 전 고추
사건도 있지 않은가.

"사실 마음 같아선 오늘 치소도 가능해요."

"치소?"

"치킨에 소주."

"무슨 일 있었어? 소주를 다 찾고."

오빠가 내 쪽으로 살짝 몸을 틀어 앉으며 물었다. 노란 가로등 불빛
이 오빠 얼굴에 쏟아져 내렸다. 음영이 생기자 오빠의 이목구비가 더
또렷해 보인다. 오빠 뒤쪽으론 건물 빛이 마치 별처럼 빛나고 있었다.
별에서 온 그대가 아니라 별을 지고 있는 그대였다.

"반장 일 힘들어서."

"두 달 동안 잘하는 것 같더니. 하다 보니까 고되지?"

오빠가 내게 더 다가왔다. 나는 그런 오빠의 어깨에 머리를 기댔다.

"반상회에서 경비원 세 분 중 누굴 자를지를 결정하게 됐어요."

"저런."

"그런데 아저씨 세 분 다 서로 너무 친하셔서 선뜻 한 분 자르는 게 조금…….'"

나는 오늘 오갔던 일련의 이야기를 오빠에게 털어놓았다.

"저는 당연히 월급 인상을 생각했죠. 물론 최대한 주민들이 부담되지 않는 선에서요. 관리비가 갑자기 오르면 짜증 나니까요. 그런데 얘기가 해고로 가니까 당황스러웠어요."

"왜 당연히 인상하려고 생각했는데?"

"세 분 모두 이미 7년 넘게 우리 아파트를 맡아주셨거든요. 누구보다 아파트 사정을 잘 아시는 분들인데, 그렇게 갑자기 해고하는 건 아닌 것 같아서요. 의리가 있지."

내내 주택에서 살았다는 오빠는 처음 듣는 이야기일 것이다. 아니, 아마 아파트에 살았어도 모를 수 있다. 나 역시도 지금껏 동네일을 모르고 살다가 반장을 맡으면서 알게 됐으니 말이다.

"그리고 꼭 의리 때문은 아니더라도. 음, 언젠가 우리 아빠가 더 나이 먹었을 때를 가정해봤어요."

나는 잠시 숨을 고르고 말을 이었다.

"아빠가 은퇴 후에도 일을 계속하시겠다며 경비원이 됐을 때를요. 내 일이 될 수도 있다고 생각하니까 더 해고가 쉽지가 않더라고요."

오빠는 잠자코 나의 이야기를 들어주었다.

"그분들도 누군가의 아빠라고 생각하니까. 아, 말하니까 더 답답하네."

어, 그러고 보니 이거 지금 꼭 같이 산 지 오래된 부부 같지 않나?

반장인 아내가 동네일 얘기하는 거 같아. 그리고 그걸 귀담아들어 주는 다정한 남편. 캬아. 심각한 고민 중인데 갑자기 설레고 말았다. 나란 여자는 참 단순한 사고 회로를 지닌 모양이다. 아니면 선우빈이라는 남자가 어떤 상황이든 사람을 설레게 하는 마성을 지니고 있든가. 이야기를 다 들은 오빠는 잠깐 동안 말없이 내 눈을 들여다보았다. 오빠와 눈을 마주치고 있자니 정말 심장이 떨린다. 난 이미 설레는 중인데도 선우빈은 설렘 증폭제를 나에게 들이붓고 있다. 오빠, 그만해요. 저 넘친다고요!

"오빠, 심장 터질 것 같으니까 아무 말이나 해요."

설렘에 허우적거리던 나는 오빠에게 진정제를 요청했다.

"음. 사랑해?"

크헉! 이 남자가 진정제가 아니라 아드레날린을 쏟는구나. 아우, 오빠야아.

"괜히 밝은 데 앉았네. 눈에 띄어서 키스도 못 하겠다."

헐! 허얼! 선우빈 설렘주의보 2단계!

"꺄핫."

오빠가 내 볼에 뽀뽀를 퍼붓기 시작했다. 주의보 3단계, 아니 경보 수준이었다! 오빠는 키스 대신이라는 듯 가벼운 뽀뽀를 여러 번 나누어 하고 있었다. 뽀뽀가 모이니 진한 키스 못지않은 위력을 발휘했다.

"하으응, 오빠. 이제 그만."

나는 내게 찰싹 달라붙은 오빠를 살짝 밀어냈다. 어우, 하마터면 내가 오빠한테 덤벼들 뻔했네.

"기분 좋은데?"

오빠가 뿌듯한 표정으로 말했다. 이상하다. 선우빈 씨가 이 정도의 뽀뽀 세례로 이렇게 배부른 얼굴을 할 분이 아닌데.

"어떤 점이요?"

내 남자, 뭐 때문에 이렇게 기분이 좋아졌지?

"내가 사랑하는 사람이 참 멋진 여자구나 싶어서."

경계경보! 경계경보! 서민유 녹다운! 나는 심장을 부여잡고 오빠 품에 안겼다. 뻬뽀뻬뽀. 앰뷸런스, 오나요?

"아파트 반장, 어차피 다음 달이면 기간이 만료되는 임시직이잖아. 투표로 해고자 결정해서 주민들에게 책임을 넘겨버리고 끝낼 수도 있는 사안이고. 그런데도 우리 깨비는 소주가 생각날 정도로 고민하고 있잖아."

오빠의 잔잔한 목소리가 위로하듯 내 귀에 흘러들어 온다.

"자기가 불편한 상황에서 상대방 입장을 고려하는 거 절대 쉽지 않은 일이야. 그런데 민유는 그런 걸 당연하게 생각하고 고민하고. 이런 사람이 내 거라는데 어떻게 안 좋을 수가 있어."

"오빠아아."

내 고민을 알아주다 못해, 이런 고민을 하는 날 사랑한단다. 난 정말 남자 복을 넘치게 받았다. 나야말로 이런 사람이 내 거라니! 나는 감동의 바다에 빠져 허우적대며 익사 직전이었다. 말 한마디로 위로에 감동까지 전해주는 선우빈에게 나는 더 바싹 몸을 붙였다.

"해고하자고 말하는 아줌마들이 밉고 싫은 건 아니에요. 그렇게 나오는 게 당연한 건데……."

생활비 한 푼이라도 아끼려고 몇 번이나 계산기를 두드리며 열심히 살아가는 사람들이었다. 그분들을 비난하려는 것은 결코 아니었다. 하지만 경비원 월급 인상이 100원, 200원 올리는 걸로 해결될 문제도 아니다. 해고 소식을 전해 들은 경비 아저씨들은 날 붙잡고 사정을 했다. 월급을 올리기는커녕 깎아도 좋으니 일만 하게 해달라 하시는데 마음이 정말 무거웠다. 그렇다고 아저씨들의 요청대로 월급을 깎는다면 정부에서 빰을 후려칠 터였다. 그러니 소주가 고픈 거다.

"반상회에서 결정하면 그대로 따르는 거야?"

나는 고개를 가로저었다. 중요한 사안이니만큼 반상회에서 나온 의견을 바탕으로 동대표와 입주자 대표회의 회장님이 최종 결정을 하실 거다. 다만 아마도 그들 역시 해고 쪽으로 가닥을 잡을 것 같다고 예상될 뿐.

"그럼 최종 결정자한테 논의해볼 수도 없어?"

"아마 그분들도 이미 결정을……."

그때, 불현듯 지난번에 엄마와 나눴던 이야기가 생각났다. 내가 반상회 불참비가 너무 비싸다고 투덜거렸을 때 엄마가 했던 그 말이.

"불참비 없었을 때, 반상회에 나오는 거의 사람이 없었어. 그런데 어느 날 회장이 오더니 벌금 걷으라고 하더라."

"벌금?"

"그래야 안 빠질 거래. 그러면서 자신이 사는 곳 일인데도 어떻게 그렇게 다들 무심할 수 있느냐, 그렇게 무관심하면 틈이 생기는 거고, 그 틈을 이용해 비리가 생기는 거다. 그러더라고."

"오, 회장님 멋있다. 그런 말을 하셨어?"

"어. 참 깨인 사람이다 싶더라."

　입주자 대표회의를 주관하는 회장님을 만나봐야겠다는 생각이 들었다. 깨었다던 회장님이니, 혹 이 사안에 대해서도 뭔가 대책이 있지 않을까.
　"……회장님을 만나봐야 할까 봐요."
　오빠한테 말해보길 잘했다. 그냥 내 이야기를 들어나 달라는 심정으로 하소연한 거였는데 오빠의 말에 힌트를 얻었다.
　"응원할게."
　조금이나마 마음이 편안해지는 기분이다.
　가족들은 회장님을 찾아가겠다는 내 말에 놀랐다. 그리고 내가 자초지종을 설명하자 각기 다른 반응을 보였다.
　"이야. 우리 반장 이번에 제대로 하는데?"
　언니는 소파에 엎드려 폰을 가지고 놀다가 나에게 따봉을 했다. 아빠는 말없이 내 등을 살짝 토닥였다.
　"아서라, 아서. 무슨 소릴 얼마나 들으려고. 너만 다쳐. 그냥 아줌마들 하자는 대로 해."
　엄마는 내가 너덜너덜 상처 받을 것을 걱정했다.
　"그치만 엄마. 경비 아저씨가 우리 아빠라고 생각하니까 그렇게 못하겠단 말이야."
　"왜 그걸 니네 아빠라고 생각해?"
　"우리 아빤 뭐 평생 직장 다니나? 우리나라에서 퇴직한 아저씨들이 할 수 있는 일은 거의 경비뿐이잖아."

그거 아니면 치킨집이거나. 어? 우리 아빠가 치킨집 차리면 난 치킨집 딸 되는 건가?

'……좋은데?'

순식간에 치킨 생각을 하는 나였다. 내 머릿속을 누군가가 본다면, 뭐 이런 애가 다 있나 할지도 모르겠다. 내가 갑작스레 치킨을 꿈꾸는 동안 엄마는 내가 한 말을 곰곰이 생각해보는 듯했다.

그리고 이틀 후, 나는 회장님을 만났다.

"안녕하세요."

"어서 와요."

회장님은 학자 같은 느낌을 주는, 어딘가 깐깐해 보이는 사람일 거라고 예상했었다. 하지만 예상외로 인심 좋은, 푸근한 인상이었다.

"이번 반장 중에 젊은 아가씨가 있다더니. 이렇게 만나보네요. 앉아요."

긴장한 나는 속으로 작게 심호흡을 하고 자리에 앉았다. 만나 뵙고 싶다는 내 요청에 회장님은 기꺼이 자신의 집 거실을 내주셨다. 거실 진열장에는 트로피가 가득했다. 무슨 상이 저렇게 많지? 회장님이 차를 준비하겠다며 잠시 주방으로 간 사이 나는 진열장으로 다가갔다.

"우와."

진열장은 회장님 딸과 아들로 추정되는 두 아이의 이름이 찍힌 상장과 트로피로 꽉 차 있었다. 피아노를 하는 아들은 콩쿠르를 휩쓸었고, 운동을 하는 딸은 각종 무술을 섭렵한 듯 보였다. 두 남매가 참 멋있다.

"제 누나한테 함부로 덤볐다간, 고 녀석 코뼈가 주저앉지."

"으허헉!"

등 뒤에서 들리는 목소리에 깜짝 놀란 난 탭댄스를 추듯 발을 타닥, 굴렀다.

"미안. 놀랐어요?"

"아니에요! 괜찮습니다."

나는 놀란 숨을 고르며 자리에 앉았다.

"사내랍시고 나이 차이 별로 안 나는 제 누나한테 덤빌까 봐, 첫째한테 운동을 좀 시켰죠. 그게 저렇게 적성에 맞을 줄이야."

딸이 온갖 무술을 섭렵하고 다니는 애로 클 줄은 몰랐다며 회장님이 껄껄 웃었다. 화통한 웃음이었다.

"그런데 무슨 일로 우리 반장님이 날 찾아왔을까."

온화한 인상 속에 번뜩이는 무언가가 느껴졌다. 역시 내공이 보통은 아닌 분이시다. 나는 바로 본론을 던졌다.

"경비 아저씨 월급 인상안에 대해 논의하고 싶어서 찾아왔습니다."

"월급 인상?"

"네. 얼마 전 반상회에서는 인원을 줄이는 것으로 의견이 모아졌지만."

"그렇지만?"

"주민들에게 무리가 되지 않는 선에서 월급 인상을 할 수 있는 길이 없을까, 이걸 의논하고 싶어 찾아뵀었습니다."

내 말에 회장님은 잠시 침묵한 뒤, 차를 한 모금 마셨다.

"……해고하는 게 가장 쉬운 길 아닌가요? 다른 동도 그런 말이 나오는 것 같던데."

역시 그렇게 가닥이 잡혀 있는 거였나. 회장님은 좀 다를 거라 기대했는데. 긴장으로 손에 땀이 나오는 느낌이다.

"물론 그렇습니다만……."

나는 천천히 말을 이었다. 최대한 논리적으로, 조리 있게 말하기 위해 몇 번이나 연습했던 대로 회장님께 들려드렸다. 인터넷을 통해 찾아낸 방법, 관리비를 줄여 그 부분을 경비원의 월급 인상에 적용하는 내용이었다. 나는 그걸 우리 아파트에 적용할 수 있는지 검토해서 보고서처럼 작성해 프린트도 해왔다. 프린트를 건네드리며 경비원이 내 아버지였다면으로 시작해서 내가 아는 범위의 '상생할 수 있는 방법'을 모두 말씀드렸다. 회장님은 그런 나를 무표정한 얼굴로 바라보면서 가끔씩 프린트에 시선을 주었다.

"왜 이렇게 열심인 거예요? 솔직히 민유 양 일도 아니잖아. 그저 자기 아버지라고 가정만 했을 뿐이지."

"어떻게 제 일이 아니에요. 제가 반장이고, 또 제가 사는 동네의 일인데요."

내 말에 회장님의 얼굴에 아주 살짝 미소가 스친 것 같았다.

"날 찾아온다고 달라질 거라고 생각한 건가요? 내가 대표회의 회장이니까?"

그건 착각이었나. 역시 안 되는 건가.

"그런 것도 있지만."

나는 잠시 말을 끊었다. 긴장을 풀려고 숨을 살짝 한 번 쉬기 위해서였다.

"더 정확히는 반상회 벌금 때문에 찾아왔습니다."

"벌금?"

예상 못 한 대답이었던지 회장님의 눈이 휘둥그레졌다.

"무관심하면 틈이 생기는 거고, 그 틈을 이용해 비리가 생긴다. 이렇게 말씀하셨다는 이야기를 엄마께 전해 들었거든요. 그래서 반상회 벌금이 생겼다고. 그 말씀을 듣고 회장님께서 제 이야기 정도는 들어주실 거라는 생각이 들어서요."

"흐음."

내 말이 끝나자 회장님은 이내 내게서 시선을 거두었다. 정말 안 되는 걸까? 다른 방법을 찾아봐야 하나?

"저는 고작 세 달짜리 반장일 뿐입니다. 다음 달이면 임기가 끝이기도 하고요. 하지만 제가 반장일 때만이라도 최대한 제가 할 수 있는 노력을 하고 싶었어요."

여전히 나와 눈을 마주치지 않는 회장님이다. 나는 자리에서 일어섰다.

"바쁘신데 시간 내주셔서 감사합니다. 실례 많았습니다."

꾸벅 인사를 하고 막 걸음을 옮기려는데 회장님이 날 불렀다.

"잠깐, 잠깐만. 앉아봐요."

"이거 봐! 너 또 그런다, 또! 이거 마이너스잖아."

나는 풀이 과정의 오류를 찾아냈다. 기껏 잘 풀어가나 싶더니, 고은

이 한순간 실수를 범했다. 마이너스가 플러스가 되자 잘 풀리던 문제는 순식간에 산으로 향했다.

"아, 그러네."

"아, 그러네? 너 벌써 똑같은 실수 세 번째거든. 이렇게 틀리면 아깝지도 않냐?"

"당연히 아깝죠. 내가 처음으로 제대로 푼 문젠데."

무술 소녀 이고은 양은 학교에서 모 클럽에 가입되어 있었다. 무슨 클럽이냐고? 폭력 서클 따위를 생각했다면 댓츠 노노. 그녀가 가입한 모임은 바로 '수학 반타작 클럽'. 수학 시험 만점이 100점이 아니라 50점인 아이들끼리 만든 클럽이라고 했다. 한 학기에 두 번, 중간고사와 기말고사 때만 활동을 하는 이 클럽은 55점을 맞으면 자동 탈퇴된다.

"51점이 아니고 55점? 왜 55점에 자동 탈퇴야?"

내 질문에 고은이가 해맑게 웃으며 말했다.

"문제가 25문제거든요. 문제당 3점에서 6점 정도 해요. 그래서 가끔 운 좋으면 반타작해도 55점 나오고 그래요."

보라, 이 치밀한 계산을. 실로 수학적이지 않은가! 이렇게 체계적으로 계산하는 아이들이 점수는 반타작이라니. 이런 반전이 귀여워서 난 웃음이 나왔다.

회장님의 큰따님, 이고은 양은 수학을 못했다. 다른 과목은 모두 중
상위권인데 수학만 이 모양이었다. 운동하는 애들은 멍청할 거라는
인식이 싫다는 그녀. 그래서 틈이 나면 열심히 공부했다는 기특한 학
생이다. 그러나 수학만은 제 길이 아니라고 일찍이 포기한, 일명 수포
자였다. 그런 고은의 목표는 4점짜리 문제까지 제힘으로 풀기. 지극히
현실적인 목표였다. 하지만 내가 누군가. 컴퓨터와 놀기 바빴던 서상
후도 1년 내내 책상에 붙여 놓은 서민유다. 내 목표는 올해 안에 고은
이 5점짜리 문제도 풀게 하는 거였다. 물론 아이가 부담감을 느껴 시
작도 전에 나자빠질까 봐 말은 하지 않았다. 고은이는 단거리 선수였
다. 목표가 길면 아예 포기해버렸다. 그러니 말을 아낄 수밖에. 다행히
머리는 좋은 편이라, 옆에서 차근차근 짚어주면 곧잘 따라왔다. 전형
적인 1:1 과외 스타일 학생이다.

"이거 먹으면서 해, 후배님."

회장님이 주스 두 잔을 갖다 주셨다.

"와, 감사합니다."

"울 엄마 후배라고 엄청 챙기시네."

알고 보니 회장님은 관화대 경제학과 출신이셨다.

결전의 그날, 내가 관화대를 다닌다는 것을 안 회장님은 날 후배님
이라 부르기 시작했다.

나가려던 나를 다시 자리에 앉힌 회장님은 처음에 봤던 그 온화한
미소를 짓고 있었다.

"사실 우리 아파트, 지난 분기 대표회의 때부터 관리비를 줄일 대책을 찾고 있었어요."

"네?"

"이제 얼추 마무리가 되어가는 중이고, 그래서 슬슬 주민 동의 얻어서 겨울부터 시작하려고 했지."

전기료와 난방비를 현재보다 30% 줄이는 게 목표라고 했다. 그러기 위해 절감에 성공한 다른 아파트 대표들과도 자주 만나오셨다고. 처음엔 조금 비용이 들지 몰라도 1년 후만 돼도 현저하게 관리비가 줄 것이라고 했다. 그리고 줄어든 관리비로 얼마든지 경비 아저씨들 월급을 충당할 수 있다고 말씀하셨다.

"이거 우리 반장님이 직접 조사한 건가요?"

회장님이 내 보고서를 들고 물었다.

"네. 제 나름으로 우리 아파트 시설을 분석해서 대책 마련을 해봤어요. 물론 회장님이 보시기엔 많이 부족할 겁니다."

"아니, 천만에요. 민유 양이 쓴 이 리포트에 우리가 추진하려는 방법하고 비슷한 게 몇 개 있네. 노력 많이 했네요. 정말."

내 노력이 인정받은 것 같아서 눈물이 찔끔 나오게 기뻤다. 그 후 얼마 지나지 않아 회장님의 대대적인 관리비 절감 선언과 함께 안내 팸플릿이 각 집에 돌았다. 적극적인 홍보 팸플릿의 뒷면엔 이런 문구가 실려 있었다.

「모두가 웃으며 같이 걸어나가는, 진정한 명품 아파트가 됩시다!」

올해는 조금 힘들겠지만 앞으로 더 좋은 아파트가 되기 위해 모두가 협력하자는 말에 주민들의 마음이 움직였다. 덕분에 경비 인원 감축은 없던 이야기가 되었다. 이 사건으로 나는 동네에서 유명한 일꾼 반장이 되었다. 내가 써낸 보고서 일부가 홍보 팸플릿에 인용이 된 덕에 똑똑한 학생이라는 이미지도 덤으로 얻었다. 그 결과 아파트 내에서 과외 자리를 두 개나 따낼 수 있었다. 부탁하는 분들은 그보다 더 많았지만 다음 달 개강을 생각하면 모두 다 받을 수는 없는 노릇이었다.

"아이고, 우리 반장님. 학원 갔다 오는 거야?"
"이거 우리 며느리가 아가씨 먹으라고 준 복숭아야. 가서 식구들이랑 먹어."

덕분에 경비 아저씨들과도 친해졌다. '간식 하나 안 챙겨주던 반장 아가씨'에서 '제대로 된 요즘 젊은이 반장'으로 위치가 격상되며 아저씨들이 오히려 내 간식을 챙겨주시곤 했다. 내 어깨가 올라간 덴 선우빈 씨 몫도 있다. 내가 아파트에 관한 정보를 모으면 오빠가 목차를 뽑아 대략적인 정리를 먼저 해주었다. 그 덕에 보고서 작성 시간을 대폭 줄일 수 있었다. 내용을 정리하다가 내가 모르는 용어가 나오면 그걸 오빠가 잽싸게 캐치해서 찾아주기도 했다. 크아. 척하면 척, 마치 오랜 시간을 함께해온 부부 같지 않은가. 우린 정말 멋진 커플이다. 후후후.

"또 애인 생각해요? 쌤 눈빛이 멍해."

고은의 말에 현실로 돌아왔다. 아이고, 내가 또 멍 때리고 있었구나.

"미안."

"그렇게 좋아요?"

나는 목이 부러져라 격하게 끄덕였다. 내 마음을 고갯짓으로 표현하려면 상모라도 돌려야 할 것이다.

"얼굴도 미남인데, 마음까지 미남인 남자야. 내 남자가."

여고생을 붙잡고 나는 애인 자랑을 했다. 하지만 고은은 코웃음을 쳤다.

"제 눈에 안경이지."

"우리 오빠는 다른 사람 눈에도 안경이야. 우리 학교 3대 미남이시다."

꺄. 어머, 그러고 보니 나 그렇게 대단한 미모랑 만나는 거였잖아? 말해놓고 새삼 놀랐다. 만 명이 넘는 학생들이 다니는 대학교였다. 그런 학교에서 한 번 만나보는 것도 쉽지 않을 3대 미남과 한 학기에 동시에 같은 수업을 들었고, 심지어 그중 하나와는 사귀고 있다.

"네네. 어련하시겠어요."

고은은 여전히 못 믿는 눈치다.

"못 믿겠음 마셔. 방금 세 문제 천천히 다시 한 번 풀어보자."

고은의 불신을 뒤로하고 수업을 다시 이어나갔다. 사진 한 번 보여주면 끝날 일이었다. 하지만 그렇게까지 내 남자를 대외적으로 홍보하고 싶진 않았다.

나만 알고, 나만 보겠다는 그런 은근한 독점욕이랄까. 비록 아이들 사이에서 불신의 아이콘이 될지라도 말이다. 아, 근데 믿음직한 과외 선생이 그렇게 되어도 될까?

[그래서 지금 온다고?]

"웅. 갈게요. 보고 싶어."

과외 시간에 했던 선우빈 타령으로 내 마음에 불이 올랐다. 도저히 진화가 되지 않아 난 오빠를 찾아가기로 했다. 선우빈을 만나는 건 무려 5일 만이었다. 요즘 가족을 제외하고 제일 많이 보는 얼굴은 토익 학원 선생님이었다. 주 5일 수업 때문에 일주일에 다섯 번을 보고 있었다. 하루에 두 시간씩 꼬박꼬박. 가족이 아닌 한 이길 수 없는 횟수다. 하지만 선우빈이 밀리다니. 참을 수 없다.

[오빠가 데리러 갈게. 동네에 있어.]

오빠 공부를 방해하는 건 아닐까 살짝 미안했지만 오빤 마침 쉬고 싶었다며 지체 없이 오케이를 외쳐주었다.

나는 오빠와 통화를 마치고 놀이터로 향했다. 동네 입구 쪽에 있어서 기다리기 좋은 위치였다.

"반장 언니, 여기서 뭐 해요?"

중학생 영경이었다. 학원 보습을 마치고 돌아오는 듯했다. 영경의 모친은 수학 외에 영어 과외까지 두 과목을 부탁하셨다. 죄송해요. 영어는 저에게도 난제입니다. 일정도 일정이었지만 그것 때문에 영경의 과외를 거절할 수밖에 없었다.

"그네 타고 있어."

"그게 무슨 그네 타는 거예요?"

난 그네에 엉덩이만 붙인 채 다리를 앞으로 쭉 펴서 버티고 있는 자세였다.

"그네를 타려니까 햇빛이 너무 세서 그늘에 피신해 있는 거야."

"그럼 뒤에 벤치에 앉으면 되잖아요. 거기 완전 그늘인데."

그네 탈 생각만 했지 뒤는 볼 생각도 못 했다. 예. 하나에 꽂히면 그것밖에 안 보이는 좁디좁은 시야의 소유자 서민유 여기 있습니다. 아이고, 과외는 내가 받아야겠구나.

나는 뻘쭘하게 그네에서 일어났다.

"으하하하하! 이 언니 대학 어떻게 들어간 거야? 누가 대리 시험 쳐준 거 아님?"

슬그머니 벤치로 다가가는 나를 향해 영경은 폭소를 터트렸다. 중딩이 날 무시하네.

"그럴 수도 있는 거지. 너, 너무 웃는다?"

"솔직히 말해봐요. 장학금 받는 거 다 뻥이지? 사실 관대도 뻥 아냐?"

어쭈, 도발하냐? 내가 중딩의 이런 저급한 도발에 넘어갈 거 같니?

"너 가방 안에서 펜이랑 종이 꺼내."

"왜요?"

"당장 천재적인 미적분 실력을 보여주지. 아, 중삐리는 미분 안 배우나?"

넘어간다. 나는 단순쟁이니까.

"헐. 이 언니 왜 이럼? 진심?"

진심 어린 내 눈빛에 영경이 움찔했다.

"난 지금 매우 진지하다."

글자였다면 궁서체로 썼을 거다.

"뭐가 그렇게 진지한데?"

우리 사이로 불쑥 들어오는 목소리에 고개를 돌렸다.

"빈이 오빠!"

벤치에 앉으려던 난 방향을 틀어 우빈 오빠에게 다가갔다. 오빠는 손가락으로 내 미간을 가볍게 톡톡 두드렸다.

"미간까지 찌푸리고."

"나보고 대리 시험으로 대학 들어갔느냐는 요망한 중딩이 있어서 요."

"그래? 누가?"

우빈 오빠는 내 시선을 따라 고개를 돌렸다. 그곳엔 얼이 빠진 영경이 있었다.

"허, 헐. 말도 안 돼. 헐!"

잠시 얼어 있던 영경은 이내 누가 '땡' 하고 쳐준 것처럼 입을 열더니 폭풍 호들갑을 떨기 시작했다.

"이 오빠 뭐야, 진짜 존잘! 와, 씨발. 연예인이세요? 존나 잘생겼어! 어머, 어떡해. 아, 씨발 존나 대박. 아! 미친. 키도 졸라 커."

영경의 입에선 중간중간 후렴구처럼 욕이 튀어나오고 있었다. 요즘 애들 입이 장난 아니게 걸다더니 진짜였어. 여진이랑 신애가 말을 예쁘게 해서 몰랐던 거였다. 듣기에 민망해 나는 큼큼거리며 영경을 말 렸다.

"야, 왜 그렇게 못생긴 말만 하냐? 욕 없이 그냥 놀랄 순 없어?"

하지만 내 말은 콧구멍으로도 안 듣고 영경이 떨떠름한 얼굴로 물었다.

"반장 언니, 누구예요? 응? 설마…… 남친?"

설마라니? 설마라니? 너 인마, 왜 거기에 여운을 그렇게 많이 둬? 흥! 흥흥!

영경의 믿을 수 없다는 반응에 샐쭉해진 나는 보란 듯이 오빠 손을 꼭 잡았다.

"오빠, 가요. 영경아, 너도 얼른 들어가."

오빠는 꼭 잡은 내 손을 들어서 제 입술에 가져갔다. 그리고 쪽 소리를 내며 내 손등에 키스를 했다. '맞아. 남자친구'라고 대답하듯이. 영경아, 보고 있냐!

"응. 가자. 학생도 잘 가요."

함께 돌아서는데 뒤에서 '헐, 대박! 사진 찍어둘걸!' 하는 탄식의 소리가 들린다. 이어 '다음번에……' 어쩌구 하는 소리도 들렸다.

"오빠, 다음엔 여기까지 들어오지 말아요. 쟤 대기 타고 있다가 오빠 사진 찍어서 친구들하고 돌려볼 것 같아."

"알았어. 앞으로 입구에서 전화할게."

차 문을 열자 시원한 공기가 흘러나왔다. 그늘에서 가만히 있었던 지라 더운 줄 몰랐는데, 여름은 여름이었다. 역시 그늘보다는 에어컨 이다.

오랜만에 낮에 만났으니 드라이브를 하기로 했다. 한 번도 장거리
로 움직인 적이 없었는데 이참에 교외로 진출이다. 아주 멀리까진 못
가고, 당일치기로 늦어도 밤에는 집으로 돌아올 예정이다. 놀러 간다
는 내 보고에 언니는 '응'이라는 대답 하나만 남겼다. 어디로 가는지,
언제 돌아오는지 한마디 묻지도 않았다. 서민준 씨 못지않게 서민아
씨도 날 돌처럼 아끼긴 한다. 음, 날 너무 애정 없이 방치하는 것 같아
속이 살짝 쓰리지만 내가 가족들에게 상당한 신뢰를 쌓은 걸로 좋게
생각하기로 했다.

　나는 휴대폰을 가방 안에 넣고 오빠에게로 시선을 돌렸다. 옆모습
도, 운전하는 모습도 누구 말처럼 '존잘'인 남자는 빨간 불에 차를 멈
추며 나와 눈을 마주쳤다. 나는 최대한 사랑스러운 목소리로 물었다.

　"오빠, 우리 휴게소 가면 뭐 먹을까요?"

　"쌤, 남친 존잘이라면서요?"

　미화의 발언에 순간 손에 힘이 훅 들어갔다. 그 바람에 볼펜 끝이
책을 조금 뚫었다. 나는 고개를 들어 내 맞은편에 옹기종기 모여 앉은
네 놈의 학생들을 바라보았다. 눈빛이 똘망똘망 빛나고 있다. 미화가
총대를 메고 먼저 질문을 던진 듯, 나머지 세 놈들도 득달같이 달려들
태세였다.

　'이거 뭐 실습 나온 교생한테 첫사랑 물어보는 것 같잖아?'

　나는 지금 인근 중학교에 다니는 2학년 학생들의 그룹 과외 중이

다. 여학생 둘, 남학생 둘로 구성된 이 팀은 자신감 과잉이 콘셉트였다. 자신들이 여기서 조금만 노력하면 발로 마킹해도 3H 대학을 갈 수 있다고 생각하고 있었다. 그리고 그 조금의 노력이 바로 과외라고 여겼다. 과외를 3H 대학의 특급 패스라도 되는 것처럼 여기다니. 위험한 생각이다. 나는 그저 잘 달릴 수 있도록 옆에서 달리는 법을 알려주는 사람일 뿐, 달리기를 하는 건 어디까지나 본인이다. 나는 그들의 꿈과 희망을 짓밟고 싶지 않아 열심히 어르며 과외를 하면서, 동시에 과외가 만능 마술 지팡이가 아니라는 사실을 계속 인지시켜 주었다. 너희나 만나서 다행인 줄 알아. 해준이었으면 현실을 자각시켜줌과 동시에 멘탈을 와장창 부수면서 스파르타로 나갔어, 자식들아.

"집중 안 하지? 지난번처럼 다섯 시간 동안 붙잡혀서 하고 싶어?"

미화의 안색이 파리해지면서 입이 다물어졌다. 덩달아 다른 아이들도 실망한 얼굴을 하며 책으로 고개를 숙였다. '반장 아가씨가 미남과 사귄다'는 이야기가 온 아파트에 돌았다. 영경이 소문의 근원이었다. 흥분에 찬 목소리가 아직도 귀에 선하다. 영경은 집에 돌아가자마자 제 엄마에게 보고를 올린 듯했다. 그날 저녁 바로 이야기가 돈 것을 보니.

'하필 영경이한테 들켜서.'

'영경이 엄마'는 소문난 아나운서였다. 방송 아나운서 말고 동네 아나운서. 큰 사건에서 아주 작은 일화까지 그분 입을 거치지 않은 일이 없었다. 거기다 '증폭형 네트워크'까지 탑재하고 계셨다. 작은 일은 크게, 큰일은 더 크게 만드는 영경의 모친 덕에 소문은 돌고 돌며 더 커져 우리 집에 흘러들어 왔다. 그렇게 우리 집으로 들어왔을 때 선우빈은 거의 아이언맨, 그 수준이 되어 있었다.

엄청난 재력가라 차가 수시로 바뀐다.
연예계에서 명함만 한 트럭을 받았다.
그중에서 기획사를 하나 골라 곧 데뷔 준비 중이다.
평범한 일반인을 사귀는 걸 보니 외모보단 성격을 보는 것 같더라.

마지막 소문은 대체 뭐야!
소문을 하나하나 들으며 웃음을 터뜨리던 나는 마지막을 듣고 싸늘
해졌다. 이 밖에도 여러 말들이 있었는데 그중, 위쪽 세 가지는 '카더
라'가 아닌 거의 기정사실인 분위기였다. 그리고 소문의 진위를 확인
하기 위한 모종의 단체(?)가 조직된 듯 보였다.
지난 주말, 오랜만에 우리 집으로 아줌마 네 분이 놀러 오셨다. 그
때 엄마는 소문을 처음 접했다. 일하느라 요즘 아파트 일에 관심이 뜸
해서 그런 이야기가 나도는지 모르셨던 거였다. 나는 도서관에 있느
라 아줌마들과 마주치지 않았다. 있었다면 내게 질문 폭탄이 떨어졌
을 테니 다행, 아니 천우신조였다. 특히나 그 자리엔 '영경 엄마'도 있
었으니까.

"그런데 민준 엄마. 대단한 사위 들어오게 생겼다면서?"

한참의 겉핥기 대화 끝에 드디어 본론의 물꼬가 트였다.

"사위?"

엄마는 당황했다. 왜냐하면 '민아 고것'은 사윗감을 데려오기는커
녕 얼마 전까지만 해도 짝사랑에 애달픈 딸이었기 때문이다. 소개팅
을 했던 사람과 잘되려는지 데이트 몇 번 하는 것 같아 보이긴 했지
만, 아직 결혼의 'ㄱ' 자도 안 꺼낸 큰딸이었다.

"민아가 결혼하겠다는 소린 안 했는데."

엄마의 반응에 아줌마들은 입을 모아 외쳤다.

"아니 큰사위 말고 작은사위!"

막내에게 애인이 생겼다는 사실은 알고 있었으나 그에 대한 정보는
'남자 사람'이라는 게 전부였던 쿨한 우리 도숙 여사. '막내 사위'에 관
한 정보를 이렇게 동네 아줌마들에게 듣게 되었다. 그리고 소문을 들
은 우리 엄마는 기가 막힌 대답을 내놓았다.
그 시각 자신의 방에서 늘어지게 늦잠을 자다 일어난 서민아 씨가
본의 아니게 방에 갇혀 이야기를 엿들으며 나에게 그 상황을 문자로
실시간 중계해주었다.

"우리 애가 그럴 수 있는 애가 아닌데."

모친의 냉철한 '우리 애' 평가에 언니는 베개에 얼굴을 처박고 10분을 웃었단다. 아, 우리 엄마. 너무해. 결국 엄마는 소문에 관해 아줌마들에게 한 마디도 시원한 대답을 들려주지 못했고, 야심 차게 놀러 왔던 아줌마들은 소득 없이 돌아갔다.

"이거 시험에 나오기 딱 좋아. 헷갈리니까. 그러니까 여기 꼭 체크 해놔."

다시 현실로. 녀석들이 내 말에 방금 풀었던 과정에 벅벅 별표를 친다.

"쌤, 있잖아요."

"시끄러워."

나는 아예 질문을 원천봉쇄했다.

"아니, 그게 아니고요."

"뭔데?"

"대학교 가면 미남 많아요?"

이번엔 유리의 질문이었다. 대학에 미남이 많냐고? 그녀의 질문은 나로 하여금 생각에 잠기게 했다. 만 명이 넘는 학생 중에 내로라하는 킹카는 셋. 물론 톱3는 아니어도 여기저기 훈훈한 꽃이 있기는 있을 것이다. 하지만 이 아이들이 말하는 미남은 정말 연예인급, 선우빈처럼 다른 학과에서도 다 알만큼의 파급력을 가진 미남일 터.

'끄으으. 뭐라고 말해주지?'

미남이 많긴 할 것이다. 상대적인 수를 보면 많을 수밖에 없다. 보통의 중고등학교 학생 수보다 대학교 학생 수가 훨씬 많으니까. 하지만 퍼센트로 헤아려보면 '겁나 미남'의 존재 확률은 우리나라의 월드컵 우승 확률과 비슷할 정도려나? 아무리 미남미녀 많기로 유명한 한국 대라고 해도 발에 차일 만큼 많은 것은 아니었다.

"……많지."

나는 구체적으로 어떻게 많은지를 빼고 이야기했다. 대학에 대해 여진보다도 훨어어얼씬 더 환상을 많이 품고 있는 아이들이다. 이렇게 학업 동기를 부여하는 것이 점수 향상을 위한 좋은 방법이 될 수 있다. 내 대답에 치우가 대뜸 '예쁜 누나들은?' 하고 질문을 한다.

"당연히 많지. 날 봐."

나는 한쪽 손을 턱 아래에 두고 꽃받침을 해 보였다. 아이들은 인상을 팍 찌푸렸다.

어디서 눈깔을 그렇게 떠? 인정해. 인정하라고! 나 예뻐! 선우빈이 예쁘다고 했다고!

……마음속으로만 공허하게 외쳐보는 나였다.

"그러니까 절, 절, 절대로 오빠는 우리 동네에 발길도 주면 안 돼요."

나의 신신당부에 오빠는 고개를 끄덕였다.

나도 엄마도 별 반응을 보이지 않으니 내 남자친구에 대한 소문은 많이 잠잠해졌다. 반상회에서도 더 이상 그 화제를 꺼내는 아줌마는 없었다. 하지만 이미 우리 동네에서 '미남'이란 단어는 '우빈 오빠'를 지칭하는 고유명사가 되다시피 했다. 이 사실은 우리 동네에 미남이 얼마나 없었는가를 다시 한 번 방증하며 나를 슬프게 했다.

"그랬구나. 아무리 소문이라고 해도 과장이 심했네."

동네에 퍼진 소문에 대해 오빠와 잠시 이야기를 나누었다. 오빠는 이 일화를 꽤나 흥미로운 얼굴로 들었다. 특히 엄마가 졸지에 일면식도 없는 막냇사위를 들이게 됐던 장면에 집중하는 모습이다.

"어머니는 뭐라고 하셔?"

"알아서 잘 사귀래요."

"그게 다야? 뭐라고 더 말씀하신 거 없어?"

"네. 우리 엄마 방목형이시거든요. 저희 일에 신경 잘 안 쓰세요."

그렇다. 나를 키운 건 팔 할이 바람이었다. 첫째는 사랑으로 키우고, 둘째는 발로 키운다는 게 육아다. 첫 아이 때는 처음이니까 온갖 공을 다 들여 키우고, 두 번째에는 이제 익숙해져서 요령이 생긴다는 말이다. 나는 셋째인 데다가 위에 나이 차이 많이 나는 오빠, 언니가 있으니 엄마 손을 더더욱 덜 탔다.

"오빠 때문에 깨비 가족들까지도 신경 쓰시게 해서 죄송한데."

"오빠가 미안할 게 뭐 있어요? 다 확성기 아줌마 때문에 그렇게 된 걸."

그러게 왜 그렇게 잘생기고 난리예요. 나는 뿌듯한 마음으로 오빠를 바라보았다. 당신은 바라만 봐도 좋은 사람. 응? 오빠 얼굴이 가까워지는 것 같은데?

"어멋! 오빠. 뭐 해요? 여기 카페야!"

내 입술에 가볍게 키스를 남긴 오빠는 기분 좋아 보이는 얼굴로 씩 웃었다.

"괜찮아. 워낙 구석 자리라서."

"그렇지만……. 놀랐잖아요. 오빠도 참."

나는 주위를 두리번거렸다. 다행히 본 사람은 없는 듯했다. 카페엔 사람도 별로 없었고, 오빠 말대로 여긴 가까이 와봐야 자리가 있는지 알 수 있을 정도로 구석이었다.

"그럼 그렇게 예쁜 눈으로 보질 말아야지. 오빠 유혹하는 거 아녔어?"

어머어머! 지금 유혹은 누가 하는데? 오빠가 하고 있잖아! 꿀 떨어지는 눈에 달달한 말까지!

"흐으. 오빠아. 헤어지기 싫어어."

나는 시간표 책자를 구길 듯 잡고 칭얼거렸다. 서민유 대학 3년 인생에서 처음으로 다른 사람과 함께 시간표를 짜는 중이었다. 언제나 독고다이, 마이 웨이로 혼자 움직이던 나. 그런 내가 오빠와 함께 시간표를 맞춰보겠다며 카페에 와 있다. 방학하고 나서 한 번도 본 적 없던 시간표 책자. 어디에 뒀는지 기억이 안 나서 가물가물하던 걸 겨우 책상 서랍 구석에서 찾아냈다. 학교 근처에서 자취하는 오빠는 결국 못 찾고 학교에 가서 다시 한 부 가져왔단다. 선우빈은 꼼꼼해서 물건 안 잃어버리는 줄 알았는데. 의외의 매력에 귀여움이 10포인트 상승했다. 별게 다 귀엽다고 해도 어쩔 수 없다. 콩깍지가 제대로 씐 나다. 아마 오빠가 코로 방귀를 뀌어도 차밍 포인트를 줄 것이다.

"오빠도 싫어. 그런데 아무리 짜봐도 지난 학기처럼은 안 되겠는 걸?"

지난 학기는 정말 하늘이 내린 시간표였나 보다. 4일을 오빠와 함께하다니. 아무리 생각해도 꿀 중의 꿀이었다. 오빠는 축 처진 나를 위로하듯 내 어깨를 살짝 토닥여주었다. 그러면서 다른 손으로 시간표 책자에 나온 강의 몇 개에 체크를 해나갔다.

"또 재수강하는 것도 학점 때문에 힘들 것 같고."

"아. 맞다. 오빠 지난 학기에 재수강 하나 있었죠?"

"응. 깨비랑 듣고 싶어서 그랬던 건데."

"응?"

뭐가 어쨌다고요?

"경영정보론, 사실 A 받았던 거였어."

"A?"

"홍선 양이랑 수업 같이 들으려고 남는 학점 써서 또 들은 거야."

이런 깜짝 고백이라니! 감격한 나는 입으로 큰 소리를 낼 것 같아 손으로 얼른 막았다. 하지만 눈으로는 폭풍 감동한 감정을 그대로 내비쳤다. 엄마! 엄마가 이런 걸 봐야 해! 우리 애가 그럴 리가 없다니. 이걸 보세요. 우리 애한테 이런 멋진 남자가 얼마나 푹 빠져 있는지! 나는 의자에서 일어나 오빠의 볼을 손으로 감싸고 쪽 소리가 나게 입술을 부딪쳤다.

"여기 카페라서 안 된다며?"

"카페라고 했지, 안 된다고는 안 했어요."

"그래? 그럼 조금 더……."

"내 감동을 그런 늑대 같은 멘트로 홀랑 깨지 말아주세요."

선우빈은 작게 '흥' 소리를 내며 입술을 살짝 삐죽였다.

"어머머."

무언가가 조금 마음에 안 들 때 내가 종종 하는 행동이다. 우빈 오빠는 입은 삐죽이면서도 눈은 싱글벙글 웃고 있다. 명백히 내 코스프레를 하는 모습. 나는 심장이 쿵하고 말았다. 이렇게 죽으면 뭐라고 하지? 심쿵사? 썸덕사? 오늘 서민유 심장 펌프질 한번 제대로 하는구나. 나는 오빠 손을 꼭 잡고 기도하듯 고개를 숙였다.

"왜 그래?"

오빠가 잡힌 손에 살짝 힘을 주며 물었다.

"심장 터질까 봐 진정 중이에요."

"……그 말 들으니까, 오빠 심장까지 터질 것 같네."

아으으윽. 선우빈 아무 말도 하지 마. 내 심장은 이미 충분히 많이 뛰었어. 더 뛰면 진짜 멈출지도 모른다고요. 우리 동네 미남 선우빈 씨가 서민유를 잡기 위해 오늘 작정하고 칼을 빼 들었나 봅니다.

"그럼 오빠, 괜히 재수강했던 거 아녜요? 으음. 좀 미안한 기분인데."

나는 심장을 진정시키려고 다시금 지난 학기 수업 이야기를 꺼내 들었다.

"전혀. 우리 깨비가 옆자리에 있었잖아."

꺄아아아악! 맞다. 선우빈은 오늘 아무 말도 하면 안 되는 건데! 그 어떤 주제를 던져도 내 심장을 저격할 거야, 이 남자는.

"그리고 A 플러스 받았으니까, 결과적으로 나쁜 건 없었지."

"네?"

A 플러스라고? A+, 이거? 나 그 과목 A 나왔는데?

"왜 오빠 A 뿔이야? 왜?"

"응? 왜냐니?"

"난 A 나왔는데!"

"정말? 우리 깨비, 잘했네. 경영 전공 수업은 처음이었잖아. 대단하다."

역시 우리 반장님이라며 오빠는 엄지를 치켜세워 보였다. 하지만 방금 전까지 발작하던 내 심장은 급속도로 평온을 되찾았다.

"교수님, 왜 난 뿔따구 안 줬지? 내가 얼마나 열심히 했는데!"

"깨비야?"

"팔은 안으로 굽는다더니. 내가 타과생이라고 교수님이 나 배척한 거죠?"

나는 선우빈 학점을 질투하고 있었다. 그 과목, 사실 A 플러스를 예상했었다. 시험을 정말 잘 봤다고 생각했으니까. 하지만 결과가 나오고 아무것도 달리지 않은 A에 약간 실망하고 있던 차였다. 어쨌든 A니 학점 정정 요구하기도 뭐하고 그래서 넘겼었는데. 크흑. 분하다!

"오빠 나랑 똑같이 공부했잖아요. 그런데 선우빈은 왜 뿔이 붙었고 나는 없는데?"

"깨비야, 진정해. 진정."

"아우, 분해. 너무 분해. 히잉."

사랑은 사랑, 학점은 학점이다. 교수 평가 엄청 후하게 준 게 이제 와서 이렇게 후회가 되다니. 나는 주먹을 꼭 쥐고 계속 입술을 삐죽였다. 오빠는 잠시 난감한 듯 웃더니, 내 옆으로 와서 날 안고 토닥였다.

"우리 깨비가 이렇게까지 학점 욕심 많을 줄은 몰랐네."

"흥. 오빠도 미워."

그러면서도 나는 오빠 허리를 꼭 껴안았다.

"아이, 오빠 미워하지 마."

"다음번엔 내가 이길 거야."

"우리 깨비 한다면 하는 여자잖아. 할 수 있어."

"타도 선우빈."

"푸흡."

자신을 타도한다는데도 오빠는 웃음을 터트렸다.

"오빠 시험공부 못 하게 방해해야지."

"뭘 어떻게 하려고 그러십니까?"

"음…… 음. 시험 전날 5분에 한 번씩 막."

"막?"

"……막 키스할 거야."

나의 비장한 각오에 오빠는 잠시 말을 잃었다. 나는 오빠 품에 기대고 있던 머리를 들어 올려 오빠 얼굴을 바라보았다. 멍한 표정이던 우빈 오빠가 이내 사람 참 아찔하게 만드는 미소를 짓는다.

"그런 거라면 오빠 전 과목 F 받아도 돼. 다음 학기 기대할게. 방해해줘."

전 과목 A 플러스를 받은 듯 환희에 찬 선우빈 씨였다.

내가 아는 모 술꾼은 여름을 싫어했다. 술 먹을 시간이 짧다나 뭐라

나. 그런 서상후에게 한마디 해줬다.

"진정한 술꾼이 아니구나. 진짜 술쟁이면 낮밤 상관없이 마셔야
지."

내 말에 상후가 대꾸했다.

"물론 낮에도 먹지. 그런데 밤에 먹는 것보다 맛이 덜해."
"개똥 같은 소리 하네."

시간 상관없이 술은 먹고 싶을 때 먹는 게 제일 맛있더라.
아무튼 여기 있는 나, 서민유. 해가 길어 다행이라고 생각하는 1인
되시겠다. 여름은 해가 길어 저녁 여덟 시에도 밝았다. 해가 완전히 지
려면 아홉 시는 돼야 했다. 만약 겨울이었다면 여섯 시면 어두워졌겠
지. 나는 오늘 귀가 시간을 해가 졌을 때로 정해놓았다. 정말로 해가
완전히 떨어지면, 그때가 집으로 갈 때라고. 이 무슨 고인돌 시대 같은
시간 계획인가. 그렇게 말한다면 나는 '시선' 때문이라고 대답하겠다.
밝은 햇빛 아래 키 큰 남자와 함께 아파트 단지에 들어서면 바로 누군
가의 눈에 띌 게 분명했다. 그러니 잘 안 보이는 캄캄한 때에 들어올
수밖에. 그마저도 우리 동 입구까지 오지도 못하고 단지 입구에서 헤
어질 거였다.
그냥 '반장 아가씨 남자친구구나', 이런 선에서 끝날 일이라면 이렇
게 피할 필요가 없다. 하지만 선우빈에 대한 소문이 증폭되어 있는 상

태였다. 겨우 관심이 식어가고 있는데 오빠 모습 한 번이면 소문이 끓는 기름이 될 수도 있다. 그러니 조심하는 거밖에는 별수가 없다.

"만약에 오빠 연예인 됐으면 사귈 때 007 작전 하는 것처럼 했겠어요."

"그건 깨비가 연예인이라고 가정했을 때도 그렇지."

"나는 막 공개연애할 건데? 선우빈 내 거라고 신문사에 열애설도 막 던져줄 거야."

인기 연예인 서민유 양의 일반인 킹카 남자친구라고 평생 낙인찍히게 말이다. 오빠는 아무 데도 못 가.

"우리 깨비. 다른 사람과 사고방식이 조금 다르다는 걸 잊었다."

"음, 근데 오빠, 갑자기 궁금해졌는데요."

"응. 어떤 게?"

"오빠 정말 기획사 같은 데에서 명함 받아본 적 없어요?"

학생들뿐만 아니라 여러 직종의 많은 사람들이 이런저런 일로 드나드는 곳이 대학교였다. 거기에 학교에서 알아주는 미모의 남자. 이래저래 입을 타고 연예계까지 얘기가 흘러갔을 수도 있다.

"요즘엔 끼 있는 사람들 어릴 때부터 기획사 들어가서 갈고 닦아 나오잖아. 길거리 캐스팅은 거의 없어. 만들어낸 비화가 더 많을걸."

"어? 은근슬쩍 피해가는 것 같은데요? 나는 오빠 캐스팅 여부를 물었는데."

나는 벗어난 논점을 콕 집어 이야기했다.

"……좀 넘어가 주지."

"왜 말 돌리는 거예요? 없으면 없는 거지."

내 질문에 오빠는 약간 뜸을 들이다 입을 열었다.

"……세 번 정도."

"네?"

"세 번 정도 있었어."

어머나! 어머나!

"어, 어떻게요? 어디서? 무슨 기획사였어요?"

"모르겠어. 그쪽으로는 관심이 전혀 없어서. 이야기 듣고도 바로 잊었어."

있었을 거라고 예상은 했지만 막상 확인하고 나니 갑자기 왜 선우빈 씨가 낯설게 느껴지는가. 아이고, 눈부셔. 나와 함께 걷는 이 남자가 정말 내 남자 맞습니까?

"오빠 빨리 내 손 더 세게 잡아줘요. 오빠가 막, 엄청 멀게 느껴지려고 한다."

"왜 이런 걸로 멀게 느껴지는 건데?"

"우리 오빠는 이제 곧 인기 연예인이 될 거고, 차도 수시로 바뀔 테고, 지금은 성격 좋은 나랑 사귀고 있지만 예쁘고 성격 좋은 여자 연예인이 주변에 있으면 언제 오빠 마음이……."

고작 상상인데도 엄청나게 울컥하네?

"아, 안 돼! 오빠 연예인 하지 마요!"

"안 한다니까. 왜 일어나지도 않을 일로 걱정을 해?"

"혹시 알아요? 오빠가 나중에 또 명함 받고 그쪽으로 진로를 결정할 수도 있으니까요."

"그럴 일 정말 없어. 우리 깨비, 왜 쓸데없는 걱정을 사서 할까."

걱정과 울화가 뒤섞인 내 표정을 보며 오빠는 아주 살짝 미간을 찌푸렸다가 폈다.

"그럼 그런 적 없다고 거짓말했어도 되잖아요! 나는 사실 여부도 모르는데."

내 말에 오빠가 우뚝 걸음을 멈췄다. 와, 이 표정 보시게나. 뒤늦게 큰 깨달음을 얻은, 도인의 득도한 표정이야. 오빠의 얼굴을 보면서, 나는 그네에 앉아 무식하게 그늘을 찾던 지난날 내 모습을 떠올렸다.

'영경이 본 게 이런 표정이었겠구나.'

하지만 오빠는 잠시 떠오른 깨달음을 뒤로하고 이내 진지한 얼굴로 입을 열었다.

"우리 민유한테 어떻게 거짓말을 해. 민유는 오빠한테 거짓말할 거야?"

헉. 이런 말을 할 줄이야. 되로 주고 말로 받았다.

"어, 어⋯⋯."

내가 붕어처럼 입만 벙긋거리자 오빠는 단숨에 기세를 몰았다.

"깨비, 거짓말할 거였어?"

"아니죠!"

오빠 말이 떨어지자마자 대답했는데 뭔가 쌔한 기분이다. 거짓말 같은 건 한 적도, 할 생각도 없지만 왜인지 당한 것 같은 기분이 드는 건 뭘까. 어찌 되었든 이젠 난 공식적으로(?) 오빠 앞에서 거짓말은 한 톨도 할 수 없게 되었다.

"다 왔다."

우리의 대화는 단지 앞에서 끝을 맺었다. 나는 아쉬움에 잡고 있는 오빠 손을 더 꼭 잡았다.

"그냥 신경 안 쓰고 우리 하고 싶은 대로 하면 안 돼?"

사람들 시선이라면 나보다 몇 배는 더 학을 떼는 사람이 선우빈 씨, 당신이잖아요.

"마음에도 없는 소리 하지 마요. 오빠, 진짜 우리 동네 공식 미남 사위가 되고 싶은 거예요?"

"깨비네 집 입구까지 가면, 날 사위로 맞아주시는 거야? 그럼 더 가까이 가야겠네."

"어머, 이 오빠 봐. 언제 이렇게 능청이 늘었데요?"

우빈 오빠는 대답 대신 '흐음' 하고 콧소리를 냈다. 아흐응. 이것 봐. 콧소리도 섹시한 거.

아파트 입구에서 우리는 걸음을 멈췄다.

"오빠, 나 들어갈게요."

"응. 조심히 가."

"난 바로 여기가 집인데요, 뭘. 오빠도 조심히 잘 가요. 데려다줘서 고마워요."

헤어지기 싫어서 작별 인사를 하고도 한참 손을 잡고 마주하고 있었다. 결국 오빠가 먼저 결심을 했다. 내 이마에 도장 찍듯 입술을 꾹 누르고, 아쉽다는 듯 다시 볼에 뽀뽀를 해주고는 나를 돌려세웠다. 그리고 내 등을 살짝 밀었다. 나는 그 손길에 겨우 발을 떼서 단지 안으로 들어섰다. 입구에 있는 경비실 안에 아저씨가 보였다. 내가 인사를 하려고 다가가자, 내 모습을 본 아저씨가 경비실 창문을 여셨다. 그리고 그와 동시에 뒤에서 오빠가 날 불렀다.

"깨비야, 이거!"

그 순간 아저씨와 내 눈이 딱 마주쳤다.

"반장 아가씨, 남자친군가 보지?"

아저씨의 눈이 반달처럼 둥글게 휘었다.

"아, 예에."

그나마 입 무게가 평균쯤은 되시는 경비 아저씨라 다행인 건가.

가까이 다가온 오빠가 내 휴대폰을 내밀었다.

"이거 오빠 주머니에 있었어."

"아, 맞다. 고마워요. 깜빡했다."

아저씨의 시선이 내 볼을 뚫을 듯 따가웠다. 그냥 무시하기엔 거리가 너무 가까웠다.

"……오빠, 여기 우리 동 경비 담당해주시는 분이세요."

결국 나는 정식으로 소개를 할 수밖에 없었다.

"안녕하세요."

오빠의 정중한 인사에 아저씨가 고개를 숙여 답했다.

"잘생긴 총각이네. 내 젊은 시절 같구먼!"

그러면서 아저씨는 호탕하게 웃으셨다.

"우와, 우리 아저씨 젊은 시절에 겁나 미남이셨구나?"

나는 거짓말 마시라 하고 싶었지만 일단 무슨 말이 나오기 전에 오빠를 돌려보내는 게 먼저였다. 나는 아저씨 말에 맞장구를 치며 눈빛으로 오빠에게 작별을 고했다. 척이면 척인 우빈 오빠. 아저씨의 젊은 시절 찬란한 과거사가 나오자마자 인사를 고했다.

"그럼 가보겠습니다."

"어? 어어. 그래요."

아저씨가 말 붙일 틈도 없이 선우빈은 꾸벅 고개를 숙여 인사를 하고 아파트를 벗어났다. 하지만 그 후로 나는 15분간 아저씨의 10대, 20대 시절 이야기를 꼼짝없이 들어야 했다.

"아저씨, 그럼 저 들어갑니다."

"응. 그래. 들어가."

아저씨의 무용담이 끝나자마자 나는 급히 집으로 방향을 틀었다. 빨리 사라지자. 아니야! 그 전에!

"왜? 뭐 잊은 거 있어?"

다시 경비실로 돌아온 날 보며 아저씨가 물었다.

"저기, 아까 보신 그……."

"아아. 아가씨 남자친구?"

"예에. 죄송하지만, 다른 분들께 말씀 안 하셨으면……."

"응?"

"여러모로 조금 민망해서요."

"아이고. 걱정 말아요. 내가 입 딱! 닫을게."

"친구분들한테도……."

"당연하지! 알았어. 말 안 해. 난 오늘 아무도 안 만난 거야."

그러면서 아저씨는 손으로 입에 지퍼를 닫는 시늉을 하셨다. 나는 꾸벅 인사를 하고 집으로 들어왔다.

그 후 아저씨는 한동안 날 볼 때마다 지퍼 닫는 제스처를 자꾸 보이셨다. 다른 경비 아저씨들이 그게 뭐냐고 물으면.

"우리끼리 그런 게 있어. 비밀이야! 그치?"

이러면서 날 더 곤혹스럽게 했다. 하지만 약속대로 우빈 오빠에 대해 그 누구에게도 이야기하지 않아서 감사했다. 나는 궁금해 죽겠다는 다른 두 명의 경비 아저씨들에게 거짓 비밀을 하나 고해바쳤다. 바닥에 떨어진 천 원을 주워서 둘이 몰래 아이스크림을 사 먹었다고 말이다. 생각보다 김새는 일화에 두 분의 흥미는 급속도로 식었지만, 혹시 몰라 나는 경비 아저씨들의 상황을 한동안 예의 주시하며 지내야 했다.

서민유, 참 애쓴다. 미남 남자친구가 있다는 건 여러모로 힘들구나.

방학은 순식간에 지나갔다. 뭐 하나 한 것도 없는데 벌써 수강 신청일이 코앞이다. 얼마 전 처서가 지나자 바람까지 선선하게 불기 시작했다. 나는 단기간의 스파르타식 토익 공부로 아슬아슬하게 졸업점수를 넘겼다. 영어 공부를 길게 하기 싫은 내 강력한 의지가 크게 한몫했다. 스터디 조장 언니가 빡세게 굴었던 게 이제 와보니 진심으로 고마웠다.

영어 진도가 나갔듯이 오빠와의 어른의 진도도 쇄골 아래, 윗가슴까지 입술이 진출했다. 오빠는 군사경계선인 양 딱 거기서 더 내려가지 않고 꾹꾹 욕망을 참아냈다. 난 더 아래까지 후퇴할 용의가 있었지만 쑥스러워 그런 내 마음을 표현하지 못하고 있었다. '더'라는 그 한마디가 그렇게 어려울 줄 누가 알았으랴. 하여튼 마음과 정신은 이미 음흉할 대로 음흉한 서민유. 이렇게 몸만이 강제 순결인 상태로 가을을 맞이하기 직전이었다.

"전에는 몰랐는데……."

나는 창 너머에 있는 나무를 바라보다 불쑥 말을 꺼냈다. 나뭇잎에 붉은 기운이 보이는 것 같은 기분이 든다.

"뭘?"

내 말에 우빈 오빠는 시선을 돌려 나처럼 창밖을 보았다. 우린 지나가는 길에 본 3층짜리 카페에 앉아 있었다. 외관이 예뻐서 들어온 카페는 내부도 내 마음에 쏙 들었다. 오빠의 본가가 있는 동네에서 걸어서 30분 정도 거리였다. 걷는 걸 좋아하는 나를 위해 오빠는 언제나 걸어서 다니기 괜찮은 장소들을 물색해 오곤 했다. 그 덕에 오빠와 데이트를 하면서 생활 반경이 많이 넓어졌다. 학교, 도서관, 집이 내 루트의 전부였거늘. 오빠와 함께 이렇게 새로운 곳, 마음에 드는 곳을 하나씩 찾아내는 재미가 쏠쏠했다.

"자연이 참 예쁜 것 같아요."

"자연?"

오빠가 계속 말해보라는 눈빛을 보냈다.

"작년까지만 해도 봄에 꽃놀이 가고 가을에 단풍놀이 가는 거 이해가 안 됐거든요."

매년 피고 지는 걸 뭘 그렇게 아등바등 보겠다고 사람 많은 데서 고생인가. 이 생각뿐이었다. 꽃 예쁜 것도, 단풍 예쁜 것도 잘 몰랐다. 아니 예쁜 건 알았지만, 유명한 곳에 굳이 찾아가서 볼 만큼은 아니라고 생각했었다.

"지금은 이해가 가?"

"응. 단풍 곱게 물들 거 생각하니까 조금 설레요."

올해는 유독 봄꽃도 참 예쁘게 피었던 것 같다. 벚꽃이야 워낙 유명하니 그렇다 쳐도, 철쭉도 목련도 연산홍도 그렇게 예쁜 줄 왜 지금까지 몰랐을까. 꽃놀이나 단풍놀이도 가보고 싶단 내 말에 언니는 즉답했다.

"보통은 중년쯤 되어야 꽃놀이, 단풍놀이 생각하던데 넌 되게 일찍 왔다?"

"이건 나이랑 상관없거든? 감수성 문제라고!"

"네가 늙은 건 아니고?"

"……서민아 씨는 메말랐다니까."

"더 축축하게 해주랴?"

언니는 마시던 물을 내게 끼얹을 것처럼 컵을 움켜쥐었었다.

"내가 이 말 하니까 언니는 늙어서 그런 거래요."

뭐가 재밌는지 우빈 오빠는 키득키득 가볍게 웃었다.

"그래서 깨비는 올해 단풍놀이 갈 생각이야?"

"음. 한 번쯤은 가보고 싶어요."

"그럼 이번 가을에 등산 한번 해야겠네."

"까아. 등산 데이트다!"

꽃피는 시절에 사귄 남자친구와 단풍 구경을 눈앞에 두고 있다니, 행복할수록 시간은 더 빨리 가나 보다.

"이번 주말에는 우리 깨비, 뭐 할 거야?"

"당연히 오빠 만나……. 아차. 결혼식이 있어요."

이번 주 토요일엔 우리 가족과 가장 친한, '친척'이라는 단어에 가장 먼저 생각나는 고모 가족의 경사가 있다. 고모의 막내딸인 사촌 언니의 결혼식.

고모와 우리 집은 어린 시절부터 사이가 꽤나 좋았다. 특히나 고모 내외는 우리 삼 남매들을 참 예뻐해주셨다. 우리 부모님 역시 고모네 자식들을 우리 여기듯 하셨다. 오 남매인 아빠는 고모와 둘이서 어린 시절부터 같이 타지로 나왔다. 서울로 가고 싶은 사람은 아빠와 바로 아래 여동생인 고모뿐이었다고 한다. 다른 형제들은 그냥 여기 있으라며 둘을 말렸다. 하지만 두 사람은 서울에서 꼭 성공해 보이겠다며 고향을 떠났다. 그렇게 서울로 올라온 두 사람은 서로 으쌰으쌰 하며 젊은 시절을 보냈다. 아무 기반도, 지원도 없이 맨몸으로 부딪쳐 '지금'을 일궈냈다. 당연히 순탄한 일만 펼쳐졌던 것은 아니었지만 그때마다 둘은 서로를 의지하며 이겨냈다.

그런 기억이 있기 때문인지 아빠와 고모는 다른 형제들보다 더 애틋하고 각별했다. 서로가 결혼할 때, 부모보다도 더 서로를 챙겨주곤 했던 남매. 그런 형제의 자식이니, 다른 조카들보다 더 예쁠 수밖에. 고모는 아들, 딸 한 명씩을 두었는데 3년 전에 첫째인 아들을 장가보냈다. 그리고 이번이 하나 남은 딸의 결혼이다. 즉 마지막 행사였다. 고모는 이제 애들 다 분가시켜서 속이 다 후련하다면서 우리 가족과의 술자리에서 화통하게 웃었다.

"고모, 이게 뭐야?"

고모는 식당을 나서는 길에 무언가를 언니한테 불쑥 내밀었다.

"니들 입을 거. 결혼식 때 입고 와. 고모가 쏜다."
"아유, 세상에. 선물은 우리가 해야지. 뭘 이런 걸 다 챙겨와요?"
"언니가 그럴까 봐 내가 애들한테 준 거예요."

고모는 우리 것뿐만 아니라 우리 새언니가 입을 원피스까지 사 오셨다. 아무 무늬 없는 종이 가방이라서 몰랐는데, 고모의 페이크였다. 열어보니 누가 봐도 알 수 있는 브랜드 로고가 박힌 더스트백이 안에 들어 있었다.

"나랑 우리 시영이가 고심해서 고른 거야. 언니랑 오빠가 저번에 우리 아들 장가갈 때 해준 거에 비하면 아무것도 아니야. 그러니까 그냥 받아."

결혼은 본인 딸이 하는데 우리에게 명품 원피스를 선물하는 고모였다. 엄마는 손사래를 쳤지만, 고모는 완강히 거부하고 가족들과 떠났다. 이런 남매가 세상에 존재한다는 게 놀랍기만 하다. 남매라는 건 싸우라고 태어난 존재 아니던가. 오죽하면 전생에 부부였던 사람이 남매로 태어난다는 말까지 있을까.

"우리 고모 딸인데, 시영 언니 무지 예뻐요."

쌍꺼풀도 없이 큰 눈에 하얀 피부, 코도 버선처럼 오똑했다. 고모와 고모부의 좋은 점만 몰아 받은 듯한 시영 언니. 누가 데려갈지 궁금했는데 언니만큼이나 멋진 신랑을 데려왔다.

"우리 깨비보다 더?"

선우빈 씨의 달달 공격이 들어옵니다. 빈말이든 아니든 듣는 사람 기분을 구름 위로 올려버리는 무시무시한 공격! 수비법은 없음. 성공률 100%!

"으흐음. 글쎄요. 아앙, 몰라. 뭘 그런 걸 묻는데?"

어디서 본 대로 몸을 배배 꼬며 귀여운 척을 좀 해봤다.

'나 잘했나? 이렇게 하면 귀여운 건가?'

얼결에 저질러놓고도 상대방의 눈치를 보게 되는 애교였다. 나는 오빠의 얼굴을 가만히 쳐다보았다. 하지만 긴장한 내 눈동자는 오빠의 반응을 살피느라 강도 9.2의 대지진이 일어나고 있었다.

"푸흡."

이런, '푸흡'이 나왔다. 그리고 이어지는 오빠의 어깨 떨림과 아래로 떨어지는 고개. 계속 흘러나오는 '푸흡흡' 소리에 내 얼굴은 붉어지고야 말았다. 괜히 오버했어. 사람은 살던 대로 살아야 하는데.

"거 좀 참지, 왜 웃고 그래요."

내 말이 도화선이 됐나 보다. 오빠가 본격적으로 웃기 시작했다.

"우흐흐흡! 푸흡. 아니, 깨비가 너무 귀여워서."

"마음에도 없는 소리 마요."

이미 내 빈정은 상했다. 아니 이건 빈정보다는 부끄러움이다.

"아냐. 정말 귀여워서 그랬어."

"오빠의 어깨가 가녀린 소녀가 비 맞은 것처럼 떨리는데요?"

여전히 웃고 있으면서 뭘. 흥, 칫, 뿡.

"추워서 그래."

"8월인데?"

"오빠 자리 에어컨 바람이 좀 세."

"난 지금 화끈해서 더워 죽겠는데. 잘됐다. 그쪽으로 갈래."

"안 돼. 우리 깨비, 감기 걸려."

"튼튼해서 괜찮아요."

"튼튼하다니? 아냐, 민유 얼마나 연약한데."

"제 몸은 제가 더 잘 알아요."

"오빠 눈엔 아니야. 괜히 오빠 걱정하게 하지 마."

팽팽한 대화의 랠리가 이어졌다. 만담을 하려면 본격적으로 해야
지.

"영감."

"응?"

갑작스러운 영감 소리에 오빠가 고개를 갸웃한다.

"왜 불러, 해야죠."

"갑자기 그건 왜?"

"지금 나랑 만담하자는 거 아네요?"

"아, 미안. 오빠가 개그는 잘 못해. 만담은 어렵겠습니다."

"……뭐 이래? 어쩜 한 마디도 안 져. 빈이 오빠, 미워."

짐짓 토라진 척 '흥' 하고 입술을 삐죽거리자 오빠가 내 옆으로 왔
다.

"정말 귀여워서 그런 거야."

"거짓말. 폐가 웃음을 잔뜩 머금은 폐였어. '풋'도 아니라 '푸흡'이 었다고."

오빠는 웃음기가 선명한 얼굴을 하고 내 허리에 팔을 둘렀다.

"전에 집에서 개를 키운 적이 있었어."

멍멍이가 갑자기 등장했다. 나는 이야기해보라는 듯 고개를 살짝 끄덕이고 오빠를 바라보았다.

"아버지가 유기견 센터에서 데려온 하얀 개였는데, 앞발이 하나 없는 아이였어."

"어머, 어떡해!"

불쌍해라. 다치니까 주인이 버렸나 보네.

"처음엔 경계심도 많고 우리 집에 적응을 잘 못하는 것 같아서 걱정을 많이 했는데."

오빠는 잠시 말을 끊었다.

"사랑을 많이 주니까 금방 마음을 열더라."

코끝이 찡한 말이었다.

"그 녀석, 발도 불편한데 온 마당을 제집처럼 뛰어다녔어."

어머니가 저건 백구가 아니라 비글 같다는 말을 할 정도로 활발했 었다는 오빠네 더복이. 여기저기 파헤치는 걸 좋아하던 더복이는 어느 날 작은(?) 사고를 쳤다. 가족들이 외출한 사이 마당에 있던 선반과 화분을 박살 낸 것이었다. 햇빛 좀 받으라고 내어놓은 화분이었다고 했다. 아무래도 마당에 두면 더복이가 사고를 칠 것 같아, 일부러 높은 선반 위에 올려두었다고. 선반이 있는 곳은 평소에 더복이가 잘 가지 않던 곳이라서 안심하고 외출을 했다고 한다. 그런데 더복이는 그날 따라 하필이면 선반 아래를 파헤치고 놀았다. 결국 균형을 잃고 쓰러진 선반과 함께 화분도 박살이 나며 굿바이. 요란한 소리와 함께 무언가가 깨지는 것을 본 더복이는 본능적으로 제가 실수한 것을 알아차렸단다.

"더복이가 마당에 들어서는 우리 눈치를 보면서 심하게 반기더라고. 평소보다도 더. 직감적으로 사고 친 걸 알았지."

"오빠. 나 무슨 말 나올지 감이 오는 기분이야."

설마 내가. 설마 내가 그 더복이, 그러니까……

"우리 깨비가 방금 귀여운 거 보여주고 오빠 눈 마주쳤을 때랑 완전히 똑같은……"

"그거 나 개 같다는 거지!"

나 삐졌어! 화낼 거야! 화낼 거라고!

"귀엽다고 하고 싶……"

"크아아앙! 왈! 왈! 오빠랑 말 안 해!"

오빠는 왈왈거리는 날 진정시키려는 듯 허리에 두른 팔에 힘을 더 주었다.

여전히 어깨를 가늘게 떨면서 말이다.

9. 콩깍지가 벗겨지기 전에

"내가 결혼하든 말든. 지들이 내 혼수 해줄 것도 아니면서 웬 참견이야."

언니가 이를 바득 갈며 털썩 내 옆에 앉았다.

오늘은 시영 언니의 결혼식이었다. 모처럼 부모님, 오빠 내외, 언니와 나, 온 가족이 모였다. 결혼식장에서 오랜만에 보는 여러 친척들에게 임신한 오빠 내외는 연신 축하를 받았다. 그리고 서른 살에 애인 없는 대한민국 여자인 서민아 씨. 언니는 '언제 결혼하느냐?'와 '너 올해 가도 노산이다'라는 오지랖 폭격에 녹다운이 되었다. 아직 학생인 나는 제법 괜찮은 학교에서 좋은 성적을 유지하고 있으니 그들이 오지랖을 펼칠 거리가 없었다. 상대적으로 언니만 쪼이게 되었다.

"언니, 그냥 흘려 들어. 기분 나쁜 말은 잊는 게 나아."

"자기들 자식 앞가림이나 걱정할 것이지."

언니는 쉴 새 없이 작고 빠르게 욕을 하며 휴대폰을 만져댔다.

"어이구, 잘못 보냈네."

언니는 일전에 소개팅했던 남자와 계속 연락을 하는 듯했다. 메시지를 잘못 보낸 언니는 바지런한 손동작으로 상대에게 실수라는 메시지를 하나 더 보냈다. 그리고 원래 대화하려던 상대에게 메시지를 다시 보냈다.

"그 남자랑 잘돼가?"

"그런 거 같아. 나 짜증 난다니까 식 끝나면 치맥 사주겠다고 만나재."

치킨이랑 맥주를 사줘? 뭐 그런 착한 사람이 다 있나.

"꼭 나가. 언니랑 나 오늘 전문가 손길 받았잖아. 이런 건 누군가에게 보여줘야 해."

고모는 여러 준비로 바빴을 텐데, 그런 와중에도 우리를 살뜰히 챙겼다. 어제 전화로 우리에게 숍을 예약해놨으니 그쪽으로 가라는 명을 내리셨다. 고모 덕분에 나와 언니, 그리고 우리 새언니까지 모두 미용실에서 메이크업과 헤어 스타일링을 받았다. 물론 우리 엄마와 아빠도. 이게 원래 내 얼굴이었으면 참 좋겠다. 진심이다. 어쩜. 이렇게 꾸미니까 서민유도 괜찮네.

"세상에. 이게 바로 전문가의 손길! 언니, 이게 나야!"

"야, 대박. 화장 날아가기 전에 증거 남기자."

난생처음 전문가 메이크업을 받아본 나는 미용실부터 결혼식장에서까지 언니와 수십 장의 셀카를 남겼다. 나는 사진을 굉장히 못 찍었지만 예식장 특유의 조명과 화장발 덕분에 괜찮은 사진들을 꽤 많이 남길 수 있었다.

결혼식이 모두 끝났다. 하객들이 전부 돌아가고도 우리 가족은 마지막까지 남아 있었다. 임신 중인 새언니를 위해 오빠 내외만 먼저 돌아갔다.

"오늘 고생 많았다. 가서 푹 쉬어."

"응. 오빠. 두 번째 하는 일이어도 정신이 하나도 없네. 아휴, 피곤해."

우리는 큰일을 치른 고모 부부와 포옹을 하고 식장을 벗어났다.

"우리도 가자."

"아빠, 난 약속 있어서 빠집니다."

언니는 아까 말한 대로 치맥을 먹으러 가려나 보다.

"어?"

그때, 결혼식장 입구에 낯익은 인물이 서 있는 게 보였다. 호연 오빠였다. 오빠도 나를 발견하고 손을 흔들어 보였다.

유호연. 저 남자로 말할 것 같으면 우리 영감님, 즉 친오빠 서민준 씨의 소꿉친구이자 서민아 씨의 5년 짝사랑 상대. 아니, 상대였던 사람이다. 그리고 우빈 오빠를 만나지 않았다면 연예인을 제외하고 내 인생에서 가장 잘생긴 사람이라고 여겼을 오빠였다. 호연 오빠는 우리에게 다가와서 부모님께 꾸벅 인사를 드렸다. 여긴 어쩐 일로 왔느냐며 오빠를 반기는 부모님께 호연 오빠는 '민아 만나러 왔다'고 말했다.

'어라? 이게 무슨 일이지?'

"나 약속 있어."

예전 같았으면 호연 오빠 그림자만 봐도 방방 뛰었을 언니는 오빠에게 쿨내 진동하는 답변을 들려주었다.

"같이 저녁 먹자며?"

"잘못 보낸 거라고 바로 메시지 보냈는데."

"그건 못 봤어."

"그래? 다시 확인해봐. 1분도 안 돼서 바로 보냈으니까. 헛걸음시켜서 미안하지만 나 약속 있어."

"누구랑?"

"오빠가 그걸 알아서 뭐하게."

오호, 아무래도 언니의 연애가 새로운 국면으로 접어들 모양이다. 나와 부모님은 두 사람을 피해 슬쩍 자리를 비켜주었다.

"민아가 연애를 하긴 하려나 보네."

엄마의 말에 아빠도 고개를 끄덕였지만 심기가 조금 불편한 모습이었다.

"우리 아빠 표정이 묘하시네? 왜요, 막상 딸 시집갈 거 생각하니까 기분 별로야?"

"좀 그렇긴 하네."

전에 내가 데이트하러 갈 때는 별 반응 없던 아빠였다. 아직 학생인 딸의 연애보다는 결혼 적령기가 된 딸의 연애가 더 와 닿는 듯하다.

"아빠."

"왜?"

"나도 좀 놀다 들어갈게."

"넌 또 어딜 가려고?"

"해준이 만나기로 했어."

오늘의 나는 예쁜 원피스에 8cm 힐, 전문가의 메이크업까지 풀 장착한 상태였다. 이런 완벽한 상태는 앞으로 내 결혼식까지 아마 일어나지 않을지도 모른다. 이 모습이 사라지기 전에 오빠에게 보여주고 싶었다. 처음엔 사진으로 보여줄까 했었지만 맘을 바꿔서 그렇게 잔뜩 찍은 사진을 오빠에게 한 장도 안 보내줬다. 나는 언니의 연애에 심란한 아빠가 더 심란하지 않게 자취생 해준을 팔았다. 그런데 눈치 빠른 엄마가 올해 안에 딸 둘 보내게 생겼다며 정곡을 찔렀다.

"아이, 그런 거 아니야! 나 진짜 해준이 만난다니까? 오늘 집에 들어올 거야!"

해준이랑 말 좀 맞춰놔야겠다.

나는 부모님께 손을 흔들어 보이고 오빠의 집으로 향했다.

"그나저나 8cm 구두는 걷는 것도 힘들구나."

나는 불편함을 참아내며 종종걸음으로 정류장으로 향했다.

서프라이즈가 하고 싶어 불쑥 찾아온 오빠의 집이었지만 현관문은 열리지 않았다. 벨소리에도 집 안은 잠잠했다.

"비밀번호를 안다고 해도……."

말도 없이 남의 집에 들어가는 건 예의가 아니지. 차임벨을 누르던 나는 작게 한숨을 내쉬었다. 전화부터 해볼걸.

"혹시 오빠가 집 근처에 잠깐 나갔을 수도 있잖아."

나는 오빠에게 전화를 걸었다.

[고객이 전화를 받을 수 없어······.]

"무슨 일이지?"

오빠는 전화도 안 받았다. 나는 혹시 몰라 다시 한 번 전화를 걸었다. 긴 신호음 끝에 내가 그냥 전화를 끊으려는 찰나, 오빠의 목소리가 들려왔다.

[······민유야.]

"오빠!"

[결혼식은 다 끝난 거야?]

"잘 끝났어요. 오늘 결혼한 언니, 정말 예뻤어요."

[그랬어?]

"네, 그리고 언니만큼 저도 오늘 예뻐요."

[우리 깨비야 항상 예쁘지.]

어머, 이 오빠가 또.

"꺄핫. 그래도 저 오늘 평소보다 더 예뻐요. 훨씬."

[지금 어디야? 아직 결혼식장? 평소보다 더 예쁜 서민유 양, 오빠랑 데이트 좀 해.]

"근데 오빠, 오빠야말로 지금 어디예요?"

[오빠? 지금 집인데, 금방 준비하고 나갈게.]

뭐지, 이 남자. 설마 거짓말하는 건가? 나는 발끈해서 약간 목소리가 높아졌다.

"집이라고요? 오빠, 나 지금 오빠 집 앞인데?"

[뭐?]

오빠의 놀란 목소리가 들림과 동시에 집 안에서 바스락 소리와 급하게 쿵쾅이는 발소리가 들렸다.

벌컥.

"아, 깜짝이야."

요란하게 열리는 문에 놀라 나는 반걸음 정도 뒷걸음질 쳤다. 열린 문 사이로 오빠의 놀란 얼굴이 보였다. 오빠는 자다가 일어난 듯, 아주 편안한 옷차림이었다. 아마 오빠를 알고 나서 처음으로 오빠의 쇄골 아랫부분을 봤지 싶다. 목이 넓게 파인 헐렁한 티셔츠에 그만큼이나 헐렁해 보이는 면 트레이닝복 바지 차림이었다. 거기에 옆으로 살짝 뻗친 머리카락까지.

'귀여워, 귀여워!'

어딘가 인간미가 느껴지는 모습이 정말 귀여웠다. 나는 현관 안으로 성큼 걸어 들어가 오빠 앞에 선 뒤 활짝 웃으며 한 바퀴 돌아 보였다.

"짜잔."

진보라색 레이스 원피스에 누드톤 핑크색 토오픈 힐. 여성스러운 옷도 옷이지만 오빠에게 처음 보여주는 힐 차림이었다. 언제나 플랫이나 기껏해야 4cm 정도의 굽이 있는 구두가 전부였던 내게 이 정도 높이는 아주 심하게 아찔했다. 하지만 힐을 신어보니 왜 사람들이 하이힐을 신는지 알 수 있었다. 다리가 훨씬 더 예뻐 보였다. 비록 정류장에서 여기까지 걸어오는 건 고역이었지만 말이다. 익숙하지 않은 하이힐 때문에 다리가 파르르 떨렸다. 나는 다리에 힘을 조금 주어 떨림을 감췄다. 그리고 모델처럼 허리에 손을 척 얹고 오빠를 향해 의기

양양하게 웃어 보였다. 난생처음 인조 속눈썹도 붙인 상태다. 마음속으로 '인형 같아 보여라, 인형 같아 보여라' 하고 주문을 걸었다.

"······오늘 내 생일인가."

잠시 멍하게 날 바라보던 오빠는 활짝 웃으며 날 꼭 품에 안아주었다. 나 역시 오빠의 허리에 팔을 두르고 살짝 뺨을 기댔다. 오빠의 심장박동이 고스란히 몸으로 전해졌다.

"오빠, 잤구나?"

"응. 잠깐 낮잠 좀 자고 있었어."

나는 오빠 허리에 두르고 있던 팔을 풀어 부스스하게 얽힌 오빠의 머리카락을 손으로 빗겨 내렸다.

'아, 귀여워. 오빠 머리 까치집 된 거 봐.'

엄청 많이 파인 티셔츠도 진짜 끝내주게 섹시하다. 아우, 저 쇄골에 입술 묻고 싶네.

욕망으로 끈적하게 점철된 나와 달리 오빠는 내 목에 가볍게 쪽쪽 두 번 키스를 남기고는 이내 몸을 떼어냈다.

"오빠 금방 준비할게, 조금만 기다려."

"준비?"

"데이트 준비. 이렇게 예쁜 게 오빠 건데, 세상 사람들한테 자랑 좀 해야지."

어머, 예쁜 거라니. 게다가 자랑까지? 오글오글하지만 광대가 솟아오르는 걸 막을 수가 없다. 하지만.

"오빠, 괜찮아요. 그냥 여기서 데이트해요."

"아냐, 오빠 진짜 금방이야. 소파에 잠깐 앉아서 TV라도 보고 있어."

"그게 아니라. 저 더 못 걷겠어요."

"응?"

"이거."

나는 내 발을 손가락으로 가리키며 발 앞부분을 살짝 굴러 보였다.

"하루 종일 계단 위에 올라와 있었더니 이제 더는 걸을 수가 없어요."

"저런. 빨리 신발부터 벗자. 갈아 신을 거 없었어?"

힐은 처음이라 굽 없는 신발을 따로 챙길 생각은 추호도 하지 못했다.

"그 생각은 못 했어요. 그리고 이 모습 그대로 오빠한테 보여주고 싶기도 했고."

"……오늘 오빠 생일 맞는가 보다."

우빈 오빠가 날 번쩍 안아 올렸다.

"꺄!"

순식간에 공중에 발이 뜬 나는 오빠의 목을 꼭 껴안았다. 그대로 거실로 성큼 들어와 소파 위에 날 앉힌 오빠는 직접 신발을 벗겨주고는 내 앞에 무릎을 꿇고 앉았다. 그리고 제 다리에 내 발을 올려놓고는 발과 종아리를 손으로 꾹꾹 누르기 시작했다.

"오빠!"

"이거 신고 많이 걸었구나? 발이 빨갛네. 오빠한테 데리러 오라고 전화하지 그랬어."

진송우, 김태한 그 거짓말쟁이들! 이런 사람이 어떻게 무심과 무정의 아이콘일 수가 있어!

"오빠, 나 발도 안 씻었는데……."

설마 냄새 나진 않겠지? 발이라도 좀 깨끗이 씻었다면 덜 미안할 것 같은데 오빤 내 말을 신경도 쓰지 않았다. 내가 말려도 들은 척도 않는다. 오빠는 종아리랑 발이 말랑한 느낌이 들 때까지 내 양다리를 정성껏 마사지해주었다.

"오빠, 이리로."

마사지가 끝나자마자, 나는 오빠의 손을 잡아끌고 욕실로 데려가 직접 손을 벅벅 씻겨주었다. 마치 4세 아동을 씻기듯이. 오빤 이 상황이 즐거운지 씻겨주는 내내 킬킬거렸다.

"확실히 내려오니까 시야가 많이 낮아지네."

8cm의 위력을 느끼며 나는 다시 소파에 앉았다. 오빠도 내 옆에 나란히 앉아 어깨에 내 고개를 기대게 했다.

"오빠가 편한 신발 한 켤레 사줄게."

"그거 신고 나 도망가면 어떡하려고요?"

"손 꼭 잡고 있을 거니까, 우리 깨비는 도망 못 가."

오. 신선한 대답이었다.

"원래 한 켤레 더 사주면서 이거 신고 다시 돌아와, 해야 하는 거 아닌가."

"그런 거야? 그럼 신발은 무조건 짝수로 사줘야겠네."

나는 장난기가 동했다.

"오빠, 사실 나 비밀이 하나 있는데."

내 말에 오빠가 고개를 돌려 나를 바라보았다. 진지한 내 표정에 오빠의 얼굴도 사뭇 진지해졌다.

"나 사실 다리가 지네 다리만큼 많아요. 두 개만 내놓고 나머진 숨기고 사는 거야. 그러니까 나 신발 왕창 많이 사줘야 해."

심각한 표정이 확 풀리면서, 오빠는 웃기 시작했다. 오빠가 웃을 때마다 울대뼈가 파르르 떨리는 게 무지하게 섹시했다. 그 아래에 쇄골도 많이 보여 한층 더 눈이 행복했다. 나도 모르게 오빠의 목에 홀린 듯 다가가 울대뼈 옆에 살짝 입을 맞추었다.

"미, 민유야?"

오빠가 말을 하자 진동이 입술에 그대로 느껴졌다.

'어머, 이거 느낌이 되게…… 좋은데?'

나는 오빠 다리 위에 올라앉아 오빠의 어깨를 손으로 딛고 오빠의 목에 키스를 퍼부었다. 이때까지만 해도 이게 오빠를 유혹하는 거라고는 전혀 생각하지 못했다.

"하아."

오빠가 숨넘어가는 듯한 소리를 내며 내 허리를 부서질 듯 안았다. 아훗, 섹시해 내 남자. 나는 아까부터 계속 내 눈앞에 어른거렸던 오빠의 쇄골에도 입술을 쪽쪽이며 이를 세웠다.

"어?"

순간 고개가 확 들렸고, 이내 자극 받은 남자가 급하게 내 입술을 찾아 물었다. 오빠의 손은 어느 새 내 가슴 쪽으로 향해 있었다.

"으음!"

내 신음에 오빠는 손에서 슬쩍 힘을 뺐다. 갑자기 달궈진 분위기에 체온도 함께 오른 듯 서로 닿아 있는 부분이 뜨끈했다. 그 열기에 신경이 쏠린 나는 원피스 지퍼가 내려가는 것도 모르고 있었다.

"하웃. 어, 어머!"

오빠가 브래지어 위쪽을 이로 살짝 물고 혀로 핥는다. 그제야 나는 원피스가 절반 정도 벗겨진 것을 알아차렸다.

'와, 선우빈 무슨 손이 이렇게 빨라?'

이 와중에도 나는 감탄했다.

"오, 오빠!"

"하아, 민유야."

내가 오빠의 어깨를 부서질 듯 꽉 움켜쥐자 숨소린지 목소린지 구분도 힘든 소리로 내 이름을 부르며 오빠는 천천히 내 등을 쓸어내렸다. 오빠의 손길을 따라 야릇한 감각이 온몸에 퍼져 나갔다.

'오빠가 좀 더 나를 만지고 키스해줬으면 좋겠어.'

엄마 아빠, 아까 낮에 거짓말한 거 미안해. 나 오늘 선을 넘을 것 같아요.

"……서민유."

"으응."

"왜 이렇게 예뻐. 오빠 미치게."

아우, 저기요. 지금 미칠 거 같은 건 저거든요?

하지만 이 말은 입 밖으로 나가지 못했다. 나는 지금 반쯤 정신이 없으니까. 긴장으로 인해 머리가 어지럽고 세상이 빙빙 도는 와중에 촉각만 예민해져서 더 죽을 맛이었다.

"하아아."

오빠가 길게 숨을 뱉어냈다. 내뱉는 숨이 야릇하게 뜨거워서 나도 모르게 눈을 질끈 감았다.

"민유야, 기억나?"

뭐가요? 지금 한 말도 다 까먹을 것 같은데.

"꽃 내기 했던 거."

아아. 그거. 나는 감았던 눈을 뜨고 고개를 살짝 한 번 끄덕였다.

"오빠, 소원. 오빠가 뭐 물어보면 지금처럼 고개 한 번만 끄덕해줘."

고개 한 번 끄덕하는 게 뭐 어려운 일이라고 소원까지 쓰려는…….

"지금, 더 해도 괜찮지?"

이 이상으로 진도가 나갈 거라는 예고였다. 언젠간 이런 날이 올 거라 각오하고 있었다. 그리고 이런 분위기면 앞으로 무슨 일이 벌어질지 서로 잘 알고 있는 상황이었다. 바로 진도를 나갔어도 자연스러웠을 거다. 하지만 오빠는 내 의사를 물어보는 데 자신의 소원 카드를 썼다. 이런 남자한테 어떻게 아니라고 할 수 있을까.

"……응."

고개를 한 번 살짝 끄덕이며 '응'이라고 대답해주었다. 선우빈은 세상을 다 가진 미소를 짓고는 내게서 몸을 일으켰다. 찰싹 달라붙어 있던 손길과 체온이 사라지니 썰렁한 느낌까지 들었다. 허락이 떨어지자마자 오빠가 나에게 더 몸을 붙여올 줄 알았건만 오빠는 자리에서 일어났다.

"오빠, 뭐 하려는…….'

오빠는 베란다 쪽으로 다가가서는 거실 유리창에 커튼을 쳤다. 베란다 너머로 보이는 이웃 건물이 시야에서 사라졌다. 빛이 차단되며 실내가 조금 어두워졌다. 조도가 낮아지자 은밀한 분위기는 더 고조됐다.

'뭐지. 이 커튼 효과는? 선우빈 씨, 너무 자연스러운 거 아냐? 어떻게 이런 걸 순식간에 생각해낸 겁니까.'

그리고 달뜨면서도 야릇한 분위기에 이런 생각이 드는 나는 어떤 사람인가.

"커튼은 왜……?"

게다가 나는 왜 이걸 입 밖으로 소리 내어 묻고 있는 거지? 긴장한 탓인가?

"그게, 중요해?"

오빠는 대답 대신 다시 내게 바싹 다가왔다.

"그, 그건 아지니만……."

긴장한 것이 맞다. 어순까지 바꿔 나가고 있지 않은가. 하지만 오빠는 내가 헛소리를 했다는 걸 인지하지 못한 듯 보였다. 아니, 사실 들었어도 개의치 않았을 거다. 지금 표범 선우빈은 자기 눈앞에 있는 귀엽고 깜찍하고 청초한 데다 섹시하기까지 한 토끼를 한입에 삼키려고 눈에 불을 켜고 있는 중이니까. 웬만한 일로는 신경도 안 쓸 거다. 나를 지칭하는 수식어가 장황해도 넘어가 주시길. 난 지금 엄청 긴장 중이니까.

"……그냥 신경이 쓰여서."

베란다를 등지고 있던 나와 마주하고 키스를 퍼붓던, 음. 그거보다 조금 더 격한 키스를 하던 선우빈이었으니 그럴지도 모르겠다. 하지만.

"이런 와중에 그게 신경이 쓰였어요?"

나는 지금 옷이 반쯤 내려간 상태인데? 이런 날 보고도 다른 데 신경이 쓰인단 말이야?

"이런 상황이라 신경이 쓰인 거야."

오빠는 그러면서 내 허리를 손으로 쓰다듬었다.

"아."

"지금 우리 깨비, 그 누구라도 못 보여줘."

이 말을 하는 목소리가, 나를 보는 눈빛이, 오빠의 모든 것들이 델 것처럼 뜨겁게 느껴졌다.

"나만 볼 수 있어. 나만 봐야 하고. 고추도 안 돼."

"까아악!"

오빠가 내 흑역사를 툭 건드리며 다가왔고 나는 잠시 흥분을 잊을 정도로 차오른 부끄러움에 소리를 꽥 질렀다.

"그 얘기 앞으로 한 번이라도 더 꺼내면 나, 나 다시 옷 입을 거야! 그리고 내가 평생, 영영 옷 벗을 일 없을 거예욧!"

진심을 담아 외쳤다.

"그건 절대 안 되지."

오빠가 급히 몸을 다시 겹쳐오며 내 입술을 삼켰다. 내 입술도, 숨도, 모든 것들이 오빠에게 녹아들었다.

"으읏! 하악."

몇 번째인지 이젠 기억도 안 난다. 처음엔 너무 아파서 엉엉 울던 나는 이제는 오빠 바람대로 숨기지 않고 신음을 내뱉으며 오빠에게 매달려 칭얼대고 있다. 나는 참으로 습득이 빠른 학생이었다. 몇 번의 학습 끝에 이젠 좋아서 우는 지경까지 왔다.

"오빠, 빨라. 으음. 너무 빨라. 조금 살살, 하앗!"

여전히 아래쪽은 쓰리고 욱신욱신 아픈데 그와는 또 별개로 좋아 죽을 것 같은 쾌감에 나도 모르게 오빠가 제 허리에 감아 놓은 내 다리에 힘을 주었다.

"아훗!"

더 이상 못 버틸 것 같은 순간이 오고, 이내 파르르 경련 비슷한 느낌이 아래쪽에서 전신으로 확 퍼져나갔다. 눈앞이 하얘지고 온몸에 힘이 쭉 빠졌다.

"하아, 하아."

"으윽!"

그리고 이어 오빠 몸도 떨렸다. 이번엔 둘 다 비슷하게 절정을 맞은 듯했다. 오빠는 헐떡이는 숨을 잠시 고르고는 흐릿한 눈으로 내게 키스를 했다. 제발 살살해 달라고 빌게 만든 방금 전 행위와는 전혀 다른 아주 다정하고 느릿한 키스였다. 나는 힘이 빠져 움직이기 힘든 팔을 겨우 뻗어 땀으로 끈적이는 오빠의 등을 안았다.

한참이나 내 위에 찰싹 달라붙어 계속 내 입술을 지분대던 오빠는 내가 무겁다고 하니, 몸을 일으켜 내 옆으로 누웠다. 간만에 찾아온 평화였다. 침대로 날 데려온 후 오빠는 단 일 분도 쉬지 않고 나와 한 몸으로 있었다. 이 남자, 대체 뭘 먹고 다니는 거지? 나는 지금 온몸이 쓰려 죽겠는데. 아래쪽은 말할 것도 없고 오빠가 가슴을 너무 빨아댄 탓에 위 역시 살짝 스치기만 해도 아팠다.

"선우빈, 변태, 짐승."

몇 번 울어서인지 붉은 기가 남아 있는 눈으로 오빠를 노려보았다.

오빠는 이마저도 귀엽다는 얼굴로 피식 웃었다. 오빠의 얼굴은 배불리 먹고 만족감에 나른하게 누운 사자 같았다.

자국 남기지 말라는 내 요청에 오빠는 안 보일 곳에 새긴다며 저 혼자 타협을 하고는 내 몸통 곳곳에 흔적을 남겼다. 쇄골 아래서부터 허벅지 안쪽까지 얼룩덜룩. 그 덕에 야릇한 역병 환자가 되었다.

"그, 그것까지 준비해놓고. 나 잡아먹으려고."

오빠는 내 손가락이 가리키는 방향으로 고개를 돌렸다. 선반 위에 있는 콘돔 박스를 확인하고 다시 내게로 고개를 향한 오빠는 또 피식하고 웃었다. 미치겠다. 이젠 오빠가 이런 나른한 표정으로 슬쩍 미소만 지어도 젖어드는 기분이다.

"지난주에 송우 자식이 던져주고 갔어."

"송우 오빠요?"

"자기 것 사면서 내 생각 나서 같이 샀대."

그러면서 오빠는 진송우가 살아 있는 동안 가장 잘한 짓이었다며 칭찬을 아끼지 않았다. 짐작건대, 송우 오빠는 인생 처음으로 선우빈에게 칭찬을 받은 것이리라.

"많이 아파?"

오빠가 내 옆에 더 바싹 다가와서 내 손가락 하나하나에 입을 맞추며 물었다.

"지금 병 주고 약 주고 해요?"

살살해 달라고 몇 번이나 외쳤는데, 이 짐승아!

오빠는 극도로 흥분하면 사람 말을 잘 안 듣는 듯했다. 기어이 내 훌쩍이는 소리를 듣고 나서야 속도를 낮췄다.

"우는 얼굴도 예뻐서 그래."

허! 참나! 그런 말 하면 누가 넘어갈 줄 알고?

"못됐어, 선우빈."

그러면서 난 오빠의 가슴을 주먹으로 탁탁 쳤다.

"다음엔 무조건 살살 할게."

그건 또 싫은데.

"아, 잠깐만요. 그건 생각을 좀……."

불쑥 튀어나간 나의 진솔한 마음을 듣고 오빠가 소리 내어 웃었다.

"잠깐만 좀 보자."

"예? 뭘 보……. 오빠!"

말려볼 틈도 없이 내 다리 사이에 자리 잡은 오빠의 머리다.

"오빠, 잠깐! 잠깐만!"

"으음."

뭔가를 음미하기라도 하는 것처럼 오빠의 혀가 아래를 슥 쓸었다. 그거 한 방에 꿋꿋하게 버텨보려던 다리의 힘이 쭉 풀려버렸다.

정말 이게 잠깐 보는 거라고? 선우빈, 거짓말쟁이!

오빠의 혀는 내 꽃잎 여기저기를 들쑤시고 있었다. 혀로 틈을 가르고 핵을 찾아내 문지르고 삼킬 것처럼 제 입 안으로 날 끌어들이기도 했다. 오빠의 타액인지 내가 흘린 것인지 모를 액체가 엉덩이까지 주르르 흐르는 느낌이 들었다. 시트를 꽉 쥐고 있던 나는 오빠가 제가 계속 들락거리던 장소로 혀를 슥 밀어 넣었을 때, 손에 힘이 풀렸고 신음을 터트리고 말았다.

"살짝 부었네."

한참이나 내게 고개를 묻고 있던 오빠는 자기 턱이 아릴 것 같은 즈음에야 슬쩍 입술을 떼며 저런 말을 내뱉었다. 멀쩡했던 것도 이렇게 빨면 부을 것같이 만들어놓고선 하는 말이다. 어이가 없어 웃음이 나왔다. 근데 '헛허' 하고 웃는데 아래에서 물이 왈칵 쏟아졌다. 오빠가 보고 있는데 말이다. 민망하기 짝이 없다. 그나마 창밖에서 들어오는 빛만 있는 어두운 침실인 걸 감사해야 하는 순간이다. 그런데 고개를 든 오빠는 슬금슬금 내 위로 올라왔다.

"빈이 오빠?"

"응."

선반에 손을 뻗은 오빠는 자연스레 콘돔 하나를 집어 들고는 껍질을 뜯고 있다.

"그건 왜 건드려요? 내려놔."

넣어 둬, 넣어 둬.

"서민유 때문이잖아."

"뭐가 나 때문인데요?"

"안 예쁜 구석이 없어. 조금만 못났어도 그냥 참는데, 이거 다 서민유가 너무 예뻐서 그래."

예쁘다는 칭찬을 이렇게 써먹니? 선우빈, 이 사기……. 잠깐, 배에 이거 단단한 거, 이게 뭐야?

"허억! 오빠! 버, 벌써 그게, 그러니까……."

"벌써 아냐. 아까부터 그랬어."

아직도 방 안엔 오빠가 흘린 체향이 채 날아가지도 않고 공기 중에 비릿하게 돌고 있었다.

"야아, 선우빈! 하악! 아앗!"

"싫어? 오빠, 하지 말까? 응?"

이미 들어왔으면서 허락받지 마!

이 말은 신음에 섞여 날아갔다. 아, 왜 기분은 좋고 난린데!

"깨비야."

선우빈이 내 빰을 어루만지는 손길에 잠에서 깼다. 어느 순간 설핏 잠이 들었었나 보다.

"……지금 몇 시예요? 나 오늘 집에 들어간다고 말해놨는데."

여기서 그냥 늘어져 자고 싶었지만 집에 간다고 호언장담해놨으니 기어서라도 가야 했다.

"열한 시 다 됐어."

점심 이후로 에너지 소모만 하고 아무것도 못 먹은 상태였다. 배고픈 줄도 모르고 있었는데 시간을 듣자마자 고파왔다.

"배고파."

"우리 깨비, 뭐 좀 먹어야겠네."

"응. 근데, 졸리기도 해요."

눈이 가물가물하다.

"그럼 우리 먹깨비는 조금 더 자."

쪽, 나에게 뽀뽀를 한 번 하고 오빠가 침대에서 일어났다.

"저녁 준비 다 되면 깨워줄게."

어두운 방 밖으로 나가는 오빠의 실루엣을 홀린 듯 보다가 나는 다시 침대에 털썩 누웠다.

오빠가 샤워를 하는지 물소리가 들렸다. 그 소리를 들으며 살짝 다시 잠에 빠졌다가 얼마 지나지 않아 금방 깨어났다. 집에 가야 한다는 압박감 탓에 깊이 잠들지 못했다.

"하아. 안 아픈 구석이 없구나."

이 빼곤 다 아픈 것 같았다. 온몸 구석구석 선우빈 입술이 안 닿은 데가 없으니. 나는 선반 위 스탠드의 불을 켜고 느릿한 동작으로 침대 바닥으로 내려왔다. 맨몸으로 홀쩍 나가기 민망해 오빠가 벗어 던진 티셔츠를 꿰어 입고 천천히 몸을 일으켰다. 선우빈이 입을 때는 티셔츠였던 옷은 내가 입으니 허벅지까지 내려오는 짧은 미니 원피스가 되었다.

"이게 뭐야."

불빛 아래 보이는 이불은 나와 오빠의 흔적으로 얼룩덜룩한 상태였다. 민망해진 나는 재빨리 불을 끄고는 한쪽 어깨로 자꾸 흘러내리는 티셔츠 자락을 손으로 잡아 올리며 방을 나왔다.

"더 자지, 벌써 일어났어?"

밝은 불이 눈부셔 잠시 멍하니 서서 눈만 깜빡이다가 어느 정도 안정되자 주방에서 요리 중인 선우빈을 향해 다가갔다.

"뭐 하는 거예요?"

"새우볶음밥 하는 중이야."

"어머, 세상에!"

"왜?"

"오빠, 등 안 아파요?"

오빠 등에는 내가 침대 위에서 발광(?)한 흔적이 고스란히 남아 있었다. 오빠의 너른 등을 캔버스 삼은 양 그 위엔 새빨간 선들이 잭슨 폴록의 넘버5 그림처럼 어지러이 흩어져 있었다. 심지어 어깨에는 처음 할 때 내가 물었던 잇자국까지 시퍼렇게 나 있었다.

"샤워할 때 조금 따갑긴 했지만 괜찮아."

조금 따가운 정도가 아닌 것 같은데. 지금 당장 내 손톱 밑을 파면 오빠 살점이 반근은 나올 것 같다. 내가 오빠 등에 살짝 손을 대자 오빠가 움찔했다.

"위에 옷도 못 걸칠 만큼 따가운 거죠?"

"……조금?"

"그러길래 좀 살살 하라니까."

"하하, 자업자득이네."

오빠는 고개를 돌려 내 입술에 가볍게 키스를 남겼다.

"씻고 와. 밥 다 돼간다."

"응."

이때까지만 해도 난 오늘 하루는 이렇게 끝나는 걸로 생각했다. 시영 언니 결혼식, 잠들기 전 놀라움으로 가득했던 시간, 그리고 오빠가 만들어준 새우볶음밥으로 마무리. 음. 완벽해.

"이 와중에도 얼굴은 멀쩡하네."

전문가의 화장은 정말 대단했다. 얼굴은 기름과 땀으로 반질거리긴 했지만, 검은 국물이 흐르거나 색조 화장이 심하게 번지지도 않았다. 메이크업 픽서의 힘인지 기술인지는 모르겠다. 하지만 그다지 추하지 않은 얼굴로 오빠와 마주하고 있어 다행이었다. 나는 올올이 붙인 속눈썹을 떼어내고 선반에 있던 클렌징 오일을 이용해 화장을 지웠다.

평소 내 얼굴과 크게 달라지지 않은, 그러면서 확 예뻐진 얼굴에 얼마나 감동, 감탄했던가. 이렇게 지우려니 아쉬움이 몰려왔다.

"흐으, 떼기 싫어."

속눈썹을 떼고 나니 마치 내 눈이 사라진 것 같은 기분을 경험했다.

'이게 원래 내 거였음 얼마나 좋을까.'

인조 속눈썹을 휴지에 싸서 쓰레기통에 넣고, 열심히 세수를 했다. 욱신거리는 여기저기를 이겨 내고 머리까지 감고 몸도 개운하게 씻었다.

"선반에 드라이어가 있었던가. 아, 여기 있다."

마지막으로 머리를 가볍게 말리고 나가려는데, 순간 오빠가 아닌 다른 사람의 목소리가 나고 있다는 것을 알았다.

"나 화장실!"

어떤 여자가 화장실을 외치는 소리가 들렸다. 그리고 그 뒤를 이어 아주 다급하게 '잠깐만!' 하고 외치는 오빠의 목소리도. 헉! 나 지금 화장실에 있는데? 나는 급히 내 몸을 내려다봤다.

갓 샤워를 마치고 남자 티셔츠를 입은 모습. 누가 봐도 무슨 일이 있었는지 단번에 알 법한 그런 모습이다.

"문을 잠갔던가?"

욕실 문을 잠갔는지 확인해보기 위해 급히 손잡이로 다가섰을 때, 문이 벌컥 열렸다.

"아유 급해!"

나는 문손잡이에 손을 뻗은 채로 굳었고, 욕실로 다가오던 오빠 역시 우뚝 굳었다. 그리고 욕실 문을 힘차게 열어젖힌 사람 역시 굳었다.

갑자기 돌이 되어버린 세 사람 사이에 정적이 흘렀다.

"……."

"……."

"……."

"미, 미미, 민유 쌤?"

이게 무슨 일이야? 지금 이 상황이 말이 돼? 아니다. 잠시 내 눈이 미쳐서 이상한 걸 본 걸 거야. 내 망막에 맺힌 이 사람이 현실일 리 없어, 없다고! 여진이라니? 여진이가 이 시간에, 이곳에 있을 리가 없잖아!

나는 눈을 질끈 감았다가 떴다. 하지만 눈앞의 환영은 사라지지 않았다. 아무리 봐도 여진이야. 진짜 여진이라고. 그런데…… 얘가 대체 왜 여기에? 보면서도 믿을 수가 없어서 나는 눈을 깜빡이며 멍하니 입만 벌리고 있었다.

"여진이 네가 왜……?"

"여기, 우, 우리 오, 오빠 집…… 인데요."

나만큼 많이 놀란 여진은 말까지 더듬었다.

"우리…… 오빠?"

여진은 손가락으로 선우빈을 가리켰다.

"오빠가…… 선우빈?"

잠깐만. 그러니까…… 여진이가 선우빈 동생이라고? 지금 그 소린가? 여진이 고개를 끄덕이자 나는 정신이 혼미해지는 기분이었다.

"둘이 아는 사이야?"

오빠의 질문에 우리가 동시에 답했다.

"울 과외 쌤……."

"과외 학생……."

이 말을 끝으로 집 안에 다시 침묵이 감돌았다. 우리 셋은 망치로 머리라도 얻어맞은 것처럼 멍하니 서 있었다. 모두가 당황한 가운데 가장 먼저 정신을 차린 건 열여섯 여진이었다.

"오빠, 나 갈게! 쌤, 나 가요!"

잽싸게 작별 인사를 한 여진은 뒤 한 번 돌아보지 않고 도망치듯 집을 벗어났다. 문이 닫히고 이내 도어록이 잠기는 소리에 그제야 정신을 차린 나는 오빠에게 물었다.

"여진이가 동생이었어요?"

"……아, 응. 내가 여동생이랑 나이 차이 많이 난다고 말 안 했던가?"

"안 했어요!"

세상에 이런 일이. 선우빈 동생이 선여진이란다!

그러고 보니 '선' 씨는 흔한 성도 아니었다. 어떻게 이렇게 눈치를 못 챘을까. 그럼 오빠네 본가가 나 과외 가는 그 집? 매주 보던 사모님이 오빠 엄마였단 말이야? 오, 마이 갓! 무슨 이런 경우가 다 있어?

"아! 맞다. 오빠! 여진이!"

"어? 여진이가 왜?"

"이 시간에 여자애 혼자 돌아다니게 두면 안 되죠! 빨리 여진이 집에 데려다줘요!"

오빠가 아차 하는 얼굴로 방에서 차 키를 꺼내 들고 급하게 현관으로 뛰어나갔다. 나는 오빠가 나간 현관문이 서서히 닫히는 걸 멍한 눈으로 바라보았다. 아니 '보았다'기보단 얼이 빠져 그냥 초점 대충 맞추고 있는 것이 더 가깝겠다. 그렇게 정신이 살짝 빠진 상태로 서 있는데 다시금 벌컥 문이 열리고 오빠가 들어왔다.

"왜 그래요? 뭐 놓고 간 거라도 있⋯⋯."

오빠는 내 양 볼을 손으로 감싸고는 짧고 깊게 키스를 남겼다.

"금방 갔다 올게. 꼼짝 말고 여기 있어. 가지 마."

그러고는 휙 나가버렸다.

"선우빈 씨, 이런 상황에도 키스 생각이 나십니까?"

내 질문은 허공에 흩어질 뿐이었다.

두 사람이 나가고 나는 쓰러지듯 소파에 앉았다가 아래가 아파서 스르륵 몸을 옆으로 기울여 누웠다. 생각보다 후폭풍이 참을 만하기에 나는 타고난 사랑꾼인줄 알았더니 아니었던 모양이다.

"하아아아."

긴 한숨만 나왔다. 생각할수록 어처구니가 없는 일이다. 그 하고많은 날 중에 하필 오늘, 지금 이 시간에, 여동생이 왔단 말인가. 게다가 그 여동생이 선여진이란! 어깨까지 흘러내리는 옷이니 쇄골 아래 불긋불긋 난장판도 분명 보였을 것이다. 그런 적나라한 광경을 과외 학생에게 보이다니!

"진짜 하늘이시여, 저한테 왜 이러세요?"

나흘 뒤에 쟤 가르치러 가야 하는데 어떻게 얼굴을 보나고. 아아, 분명히 내 연애 사주엔 망신살이 있어! 있다고! 아니 망신살에 연애가 곁다리로 낀 건가?

"이이잉. 이거 다 선우빈 때문이야. 선우빈 나쁜 놈아아."

애꿎은 오빠만 원망하며, 나는 민망함에 소파를 팡팡 쳐댔다. 그때, 소파 앞 테이블에 놓인 오빠 휴대폰이 울렸다. 메시지가 왔는지 짧은 소리가 연달아 몇 번 울리고는 멈췄다. 다른 사람 휴대폰을 들여다보는 것은 예의가 아니지만 발신자가 익히 아는 이름이었기에 나는 슬쩍 휴대폰을 집어 들었다. 여진이 과연 뭐라고 했을까. 두근두근하며 메시지 보기를 눌렀다.

"어? 이 사진."

첫 번째 메시지는 지난번에 놀이공원에서 입에 철쭉 물고 찍은 내 사진이었다.

「울 쌤 예쁘지? 사진 잘 나와서 오빠 보내주는 거야!」

「내가 오빠 소개팅해주고 싶다고 했었지? 그게 울 쌤이었어!」

「엄빠한테는 말 안 할 거니까 걱정하지 마. 언니한테도 걱정 말라고 전해줘!」

"선여진이 이거 엄마 아빠한테 말 안 하는 걸로 나중에 나 협박하는 건 아니겠지."

그렇게 걱정하고 있는데 한 단어가 번뜩 걸렸다.

'잠깐. 방금, 소개팅?'

나는 급히 다시 메시지를 확인했다.

"날 소개팅해주려고 했었다고? 언제?"

곰곰이 기억을 더듬어보았다. 그러고 보니 나한테도 소개팅 얘길 했었던 것 같은데. 크으, 언제더라. 맞다! 학기 초에!

"소개팅하실래요? 진짜 괜찮은 남자 있는데."

"고딩인 사촌 오빠랑 엮어준다고 했었지!"
그때 그 사촌 오빠가 고딩이 아니라 대딩 선우빈이었단 말이야?
"어, 잠깐? 아까 여진이는 '우리 오빠'라고 했는데?"
보통 사촌이면 사촌 오빠라고 하지 우리 오빠라고 안 하잖아? 오빠도 여진이 나이 차이 많이 나는 여동생이라고만 했고. 뭐지? 사촌이야, 친남매야? 내가 헷갈리고 있는데 비밀번호 누르는 소리가 들리더니 오빠가 거실로 들어왔다.
"여진이 잘 갔어요?"
"응. 잘 데려다줬어."
"오빠, 여진이…… 친동생 맞아요?"
"친동생이야. 우리 집 막내."
음, 그렇다면 예전에 소개해주겠다던 사촌 오빠는 누구지? 우빈 오빠한테는 날 소개해준다고 하고선 왜 나한테는 사촌을 갖다 붙인 거야? 어차피 다음 과외는 피할 수 없는 일이다. 그때 소개팅에 대해 물어봐야겠다. 나는 멋쩍어하며 휴대폰을 오빠에게 내밀었다.
"여진이가 메시지를 보냈는데……. 제가 좀 먼저 봤어요."
우빈 오빠는 휴대폰을 받아 들고 여진이 보낸 사진과 메시지를 확인했다. 그리고 손가락으로 몇 번 화면을 톡톡 두드리고는 다시 휴대폰을 테이블 위에 올려두었다.
"여진이가 널 굉장히 좋아하더라."
"저도 여진이 좋아해요. 그런데 이 꼴을 보였잖아요. 앞으로 여진이 얼굴을 어떻게 봐요?"

"모른 척해줄 거야. 조금이라도 네가 불편한 기색 보이면 오히려 여진이가 눈을 못 마주칠걸?"

"눈을 못 보겠는 건 저죠. 아우, 정말 선우빈이 제일 못됐어! 자긴 당분간 얼굴 안 마주치면 된다 이거죠? 이렇게 자국 남긴 것도 전부 선우빈이 그런 건데!"

불평불만을 와르르 토해내며 오빠 탓해봤자 소용없는 짓인 걸 잘 알고 있다. 하지만 이렇게라도 안 하면 민망함을 덜어낼 길이 없다.

"괜찮아. 부부가 이러는 건 자연스러운 거 아는 나이니까. 너무 신경 쓰지 마."

"네? 부, 부부요?"

내가 당황하자 장난기 어린 표정을 지은 오빠는 테이블에 올려뒀던 휴대폰을 다시 집어서 화면을 보여줬다. 아까 오빠가 휴대폰을 보는 사이에 여진에게서 메시지가 하나 더 왔던 듯했다.

「나 결혼식 때까지 입 딱 닫을 거니까 오빠도 걱정 마!」

"우리 결혼은 이미 확정이야. 증인이 있어서 빼지도 못해."

"선여진 요놈이."

기특하기도 하여라. 이로써 선우빈은 평생 내 남자 확정이었다. 오빠 얼굴에 내 거라는 문신은 못 새겼지만 혼인 신고서에 도장은 찍을 수 있겠다.

"여진인 오빠인 나보다 너를 더 좋아해. 그러니까 걱정하지 마."

"오빠. 방금 그거…… 프러포즈는 아니죠?"

"설마."

선우빈, 평생 내 거 확정인 신나는 이야기이긴 하지만…….

"지금 뭔가 조금 얼렁뚱땅하게 내 결혼이 정해진 거 같은데."

"그럼 서민유는 오빠랑 결혼 안 할 거였어? 책임질 일 해놓고?"

선우빈, 이 남자 좀 봐. 눈 동그랗게 뜨고 묻는 것 보소. 저 눈동자에 건배, 아니 대답을 해줘야지.

"아니, 당연히 내가 책임져야죠. 근데 그냥 뭐랄까 인생 중대사가 여진이 한마디로……."

"언젠가 할 걸 여진이 덕에 미리 당겼다고 생각해."

분명히 좋은데, 가슴 콩닥한 일인데, 꼭 주입식 교육을 받는 것 같다는 기분을 지울 수가 없다.

나흘을 괴로워하며 보낸 뒤, 결전의 날. 대문 앞에서 차마 들어가지 못하고 심호흡을 하며 마음을 정리하는데 벌컥 문이 열렸다.

"쌤!"

여진은 내가 무언가 액션을 취할 새도 없이 몸을 날려 나를 꼭 껴안았다. 예상과 다른 극진한 환영에 나는 깜짝 놀라 움찔했다.

"어, 어떻게 알았니? 벨도 안 눌렀는데."

"매번 오는 시간이 똑같으니까 마당에서 기다렸어요."

오빠 말대로 여진은 그날에 대해 아무 말도 하지 않았다. '난 알고 있다'는 눈빛도 보내지 않는다. 그저 평소 때보다 조금 더 반갑게 날 맞이할 뿐이었다. 여진이 태연한 반면에 나는 잘못한 게 없는데 왜 이렇게 잘못한 기분이 자꾸 드는지 모르겠다.

"빨리 들어가요. 오늘 쌤 좋아하는 과자로만 사놨어요."

여진은 내 손을 잡고 앞서 걸었다.

"민유 양, 왔어요?"

집 안에는 선여진 양과 선우빈 씨의 모친이 있었다. 과외 학생의 어머니에서 남자친구의 어머니로 신분이 바뀌니 인사 하나 하는 것도 신경이 쓰이기 시작한다.

"안녕하세요."

최대한 공손하게 인사를 하고 고개를 드니 새삼 어머니 얼굴이 눈에 확 들어왔다. 여진의 모친은 이제 보니 선우빈과 판박이였다. 선우빈이 나이를 먹고 머리를 기르면 딱 저 모습일 것 같은 그런 얼굴. 어머니는 엄청 곱고 단아하신 어른이고 선우빈은 잘생긴 남잔데 신기하게도 똑같은 모습이었다. 어떻게 여태 이 사실을 모를 수가 있었지? 내 눈은 그동안 뭘 봤던 걸까요. 나도 모르게 어머니 얼굴을 계속 보고 있었나 보다.

"쌤, 뭐 해요?"

"어어? 아냐."

여진이 정신 차리라며 내 팔을 잡아끌었다. 여진의 방에 도착하고 나서야 나는 입을 열었다.

"복사, 붙여넣기였네."

"그걸 이제 알았어요? 울 쌤 눈썰미 되게 안 좋다."

주어와 목적어가 없는데도 여진은 단박에 내 말을 알아들었다.

"그야 오빠가 이 집과 연관이 있을 거라고는 전혀 생각 못 했었으니까."

"흐음. 뭐 그런가."

고개를 갸웃하며 책상에 앉은 여진은 책상 위에 있던 간식 바구니를 내 쪽으로 슥 밀어주었다.

"맞다. 여진아, 전에 소개팅 얘기. 그거 좀 하자."

"소개팅? 아아. 내가 전에 친오빠 해주겠다고 했던 거요?"

"친오빠? 너 사촌 오빠라고 했었어."

"예에? 아유, 무슨 소리야. 분명 친오빠라고 했어요! 친. 오. 빠. 쌤이 잘못 들었겠지."

그런 건가? 내가 잘못 들었던 건가?

"사촌 오빠라고 했을 리가 없어요. 난 옛날부터 쌤이 내 새언니였으면 좋겠다고 생각했는데, 왜 남을 줘요?"

'내 새언니였으면 좋겠다'에서 웃고, '남에게 준다'느니 하는 물건 취급에서 울어야 하나.

"너 분명 그때 사촌 오빠 애인이 여왕벌이라서 짜증 난다고……!"

아, 그때 나 여진이 얼굴에 홀려 있었지? 이제 알 것 같다. 여진이 친오빠라고 한 걸 내가 촌오빠로 듣고는 앞에 '사' 자를 못 들었다고 생각했던 거야. (사)촌오빠라고. 이거였어.

뒤늦게 깨달음이 찾아왔다. 연이어 선우빈 과거에 대해 직격으로 들었었다는 깨달음도 왔다. 여진 역시 그 사실을 이제야 깨닫고 어쩔 줄 모르는 얼굴이었다. 나와 연결해주기 위해 별생각 없이 제 오빠의 과거를 술술 불었었는데 우리가 사귀고 있으니 당황스럽겠지.

"그, 근데 쌤 우리 오빠랑은 언제부터……?"

"봄 초에. 그리고 네가 말했던 그 여왕벌과는 작년에 끝났어. 헤어진 지 오래란다."

"헐."

여진의 표정을 보니 윤석도 제 오빠가 계속 진세연이랑 사귀는 줄 알았던 모양이다. 그렇다면 여진은 제 맘에 안 드는 여왕벌 때문에 여자친구가 있는 친오빠에게 소개팅을 권한 것이었다. 나에게도 애인 있는 남자를 권했던 거고.

"요 발칙한 지지배가. 애인 있는 사람을 나한테 붙이려 했단 말이지."

새파랗게 어린 중딩 가스나에게 농락당할 뻔했다.

"아니, 쌤 그게 아냐!"

"아니긴."

내가 정색하자 여진은 눈에 보일 정도로 움찔거렸다. 저도 찔리는 모양이다.

"내가 쌤을 우리 가족으로 받아들이고 싶을 만큼 너무너무 좋아해서 그런 거예요. 거짓말 아니야. 내 목숨 걸고 맹세해."

이런 것에 목숨까지 걸 필요는 없는데. 여진은 사뭇 비장했다.

"근데 친오빠랑 이렇게 나이 차이 많이 나는 줄 몰랐네. 열 살 터울이라니. 오빠라고 해서 난 끽해야 고등학생인 줄 알았어. 그래서 제대로 듣지도 않았고."

"내가 말 안 했어요? 어어, 안 한 거 같다."

어이구야, 싶었지만 그게 중요한 건 아닌지라 나는 바로 여진에게 물었다.

"그런데 여진이 너, 우빈 오빠 전 여자친구는 어떻게 알았어?"

내 질문이 핵을 찔렀는지 여진의 표정이 얼음이 되었다. 현 여자친구가 구 여자친구에 대해 물으니 긴장도 됐을 것이고. 하지만 나는 따지려는 것보다 정말 순수하게 여진이 어떻게 진세연을 알았는지가 궁금할 뿐이었다. 오빠 성격상 애인이 있고 없고를 사방에 이야기하고 다닐 사람도 아니고, 그건 가족에게 역시 마찬가지인 듯했으니까.

"아이참, 우리 오빤 왜 자기 얘길 안 하지? 연예인도 아니고 저 혼자 신비주의야!"

여진이 불평을 터트렸다.

"사귀면 사귄다, 헤어지면 헤어졌다, 얘길 했으면 이럴 필요까진 없었잖아."

내 질문에 대답은 않고 계속 입만 삐죽대고 있다.

"그렇게 신비주의까진 아니야. 나 우빈 오빠 친구들도 만나봤어."

"대학교 친구요?"

"아니, 고등학교."

여진이 놀란 얼굴을 하고 한탄했다.

"허어얼! 서운해! 민유 쌤이랑 그렇게 진한 사이면서! 어떻게 우리 식구들한테 아무 말도 안 할 수 있어?"

나는 '진한 사이'라는 말에 괜히 찔려 주스를 한 모금 들이켰다.

"얘는 무슨 사귀는 족족 제 부모님께 보고하며 사귀나. '원래 연애는 친구들이 제일 먼저 알고, 마지막에 가족들이 아는 거'라는 명언(?)

도 있잖니."

해준이 한 말로 촌철살인, 명대사였다.

"아무튼, 그런 신비주의 오빠가 애인 있는 건 어떻게 알았데?"

"오빠가 지금 자취집으로 옮기기 전, 그러니까 예전 집에 갔다가 입구에서 만났었어요. 그 여자랑."

"둘이서 딱 마주친 거야?"

"단둘은 아니고 다른 사람들도 같이 있었어요. 북적거릴 정도로. 예전 오빠 집에 두세 번 정도 갔었는데, 갈 때마다 사람이 많아서 그래서 다신 안 갔어요. 집 안에도 제대로 못 들어가 봤고요."

"지금 집은 가봤고?"

"네. 몇 번 자고 온 적도 있어요."

아하, 선우빈 집에 있던 클렌징 용품들 주인이 이 녀석이었구먼.

자기 구역에 남이 들어오는 것을 극도로 싫어하는 오빠 성격에 한 학기를 어떻게 참았는지 모르겠다며 여진은 놀라워했다. 어려도 역시 가족이라 그런지 제 친오빠의 성향을 정확히 파악하고 있었다.

"쌤, 내 촉이 좀 빠르잖아요? 처음 여왕벌이랑 마주쳤을 때 바로 알아봤죠. 어떤 키 크고 향수 엄청 뿌린 화려한 여자가 있는데 딱 그 무리의 중심에 서 있는 게 보이더라고요."

여진이 진세연에 대한 정보를 늘어놓기 시작했다.

"성격 엄청 좋은 척하는데, 내 눈은 못 속이지. 걔, 자기 말고 다른 사람들한테 조금이라도 시선이 분산되는 거 절대 못 참고 빙그레 웃으면서 뒤로 쌍년 짓 할걸?"

여진의 입에서 평소와 다르게 온갖 험한 말이 쏟아져나오기 시작했다. 야단을 쳐야 하나 싶었지만 대체 왜 저렇게 진세연을 싫어하는지 궁금해서 일단 묵묵히 듣고 있었다.

"뻔해. 그래놓고 그 사람 은근히 고립시킨 다음에 친절한 척 다가가서 결국엔 자기 수하로 만들 게 한눈에 보이더라니까요."

"넌 어떻게 그런 걸 다 아니?"

"작년에 우리 반에 딱 그런 애가 있었거든요!"

여진의 목소리가 대번에 커졌다.

"걔가 나중엔 나 왕따시키려고까지 했었어요."

"뭐어?"

우리 예쁜 여진이 왕따 피해자 미수설에 내 목소리도 커졌다.

"괜찮아요. 안 당했어요. 날 뭘로 보고"

여진인 자기가 그렇게 호락호락하진 않다고 걱정 말라며 말을 이었다.

"그래서 보자마자 그 여자가 여왕벌인 걸 알았죠."

경험으로 얻은 눈썰미였다니. 별 경험을 다 했구나. 이제 겨우 중학생인 녀석이.

"그 여자, 내가 선우빈 동생인 줄도 모르고 날 스토커 취급했어요. 그러면서 주변엔 엄청 성격 좋은 털털녀 코스프레 하더라고요."

'진세연이 그런 사람이었다니.'

난 원래 남 욕하는 사람 말은 잘 안 믿는 편이다. 내가 진위를 확인할 수 없는 부분이니까. 하지만 여진은 이유 없이 남을 욕할 아이가 절대 아니었다.

"아니, 동생이 오빠 보러 왔다는데 무슨 사생팬 취급하고 있어. 절 우리 오빠 얼굴만 보고 연예인인 줄 알고 쫓아다니는 그런 애로 만드는 거 있죠!"

여진의 흥분은 좀처럼 가라앉지 않았다.

"오빠 친동생인 거 알았을 때 그 여자 표정은 아직도 내가 못 잊지."

"흐음. 오빠는 왜 그런 사람이랑 사귀었을까."

"내 말이 그거예요! 설마 우리 오빠도 속았나? 자기 망가지는 척도 잘하는 그런 고단수는 웬만해선 여우인 거 모르니까."

"아, 그래?"

여진의 말에 맞장구를 쳤지만 남자친구의 과거 이야기에 나는 기분이 조금씩 다운되기 시작했다. 뭐가 모자라서 그런 여자를 만났던 거야? 생각보다 괜찮지 않은 사람이 우빈 오빠와 잠시 긴밀한 사이였다고 생각하니 기분이 별로다.

'그건 그렇고 요 지지배, 아주 물 만난 고기처럼 신나게 까는구나.'

여진을 진작 멈추게 했어야 하는데. 끝까지 다 들으니 나만 찝찝하다. 절로 쓸쓸한 미소가 흘러나왔다.

"처음엔 오빠가 외로워서 잠깐 미쳤나 하는 생각……. 아니, 쌤 만나려고 그랬나 봐요. 액땜 차원으로."

웃는 게 웃는 것 같지 않은 내 표정을 본 여진은 급히 수습을 시작했다.

"지금을 봐요. 내가 소개팅해주지도 않았는데, 쌤이랑 오빠 만난 것봐. 하늘이 내려준 인연이라니까. 천생연분? 그거 울 예쁜 쌤이랑 오빠 두고 하는 말이야."

여진은 내 칭찬을 들이부어 가며 계속 말을 이었다.

"예전 집에 여왕벌이랑 다른 사람들 많이 드나들긴 했지만, 그 집은 우리 오빠한테 집이 아니었어요. 아예 자기 집이라고 취급을 안 했어. 오죽하면 자취방 두고 여기에서 절반을 살았을까. 오빠가 거길 쓰레기장이라고 부르는 것도 들은 적 있어요. 얼마나 빨리 벗어나고 싶어 했는데. 거기 간 사람들 그렇게 특별한 거 아니었어요!"

"그래."

"쌤, 우리 오빠 지금 집으로 이사 가고 한 번도 다른 사람들 집에 안 데려왔거든요. 우리 가족한테도 집 비밀번호 말 안 한 거 모르죠?"

그래도 내 얼굴이 풀리지 않자 여진은 다급하게 말을 쏟아냈다.

"오빠랑 친하게 지내는 고등학교 때 친구들도 한 번도 못 가봤을 정도예요. 그만큼 울 오빠가 민유 쌤한테 푹 빠진 거야."

"어, 그래."

"쌤이 헤어지자고 하면 오빠 뛰어내릴지도 몰라. 저번에 쌤 보는 오빠 눈에서 꿀이 막 뚝뚝뚝."

"응."

"아유, 울 민유 쌤 오늘따라 너무 담백하시다."

"책 펴, 수다가 너무 길었다. 늦게 끝날 거야. 각오해. 오늘 토할 때까지 해보자."

여진이 우는 소리를 했다.

평소보다 배는 늦은 시간이었다. 수민과 윤찬의 과외까지 할 때도 이 정도로 늦게 있어본 적은 없었다. 이런저런 수다로 예정 시간보다 늦게 시작했다고는 하나, 오늘 과외는 자신감 과잉 팀이 기록했던 다섯 시간을 넘겼다. 이미 집 앞까지 바로 가는 버스는 끊겼고, 환승해서 가는 버스도 막차만 남아 있는 상태였다.

"내가 운전만 할 줄 알았어도 민유 양 데려다줄 텐데. 하필 오늘 우리 그이가 출장이라 데려다줄 사람이 없네."

사모님, 즉 선우빈 씨의 어머니가 미안한 얼굴로 현관까지 배웅을 나오셨다.

"괜찮습니다. 버스 아직 있는 걸요. 신경 써주셔서 감사합니다."

"이거 택시비예요. 이 야밤에 혼자 가는 거 위험해. 이거 받고 택시 꼭 타고 가요."

"저 정말 괜찮아요. 어머니, 안 그러셔도 돼요."

"내 마음이 불편해서 그래요. 어른이 주는 거니까 그냥 받아요."

"쌤, 넣어둬요. 시어머니가 용돈 줄 수도 있는 거지."

그러면서 여진은 제 모친이 내민 신사임당을 직접 내 바지 주머니에 푹 쑤셔 넣어주었다. 하나, 여진인 방금 제가 무슨 단어를 내뱉었는지 전혀 자각하지 못하는 눈치였다.

"무, 무슨 소리니 그게."

당황한 내 얼굴을 보고 여진이 아차 하는 얼굴을 했다. 퍽이나 비밀 유지 잘하시는 중이다.

"아, 아아! 뭐어! 그냥 시어머니한테 용돈 받았다 치든가, 친정엄마한테 용돈 받았다 그런 식으로 윗사람한테 용돈 받았다고 생각하란 얘기였지!"

당황하니 큰 소리가 나오는 여진이다. 여진아, 너 배우 이런 쪽은 꿈도 꾸지 마라. 연기 방면으로 재능이 있어 보이진 않는구나.

"그래, 민유 양. 엄마한테 용돈 받았다 생각하고 편하게 넣어둬요."

여진의 어색한 대사에도 다행히 사모님은 별 의심을 하시진 않는 듯했다. 나는 '감사합니다' 하고 꾸벅 인사를 한 뒤 여진에게 손을 흔들어 보이고 집을 나섰다. 그리고 빠르게 발걸음을 움직였다. 막차야, 제발 기다려줘!

"오빠."

최대한 걸음을 재촉하는 중에 오빠에게 전화가 왔다. 나는 약간 숨을 헐떡이며 전화를 받았다.

[서민유, 멈춰.]

"네?"

[가지 말고 거기 있으라고. 오빠 지금 골목 다 왔으니까.]

오빠가 말을 마치자마자 골목 어귀에서 자동차 헤드라이트가 밝게 빛나는 게 보였다. 그 빛은 나를 향해 다가오고 있었다.

"오빠예요?"

[응.]

운전석에서 내게 손을 흔드는 오빠가 보였다. 서프라이즈에 놀라 괜히 코끝이 찡해졌다. 재빨리 달려가 조수석에 오르자 오빠가 내 뺨을 손으로 부드럽게 쓰다듬었다.

"어떻게 알았어요? 오늘 평소보다 훨씬 늦게 끝났는데."

"여진이가 메시지 보냈어. 오늘 늦게 끝나니까 너 데려다주라고."

"어머, 난 그런 줄도 모르고 여진이 딴짓한다고 혼냈는데."

평소엔 안 그러더니 오늘 여진은 자꾸 내 눈치를 봐가면서 메시지를 보냈다. 전에는 없던 일이었다. 그래서 나는 따끔하게 한마디를 했었다.

"여진아, 내가 너희 오빠랑 사귄다고 해도 수업은 수업이야. 그러니까 정신 차려."

엄청 단호하게 말했었는데. 미안해지는 순간이다.
"괜찮아. 수업은 제대로 해야지. 잘했어. 사실, 여진이 아니었더라도 우리 깨비랑 저녁 먹으려고 과외 끝나는 시간 맞춰서 몰래 올 생각이었어. 여진이 덕에 밖에서 몇 시간이나 기다릴 필요가 없어서 오히려 다행이었지."
"누가 들으면 여기 오빠 집 아닌 줄 알겠네. 오빠 본가예요, 거기. 편하게 있어도 되잖아요."
"내가 가족 앞에서 알은척하면 앞으로 우리 깨비가 여진이 과외를 편히 할 수 없잖아. 그러니까 일찍 보고 싶어도 참아야지."
이거 뭐 연예인도 아니고 비밀 연애라니. 조금 우스운 상황이지만 날 배려하기 때문이라는 걸 알기에 마음이 따뜻해졌다. 우리 동네에서나 오빠 집에서나 우리의 연애는 참 비밀스럽다.
"이렇게 비밀로 하다가 나중에 알리면 많이 놀라시겠어요. 아! 맞다. 오빠, 오빠 어머니랑 완전히 똑같던데요? 붕어빵이야, 붕어빵."
"응. 맞아. 어릴 적부터 어머니랑 같이 있으면 누가 봐도 모자 사인 거 알았어. 반대로 여진이는 완전히 친탁이야. 아버지랑 똑같아."
여진이랑 똑같다니. 그렇다면 아버지도 엄청 미남이시라는 얘기 아닌가. 역시 선 씨 집안 아이들의 보석 같은 얼굴은 거저 생긴 게 아니었구나.

"가족이 다 미인이시네요. 처음 과외 할 때 사모님이랑 여진이 보고 엄청 놀랐었는데."

표범남 선우빈을 처음 봤을 때는 그 미모에 통증도 잊었더랬지. 맞다. 나 그런 흑역사도 있었다.

"깨비네는 어때? 우리 민유는 누굴 닮았어?"

"우리 집은 서로, 그 누구도 닮지 않았어요."

우리 가족은 신체 부위를 하나씩 떼어놓고 보면 닮았다. 내가 엄마의 눈과 피부를 닮고 아빠의 체형을 닮은 것처럼 언니와 오빠 역시 부모님의 부분과 부분을 섞어 만든 모습이었다. 하지만 다 섞인 결과물은 한눈에 보기엔 전혀 닮지 않았다. 그 때문에 우리 부모님이 가장 많이 들었던 소리는 어이없게도 아이 셋을 입양했느냐는 거였다. 그것도 농담이 아니라 꽤 진지하게.

"엄연히 엄마 배 속에서 나왔는데 입양아 소리 종종 들었어요. 어린 시절엔 입양이 뭔 줄도 몰랐었는데, 나중에 알고 울고불고 그랬어요. 진짜 나 주워온 줄 알고."

게다가 나는 위의 형제들과 나이 차이도 꽤 있으니 더더욱 의심을 받았다.

"상처 많이 받았겠다. 부모님도 그러셨을 거고."

"그러니까요. 아빠가 그거 때문에 스트레스를 엄청 많이 받으셨었나 봐요. 어느 날 어떤 아저씨가 또 입양 소리를 했는데, 저희 아빠가 불쑥 주머니에서 뭘 꺼내시더라고요."

흉기는 아니었다. 다만 조금 특별한 무기이기는 했다.

"우리 삼 남매 유전자 검사 결과지를 그 아저씨에게 보여주시는 거 있죠. 언제 또 그런 건 의뢰하셨는지."

아빠가 윽박지르던 모습이 아직도 기억에 선했다.

"이거 보고도 그런 소리 할 거야? 어? 어딜 그런 망발을 해? 그리고 입양이건 아니건 내 새끼들인데 네가 뭔 상관이야! 우리 애들 상처 주지 말고 꺼져!"

대사까지도 생생하게 생각난다. 그리고 엄마가 DNA 검사가 비싼 걸 알고 이딴 건 왜 했느냐며 아빠 등짝에 스매싱을 날리는 광경도.

"깨비네 가족들 뵙고 싶네."

"어쩌면 몇 번 마주쳤는데 오빠가 모르는 걸지도 몰라요. 진짜 안 닮았으니까."

아파트 입구가 보이자 차가 서서히 속도를 줄였다. 내가 사는 103동이 아니라 107동 부근이었다. 경비 아저씨, 같은 동 주민들의 시선을 피해 일부러 다른 동 쪽으로 온 것이다. 잘생긴 남자랑 사귀는 죄(?)로 이런 식으로밖에 못 움직이는 신세다.

"늦어서 데이트도 못 하고 가네."

"앞으로 학교에서 마음껏 해요."

개강이 코앞이었다. 시간이 정말 무지하게 빠르다.

"이번엔 시간표 맞는 게 별로 없어서 어떡하나."

"강의는 오빠랑 같이 못 들어도 시간대는 비슷하니까 그걸로 위안

삼아야죠."

그렇다. 결국 시간표 맞추기는 실패했다. 눈물 나는 시간표였다. 제 길, 다음 학기는 눈물 젖은 빵과 함께 등교하게 생겼어.

"오빠, 앞으로 점심시간은 쭉 나한테 바쳐요."

교양 두 과목만 같이 듣고 전공 시간표는 맞는 게 없었다. 4개의 강의를 함께 들었던 지난 1학기는 기적이었던 모양이다. 아니, 오빠의 노력 덕분이었지. 이전에 A를 받았던 과목을 다시 재수강할 정도였으니까. 아, 또 울컥하네. 교수님 미워. 나 아직도 뿔났어.

"당연한 소릴."

그렇게 말하면서 오빠는 불쑥 다가와 내 입술을 물었다.

"으응?"

"입술 삐죽 내밀길래. 키스 해달라는 신호 아닌가?"

아닌 거 뻔히 알면서. 이 오빠, 뻔뻔함도 참. 질 수 없지. 나도 뻔뻔하게 다시 한 번 입술을 쭉 내밀었다. 이번엔 확실한 신호입니다! 내 신호에 오빠가 다시 입술을 부딪쳐 왔다. 나도 오빠의 등을 껴안으며 적극적으로 응했다.

"하아, 오빠. 안 돼요."

자연스레 가슴을 탐하려는 오빠의 손을 잡아 저지시켰다. 집과 심하게 가까워 키스를 하는 것도 약간 불안한데 어딜 가슴까지! 난 연애운에 아니, 망신살에 연애운이 곁든 여자가 아니던가. 거기에 우리 동네니 조심해야 했다. 나의 저지에 오빠는 아쉬운 듯 웃으며 우리 동쪽으로 차를 몰았다.

"……깨비네 말고 오빠 집으로 갈 걸 그랬나."

여전히 아쉬움이 가득한 목소리다.

"그럼 여기서 안 끝낼 거잖아요."

"맞아. 이대로 끝내기 싫어. 깨비, 지금이라도 갈래?"

참 적극적인 남자다. 우리 선우빈 씨는.

"빈이 오빠."

"응."

"오빠 요즘 욕망에 굉장히 충실한 거 알아요?"

내 말에 오빠가 웃음을 터트렸다.

"오빠가 처음이라 주체가 안 되는 것 같아. 내 품에 있는 서민유가 좋아서 못 참겠어."

뭐? 지금 내가 잘못 들은 거 아니지? 서민유가 좋다는 거 앞에 분명 '처음'이 있었는데.

"오빠, 지금 처음이라고 했어요?"

"응."

"진짜로?"

"응. 거짓말 같아?"

103동 앞에서 선우빈이 차를 멈췄다. 원래는 도착하면 누구에게 들키기 전에 바로 내리려 했지만 방금 오빠가 한 말 때문에 차 안에 그대로 머물렀다. 그쪽(?)에 문외한이었던 나는 어쩔 줄 몰라 하던 반면, 초보인 내가 느끼기에도 옆의 이 남자는 어색해하거나 당황하는 것 따위 전혀 없이 얼마나 능숙했던가.

"오, 오빠 그때 엄청 자연스러웠는데요……."

내 말에 오빠가 어깨를 으쓱해 보인다. 이 자신감 있는 제스처는 무엇인고. 원래부터 그렇게 잘(?)할 수도 있는 겁니까. 그런데 지금…….
대화만으로 분위기가 후끈해질 수 있나? 아니면 빈이 오빠의 유혹하
는 것 같은 저 야릇한 표정 때문인가.

"앞으로 열심히 매진할 건데, 깨비가 좀 도와줘."

오빠는 키스라도 할 듯 내게 가까이 다가왔다. 손으로 내 허벅지를
더듬으면서. 못된 손이 닿은 곳에서 열기가 피어오를 때.

"언니다."

이 늦은 시간에 메로나를 하나 맛있게 베어 먹으며 103동 입구에
언니가 모습을 보였다. 오빠는 내 말이 거짓말인 줄 아는 모양이었다.
여전히 손을 못 떼고 있다.

"꺄악! 오빠, 아유. 언니 있다니까요!"

그제야 오빠가 손을 떼고 내가 쳐다보는 방향으로 고개를 돌리는
찰나, 나는 언니와 딱 눈이 마주쳤다.

'엄마얏!'

움찔하는 동시에 고개를 숙였다.

'제발 못 봤기를, 제발 못 봤기를!'

하지만 언니는 내가 맞는지 확인해보려는 듯 고개를 갸웃하더니 옆
에 앉은 남자를 보고 몸을 굳혔다. 아, 울 언니 집 앞이라고 편하게도
입고 나왔구나. 언니는 집에서 막 입는 면 원피스에 슬리퍼 차림이었
다. 나는 언니의 프라이버시를 위해 오빠의 눈을 손으로 가렸다.

"우리 언니 놀랐어요."

"……보셨어?"

"그건…… 아닌 것 같아요."

언니의 눈치는 수준급이라 내가 오빠의 눈을 가리자마자 아파트 안으로 뛰어들어 갔다. 나는 언니가 엘리베이터 안으로 완전히 모습을 감출 때까지 오빠 눈을 가리고 있었다.

"인사드려야 했던 거 아니야?"

"아니요. 그건 나중에, 서로 마음의 준비가 됐을 때 해요."

"완전히 들어가신 거지?"

난 대답 대신 손을 떼고 오빠의 입에 내가 먼저 입을 맞추었다. 가볍게. 서로의 음란 마귀가 자극되지 않는 선으로.

"데려다줘서 고마워요, 오빠."

아까와는 달리 오빠는 욕망 없는 담백한 미소를 보였다.

"별말씀을."

나는 차 밖으로 나와 운전석으로 갔다.

"다음엔 오빠 집으로 갈게요."

내 말에 오빠는 선물이라도 받은 것처럼 좋아했다.

"아, 맞다. 오빠, 오늘 아버지 출장이셨다면서요. 이 차 안 가져가셨던 거예요?"

"응? 아아. 이거? 이거 오빠 차야."

"예에에?"

"몰랐어?"

오히려 지금 알았다는 게 놀랍다는 표정의 오빠였다. 나도 놀랍다. 지금 알았다는 게.

당연히 부모님 차를 빌려오는 줄만 알고 있었다. 어떻게 오빠 차일 수 있다고 한 번도, 생각조차 못 했을까? 내 뉴런을 검사 한 번 해봐야겠다. 남들보다 심하게 짧을지도 모른다.

"니 남친이 내 꼴 봤지? 그치?"

집에 들어가자마자 언니가 근심 가득한 얼굴로 물었다.

"아니, 못 봤어. 언니 보기 전에 내가 눈 가렸거든."

"아, 잘했어. 식겁했네."

반응을 보아하니 언니는 그전 상황은 못 본 듯했다. 다행이다. 내 연애운에 껴든 망신살이 이런 거 하나쯤은 봐주기로 했나 보다.

"이 늦은 시간에 왜 입구에 나와서 아이스크림 먹고 있던 거야?"

"속이 답답해서. 찬 것 좀 먹으면서 산책이라도 하려고 그랬지."

"내일 출근인데 잠 안 자고?"

"속이 좀 풀어져야 잠을 자지. 그나저나 얼핏 보긴 했지만 니 남친 진짜로 잘생긴 것 같더라?"

소문이 그저 소문이 아니었니? 하는 눈빛이다. 우리 엄마만큼이나 내 연애에 별 관심을 안 두던 언니답게 우빈 오빠에 대해 뭔가 물은 것은 지금이 처음이다. 지난번 오빠 실물을 볼 기회는 출장 때문에 날렸고 그 후로 내가 사진을 보여주려고 해도 휴대폰 사진은 믿을 수 없다며 쳐다도 안 보던 언니다. 하지만 얼핏 본 오빠의 모습에 흥미가 생긴 모양이다.

"우리 오빠 옆에 있음 호연 오빠도 오징어야."

나는 내 남자친구 자랑에 어깨를 으쓱하며 콧대를 높였다. 그리고 휴대폰으로 오빠와 함께 찍은 사진을 보여주었다. 가족들에게 오빠 사진을 보여주는 건 처음 있는 일이었다. 언니는 내 휴대폰 화면을 쳐다보더니 잠시 말이 없었다.

"······이런 남자가 네가 좋다는 거야?"

말 앞에 여운이 기니까 되게 기분 나쁘구나.

"왜 이래? 고백도 오빠가 먼저 했다니까. 아, 맞아. 그리고 아까 차 봤지? 그거 우리 오빠 거래!"

언니는 멍하니 얼빠진 얼굴을 했다가, 단호하게 한마디 했다.

"그 남자 콩깍지 벗겨지기 전에 빨리 시집가버려. 졸업 전에 가도 괜찮아. 자빠져. 아님 네가 먼저 자빠뜨리거나."

피붙이의 진심이 담긴 조언이었다.

〈2권에서 계속〉

러브 인 캠퍼스 1

초판 1쇄 인쇄 2017년 3월 16일
초판 1쇄 발행 2017년 3월 27일

지은이 정가온
펴낸이 김선식

경영총괄 김은영
기획 심혜정 **편집** 주은영 **디자인** 이소연 **책임마케터** 양정길, 김국현
디지털콘텐츠팀장 서대진 **디지털콘텐츠팀** 심혜정, 최수아, 윤보라, 김국현, 주은영, 장기호, 이소연
마케팅본부 이주화, 정명찬, 최혜령, 양정길, 박진아, 최혜진, 김선욱, 이승민, 이수인, 김은지
경영관리팀 허대우, 권송이, 윤이경, 임해랑, 김재경

펴낸곳 다산북스 **출판등록** 2005년 12월 23일 제313-2005-00277호
주소 경기도 파주시 회동길 357 3층
전화 02-702-1724(기획편집) 02-6217-1726(마케팅) 02-704-1724(경영관리)
팩스 02-703-2219 **이메일** dasanbooks@dasanbooks.com
홈페이지 www.dasanbooks.com **블로그** blog.naver.com/dasan_books
종이 한솔피엔에스 **출력·제본** 민언프린텍 **후가공** 평창P&G **제본** 정문바인텍

ISBN 979-11-306-1175-4 (04810)
ISBN 979-11-306-1174-7 (SET)

© 정가온, 2017

• 책값은 뒤표지에 있습니다.
• 파본은 구입하신 서점에서 교환해드립니다.
• 이 책은 저작권법에 의하여 보호를 받는 저작물이므로 무단 전재와 복제를 금합니다.
• 이 도서의 국립중앙도서관 출판시도서목록(CIP)은 서지정보유통지원시스템 홈페이지(http://seoji.nl.go.kr)와
  국가자료공동목록시스템(http://www.nl.go.kr/kolisnet)에서 이용하실 수 있습니다. (CIP제어번호 : CIP2017006389)

다산북스(DASANBOOKS)는 독자 여러분의 책에 관한 아이디어와 원고 투고를 기쁜 마음으로 기다리고 있습니다.
책 출간을 원하는 아이디어가 있으신 분은 이메일 ebook@dasanbooks.com 또는 다산북스 홈페이지 '투고원고'란으로
간단한 개요와 취지, 연락처 등을 보내주세요. 머뭇거리지 말고 문을 두드리세요.